把那个故事再讲一遍

BA NA GE GUSHI ZAI JIANG YI BIAN

时代出版传媒股份有限公司
安徽文艺出版社

新生代作家小说精选大系

把那个故事再讲一遍

吕　魁◎著

BA NA GE GUSHI ZAI JIANG YI BIAN

时代出版传媒股份有限公司
安 徽 文 艺 出 版 社

图书在版编目(CIP)数据

把那个故事再讲一遍/吕魁著. —合肥:安徽文艺出版社,2017.7
(新生代作家小说精选大系)
ISBN 978-7-5396-5880-3

Ⅰ. ①把… Ⅱ. ①吕… Ⅲ. ①中篇小说-小说集-中国-当代
②短篇小说-小说集-中国-当代 Ⅳ. ①I217.2

中国版本图书馆 CIP 数据核字(2016)第 249924 号

出 版 人:朱寒冬
策　　划:朱寒冬　张　堃　　　　责任编辑:刘姗姗　蒋　晨
封面绘图:魏志成　　　　装帧设计:许含章　徐　睿

出版发行:时代出版传媒股份有限公司　www.press-mart.com
安徽文艺出版社　www.awpub.com
地　　址:合肥市翡翠路 1118 号　邮政编码:230071
营 销 部:(0551) 63533889
印　　制:安徽联众印刷有限公司　(0551)65661327

开本:880×1230　1/32　印张:11.625　字数:230 千字
版次:2017 年 7 月第 1 版　2017 年 7 月第 1 次印刷
定价:28.00 元

香港大學
UNIVERSITY OF
GNJV
Everything
has it's
beginning

吕魁／男，1984年生，山西省运城市人。毕业于上海社会科学院国际政治专业，法学硕士。2005年至今，在《人民文学》《十月》《当代》《中国作家》等杂志发表中短篇小说若干。多篇作品被《小说选刊》《小说月报》《中篇小说选刊》转载，部分作品译成英文、法文。著有小说集《所有的阳光扑向雪》《朝九晚不归》《莫塔》，入选《人民文学》"未来大家Top20"、第二届"人民文学之星"中篇小说佳作奖等奖项。

目录

小 染

0

小染，姓潇，潇小染，小小染。

我喜欢叫她小染，我喜欢小染。

我不知道用怎样的语言去描述1999年的夏天，那是我们的夏天。

那年我16岁，小染17岁。

高一（五）班，我和小染做了同桌，谁安排的？天知道，我不知道。

“你好，潇小染。”小染笑得很大方。

“你好，茹枫。”我没去接她的笑。

几年后的一个晚上，在喧闹的酒吧喝了一打啤酒后望着舞池中疯狂的人群，小染笑得迷离，似乎不经意地用那极细的鞋尖踢了我小腿一脚，很疼。

“大头，你说我们刚认识的那天我特淑女地跟你打招呼，你干吗低头不看我啊？”小染收回飘在舞池中的目光，笑得很轻佻。

“你不好看。”

“去你的，我不好看?!”小染用力推了我一下，皱了下眉又很快舒展开，“你是真不知道还是装啊？自打我上小学就有人追，当年刚上高一，你姐姐我就是校花了，多少男孩为了追我互相残杀。”小染掂出一根烟，问身边陌生人借了个火，一瞬间，空气中迅速弥漫开浓重的薄荷味。“我不好看？暗恋我的不算，那些老师不算，女同性恋也不算，就那短短的两年，光是明着追我的男生，加起来都够组成两只足球队了。我还不好看？何伟，你不会忘了吧？丫都把我追成那样了，赵飞还给我写过纸条呢，这些你不会都不记得了吧?”小染说话速度极快，空气中的薄荷味越来越重，“说话呀，你是不会审美，还是失忆了?”

小染急着为自己当年的骄傲辩护着，我却被小染那认真的样子逗笑了。

“说你呢，严肃点。”小染皱起了眉，顺势又一次用她那尖细的鞋尖踢我的小腿。

“审美我会，不会的是他们。”

“算了，就当你丫喝高了。”小染不屑地瞪了我一眼，仰头喝完了瓶中最后一口啤酒，懒得理你。小染散开了长发跳进了舞池，扭得好看。

香味在我的周围溢开……

1

“大头，听说你同桌那个美女，是从北京来的。”赵飞和我一起靠在栏杆上侧着身子，一脸兴奋地对我说着。

“是吗?”我转过身透过玻璃找寻着教室里的小染，此时的她手里正拿着本书和另一个女生嬉笑打闹着。

“对，就是那个，秦岚旁边的那个。”赵飞不知道什么时候也转过身来，用手指着小染给我看。

“哦，她是北京女孩啊！”

“你以为！我也是才知道的。怎么样，有兴趣没？”

潇小染是北京女孩？怪不得。

我没再想下去，看着身边的赵飞，他傻笑着，眼睛随着小染的移动而移动着。

“让你了，你来吧。”我回答得很真诚。

赵飞继续专注地看着，居然还笑出了声。

我没有打搅他对潇小染的多彩幻想，离开他换了一个地方。

真的，我说真的，在没遇见小染之前，我真不知道什么是吊带衫。我甚至怀疑，在此之前我是否听过这个名词。

4 点 27 分。还有 23 分钟放学。

我记不清这是我第几次看表了。2 点 38 分是我今天下午第一次看表。那时上课还没有 10 分钟。

潇小染下午来上课穿的衣服和早上是完全不一样的。谁都知道午后会比早上热多少，可是没人像她潇小染那样，一天之内换了两套完全不一样的衣服。我没有，赵飞没有，秦岚也没有。秦岚是我们初中时期最好看的女孩，我记得中考前最热的那几周她也只是隔天换身衣服而已。而现在从北京来的潇小染竟然一天之内换了两身衣服。这样的举动让我感到惊讶，更别说那些几天才换一次衣服的男孩了。潇小染是踩着上课铃声进的教室，她的座位第五排靠窗，我的左手边。从她进入教室的那一秒一直到现在，4 点 27 分，不知道有多少人多少次频频回头看她了。而她，潇小染，却毫不在意，平静地度过着这个下午。可我却异常难受，觉得别扭。在此之前，还从没有像今天下午这样，那么多让人猜不透的复杂眼神一次次射向、洒向、落向我所在的位置。我知道那些眼神没有一个是看我的，但我还是渗出一身汗水，很不自在。那些眼神的主人有假装无意瞟一眼的，有慢慢扭动着脖子偷看的，还有先做出鄙夷的样子接着才翻动眼皮上下打量着，好像只有这样才顺理成章。其中，最有创意同时也是最无耻的人是赵飞。他根本没回过头，他整个人趴在课桌上用厚重的课本挡着一面不知从哪里找来的镜子，通过镜子偷看并享受着。谁知道他这样看了多久。当有光晃到我时，我才注意到他。他非但没有停止，反而对着镜子得意地笑着，做着一些只有我们之间才能理解的小动作。我本想回他个表情或是手势，但想到了左边的潇小染也就罢了。再说那潇小染，这都一下午过去了，难道她一点都没察觉到？不可能啊，那么多各类眼神频繁从她身上来了又去，更别说那镜子反射出的光了，她没理由发现不了的。那就是她早就发现了却装作若无其事？嗯，这个有可能。也只能是这个样子，若事实不是这样，我真想不出第二种假设来解释了。况且课间休息时秦岚和潇小染的一段对话更能证明我的判断是正确的。

“哎，小染，你这衣服真漂亮，是在北京买的吧？”

“嗯，暑假回去时买的。”

“什么牌子？我好像在哪期《瑞丽》上看见过。”

“是吗？可能是你记错了吧？这不是什么牌子，小店淘的，才 160 块。”

潇小染扬起了眉在笑。

那件160元不是什么牌子的小店衣服,这些年一直在我记忆中闪烁着,挥之不去。每当我听到、看到“性感”这个词,我总会先本能地想起那件衣服,那天下午的潇小染。

“你知道哪有音像店吗?”

片刻寂静。好像教室只属于我们两个人。我带着不安去看她,她侧着身,在专心地写着什么,写得很快。她嘴角挂着笑,眼睛垂得很低,眼神随着笔尖的流动而流动,有几根头发滑落下来,她用左手很快把它们撩到耳后。

“你知道吗?”

在做这个动作的同时,她又追问了我一次。

“音像店? 是卖磁带的地方吗?”我的目光在她的周围游移不定,但始终没敢落在她的身上。

“嗯,”她的眼睛随着笔尖停顿了一秒,又继续流动开,“算是吧。”

“我知道幸福大街那里有一家音像店。”说完这几个字,我的眼睛局促不安地从她所在的方向逃离出去。

又安静了。

我听得见她写字的声音。

我的目光早已落在别处,汗少了许多。

还有10分钟放学。

潇小染还在写着,越写越快。

“纸条,给你的。”

我右手边的女孩扔了张纸条在我的课桌上。

“给我的?”我边问边打开。

“我×,你小子真够爽的。她穿成这样!”

我爽个×！赵飞他哪知道这一下午我是怎样熬过来的。

潇小染穿的这件衣服,怎么说呢,也许根本不该称它为衣服。

它奇怪得很,没有袖子,领口也是没有的,前后两块带有大片白花瓣的红布只是被两条红绳连接着。

这衣服怎么穿上的？一不小心那两根红绳是否会断开？要是真断了……

类似这样的问题在我的青春期里困惑了我好长一段时间。我想,同样有此困惑的少年不止我一个吧,比如赵飞。但也正是这样的困惑使我们的青春变得丰腴且充满了甜蜜。当我们想起那早被蒸发的甜蜜时,总会觉得那几年是阳光般美好,只是风一吹,就散了。

这样的衣服穿在潇小染的身上简直让人无话可说。但那裸露在外的胳膊和脖颈却美得有些孤独,白得不现实,而且它们就在我的左手边,怎么躲?

你试着想一想这样的画面:一个在闭塞的小城里生活了十六年的少年,在9月的一个午后非常害羞却又不想让人看穿的样子。原因简单得好笑,少年的同桌,那个从北京来的女孩穿了件超出他认知范围的衣服。少年是第一次看见这样的衣服,也是第一次真实地看见那些只在幻想中出现过的画面。你说,这一切怎么能让他不羞涩、激动!

怎么样,不难想象得出吧？呵呵,对,那个少年就是16岁的我。写到这里,我笑了。想想那个下午,我真是傻得可以,血液像是被点燃,躁动不安。我总是假装不经意看几眼小染后又要伪装自己,做出无所谓的样子。还有那各种各样像我一样偷看潇小染的目光和表情,赵飞和他的镜子,那张醋意横飞的纸条,这些足够让我现在回想不好意思。不过我还是好奇,好奇那个下午是不是也储存在潇小染的记忆中。如果是,那这一切在她的回忆中又会是怎样的一幅画面、一段旋律?

总算写完了。潇小染放下了笔,整个人靠在身后的桌子上,头朝上仰着,噘起嘴长长吹了口气,额前的几缕头发被吹得一跳一跳的。

“你刚才说的那家音像店都卖些什么?”她起身折着刚写好的那几张纸。

“卖磁带,还有些光盘啊,但不多。”我回答得格外小心。

“这不废话,音像店不卖磁带卖包子啊?”潇小染笑了,是侧着头望着我笑的。我不知道该把目光搁在哪里好。

“我是说都卖些什么磁带啊!”潇小染寻找着我的眼睛,“也就是说,哪类磁带?”她怕我还是不明白,又补充了一句。

我真不知道该怎么回答这个问题。

时间凝固了 1 分钟。

“有卖这种磁带的吗?”潇小染从抽屉里取出一盘我熟悉的打口带摆在我面前。

“有啊。”我点头。

“真的?”潇小染不相信我的回答。

“真的。”

“不会吧?”她尖叫着。这一声吸引来四面八方无数别样的目光,先前那些偷看她的人这一次都有充足的理由明目张胆地看她了。

潇小染偷看了一眼四周，低下头吐着舌头。

很快风平浪静。

潇小染拽了拽我的衣袖。

“你真确定那儿有卖的吗？”

“是啊，BLUR 的 *PARK LIFE*、《13》那也有卖的。”

“你也喜欢 BLUR 吗？”

“他们的专辑我都有。”

“太意外了。”潇小染兴奋地手舞足蹈。

潇小染在看表，这是她第一次看表。

“就要下课了，放学后你陪我一起去那家音像店好不好？”

我怕有人说闲话。可我那天还是答应了她。我怎么就答应了她？我想不起来了，也许这件事从一开始就是一段空白。

下课铃声响起，我开始收拾东西，潇小染已经把包斜挎在身上。

“我先去把信寄了，然后我们再一起去，好吗？”

“好。”

我站起身，潇小染从我身前走了出去。

潇小染走出了教室，她的背影在落日余晖中闪着金光。

我发现那件上衣和她穿的牛仔裤之间突然少了些什么东西。

我说不好。

2

“大头,打球去吧?”

我和校门不到50米的距离。我回身看见赵飞他们。赵飞坏笑着把球朝我扔了过来,我接住了球,也看见了潇小染。她一个人站在校门外,一只手在包带上来回移动着,眼睛注视着我,平静如水。

夕阳均匀地洒在她身上,我只看了一眼就闪得我失去了方向。

“你们去吧。我有点事。”我把球又抛了回去。

“行,你行。”赵飞坏笑着。接着我看到了他们的身影越来越远,很快就消失不见。

我朝校门外走去,走向潇小染。

“我们走吧。”我对她坚定地说着,像是一种解脱。

“怎么了? 他们跟你说什么?”

“没什么。”

我走在她的前面。

“等等我。”

在驶往幸福大街的公交车上,潇小染斜坐在靠窗的椅子上,陆续问了我不少关于打口带关于BLUR乐队的问题。我尽可能回答着,我能清楚感觉到她在看我的眼睛,可我依然没去迎着。我时而低头看着地面,时而像丢了东西一样左顾右盼。车上的乘客,那些和我生长在一个城市里的下岗工人、农民、小职员、待业青年、家庭妇女……他们看潇小染的样子居然和刚才教室里那些眼神是一样的。车厢里异常安静，偶尔有两三人闲谈几句，但很快就停止了。大家好像都在聆听着潇小染的声音，不舍得漏掉她说的每一个字。主角潇小染此时却完全陶醉在跟我讲她爱着的音乐。潇小染那独特的京腔，缓缓飘进每一个听众的耳中，整个车厢都淌着那软软的声音。这样的场景会误以为这是北京城里某趟公交车。可是，不好意思，它的终点站是幸福大街而不是天安门。

潇小染那软软的京腔也融进了我耳中，我点着头，我微笑着。当她问我时，我都尽力回答着她。

“你喜欢 BLUR 乐队的哪首歌？”

“很多。”

“说一首嘛。”

“*TENDER*。”

“嗯，我也喜欢！那 *FOR TOMORROW* 我也觉得很棒，你喜欢吗？”

我们就是这样一问一答的。

我总觉得这趟车比往常开的速度要慢很多。

我总觉得所有人都坐在那儿静静听着我们的对话。

我总觉得那几个老人在我们周围指指点点着。

我总觉得那几个中年妇女是在笑我们。

我总觉得那些无业青年对潇小染有些什么看法。

我的汗渗出来了。

这种感觉真他妈讨厌。

幸福大街六号，乐迷天堂音像店。

“大冯呢？”我问小敏。

“大哥进货去了。”小敏吐着瓜子皮，从摇椅上站了起来。

“就你一人在啊？生意怎么样？”我搬出两个凳子示意潇小染去坐。

“还行，今天卖了两三百吧。”小敏递给我半袋瓜子。“赵飞没和你一起来？”

“他，他打球。”我慌乱说着。

“你吃瓜子吗？”我问潇小染。潇小染点点头，张开双手。

“谢谢。”

“你朋友？”小敏抬了下手肘，指着潇小染问。

“嗯，我同学。”我刚剥好的一颗瓜子掉到了那堆瓜子皮中。

小敏端详着潇小染。

小染对小敏友好地笑着，微微点了点头，把手中瓜子皮轻轻放到自己脚下。

“没关系的，你就吐在地上，一会儿我扫。”

小染看着我笑得很尴尬，我知道她没听懂讲方言的小敏在说什么。

“她说你随便点，吐到地上就行，一会儿她会扫的。”

“你不是本地人？”小敏把一颗瓜子放到嘴边换成普通话问。

“嗯，不是的。”潇小染笑着。

“不吃了。把那两箱打口带拿出来让我们挑挑。”我站起来抖搂身上的瓜子皮。

“真不知道那些破垃圾有啥好看的。”

小敏笑着掏出一串钥匙走向里屋。

潇小染在磁带架前瞎看着，拿起一盒磁带没看几眼又放了回去。

我随手拿起摇椅上那本看了好多遍的杂志乱翻着。

“又出了好多新歌手。”潇小染背对着我说。

“哦。”

“还一个比一个长得漂亮，不知道他们的歌唱得怎样。”潇小染评价着。

“陈珊妮有新专辑了。”潇小染说。

“你听过她的歌吗？”

“不多。好听吗？”潇小染还想问些什么，从里屋传来了小敏的声音：“你们进来看吧。”

我掀开门帘，潇小染又说了声“谢谢”走了进去，我放下门帘，走得很慢。

“就这些，你们慢慢挑吧。”小敏拍着手上的灰尘朝外走去，走到我面前时，她神秘地对我笑笑。我低下了头，听见了小敏关门的声音。

“这里也查得很严吗？”潇小染站到那俩大纸箱前问着。

“偶尔吧！不过大家习惯了在里屋看。”我打开其中一个箱子。

一盒盒磁带整齐地摆在箱子里，只是每一盘都被打上了深深的口子。

有几道余光透过玻璃漏进纸箱中，那些灰尘在昏黄的光线中上下跳动着，又随着光线的消逝而渐渐散去。

潇小染蹲下身，双手放在纸箱边上，目光贪婪。

“真多。比我在五道口见到的都多。”

我去另一侧开着另一个箱子。这都是大冯进的货。我们先前都挑走了不少。

潇小染一盘盘翻看着，似乎有点紧张。

“哎，对了，你帮我找找你说的 BLUR 那两盘磁带。”

潇小染的头埋进了箱子中。

我很快找出那两盘带，走到她身旁放到她那个箱子里。

“嗯，是这两张。”潇小染反复看着，“还好打得不深。”

我看着激动的潇小染，蹲着的她后背露得越来越多。

潇小染忽然抬起头仰望着我，我根本来不及躲。

她脸上堆满了笑，一脸满足。

我不知道该怎么办才好。

“要没什么事，你先在这挑着，我到外面去和小敏聊会。”我低着头低声说。

潇小染再一次仰起那荡漾着幸福的面庞使劲对我点着头。

我在开门。

“等等，帮我拿着包好吗？谢谢。”

我又走了回去，接下了她的包。

“有事叫我。”

“嗯。”

我带着潇小染的包离开了她。

那天潇小染挑了二十多盘带。这让我很吃惊，我最多一次也只挑走七八盘，而她一次买了这么多，这是我想都不敢想的事。

看来她也深爱着这些音乐，也许爱得比我还要深。

在付钱时小敏的话也让她感到了意外。

“11盘7块的，12盘8块的，173，那盘陈珊妮得卖10块，一共183，你给180就行。”

“怎么可能？才180？不会吧？太便宜了，这可都是尖货啊。”潇小染又尖叫起来，像刚才在教室那样。

小敏笑笑地看着我，看得我也笑了。

小染不敢相信地摇着头从钱包里取着钱。

我翻看着潇小染挑出的那些带，除了BLUR和那2张，还有RIALTO、GOMES……我笑了，我知道她喜欢的是什么了。

“真不知道这玩意有什么好听的，都烂成这样了。”小敏在给潇小染找着钱，用我们本地话说出这句。“她说的是什么意思啊？你倒是翻译啊！”潇小染像是喝醉了一样对我傻笑着说。

“我是说这些带都烂成这样了，有什么好听的？”小敏抢在我前面用普通话给小染又复述了一遍。

“他们是天才，是我爱的人，他们的音乐完美得没有瑕疵。”潇小染说得很神圣。

小敏茫然。我回味潇小染说的这些话，说得真好。

“你是北京人吧？”小敏收拾着那两箱打口带。

“嗯，对啊！”这次茫然的换成小染。

“听你的口音猜的。”小敏搬起一个箱子，“我大哥也是从北京来的。”小敏取出三瓶水,分别递给了我和小染。

“他是北京哪儿的?”小染没有喝水。

“大冯的妈妈是从北京来的知青。”我仰头喝着水,“他高中回北京读书,师范毕业后又回来了,在我们学校教英语。可没教几年他就把工作辞了,和他媳妇一起经营这个店。”

“是他介绍我听打口的,这也是我们这唯一一家卖正版带和打口的。”

“哦,是吗?”小染像是听懂了。

我继续玩弄着手中的瓶盖,没再说话。

“我们回学校吧,该上自习了。”小染挎着包站起身,用手把头发向后整理着。

小敏再一次打量着小染,从头到脚好几次,最后还是停在了小染那件衣服上。

“这盘带我先拿走了。”我把一盘磁带放在小敏眼前晃了晃。

“谁的?”潇小染向我快走了几步,靠近了我,探着头看着磁带的封面,我下意识向后退了一步。

“这谁呀?好听吗?”

“ZERO7,我很喜欢。”

“没听过。”潇小染把带还给我。

我和潇小染一前一后出了门。

“你们下周再来吧,大哥下周二回来。”身后传来了小敏的话。

“知道了,告诉大冯有好东西给我留着。”

天黑透了。9 月晚上的味道实在好闻，暖暖地扑面而来，瞬间整个人都变成软的。你只需要闭上眼睛微笑地享受着，把这气味一点点存在脑海中，多年后再次想起那个 9 月的晚上，这味道就会缓缓地从记忆中溢出，甜蜜无比。

错过了最后一班车，我自和潇小染走在幸福大街上。这是小城绿化最好的一条路，就像所有的植物都愿在这里生存。路的两旁是槐树和各种我叫不出名的花。它们散发出的香味和 9 月的味道混在一起，构成了今晚的味道。其中有没有潇小染的味道？

“我特高兴，真没想到在这里能买到这么多好东西！”潇小染走得很快，那一包磁带也随着她的节奏晃动着。

“这离学校还有多远？”潇小染问得很急迫。

我知道她是急着回学校去听那些带。

“再走 20 分钟吧。”

潇小染走得更快了，我快步跟着她。

“要不我们先吃点东西吧？”我和潇小染在一家小吃店门口站住了。

她说快要饿死了，进了那家店。

我没随她进去，手在身上的口袋里胡乱翻着。

我的钱呢？

这是我和潇小染做同桌的第一天。

3

“你说潇大美人也听打口？”赵飞用球衣擦着汗。

“不都跟你说了嘛。”我喝着他喝剩的半瓶水。

“想好怎么追了她吗?”我把水递还给赵飞。

他无奈地摇着头。

“你真的对她没意思?”赵飞用这句话打破了我们短暂的沉默。

“真没劲,跟你说多少次了,让你了。”我走到他的身后,无聊地玩着他的篮球。

“我就是问问。”赵飞喃喃地说。

又没人说话了。我听见篮球一次次砸落在地面上的声音。

赵飞猛地拿起那半瓶水狠狠向头上浇着,头深深埋在两腿之间,他使劲拨弄着头发上,水珠顺着他眉前的头发急促地朝下滴落,地上很快就湿了一片。

我假装没看见,仍旧玩着他心爱的篮球。

“那她有没有特想要却又没找到的带?”一头乱发的赵飞谨慎地问着。

球在空中优美地旋转着,在砸篮板的同时也宣告了我投的三分球失败。球落下来后快速滚向赵飞,像是委屈的孩子需要立刻得到母亲的疼爱。

我坐回他的身旁,他的眼睛在寻找着答案。

我搂住他:“明天去我家,把我那盘 *THE ARROGANTS* 拿走。”

“×!”他笑了,笑得很灿烂,并给了我重重一拳。

我知道这一拳意味着什么,我讨厌这一拳。

“还是没有找到 *THE ARROGANTS*。”在回学校的公交车上,潇小染失望地看着窗外。

“可你找到了 *PULP*、*BELLE SEBAS - TIAN*,这不都是你想要的吗?”我提醒她。

“那倒也是。”满意的表情又回到了她脸上。

我回想着刚才潇小染和大冯在店里聊天的场景，像是重逢的旧友没有丝毫的羞涩和客套。

“那大冯真够能说的。”潇小染说出了大冯留给她的印象。

“你说得也不少。”我已经敢试着和她开玩笑了。

她调皮地笑着，眨着眼睛做起了鬼脸。

“哦，还有两站就要到学校了。”我说出这句蓄谋已久的台词。

“怎么了？”潇小染问得很无知。

好戏开始了。

“我想起哪有 *THE ARROGANTS* 了。”这是赵飞为我设计好的台词。

“是吗？哪儿啊？”潇小染入戏了。

“嗯，赵飞你知道吧？就是总和我在一起的那个个子特高，挺壮的男生。”

我极力帮她搜寻着关于赵飞的印象。

“是坐在秦岚前面的那个男生吧？”潇小染差不多用了 30 秒才想起可怜的赵飞。

“对，是他。我暑假在他家见过 *THE ARROGANTS*。”我给我的演技打满分。

“你怎么不早说？”

“我才想起来。”

“想起来也没用，他又不卖。”

“那你不是特想听吗？你借他那盘先听着，等大冯那儿有了，再还他。”

“行吗?”潇小染同意了。虽然她在征求我的意见,但我知道这是象征性的。

“我觉得行。”

“那你帮我借吧,谢谢啊。”潇小染胜利地笑着。

我✕,中计了!

“他不会借我的。”

“你不是说你们是哥们儿吗?”

我擦了擦汗说:“暑假,我从他那拿走了不少好东西,可有次打球把包放在一边弄丢了好几盘带。他心疼了好一阵,然后就再不借我任何带了。”

“不至于吧他!”潇小染轻蔑地笑着,“那我更不敢向他借了。”

“他也就是对我这样,对别人还是很大方的,再说喜欢听这些歌的人也不多,他喜欢和大家一起分享的。”我编着谎言。

我和潇小染就这么相互对视着。她像是要从我这找到些什么。此时我的眼睛一定充满了真诚,虽然很假,但也足够让潇小染相信我。

“我知道,我不是故意的。”

“可我和他不熟啊,没怎么说过话。”潇小染撤回了她的目光。

“这没关系啊!他我太了解了,特爱面子。女孩向他借东西他不会不借的,再说还有我呢,我可以先向他说说。”

我把赵飞教我的台词全用完了,车到站了。

潇小染不确信地看了我一眼。

“那好吧。”

“有你的日子云淡风轻，没你的时候惨不忍睹。”赵飞反复哼着这两句，换了四五种曲调。

我和赵飞的周围站满了人。有同班的、邻班的，有时也会有高年级的男生。每天这个时候，这些男生都会从学校的各个角落拥到我们班门前这块不大的空地上，站在这里，可以看清任何年级任何一个班级里的任何一个人。男生们三五成群地闲聊着，只是眼神不像话题那样正经。当好看的女孩从这里经过时大家都会狠狠多看几眼，直到她的背影彻底消失干净。好看的女孩各不相同，我爱的女孩是放松的、自然的，她不会为了你而刻意去表演；她是真不知道谁在看着她，谁又在若有若无地爱着她；她总是从容走近你又从容离去，轻得让你来不及打搅。那姿态即使离你很远也是一样不会改变。每天都会有很多新鲜的女孩让我爱上，但在她们远去时，也带走了我对她们的爱。我会藏起回味的笑容，打起精神期待着下一个属于我的女孩的到来。

“你瞎唱什么呢？”我目送一个很有味道的邻班女孩，看她安然进入教室坐在自己的位子上，喝着清水笑着。这样的女孩真让我舒服，舒服结束后，我才舍得说话。

“我编的词怎么样？”赵飞还是在观察着教室里潇小染的每一个举动，这对他很重要。

我没去评价赵飞编的词，我陪他一起看潇小染。

“还不来！”赵飞说给我也说给他自己听，他用眼神问我这是怎么回事。

我对赵飞说：“别急，她会来的。在课上我告诉潇小染，下课后我先跟你说说，然后她来跟你借。”

“没准,她现在也在紧张,在想该怎样跟你借。你看她把书翻得那么快。”我安慰着赵飞。

“几点了?”赵飞问我。

“不到10分钟就要上课了。”我看表。

周围的人群稀松了许多,我知道属于他们的女孩已纷纷谢幕,他们也该带着满足退场了。明天这个时候大家又会如约而至,聚在一起表演着、观赏着,一天又一天,直到女孩不再青春才散场。

潇小染来了。她把书反扣在桌上,站起身,向下拽着衣角,一步步地走出教室。

赵飞僵住了。我调换着角色配合着潇小染的到来。

潇小染5米外的笑容可以轻易融化每一个正在看她的人。

她就站在我们面前1米处。有风把她的头发吹动,她并没理会,抬起了眼睛,嘴角上扬着。

赵飞还是迷失了自己,你看他那生硬的笑脸,那句庸俗得让人发笑的“你好”。

在潇小染的身后,有几个女生快步走向教室,我试图从中发现一个能令我惊艳的女孩,那今天的等候才算完美。

没有我喜欢的女孩,这真让我失望。

“我去借张世界地图,下节地理课要用。”

赵飞对我的安排没有半点拒绝。潇小染站在了我刚才所站的地方。

我并没走多远,停留在楼梯的拐角处。

我听到潇小染动情的笑声，我猜不出赵飞对她说了些什么，也许是开我的玩笑取悦着她。但我能想象出赵飞对她说话的样子，那从来没有用过的普通话。

我就在这个阴暗的角落里傻傻站了 5 分钟。该打上课铃了，我掏出潇小染早为我准备好的世界地图离开了。

上课前的教室像一个喧闹的盛会，大家三三两两地聊着、打闹着、嬉笑着。每个人都在努力表现自己，享受着每一秒的快感。

我离教室越来越近，五光十色的人群也越来越清晰。

赵飞身前的潇小染笑得像在舞蹈，一只手撑在赵飞的课桌上弯下腰，头发都撒在赵飞书本上。我看见她右手上拿着我的打口带，我的 *THE ARROGANTS*。

一瞬间，热情四溢的赵飞不再让我熟悉，潇小染呈现出的也是一个陌生女孩的美丽。

这真让我难过，不可思议。

上课铃声终于响起，教室里各种声音淡了下去。盛宴散了，每位嘉宾又恢复出纯真的表情等待着谁的降临。

在我进入教室的那一刻，恍惚看见几只被铃声惊飞的青鸟，它们逃离出那片寂寞的空地，在深蓝的空中懵懂地飞着。

4

秋季最后的日子各种样式的雨像是在等人，一幕接一幕，很少间断。

秋天的清新,迫使我好奇地看向窗外。

潇小染用目光把自己迷失在窗外的远方。

雨聪明地隐藏在薄雾中,总在你以为天要放晴时又故意落下几滴,证明着它的美丽。

潇小染关了窗,转身坐下,她转着笔,对着桌面发呆。

笔掉在地上,她却站起身开窗,深邃地望着远方。

我捡起那支笔,在扑面而来的清新中猜着她和莫名的远方。

“出去走走吧。”她幽幽地说。

像雨,像雨后的清新。

“北京的秋天是完美的。”

“也像这样下雨吗?”

“有时候会。”

“那应该很漂亮!”

“嗯,无懈可击。”

“你很怀念?”

“有点。”

“那你干吗不留在北京享受那里的秋天?”

“我说不好。”

潇小染头发湿了,可她走得更慢了。我走在她的侧后方,我们之间的距离是雨水和彼此的声音。

操场空旷的破碎,只因有了我们。

操场的另一边也有人在走,两个,或是更多。其实那只是些彩色的亮点隐约闪烁,明亮或是消失不见。

潇小染走进了草地,走向球场的中央。

这场雨一过,草就该黄了吧。

天沉得就要堕落。有束光平缓地打在潇小染前方的草地上,光线拉得很长,光线中的雨清晰透明,我甚至能闻到它们的味道。

暧昧的光线、活泼的雨水都在试图挽救谁?

操场外的景色灰白不清,每个人都是配角,急促、茫然,没有方向。

天桥下的秦岚卖弄地表演着,她用夸张的笑声吸引着观众,余光扫寻着周围的男生,像是在怀疑,又像是想得到些什么。

赵飞手中的烟明暗交替,烟雾一阵阵混散在雨中。秦岚撒娇般地捶打着他,抽他抽过的半支烟。

赵飞的笑和秦岚吐出的烟纠缠在一起。

赵飞古怪的表情沉寂在这个多雨的秋天。

我看见了他们。我在看他们的演出。

假如此时天地间能流出那首我们都很熟悉的歌曲,我会被这部影片感动得泪流满面。

只是说假如。

“你在听吗?”潇小染面对着我,泪已被雨水冲淡。

“我在听,你继续说。”我低下头看着移动的路面和潇小染灰白的帆布鞋。

我们一里一外像分针和秒针绕着操场走了4圈,1600米。

残存的雨滴伴随着潇小染的哭泣构成了时间的静止。

“不好意思,让你陪我淋雨了。”

时针终于向前,流动的节奏光鲜地改变着。

“就是心情不好,又下雨,没忍住,就……”

潇小染用纸巾擦拭着脸上的液体,挂在睫毛上的那颗晶莹剔透的眼泪像是饰品,为了夺目。

那张纸巾攥在潇小染的手心,潇小染送给我一个无偿的微笑。这代替了泪水的微笑却让我觉得是疤痕掩饰着血肉模糊的伤口。雨似乎就是在这个时候停的。

潇小染尝试着把那团纸投进垃圾箱里,她投了好几次都没成功。每次她都在短暂的沮丧后捡回那团纸重新瞄准,玩着这没有规则的游戏。

天桥下方荡着车铃声,雨一停,戏就断了。

有些后悔,我没看见戏的结尾就像我没看到这出戏的开头。

噢,耶!潇小染赢了。

“去喝点东西吧。”潇小染又拿出一张纸巾仔细擦着手,而这次她却把纸团轻易而准确地扔进了身边的垃圾箱里。

简单得让我惘然。

操场的出口摆在我们的面前。

“有件事你还不知道吧?”潇小染骄傲地笑着,神秘地抖动着睫毛。

那颗饰品何时破碎的,又破碎在哪里?

“什么事啊?”

“你哥们赵飞他现在也是我哥们儿了。”

我懂了。

“他昨天给我递了纸条，就塞在借我的那盘带里。”

“他都说什么了？”我又假笑着，带着答案问她。

“嗨，还能说什么啊，就那几句呗。”潇小染像做操一样地甩着胳膊，头扭向了别处，得意极了。

“那你怎么说的啊？接受了，还是……”

潇小染并没急着回答我。

她站在出口处顶端的台阶上，向下一级级跳着，像童年跳房子那样贪玩。头发随着她的跳动而颤动着，她笑得很开心。

要是这时阳光再明媚些，我真会以为这是童年的某个下午，她是邻街的某个小女孩。

在最后一级台阶上，她停住了，我站在顶端的台阶看着她的背影有几秒钟的时间。

她还是跳了，像前面那几级一样地跳着。接着，她站在那里，深呼吸着，又长长出了口气在准备着。

“我们做朋友吧。”她从容地转过身来，歪着头，笑得很真。

顶端的我，末端的她，我们彼此看着对方，都在笑。

我始终认为那句话潇小染是说给我听的。

“也是说给我听的，而且是先说给我听的。”赵飞醉了。

“她当时都怎么跟你说的？”

“就说做朋友啊。”

“然后呢?”

“没有然后。”

“那你呢？你说什么了?”

“我能说什么？我说那好吧。”

“然后呢?”

“然后她就笑着进了宿舍楼,说再见。”

“那你呢?”

“我？我也走了,去买烟。”

“特失落吧?”

“就那样吧。你别总说我了。你呢？她说的时候你什么感觉?”

“没感觉,就当是跟你说的话说给我听了。”

“你就装吧。”

“……”

“哎,那天下午,你和秦岚在天桥下……”

“没什么,就像你们在操场一样。”

“不一样,我看她对你……”

“行了,不说这个了。”

“……”

“飞子,你说,你说以后会是怎么样的？会变吗?”

“谁知道！看吧,也许会。”

“X,也许!”

摔碎的空酒瓶,一地烟头,满头烟雾。16岁那年最后一个雨天,我和赵飞都喝醉了。我们相互揶揄着、谩骂着,又相互搀扶着,在小城淡黄的路灯里漫无边际走了一夜。我们湿透了,在雨中几次大声叫着、喊着,发泄着心中埋藏很深的秘密。可是整座城市就像个宽容的老人,它包容了我们的年少,温暖得没有回应。

最后,我们醉在哪里?又酒醒何处?我记得赵飞哭了,他却不承认。他说我总在喊北京,北京,我却不记得……这些问题,转眼已成为没有答案的回忆。

那晚是我第一次喝醉,没有理由,没有意义。

我喜欢秋天。因为秋天的雨多情又通情达理,它知道有的人永远是故作坚强的,对所有事情无所谓得像是一阵阵晚风。秋雨用它最唯美的表达方式,用一片彩云把所有的泪水吸干,选择在你最脆弱的时候把所有的宣泄从天而降,配合着你的悲伤。那浮在你脸上的本就该属于你的泪水。你放肆地哭泣着,没有什么好顾忌。因为雨一停,风一止,你还是你。

就这样,我们开始一点一滴学着成长。

后来就像潇小染预言的那样,我、赵飞、潇小染,我们三个人在不知不觉中真的成了很好的朋友,没有爱情的男女朋友。

再后来,2000年的5月。

一进入夏天,潇小染每次不同的装扮,对整个学校的男生来说简直就是过节。

小染从楼前经过,每上一层楼梯都有很多男生站在不同的位置朝圣一般地看着她。

这时的潇小染早已让我和赵飞适应，我们不再像去年夏末那样拘谨羞涩地偷看她。我们很大方地和她站在一起，在她的左右。

每天下午接近黄昏的时候，我们都会靠在栏杆上若无其事地聊着。

潇小染站在黄昏里的样子，化成了她在我眼前永远的印象。

她的手插在口袋里，眼睛垂垂地望着楼下的景色，淡淡的，被风吹动的头发扫到我和赵飞的脸上。

无论我和赵飞说怎样的话题，她都从来不去看我们任何一个人的眼睛，她总是带着笑坚定地朝下望着。我几次朝着她的视线寻去，看到的总是琐碎的画面、红和蓝的人群。

5 月的傍晚，最美好的事情就是三个人喝着冰水，看着天，聊着来来往往的男孩女孩们。

“大头，这个不错。”

“哪个？”我笑。

“那个，白衣服那个，篮球架旁拿矿泉水那个。”

“是还行。但一瞧就是有主的人。”

“哪个？她啊！什么眼光啊你们，她都长成那样了。”

“那这个，这个还行吧？”赵飞指给潇小染看。

“还行，一般吧。”

“飞子，你的女神。”赵飞从初中就开始暗恋的陈艳一脸匆忙地走着，高三的女孩都这样吗？

“喜欢就追啊，瞧你那点出息。”潇小染听了赵飞的故事，用手肘碰着赵飞。

“再不追就来不及了啊。”

“别听他胡说，没有的事。”赵飞难堪地辩解着，眼神还在陈艳的身上，像是一种怀念。

我们都知道，我们在看别人的同时，也有很多人在看我们。准确地说，有很多人在不同的地方带着相同的目的看着我和赵飞中间的潇小染。

“你看二班那个小子，还假装在背书，×，真够假的！小染，怎么样，你不会喜欢这种斯文型的吧？要真是这样，我立马回教室取书去，当着你的面背。”

“别逗了。”潇小染被逗笑了。

“真的，他绝对在看你，你看他那神态，这事我有经验啊！”

一句话，逗得我和潇小染心照不宣地笑了。

“我×，不至于吧，不就是想表现吗？扣不了篮瞎扣什么啊？丢人了吧你。”

赵飞不屑地说着，篮球场边一个长发的男生坐在了地上，一脸痛苦。

潇小染抬头看云，忍住笑。

三个人这样的关系真是讽刺，就像先前的事情没发生过。不过还好，已经这样了，还能说些什么？

夕阳变幻成深红的落云、青色的月亮。

“我们去吃饭吧？”潇小染问。

“走喽，和美女吃饭去了，这帮傻小子，嫉妒死你们吧。”

潇小染笑着追打赵飞，赵飞躲闪着。

看见他们这样，我也笑了。

我无意间看见教室门口的秦岚，她看我的眼神像一块冰。

“怎么这样？”

“算了，算了，不去想她，吃饭去吧。”

我低着头，走向前方的校门。

这一天又算过去了。

假期里的学校冷清得如同废弃的古堡。

暑假奢侈得没有规律，它的存在让我们的故事像童话般精彩。

我和赵飞打球的下午，小染默默地坐在树荫下的石凳上看书、听歌，偶尔为我们捡球。

她那光滑发亮的小腿，她的七分裤、吊带衫，她随意扎起的辫子，她的《海边的卡夫卡》、*CLUB*8、她的冰水，落花拂脸。

她的夏日，我们的夏天。

“我们走吧。”天一暗，背好包的小染就会站在我们面前。

我和赵飞答应，擦着汗，向车棚走去。

小染跟在后面，随便地开着谁的玩笑。

像是儿时在玩耍，从家中阳台传来母亲的呼唤：别玩了，回来吃饭。

随声附和，各自散开。

我的车篮装着赵飞的篮球、我们的包、喝剩的半罐汽水。小染坐在赵飞的车上，两根手指拈着赵飞的衣角，斜着身，晃着脚，没聊几句，就能听见她的笑声。

黄昏微凉，三个人的身影紧随车轮流浪。

小染的笑声遗失在每个泛黄的街角。

红灯。小染从车上跳下，我们穿过马路走进大冯的店。

好几次我看到店里的小敏和小染兴奋地拥抱着，这让我很困惑，几乎每天都能见面的两个人，为何还要这样？我和赵飞，十多年没有一次。

大冯的脸依然苍白，瘦长的身子，大号的拖鞋，夏天的短裤，不变的 BLURT 恤。

“你们来了，进来看吧。”

夏天的大冯慵懒了许多，他一周或是更长时间才去进一次货。当然，其中有放暑假的缘故。

但是每次，我们还是能在那堆被翻过数次的纸箱中找到惊喜。

“我×，SUEDE 是 *SINGLES* 吗？”

“当然了。”

“真牛！”

赵飞和小染像孩子一样高兴。

“有些是我的藏品，也放进里面了。”大冯给我点燃烟，“过岁数了，你们挑吧。”

我陪着大冯一起笑。赵飞和小染继续在那寻找着大冯的曾经，他们的宝贝。

磁带的价钱也便宜得可以，从最初卖给小染 1 盘七八块，到现在最贵的也只要 5 块。好像潇小染也适应了这个改变，付钱时也不再多说什么。

暑假的生意不太好做，小店冷清了许多。往日小城里听歌的少男少女们，此时都忙着网恋，忙着约会，忙着旅游，忙着玩无趣的网络游戏，在家吹着冷气，看热播的偶像剧、港产大片。只有在开学前的几天恶补一假期的作业，重复着一年又一年相同的假期。平常的期盼，最终成了一种多余。

傍晚，大冯的小店成了我们的天堂游乐场。

偶尔会有人来转转，但很少有人购买。运气好时，一晚上能卖出几盘王菲、花儿、周华健。

我们在店前的树下摆了张桌子，从邻家的店里借来各种样式的椅子，玩扑克牌。

小敏从不和我们一起玩，我让她多次，她却摇头说不会玩，玩不好。她微笑地靠着树，嗑着瓜子。有人进店她就跟着进去，没一会儿又出来回到原地，看着我们出牌从不出声。

“俩 9，俩 K。”

“哎，大冯。”小染探头看见小敏在店里收钱，“那小敏是你亲妹妹吗？”

“俩 A。”大冯得意地甩出一对牌，“不是，她是我媳妇家亲戚。”

“哦，我说小敏一点都不像你。你看她长得多精致啊，像南方姑娘。”

“她是不随我。该你了。”

我出牌，小敏从店里走了过来。

“卖了 2 盘王菲的。”小敏站在我和大冯之间。

大冯没去接话，专注地玩着。

“谁赢了？”她问。

我指指小染。

“小敏,你是南方人吗?”小染问她。

“什么?”

“你是南方人吗?”小染重复道。

“哦,我奶奶是上海人,我爷爷是本地的。”小敏回答。

“那就对了,你看你那小脸,肯定是遗传咱奶奶的。多秀气,多精致啊,皮肤那么白!”小染的语气满是羡慕。

小敏没再说话,手扶在脸上,安静地微笑,看着桌子上我们出过的牌。

又有人进店,小敏起身走回店里。

我开始怀疑认识两年多的小敏,她还是大我两岁、满口土话的县城女孩吗?

谁知道每次牌局都以小染的耍赖而结束。

红灯了,赶路人的表情是焦急烦躁的。颜色转换,每辆自行车都快得慌张。

炊烟袅袅,居民楼里的每间厨房都亮起了灯,小城的空中飘着诱人的饭菜香。

小染说饿了。大冯说:“你和小敏留着看店聊天吧,我们去买吃的。”

从夜市买来的食物摆满了先前那张牌桌。

小染和小敏坐得很近,大冯叼着烟,一瓶瓶地开着啤酒,倒满了所有的杯子。

中南海烟、燕京啤酒,大冯和小染熟悉得亲切。

小敏不抽烟。

“我尝尝。”她吸了口小染刚点着的烟，太呛了。小敏咳嗽了半天，笑着用手抹泪。每个人都把酒杯举起碰着杯。

赵飞一直在喊：“干啊，都要喝干……”除了小敏，很快，空的酒杯又成满的了。

放首歌听吧，赵飞跑进店里。当他出来时，我们熟悉又深爱的曲子响满了整条幸福大街。

小染和赵飞像演出一样尽情唱着，我和大冯低声哼着，小敏也随着节奏轻微地晃动着身体，看得出她已喜欢上它。

在啤酒、笑声、歌声中，日落西山，华灯初上。

几瓶过后，再一齐碰杯时就有了理由：为了音乐，为了英国，为了××乐队，为了年轻，为了大冯的店，为了今晚，为了我们……

“为了你。”赵飞突然深情地对小染说。

小染愣住，很快就笑了：“行，我喝。”

旁人频频侧目，可我们毫不在乎。

在这个夏天的晚上，去他×的高考、未来、女孩、烦恼、忧伤……只要兄弟、朋友坐在我的身边，只要酒不断、音乐不停，其他一点都不重要。

我爱我的小城。

我爱小染的笑、赵飞的每一句话。

我爱小敏的单纯、大冯沧桑泛白的脸。

我爱中南海烟、燕京啤酒。

我爱让我感动流泪的乐队，你们自娱自乐的音乐挽救了一个青涩少年。

永远算什么？我爱2000年的夏天。

那是我一生中最美好的一段时光，我很怀念它。

7月末的一天，小染说她要回北京了，有些人她想见，有些事等着她去做。

在她走前的那几天，我和赵飞带着她转遍了小城每一个地方，吃了许多她从没吃过的小吃。

城郊南山前有很大的一片湖。

“这真像后海。”小染望着熟睡的湖面。

“你们去过什刹海吗？”小染问着草地上的我们。

“我上的中学离后海很近，初三那会儿下午放学后，我都会去那里走走。有时和朋友，有时就我一个人，看水、听歌，不开心的事情就会渐渐在歌声中消失，沉到水底。”

“我也就是在那里把初吻给了一个男孩。”

小染陷入对往事的回想中，我和赵飞相互对视着。

“不过，我和他早不在一起了，也很久没他的消息了，也不知道他……”

“嗨，不说这个了。”小染用手背擦着泪。

“很高兴认识你们俩，真的，有你们这样的朋友我很满足。”

“小染，”赵飞猛地坐起身子，“你不会一去就不回来了吧？”

“哪会呢！瞧你说的，我就是回去二十多天，开学就回来了。”

“哦，那就好。”赵飞满意地躺下。

小染踱步到湖边，双手背在身后，注视着水雾朦胧的远方唱着《白衣飘飘的年代》:当秋风停在了你的发梢 / 红红的夕阳肩上……

又有一个新名词写进我心中关于北京的词典——后海。

天高云淡,青山绿水,阵阵花香。夕阳下单车的倒影,衔在嘴里的半根野草,小染如水的歌声,我们的夏天。

小染回北京的日期比我和赵飞的预期早了一天。

她到家给我打电话,说一路都好让我们放心,开学前就会回去。还说会给我们带好东西回来,大冯那里要有新东西也给她留着……

小染走后的日子里,阳光晒得我抬不起头来。

我和赵飞各自待在家中睡觉,每周只见一两次。

我和赵飞在一起时,像流浪汉一样晃荡在空空的小城中。

再回到学校打球,总是互相埋怨投不进好球,我和赵飞无意中都会看看树荫下的石凳,那上面坐的当然不是小染,而是避暑下棋的老人、玩游戏的孩子,或是看男友打球的陌生女孩。

小染,你在哪儿? 又在做着什么?

大冯的店还是会去的,小染不在,小敏也打不起精神来,每次玩牌没打几圈就停了。不是小敏玩得不好,只是太无聊。

天还没黑,大冯就和小敏把店门关上,然后四个人去夜市,喝酒、吃肉串。

我至今都不解的事情是,四个人喝的酒还不及昔日的一半,为何我和赵飞却总喝醉? 让大冯和小敏费劲地拖回大冯家……

第二天中午,酒醒后看着新换的床单,大冯媳妇不满的表情,我和赵飞都会十分懊悔和愧疚,满脸不自然地对大冯说:“冯哥,对不起。”他却笑着摆摆手:“没什么,年轻人,应该的,应该的。不过还是少喝点好,别把身子喝坏了……”

从此,再想喝酒的时候,我和赵飞都不好意思再去大冯店里找他了。我们凑钱去超市买一打或是更多的啤酒,在每个爽朗的傍晚,坐在小城最繁华的街道旁看着来来往往打扮得奇形怪状的姑娘,肆无忌惮地评论着她们的长相、身材、着装,猜着她们的身份和身边胖男人的关系……笑得东倒西歪。酒一罐罐地少去,花枝招展的姑娘却越来越多,我和赵飞笑得吐了出来,擦了擦嘴又开了一罐继续喝着,欣赏着各种等级货色。

谁也不提潇小染。

赵飞把手中的硬币抛向空中,又落在他的手心,他让我猜正面还是反面。我总是猜错,他罚我喝酒,罚我和他指定的路边女孩搭讪,要电话。

这真是个丰富多彩的夏天,我们的夏天。

时间是有模样的,可以看得见。在赵飞那一次次抛起的硬币中,在一首首歌曲的吟唱中,在单车一轮轮的前进中,在梧桐叶飘荡的晚风中,在街头姑娘们诡秘、卖弄的大腿、后背中,我都能看到时间在温柔地微笑。

有你的日子云淡风轻,没你的时候惨不忍睹。

我想潇小染了。

开学前一周的一个晚上,我接到了小染的电话,她告诉我她回来的日期,还说淘到了很多我和赵飞一定会喜欢的东西。

小染问我们怎么样,我含糊地说还好。

“我挺想你们的。”小染在电话中撒娇。

“我也挺想你的。”我对她说。

开学前的那天晚上，我梦见了未来。他穿着白色的长衫，绅士般地笑着对我说“你好”，然后侧身给我做着请的姿势，他的身后是一片苍白。我一步步走向前，一个黑点向我逼来，压在我的眼前。我看清了，那是八个巨大无比的黑色汉字，我在转动赌博机的前面看见过的八个字：欢迎光临，祝君好运。

5

“又好看了。”赵飞含情脉脉地望着小染。

“那当然。”小染开心地笑着绑着头发。

“哎，拿着，看怎么样。”小染递给赵飞一包打口带。

“这都谁呀？怎么都没听说过？”赵飞把他看完的那几盘带递给我。

“你听过什么啊你！这几盘都特牛，都是英式的，在五道口卖得巨贵！这张，就这张，”小染从我手中抽出 1 盘带，“这张《THE DELGA - DOS》卖我 60。”

“60！在大冯那够买 10 盘了。”我看着那盘 60 元的打口带说。

“那倒是，所以我就回来了嘛！就冲这个。”

“不是因为我吗？”赵飞把所有的带都给了我，挑逗着小染。

“为你干吗啊？”小染踢着赵飞单车的前轮，“连这么牛的乐队都没听过，干吗要为你啊？我不喜欢文盲。”小染白了赵飞一眼，假装生气。

赵飞急着想辩解。

小染却说：“行了，行了，不和你说这个了。哎，那什么，”小染拍我，“大冯那有不少好东西吧？我都等不及了。”

我说有些，但不多，都给你留着呢。

“那快去看看吧！”小染跳上了我的车，“我真的迫不及待了。”

“现在啊？”赵飞看表，“这才10点，大冯肯定还在睡呢。再说我们还没注册报到呢。要不先去报到吧？吃过午饭再过去，反正都给你留着呢，跑不了的。”

“讨厌。”小染从我车上跳下来，哀怨地说。

“都怨你。”小染狠狠地捶了赵飞一拳。

“怨我干吗？”赵飞使劲揉着被小染打痛的地方，无辜极了。

小染向他做个鬼脸，跑进了学校。

“你别跑，别让我逮住你。”赵飞猛地蹬着车追着。

短暂的分离，悠长的假期后，我们好像都长大了不少。

一天一世纪。

我把小染给我们的那包带放进车筐里，推着车走进我高二的校门。

2000年夏末，9月第一天，小染的牛仔裙、粉色的无袖衫、经典的灰白帆布鞋、60元1盘的五道口打口带。这就是2000年的青春，我们的夏天。

我的理七班和小染、赵飞的文二班是楼上楼下。

其实赵飞的理科要比我好得多，但他还是读了文科。按他的说法，要全面发展，哪科学得不好更要去学它。

缺什么补什么。

听他信誓旦旦地胡说，我最清楚他缺的是什么。

生物、化学真是难学，尤其是化学，我怎么也配不平方程的两边。

理七班的女生少得可以，长得更是可怜。我的四周坐的全是男生。大多数都在高一班前的空地上见过。在课间，总能听到他们在谈论文科班的女生，说她们让人总想多看几眼，谈论着她们的每一个眼神和微笑，她们的绯闻。他们当然而且是多次聊过小染，说很多男生都在追她，有钱的、有才的、长得帅的，但都被傲慢的小染拒绝了。

没想到最终还是便宜了那姓赵的小子。一个皮肤有点黑、魁梧的男生恨恨地朝我这边说着。

随他们说吧，我就装作没听见，哼哼。

不过，不知道这帮可悲的男生现在还去不去曾经的那片空地？或是改在别的地方，仍旧偷看着已经属于别人的女孩？

任凭旁人怎么流传，我还是会和小染、赵飞在一起，但远没有高一那时频繁了。三个人也不会再在那片空地上，靠着栏杆，看日落、喝冰水、聊天。

有几次，我们都是在人来人往的天桥下，在人多位少的食堂里，听着赵飞口中文科班的美女，回答小染关于理科班种种奇怪的问题。

因为文理放学的时间不统一，所以去大冯店里也不再是三人一起。

我单独去了几次，小敏都说他们刚走，还告诉我他们挑走了哪些带。我说没关系，我喜欢的歌他们不一定爱听。

那天，我看见路对面的赵飞幸福地把车骑向阳光充足的大道中，车后座上的小染，无限留恋地望着消失在远方的乐迷天堂……

那一刻，我真正体会到所谓的青春忧伤，年少迷惘。

6

10 月的秋雨又企图把小城失陷成海洋。

我的同桌，木讷少语、数学极好的理科天才此时站在教室门口，激动地喊着我的名字。

“快，快，有人找！”

我摘下耳机，把书合上。

窗外小染的背影吸引了众多男生的目光。

“是校花，潇小染。”我经过他的身旁，看到他语无伦次，呼吸急促。

“赵飞呢？”我对着小染的背影说。

“问他干吗？又不是他找你。”小染转过身，靠在栏杆上。

我的同桌，他竟然躲在不远处的柱子后面，向我兴奋地偷笑。

“你干吗呢？”小染朝我们班里望去。那些偷看小染的男生迅速装模作样地看书、做题。

“都下课了，你还那么刻苦。”

“哪有，我在听歌，顺便抄同桌的化学作业，晚自习要交的。”

“我说嘛。哎，你就不会自己做啊，就要会考了。”

“我哪会。”

“那你干吗还选理科啊？别告诉我赵飞那一套啊。”小染伸出一根手指指着我。

我笑了笑。

我同桌的周围又多了两三个男生，其中还有邻班的。他们都借着柱子的掩饰，津津有味地欣赏着小染的美。

“晚上下自习，先别急着回去，我有事跟你说。”

“现在说不行吗？”

“你晚上有事？”

“没啊。”

“那还是晚上吧。”

“哦，那行。不过我们班下得有点晚，你和赵飞下自习后在你们班门口等我好了。”

“干吗总提他啊！就找你一人有事，你真讨厌。”小染皱了下眉，下了楼梯。

“等你啊。”

那群男生彻底看不见小染的影子后，立即把我拥进了圈的中央，乱哄哄地嚷嚷着。说什么了？说什么了？

“你和潇小染，是不是……嘿嘿……”

“要请客啊。”

“行啊，真有你的。”

“她不是和文二的赵飞好吗？不会脚踏两只船吧。”

“滚。”我推开他们，然后走进教室。

我并不是真的生气。

耳机里放着最不敢在雨天听的曲子。

真够烦的！

拖堂的老师刚走出教室，我就拿着同桌的伞朝外冲去。

“代我问校花好啊，让她天冷多穿些衣服，别总为了我们。”

“去你大爷的。”我路过讲台，拿着一把粉笔朝他砸去，“要说你自己说去。”

小染站在教室外，出神地看着雨，抽着烟。

“就不怕被人看见？”我和她平行，看她抽烟。

“看见就看见了，怕什么啊？”一根烟抽完了，小染歪头，又点燃一支。

“都这钟点儿了，没什么人，都回去了。”小染把刚点燃的那支烟给了我。

“回晚点没事吧？”

“没事，陪你聊是最大的事了。怎么了？有什么事跟我说啊，看你闷闷不乐的！”

小染一口口地吸着烟，很快，那盒烟就空了。

“知道何伟吧？”小染轻描淡写地问。

“不就是正在追你那个吗？”

又有几个教室的灯熄灭了。

小染点头：“你也听说了吧？”

“嗯，听班里那帮孙子瞎说过一些，说他为了追你，下了本了。”

“去死，下什么本啊！都他×烦死我了。”

小染不耐烦地把烟从空中抛出，火花灭在雨中。

“小染，你最后走时把灯关了，门锁好。”一个班长模样的女生走过来，递给小染一把钥匙，礼貌地看了看我，挥手说了声“再见”。

“他现在天天烦我。”小染接着抱怨，“咱们十一从南山回来后没几天，他就开始烦我了。最初也就是让人给我带张纸条、情书什么的。但没几天，就开始给我送饮料和吃的了。我每天都给他退回去，他却每天还坚持送。更过分的是每晚都给我宿舍去电话骚扰我，我舍友都烦他了，弄得我特不好意思。上周日，他竟然捧了一把玫瑰站在我宿舍楼下，喊着叫我下去……”

小染说的这件事我听说了，早在校园里传得沸沸扬扬。

“就刚才他还来，说要送我回去呢。”幸亏我躲了出去。

“那你没被感动啊！多痴情啊！我说，你也太冷血了。”

“去死，我感动个屁，烦都烦死我了。”小染把手伸进口袋，才想起烟已经抽没了。

“昨天晚自习，他和一帮人还把赵飞叫了出去，不知道对他说了什么，看样子好像是在恐吓赵飞……”

我听着，笑了：“那赵飞呢？他什么反应？”“他啊还行，还是那么没心没肺的，吊儿郎当，像没事人。”小染也说笑了。

“那你怎么想，不爱见他吧？那还废什么话啊，直接跟他说明不就完了？”

“我当然对他说了多次，让他别他×再来烦我。我告他我和他没可能，再说他不打算高考，我还得准备会考呢。”“那不就行了？”我故作轻松，“那他怎么说？”

“我都无奈了。”小染苦笑，“那傻×说他不介意我这样，还说他会等，会用真情打动我。你说我怎么这么倒霉，遇见这么一个主，真他×的……”

“×，是够傻×的。”我低声骂着，“要不我明天找他说说？”

“不要,有些事你不知道,也不知道是谁那么无聊,总背着我胡乱传,说你也在追我。我估计,何伟这两天也会找你的,他那人,你比我应该更清楚,就是一傻子,什么事他都做得出来……”小染不无担心地看着我,“我怕会出事。”

“能出什么事啊?叫他来啊。他找我更好,省得我去找他。他不就是因为去年打架被记过大过,留校察看吗?有什么啊!小染,你毕竟来我们这里没多久,有些事你还是不懂的。我说,他何伟不会对我和赵飞怎样的。”

“那最好,我真希望一切会过去。”小染似乎有些放心了。

“可你呢?你又不让我找他,他再这么烦你,你受得了啊?”

“要实在不行,只能去找年级主任说说了。”小染不安的眼神分明是在求助。

我沉默着,听着雨声,想着该如何帮小染解决这个问题。

“算了,该走了,太晚了。”

教学楼里只有小染班的灯还亮着。

小染关了灯,锁好门:“带伞了吧,送送我。”甜甜的笑又恢复在小染的脸上。

“其实和你说后舒服多了。”伞下,小染靠着我,左手搭在我撑伞的胳膊上。

“不像赵飞,我就不爱跟他说这些事,还没怎么说就说要用暴力解决。”

小染埋怨地笑出声来。

我没笑,小染这句话倒是提醒了我解决这件事的底线了。

“哎,你得答应我啊,你们可不能去做傻事啊。我可不愿你们出什么事。我只想有你们俩这样的朋友,安静地在这里读几年书。”小染慌张的表情让我暂时答应了她。

宿舍楼静极了,人们都睡了。

“回去吧,你别多想了。”我嘱咐她。

“嗯。那你也快回家吧,又把你留到这么晚,你妈又该担心了。”

“伞你拿着,别感冒了,路上小心啊。”

我和她告别,看她进入宿舍。打开伞,进入雨中。

雨更大了。一阵阵地砸在我的伞上,像是要砸穿它。

我从学校的后门走出,走在泥泞崎岖的小巷中。

四周黑得让我几乎窒息,幸好路的尽头有盏路灯微弱地发着光。我顺着墙边一点点地移动着,试探地走着未知的每一步。冷风把伞掀翻了几次,也吹乱了我脑中关于如何向何伟摊牌的计划。

突然的静止,嘈杂声中,那盏唯一的希望也随之破灭。

……

苏打水的味道唤醒我的知觉。

眼睛怎么也睁不开,疼痛从身上各个部位袭来。

我尝试着挣扎。

“儿子,你醒了。”

我仔细听着,许久才确认是我妈的声音。

“妈,我怎么了?”

我没听到她的回答,她的哭声就是她给我的答案。

“我这是怎么了?”

我在煎熬的痛苦中极力恢复着记忆。

我想起了青涩的泥土混着雨水的味道。

想起那把伞的伞尖一下下扎在我的身上。

那不知名的东西套在我的头上,若干拳脚轮番殴打着我。

想起模糊中听到他们断断续续的喊声。

赵飞。我。小染。

我想明白这是怎么了。

是何伟。

他先做了我和赵飞也许会去做的一件事情。

窗外的风是不是很大,要不那吊灯怎么总是晃个不停?

模糊的景象趋于清晰。

母亲的脸平放在我的右手上,泪水浸透了我右手下的床单。

那一袋血,不慌不忙地输进我的左手中,流入我的体内。

我很想安慰母亲,告诉她我没事,可是怎么也说不出话。

我看见坐在门边的小染。我看不清她的脸庞,她像认错一样低着头,长发披散开,完全遮盖住了她的眼睛。

母亲没有说话,用手抚摸着我的脸,泪水已改变她脸的颜色。

门外有了动响,小染站起身来,父亲走了出去。

我隐约听见父亲在向我的朋友说着感谢,门缝一点点被打开,我的班主任,很多朋友都向我眺望着。

那晚递钥匙给小染的女孩，此时递给小染一张纸条。

看完纸条后的小染，下意识地抬头看着我。

仓皇失措的脸，紧咬着的嘴唇。

我从没见过那么多血，母亲那么伤心，小染那么无助。

7

我再次回到学校的下午，每个人都躲着我的目光。

班里的同学，客气地点头问我好，但不多说一句。

简单的寒暄后，同桌悄悄地说："有空去通报栏看看吧。"

"看什么？"

"你看看就知道了。"

"经校保卫科调查，文复一班的何某，高二理七班的茹某与高二文一班的潇某某因感情纠葛，在上周二晚自习后，学校后门附近，何某纠集社会人员李某、杜某等人，用雨伞、木棍等物对回家路上的茹某进行殴打，致使茹某当场昏迷，全身3处受伤，共缝8针……上周三下午5时30分，茹某的好友高二文二班的赵某，朋友义气，在校门外的网吧用酒瓶将何某打昏。此次恶性事件对我校的影响十分恶劣，经校党委、政教处、保卫科研究决定，对此事件进行严肃处理：勒令文复一班的何某退学。对高二文二班的赵某记大过一次，并将此案上交公安局处理。对高二理七班的茹某、高二文二班的潇某某，分别口头警告一次，并要求二人写出深刻的书面检查。"

……

去他×的！我失控地撕下了这张破纸。什么他×的感情纠葛，何伟和小染哪来的什么感情?!

我愤怒极了，躁动的血液涌向伤口缝合处，随时都可能喷出。

赵飞呢？还有小染？一周内没有任何消息的他们，现在会在哪里？

那天的晚自习我是在政教处度过的。

整个晚上我都在听政教处老师和班主任的无聊谈话，承认着错误，答应他们会认真去写那份检查。

尽管我不知道我犯了什么错。

不知道小染又错在了哪里。

我只知道如果不是因为何伟打伤我，赵飞现在不会还在派出所拘留着。

我很想给老师们讲清不是他们想象和调查的那样，不是那样的简单粗暴。

可是我不知道该怎样对他们讲，无力反抗，只好默默地听着慈祥的班主任冷冷地说："你少说几句，这样做都是为你好。"

那天晚上我独自一人回家，路过小染的宿舍楼却没有叫她出来见面的勇气。

学校后门外，熟悉的路上，冰冷的月光像追光灯一样，把我的身影摄在那晚我曾晕厥的地方。

夜凉如水，我定定地看着血红的墙角，从没有过的悲凉和孤独滴落在月光下的影子上。

"回去吧。"

政教处主任把我昨夜编好的检查搁在一堆报纸上："回去把成绩搞好，别再做那些乱七八糟丢人的事情。”他掐灭一支劣质烟，猛烈地咳嗽着。

这里的空气恶心得我不想多待一秒。

楼梯的拐角，手拿检查的小染迎面而来。

她憔悴了许多，表情冷漠，低着头，每一步都走得很慢。

我站在她的前方。

她抬头，茫然中带着不安。

“对不起。”她说。

“你对不起什么啊，又不是你打的我。”我努力开着玩笑。

小染用力咬着嘴唇。

“你快上去吧，那傻×要下班了。”我说。

“嗯。”她点头。

小染向上，我向下。

擦肩而过。

“茹枫。”

我站住，听着背后的声音。

“放学后去大冯店里等我，一定。”

我顿了一下，再回头，小染不见了。

“对不起，让你伤成这样。”

我递给她一支烟，她拒绝了。

“你别总说对不起，这事真的和你没关系。”我找着火。

小敏扔给我一个打火机。

“再说也连累你了,你比我还冤。你干吗了? 就得写检查,还通报批评。”

“我最怕的事情还是发生了。”小染长出一口气,无奈地摇着头。

我喷着烟,想安慰她又不知该怎么说。

“你现在好点没?”小敏关切地问。

“当然好了。”我拉开衣袖给她看。

针口愈合处鲜红稚嫩。

“这么长一道。”小敏皱着眉,不忍心看的样子。

“腿上还缝了4针,那小子够狠的。”我放下衣袖。

小染欲言又止的表情看得我很难受。

“赵飞哪天出来?”我把烟头扔在地上,用脚踩灭。

“明天下午,他被拘留了。”小染声音小得我几乎听不见。

“至于吗? 不就是打个人吗? 那小子他×把我伤成这样也没拘留啊。”

“赵飞他把何伟打成了脑震荡。警察说必须得医院开出证明才能定性。”

“活他×该,打成植物人才好呢。”我狠狠地朝墙打了一拳,发泄着。

“你别这样!”小染突然间的咆哮吓住了我和小敏。

失控的泪水一股股涌在脸上,她全身颤抖着。

“我很害怕,你们这样子,我真不知道该怎么办才好。”小染蹲在地上失声痛哭起来。

我慌张地看着悲痛中的小染。

小敏蹲到她的身旁,抚摸着她的背,低声在她耳边说着话。

我找来一包纸巾递给了小敏。

几个初中生打扮的女孩走进店中。

“有 F4 的专辑吗？”一个女孩稚嫩地问。

小敏继续安慰小染，忽略了周围的一切。

“有 F4 的专辑吗？”女孩又试探地问了一句。另几个女孩好奇地寻找着哭声的来源。

“有。”我答应她，在磁带架上帮她找着。

“就这张。”我指给她们看。

那群女生围在一起看着。

“多少钱？”

“10 块。”我心神不宁地说着，眼睛还停留在小染的身上。

她哭声小了些，抽泣着，用纸巾擦拭着脸。

“不能便宜点吗？”

“什么？”我有点不耐烦。

“能便宜点吗？”女孩怯怯地问。

“不能，这是正版。”

小染坐回到椅子上，小敏也站起了身，给我使着眼色。

“给你钱。哎，老板，给你钱。”

“哦，好。”我收过女孩给的一把零钱，我猜是她省下的零用钱，或是这几个女生凑的，合买这 1 盘带。

那个姐姐在哭什么？

“不知道，也许是失恋吧。”

“才不是，你看那个卖磁带的，一脸凶相，是他欺负了她。”

……

女孩们的笑声消散开。

“你过去安慰安慰。”小敏把纸巾递还给我。

我把那把钱塞给她：“10 块，1 盘 F4 的。”我说。

“对不起啊。”我挠着头，把纸巾递向小染。

她没接。

“刚才，我是有些激动，但不是故意的，更不是冲你。”我轻声说。

“我是担心赵飞。你知道，他爸妈离婚，他妈妈在他上小学时就改嫁了。他爸爸又在省城工作。他和他爷爷奶奶一起生活。”

“我是怕老人伤心，更怕他出什么事……”

“他怎么想的，心里什么感受，我最了解了。”我的声音哽咽着。

“你也擦擦吧。”小染抬起头温柔地说，眼角还有泪光。

“嗨，我没事。”我接过小染那半张没用过的纸巾抹了下脸。

“你和赵飞这个样子，我心里很愧疚，真的。”小染平静些，缓缓地说着。

“你想太多了，这事真和你没关系。这事都是因为何伟。再说，就算他不这样做，也许我和赵飞也会对他这样的。他只是比我们动作快了点。”我抽出一支烟，却被小染接走，噙在嘴上。

“我很害怕。你知道吗？你出事的那晚我就没睡好，一晚上都在做噩梦，梦见我流了好多血，梦见我在哭，你和赵飞安慰着我。第二天课间操去找你，你同桌说你没来上课，我就有些慌了，心想你是不是淋雨感冒了。放学后给你家去电话却没人接,中午赵飞带着我去你家找你,门却是锁的,你家邻居告诉我们,说你出事了,被人打了,你父母都去了医院……听到这句话,我当时就傻了,赵飞疯狂地把车骑向医院,他把车扔在医院门口,拉着我四处找你的病房……看见你躺在那输血,你妈妈那伤心的表情,赵飞和我傻傻地站了很长时间,没说一句话。后来他跑了出去,我追着他,他说他有点事,很快就会回来,让我等你醒来……傍晚你醒来时,政教处的老师和你的班主任都来了,以前高一那些朋友和我们班班长都来看你。我们班班长把我拉到屋外偷偷塞给我一张纸条,说是赵飞让她给我的。我看后,恐惧极了。不知道该怎么办才好。”

小染从包里掏出一张从作业本上撕下来的字条:小染,我去解决一些事,大头醒后别跟他说。赵飞。

我揉着那张字条,把身体靠在墙上,闭上眼睛,长长吐了口气。

小染弹着烟灰:“明天,我们去接赵飞吧。”

8

拘留所在小城偏僻的城郊。周围只有一个生了锈的公交车站牌、一间矮小的杂货店、大片的玉米地。深黑色的马路没有边际,不多时就会有几辆货车从我们眼前狂奔远去。

我坐在车架上一根接一根地吸烟,想着和赵飞见面的场景,该怎么对他讲第一句话。

小染和小敏蹲在路边,折弄着田边的野草,把蒲公英吹满天空,时不时看一眼路的对面。

那铁灰色的大门，矜持地沉默着。

烟很快就抽完了，没有车经过时，动听的玉米叶互相摩擦着形成的浪声吹乱我们的等待。

没有烟，我更不知该如何是好，转头去看小染，才发现她已扔掉手中的野草，望眼欲穿地看着路的对面。

天近黄昏，冷酷的铁门残缺出一块，露出一扇白。

先是一位上了年纪的警察踏出门外，他戴着茶色眼镜，从制服的上衣口袋里摸出烟来。赵飞和他的爷爷奶奶跟着出来。小门被一个带枪的武警从里面合上，铁墙又恢复了该有的表情。

四个人站在门外。赵飞一只胳膊被他奶奶拉在怀中，另一只手提着初三那年我借钱给他买的书包。

老警察抽着烟，大声地说着话。两个老人不断地点头。赵飞垂下脑袋，但他斜斜的目光却刺进了我的视线。

十多分钟后，铁门再次被打开，两个老人挥手向老警察的背影致谢。

赵飞抬起头看我们的目光大方了许多。

两位老人随着他的目光寻到了路对面的我们。赵飞的胳膊被奶奶拽得更紧，她指着我们，表情激动，眼神怨恨。

赵飞冲我挤出了熟悉的坏笑。我和小染、小敏平行成一道光。

赵飞的爷爷，教会我下象棋的老人，此时把奶奶劝到赵飞身后，老人掏出手绢，一下下地擦着老伴脸上的泪水。

赵飞回头看了一眼他们，转身向前移动了脚步。

我迎了过去。

世界自然安静。两边也没有车开过,像是为了我们。

和偶像剧中的经典片段一样,我和赵飞相互对视在路的中央,他的头发灰暗蓬松,衣服却不脏。这张明媚总带坏笑的脸,从幼儿园到今天,我看了整整十五年。

就是这张脸,和我一同旷课,考试作弊。

就是这张脸,和我一同爱上听打口带,学会了抽烟、喝酒、偷看女孩。

就是这张脸,和我一同认识了潇小染,享受了一个如梦幻、如云烟的夏天。

也是这张脸,为了我失去10天的自由。

你没死啊!赵飞冲我胸口狠狠地一拳。

差点。我向后趔趄了几步才站稳。

就数你命大,早知道你死不了,我当时下手就轻点,害得我他×在这蹲了10天。

赵飞眼圈泛红,手中的包掉落在脚边。我们相拥在一起,眼泪夺眶而出。

透过赵飞的肩膀,那灰色楼群上的铁丝网,看见两位老人的相互搀扶,让我更加难受、感伤。我想,赵飞应该也看见了风中的小染,那忧愁,让他心伤的模样。

12月,一场大雪。我原以为不美好的事情会被大雪覆盖、融化,最终蒸发、死去。日子又会恢复,像夏天那样的美好。可是谁知这场大雪只是舞台的帷幕?故事才刚刚上演。

9

真的，一开始我也不敢相信，但事实还真就是这样。赵飞把酒杯放下，吐口烟圈。

“她、她他×有病啊，犯得着吗？为什么要这样做啊？”小染使劲地把筷子摔在桌子上。

“这不明摆的事吗？第一，她肯定是嫉妒你。你想啊，你多大魅力啊，你没来之前她秦岚多风光啊！你一来，先前喜欢她的人立马都改暗恋你了，她不恨你才怪，高一时我就发现她看你的眼神不大对劲。”

“真够无聊的，傻×。”小染狠狠地骂着，“还有呢？”

“第二，就是我没想到的，那秦岚居然喜欢大头。”

我吃惊地抬头看他。

“你说他有什么好喜欢的？还真没看出来，长得又没我帅，人又闷，话也不多。成天戴个耳机像有自闭症一样，竟然会有女孩喜欢上他！”

小染看着赵飞描述中的我，我没听懂他的意思，继续盯着他看。

“你别不信啊，真的，不骗你！我在拘留所看到了何伟的交代材料，上面就是这样写的，白纸黑字，政府盖的章，那还有假？”

“什么意思啊？”我换了个坐姿，“你他×快说！”

“着什么急啊？恼羞成怒了吧？”赵飞接着说。

“何伟给小染的情书啊，吃的啊，甚至小染的行踪，宿舍的电话都是秦岚帮他弄的。就你出事的那天晚上，也是秦岚告诉何伟说你和小染在她们班门前亲密地聊天。最让我不能忍的是她还说你和我都在追小染，你说我追小染那不假，但有你什么事啊？你什么时候也成我情敌了？排队了吗你？”

“喝高了吧？”小染揶揄着他。

“哪有？这才几瓶！”赵飞故作着清醒。

“那怎么就能说明她喜欢我啊？喜欢我还他×找人打我啊？是不是她喜欢的是你啊？”我反击着他的话。

“你傻啊？因爱生恨知道吗？她就是最典型的例子。你从来不搭理人家，那女孩自尊心哪能受得了？再说何伟的交代材料也写得很清楚：秦岚对他说过，找个机会教训教训你。所以啊，那天晚上把你打了。这下听明白了吧？”

“事情就这样，她秦岚嫉妒我家小染，又喜欢你，她看你和小染走得挺近，就想帮何伟去追小染，以为这样做了，你和小染就会分开。没想到你们非但没分开，还在晚自习后幽会！这她哪受得了啊，恼羞成怒告了何伟，再添油加醋地说些你的坏话，于是就这样了。”

我听完赵飞的解释，喝干了一杯酒。

“想什么呢，还生秦岚的气吗？叫她缺胳膊还是要她短腿？就要你一句话。赵飞大无畏地对小染说着。”

“去，你还嫌不乱啊？在里面还没待够啊？我就是想不明白这算什么事。”

“就知道你在乎我，再为你进去一次都值。”赵飞献媚地笑着。

“在里面那几天，我想了很多事，想我和大头从小到大的日子，想我们第一次见你时你迷人的样子，想我们仨在一起的那个暑假，多美好！要不是出了这事，要不是他何伟、秦岚，我们哪会像现在这样？像变了一个人似的！说真的，那几天还真是挺担心的，不知道大头伤得有多重，也不知道把那小子打成什么样了。要真把他废了，我不知道还能不能出去。

出来那天，看见我爷我奶，看见路对面的你们，还真有点不好受。”

赵飞声音哽咽，眼角有泪，我很不习惯他这个样子。

小染坐直了身子，举起了酒杯，眼里也闪着泪光：“来，不说这个了，我们干杯吧。”

“这杯是为我喝的吧?”

小染看着赵飞又恢复的坏笑，无奈地笑了：“对，为你，为你，喝吧!”

三个人一杯杯碰着，聊着这段时间发生的事情，心里都不是滋味。

青春本无事，荷尔蒙自扰之。

“来，再干一杯。”赵飞醉得脸通红。

“不行了，不能再喝了，再喝就真醉了。”小染靠在椅背上，手掐着太阳穴，笑得很妩媚。

“你还没醉啊!”赵飞把小染的酒杯添满。

“真不能喝了，喝醉了，回不去啊?”

“回哪啊？你还想回宿舍啊？不回了，搁我家睡不就得了。你还不放心我啊?”

“去你的!”小染打着赵飞。

“这杯你一定得喝。”

“不喝，真不喝，你和大头喝吧，喝死我埋你们。”小染把手挡在杯口上。

“大头当然得喝了，这杯酒算是你们为了我喝。”

“怎么又为你啊？都为你喝多少杯了？还为你喝，为你什么啊？小染真的有点喝多了。”

赵飞也给自己倒着酒，手一颤，酒洒在腿上。

“为我饯行。”赵飞不自在地笑着，端起了酒杯。

我和小染都愣住了。

“开什么玩笑啊！为你饯什么行啊？你走哪啊？”小染不相信地说着，“再说你舍得离开我吗？”

“当然舍不得了，但我也实在没办法了。”

“下周就得和我爷爷奶奶去我爸那，去省城读书了。学校都联系好了，就在那里读高三。还有就是我爷我奶也上年纪了，不能总照顾我，他们也需要人照顾了。我在这边又弄出这么一档事，不走不行啊！”赵飞仰头把酒喝干了。

我半天都没反应过来，头晕目眩，我想我一定也是喝多了。

“怎么样？你俩都喝了吧？不会这点面子都不给我吧？那我真会伤心的。”赵飞又给自己倒满酒。

小染没再出声，默默喝干了杯里的酒。

“明天周末，我们一起去照些相吧？这样我到那边想你们时还可以看照片。小染，明天得为了我打扮打扮吧？”赵飞讪讪笑着。

这次小染没再和他打闹，也没开他的玩笑，而是对赵飞认真地点着头，样子乖巧得让人疼爱。

隔天醒来，雪大得不像话。小染穿着白色高领毛衣，红黑相间的棉织中裙，让众多女生羡慕的黑色长靴，头发随意散落在肩上，双手交叉在身前，纯纯地笑着，静美得如同片片雪花。我记得，去年冬天，赵飞对我说过他最爱这样的小染。

“这么快就照好了，你就不能多照一会儿？再来一张，慢点照啊，别照坏了，这可是我一生的回忆。”赵飞手搂在小染的肩上，头歪在小染的耳旁。镜头里的他们宛如恋人一样。

“好了吧？”小染抖搂头上的雪花。

“来，我给你俩也照一张，”小染拿走相机，“你去和赵飞也合照一张，以前你们照过没？”

我一想，上次和赵飞的合照都是三四年前的事了。

“和他照干吗？浪费胶卷。”赵飞嘴上这样说着，但还是和我搂在一起。

“我和大头也照一张。”小染跑到我的身边。

“你俩有什么好照的啊？我走后你俩天天见，还不知道会发展成什么关系，有的是机会。”赵飞酸酸地说着。

“那算了，不照了。”小染扫兴地说。

“照，照，我开个玩笑，能不让你俩照吗？快，站好！”

小染开心地笑了，站在我的右边，把头靠在我的肩上，耶，手摆着V字状。

她的发香让我脸红。

“哎，小染，”赵飞从镜头后探出头来，“这哪行啊？和我照时你一副淑女样，和大头照就小鸟依人，本色表演啊，这不公平。”“那你和我照时你还搂我呢。”小染委屈地说着。

“那我不管，你俩这样照，一会儿我也得这样来一张。”赵飞举起相机，小染把我的手搭在她的肩上。“你笑笑。”小染对我说。我冲着镜头傻笑着。

那张照片是至今我和小染唯一的一张合影。我记得我把它夹在了一本书里，但找了多次也没再找到。也许是高三那一年兵荒马乱，我把它弄丢了吧。

不知道那张照片最后落在了哪里，躺在哪个安静的角落，当有风吹过书一页页地翻动，谁又会看见那张泛黄的照片上我和小染亲密的样子，小染甜甜的微笑，别人会怎样猜测我和小染的关系？谁又能想到照片上的两个年轻人，在那年经历了怎样令他们永生难忘的故事？

雪仍旧飘着，赵飞在校园里每一个有纪念意义的地方给小染一张张地照着。我拿着小染的大衣，站在一旁看着他们。小染十分配合地摆着各种姿势，每一张照片都是很完美的画面。

“最后一张了，”赵飞说，“我们三个合照吧。”

赵飞把相机递给路人，小染站在我俩中间，双手比着V字。

“你俩就像是一男子组合，我就是你们的歌迷，和你们合影。”小染笑笑地说。

一、二、三！曾经和永远定格在17岁飘雪的冬天。

赵飞说，他走后我和小染要像从前一样，好好的。

“到那边会给你俩电话的，等安顿好，会写信给你们的。”赵飞说得很潇洒。

“别忘了把我和小染的照片寄回来啊。”我把他的行李放到了车厢后面。

“×，我都是要走的人了，你也不给我道别，却他×说这个，还是不是兄弟啊你！”赵飞说得轻松。

我把后车厢盖盖住，砰的一声，离别正式上演。

“到那边你该好好学习，别再瞎晃了。没时间了，转眼就要高考。也别再祸害省城人民了，让大城市的女孩多活几天。”

“你滚！你以为我是你啊！我绝对会努力学的，不为别的也得为了我家小染啊！我们说好北京见的，是吧小染？”

小染含笑点头。

“行了，你们别送了，我走了。”赵飞拍拍我的背，“别他×忘了我啊，北京见！”

赵飞少有的亲切，我拍着他的肩膀，答应着他。

小敏和大冯分别与赵飞拥抱、告别。

出乎我的意料，没有人为分离而伤心哭泣，谁知道这是短暂的分开，还是若干年后的回忆？

“送给你。”小染把一个很厚重的大信封递给赵飞。

“什么啊这是？情书吧？你看你，这才1年多你就为我写了这么多，我多不好意思啊。”赵飞卖着乖。

“呵呵，看看你就知道了。不过你得在车上看啊。”小染淡淡地说。

“行，我一会儿在路上看。瞧见了吧？给我的。”赵飞晃着，向我炫耀。我笑着看小染，小染的眼里是对朋友的祝福和依别。

“那什么，小染，我们是不是也该简单拥抱一下，算是和我告别？”赵飞拘谨地搓着手。

“好啊。”小染大方地张开双臂，阳光下，两个人交错在一起。

积雪燃烧的气味真是好闻，这样动情的画面我是不是该鼓掌？

赵飞眼里的幸福纯真得有质感。

“北京见。”赵飞拉开了车门，“你们保重。别想我啊，但我会的。”

那辆载着赵飞的车远远地开去。

我们的夏天在尘土飞扬中融化在天边的远方。

四个人都向远去的车注视着，谁都没有流泪，伤感刻在心上。

赵飞走后的寒假，我重病了一场。重感冒持续了整个假期。高烧中我不知道发生的事哪些是真实的，哪些又是幻觉。小染好像给我来过电话，对我说她的近况，听说我病了，就让我把病养好。也许是深冬的缘故，她的语气像是在逃避。低沉、脆冷，一碰就会粉碎。她问我有赵飞消息没。我把赵飞新的手机号给了她，说赵飞前些天才给我的电话，听他的口气，他在省城似乎也不是很顺。但在你面前他肯定会装的。说这句话时，眼前浮现出赵飞若无其事的表情。

小染觉得我的话有道理，她没笑，说会和赵飞联系的。

“假期一过我就回去。”小染告诉我。

“好啊，只是今年只有我一人去接你了。”我怅然地看着窗外。

一阵急促的忙音，结束了空洞无味的假期。

2001 年的春天，小染 19 岁生日。她用她父亲送给她的生日礼物和赵飞聊着。

“号记住了吧？嗯，我爸寒假给我买的。这下以后我们联系就方便多了。”

“哎，在啊，我俩当然在一起了。”

“去！你吃什么醋啊？你够得着吗？”

“有女朋友了吧？哎，你不是说到那边好好学习的吗？怎么有女朋友了？”

“去死，你学个×。你学半天就学出个女朋友啊？那女孩跟了你真是倒了霉了！”

“得了，听你说话我就烦，你等着吧！我叫他跟你说话。”

我朝小染摆着手，她却硬把手机塞给我。

“你和他聊吧！没事，用不了多少钱的。”

“喂，你小子可要抓紧啊。”

“我抓紧什么啊？我又不像你急着找女友，我又不急。”

“×，谁跟你说这个了。我是说你抓紧也买个手机。现在我和小染都有了，就缺你了，你赶紧也买个吧。”

“我买这玩意干吗？又没用。等考上大学再说吧。”

“别逗了，你考得上大学吗你？还是趁早买一个吧。这下我找你和小染就会方便多了，还可以给你们发短信。”

我含糊地答应着他。

“小染生日，你们今年怎么过啊？”

我说：“小染没叫同学，就我俩在老地方吃饭呢。”

“想想就让人嫉妒的。”赵飞叹着气。

我没再多说，把手机还给了小染。

“哎，你的礼物我收到了，挺喜欢的，谢谢你啊。”

“大头啊，他送我什么礼物你管呢。当然要比你送得多了，你多抠啊！呵呵！”

“行了，真受不了你。我说，他送的是一个坠子。”

小染低头摸着我送她的生日礼物。

“好了，不和你多说了，你快去上课吧。好好学，别总勾引小女生，还想不想来北京见我了？”小染笑得很动听。

“你就贫吧！行了，行了，挂了啊！有空我们短信聊天。拜拜。”

小染合上了手机，边往包里放边笑。

“这家伙，还是那么臭贫。”小染拨弄着头发，“不过有个手机真是方便多了，你们也好和我联系。”

我点头表示同意。

“赵飞说得也对，你也该买个手机了，又不贵。”小染认真地说着。

“我不着急，再说吧！你不是有吗？以后他少不了骚扰你。”

“呵，那没关系，朋友嘛，你也可以买个手机骚扰我啊。”小染开着玩笑。

“我买什么手机啊！你有不就行了？再说我又不像他，离你那么远，我想找你，直接去你们班见你不就行了？用不着买那玩意。”我拿起筷子，吃着。

“你还是买一个最好。”小染的声音突然变得低沉，失神地说。

“行，我买。”我答应着她。

小染没抬头。

“大头。”

“嗯？”

“我要回北京了。”

菜还没送进嘴里，我搁下筷子，不解地看着她。

“你这不是才回来吗？怎么又要回去啊？不会是家里出什么事了吧？”

小染摇头。

“这次回去，就不会再回来了。”

我没出声，一时反应不过来。

“其实这次回来，我也就是收拾收拾东西，转转学籍、团关系什么的，月底就要回去了。”

我没打断她的话，听着她的解释。

“寒假刚回去，我就陪一个朋友去中戏面试，当时我觉得好玩，自己也想试试，多些锻炼，没想到我三试都通过了。我把这个消息告诉我爸妈，起初他们都不同意我去学表演。最后，我妈同意了。今年让我先试试，要是文化课分数够了，就去读。不行，就安心地读高三，明年再考别的学校。”

听到这，我笑了，心想中戏小染今年是读定了。她在她们班学习不是很优秀，但十几名的成绩考表演的文化课是没问题的。

“寒假给你打电话时，本想就告诉你，但听你说你病了，又想到赵飞刚离开你，怕你多想，就没及时跟你说。现在才对你说，对不起啊。”小染内疚地笑着。

“这有什么对不起的，这是好事啊。赵飞他知道这事了吗？”

还没跟他说，再缓几天吧，月底才会走呢。

“哦，那行。这两天要有什么需要我帮忙的，千万别客气啊，我表现的机会也不多了。”

“去！”小染看我和她开起了玩笑多少有些放心。

“一直觉得你是走深沉路线的，怎么现在变得和赵飞一个样了？”

我歪着头笑了。

“快吃吧,菜都凉了。”

小染点头,拿起了筷子。

“生日快乐。”我对小染说。

10

3 月的最后一天,是我和小染第七次站在小城火车站的站台上。

最初那几次,我和赵飞在这里接过她,也送过她。

半个多月前是我一人在这里接她,而这次也是我一个人来这里送她。

但我们都知道这是最后一次,我送她离开,她不再回来。

车站上空是滥俗的流行音乐,虚伪的伤感。

“这包是我、大冯、小敏给你买的吃的,你路上吃。这包是你的书和大冯送你的打口带。这包装的是你的衣服,真够沉的,再加你身上背的,一共是 4 个包,看好了啊,别丢了。下车有人接吧?”

小染默默点着头。

“那就好,要不这么多东西你一人哪拿得了啊。对了,车票、钱、身份证、学籍证明什么的,都装好了吧?”

“在包里呢。”小染回答着,但没抬头看我。

“哎,你可别哭啊,不知道的还以为我们是情侣分别呢。”

我逗着她,她轻轻一笑,又垂下头去。

车还没来,小染手机响了。

她转过身,向前走了几步接听着。

"是赵飞,"小染走回来对我说,"他说赶不回来送我了,跟我告别。"

"这次他没提我啊?"我努力打破着伤感的气氛。

小染没有笑,也没回答,仍旧看着地面。头发遮盖住了她的眼睛。

我向远方望去,听见了车鸣声。

"车来了。"我说。

火车呼啸地向前开去,车厢一节节飞驰而过。

我转头,身旁的小染紧紧盯着我的眼,我还想再说些轻松的话题,但嘈杂的声响却令我茫然。

在这快速的茫然中,小染侧着身,头发扫在我的眼上,吻了我。

火车缓缓停住,人群拥向我们的前方。

小染笑着流泪,泪水一股股溶进笑容中,哭笑的样子打动了我的心。

"我走了,你回去吧。我等你,北京见!"

小染拿着所有的行李,坚定地上了车。我失落地站在那里,出神地看着她的背影消失,回味着一分钟前发生的那一幕。

我的初吻在我 18 岁那一年给了一个叫潇小染的 19 岁的北京女孩。

如果那也算是,它太轻太快,轻快得不真实。和我们在一起的时光一样,我还没来得及反应,一切就已经结束了。

2004 年 8 月,上海的某个酒吧里,赵飞晃着手中的酒杯,看着舞池中娇媚的小染。

其实小染走的那天,我也在站台上。

“你不是给小染电话，说你在省城，送不了她的吗？”

“我就在你们的身后，站台出口处，当时我很奇怪没有勇气去见你们，去送小染。”

“×，恶俗得如同港台垃圾电影里的画面。”我说。

“小染吻你时，我哭了。但绝不仅仅是为了她吻你而哭。”

赵飞的意思我明白，他不是为了小染吻我而哭，就像是小染吻的不只是我一样。

高三 8 月份就开课了。小染和赵飞离开，使我又转回到文科班，他们曾待过的高二文二班，现在的高三文二班。

我还是没买手机，和小染、赵飞的通话，还是用学校小卖店的公用电话。

8 月最热的那天是我的生日。小染和赵飞都给了我祝福。小染说，她已被中戏录取了，9 月开学就读大一了。

多好。

她问我怎么样。我说我很好，转到了你和赵飞读过的文二班。“我就知道早晚有一天你会改读文的。”小染得意地说，“那你好好努力吧，你那么厉害，学文肯定没问题的，你们一定都要考到北京来。我等你们。”小染说得很坚定，像是命令。

赵飞说他会考考得还好，对自己考到北京见小染把握很大。

去不了一流的，我还读不了二三流啊？

我说：“那就好，就剩这一年了，我们努力吧。一起考到北京，为了什么，你知道。”

"北京见。"

"北京见。"

高三这一年平淡得花开花谢。既不像高一的纯真唯美,也没有高二时的绚美华丽,有的只是做题、考试、听歌,一个人站在高一教室前的空地上抽烟、发呆。想曾经的故事,幻想未知的将来。

小染、赵飞,你们不在的日子我一个人过。

高三越走越深,和小染、赵飞的联系也逐渐少去。大家都忙,都在为了梦想而妥协着、奋斗着。

大冯的店我也去得少了,几次去,大冯都不在。小敏更沉默少语了,成熟了许多。现在的她也爱听打口带,听那些能给她带来力量和安慰的歌曲。再有人来买带时,她已能按磁带品质的不同要着相符的价钱。

听说她回老家相了几次亲,但都没有结果。

可不是,小敏都 21 了,是到做女人的年龄了。

11

巴西队再次夺冠的那晚,同班同学秦岚把我从沸腾的教室叫了出来。

小染走后,秦岚成了新的小染。她的装扮甚至比小染还令人难忘。身上只有可怜的几块布挂在隐秘的部位,总是散发着浓郁的气味。

关于她的绯闻高三这一年我听到不少。女孩们看她的眼神充满了鄙夷和嘲笑,男孩们总看着她的身影相互开着玩笑。

她好像从没在乎过这些。高三最后的几个月,她很少再来上课,但每次走进教室她都是抬头挺胸，不接任何人的眼神，直视前方，微扬的嘴角有残留的笑。

“还有六天高考，”她说，“你没问题吧？”

我说：“还好，会努力考好的。”

“你就别谦虚了，你学习那么好，肯定考走了。想考哪，北京吧？”她诡异地笑着。

我没去回答她。

“你也好好考吧。”

“你是在骂我吧！我考什么啊？学习那么烂，我知道我的将来会是怎样，这点自知之明我还是有的。”

她不再笑，烟雾缭绕着她苍白的脸庞。

她的妆化得太浓。我形容不出她身上的味道和当时的模样。

“我没别的意思。我知道，你我的将来肯定是不同的。我也不奢求什么，只希望你能原谅我曾做错的那件事。我很后悔。”

“虽然那时是为了得到你我才那样做的，但现在我知道，我错了，我不配你。你就当我是年幼无知，原谅我，好吗？”

秦岚的泪水在月光下闪闪发亮。这样的画面，我在哪里见过。

“原谅你什么？你很好啊，什么都没做。”我发誓。

我对她讲这话时说得很诚心，没有半点的恶意。

“你这样说，我会恨你一辈子的。”

“一辈子？我只想活七十年。人生苦短，何必呢？”

总是有些随风，有些入梦，有些长留在心中。于是有时疯狂，有时迷惘，有时唱……

7 月 9 号的大雨是故事的完结篇。

我和我的英语老师站在走廊中，我给他点上烟，像兄弟一样地抽着烟。

“老师，你这个样子真像是个诗人。”

我的英语老师，背驼得很厉害，灰色的旧西装上永远的白粉笔我看了三百多天。

“我像诗人?”老师抬头望天落雨，“我要是诗人，也是一个不会作诗的诗人。”

我拍他的肩，摇头为他鼓掌叫绝。我们为他这句话笑了很久，笑得很开心。

“还有一刻钟，进去吧。你没问题的，我不会看走眼的。”老师信任地拍着我。

考完最后一门英语，考生们近乎疯狂地在雨中尖叫着。

我落寞地走出考场。我的英语老师撑着伞，站在校车旁。

他笑，冲我举起了拇指。

10 米雨幕，世界真小。

高考结束后，我并没像最初想的那样，去做一些幼稚的事情。麻木了太久，早已没有感觉。

我把窗帘拉得很严，那些陪伴我成长的旋律一首首地放着。

我在家睡到想吐，欠了三年的睡眠，短短的几天哪能补全？早已无可救药。

放在教室里的那一课桌的书和高中的种种纪念，我都没去管。

懒得没力气，只想听歌。

高考成绩揭晓，我被北京录取了。

不出意料，理所应当。我却无所事事地过着无聊的夏天。

我怎么感觉，这场游戏我输透了？

临走的那天，我和小敏告别，我对她说："小敏，我被骗了。"

19 岁，我青春期毕业。

11

2002 年 9 月，爸把家安到了北京。全家人随我一起来到北京。

于是，来北京过秋天不像是为了赴约，更像是一次搬家。

我所读的学校小得像盆景，女生是男生的 7 倍。有几个系，包括我读的在内，在全国排名很前，可这些和我又有什么关系？

北京的 9 月，小染说得不假，完美得无懈可击。有空的时候，我骑着单车听歌，把小染曾说过的诱人名词，一个个变换成了动词。

五道口、东单、后海、海淀图书城、东方新天地，这些地方有的使我失望，有的让我欣慰，有的出乎我的意料，带给我无限的惊喜。

后海的下午，晒太阳的人们、垂钓的老人、一双双貌似初中生的情侣分散在岸的两边。我随着歌声想象，想初三的小染是不是也像他们一样，晚风扬柳下，两小无猜的初吻荡漾在红红的秋水波纹上。

十一假期，小染约我和赵飞见面。

闹市中的咖啡店，在街角的转弯处。精致的风格，梦呓般的音乐。我的小城是不会有这样的浮华，我当然也是第一次走进这让我紧张的地方。

店里幽暗得像是多年未开封的山洞。迷幻的色彩、过分的糜香，每个人都像是刚睡醒，倦意中，男人女人们相互暧昧地暖笑着。我不敢抬头环视，紧跟着前方的女孩按她的指引向深处走去。

一年半没有见的小染，还是习惯坐在靠窗的位置，即使窗帘是密封的黑。

她一袭紫色的长裙，光着脚，陷在深红的沙发中。

“我刚睡醒，前两天拍戏，太困了。”她坐起身，把一个靠垫抱在怀中，慵懒地笑着。

她化妆了。嘴唇与睫毛的颜色与紫色的长裙相吻合着，反差不大，但还是看得出来。

“帅了啊。”小染掏出一包洋烟，甩给我一根。

刚才为我引路的女孩此刻微笑地给我点烟。

我不安地说：“我自己来就好。”

“你喝什么？”烟中的薄荷味重叠在我和小染之间。

“随你吧。”

“拿两杯黑咖啡吧，都不加糖。”小染说这句话时用眼神问我可以吗。

我连忙点头为自己解围。

“你瘦了。”

“高三嘛。”我看小染不经意地心疼了一下，先前的忐忑一点点少去。

“你真够牛的，考到那么好的学校。”小染把才抽了半根的烟熄灭，一圈圈地搅晃着杯中的咖啡。

“哪有，就是运气好。”

“得了吧，别谦虚了，总说自己运气好。我怎么就从来没你那么好的运气？怎么就没大导演看得上我啊？总演些小角色。”小染无端地抱怨着。

“你都去哪玩了？”小染抿着咖啡。

我如实回答她，也尝了口小染为我点的黑咖啡。

真够苦的，真后悔没加糖。我微微皱了下眉，小染估计不会看到。

“行啊，都去了。我还打算这两天假期带你一起玩呢！没想到你都去过了。那还想去哪啊？”

我说：“还没想好。”

“那要不我带你去我曾经读过的小学、初中吧，你也看看我是怎么长大的。再带你去吃些北京小吃，要是有时间，再去趟香山……”

“就这样定了，我也很长时间没去过这些地方了。”

“哎，一会先去我学校看看吧？就在前面的那条街，美女居多，肯定能把你和赵飞眼睛看直了。”

小染坏笑的样子让我想起了赵飞。

赵飞呢，他怎么还不来？小染边说边掏出手机，已经不是一年前的那个了。

“你在哪呢？大头都到了，你快点啊。”

“什么，你真够可以的，还没出发啊？”

“那算了,那你一会儿直接到我学校吧？好吧！嗯,那一会见,快点啊。”

小染挂了电话。

“他真是的,还没出发呢,说不定又在和哪个小女孩在一起呢。”小染取笑着赵飞。

“来北京后,你和他见面没?”

“还没,来了一个多月,也就和他通了两次话。他说刚来,事太多,等忙完这阵再说。”

“听丫对你胡说,丫重色轻友。”小染改用北京方言称呼赵飞,这多少让我有些不适应。

“他来了没几天就找过我,还不到一个月就找了我几次,真够烦的。”小染打着哈欠。

“他有变化吗?”我问小染。

“还那样,不过好像有钱了。上次来找我还是开车来的,也不知他从哪儿弄来的。”

“他装阔吧?”

“有可能,不过他在北京也就待一年,装就装吧。”

“他怎么才待一年?”

“他出国啊。他不会连这个都没跟你说吧?”

“还真没有。”

“他干吗没告诉你啊？真是的。他对我说他读的学校是和英国合办的,好像是在国内一年,再出国读三年,也能本硕都在国外读……”

“他是有钱了，都考虑出国了。”我打断了小染的话。

“嫉妒了？”小染偷笑着。

“我嫉妒他干吗？”

“别装了，你是咱仨中最想去英国的，我还不知道？不过也说不好，没准哪天你还真能出去，留我一人在国内孤独地变老。”

“这话说的，我哪能这么不仗义？就算走，也一起啊。”

“哪有那么容易。”小染失落地叹了口气，弯下身。

“走吧，我先带你去我学校转转，赵飞也该到了。”

小染脚上的那双鞋像是锋利的兵器，闪亮得锐利，你稍微看它一眼就足够致命。

“小姐，结账了。”

小染学校的女孩每个都行走匆忙，成熟、冷漠，不敢让我相信她们和我同龄，甚至比我还要小。

校内并不安静，但我还是能清楚地听到她们的鞋跟和水泥路面接触的急促声。

没有表情，更没有笑。我猜她们都是赶向同一个地方，只有在那里换上一种掩饰，她们才会笑，才会放慢速度。表演着年轻的欲望。

“今天好看女孩还不算多，都放假了，大多出去忙了，你们看见的这些大都是刚入校的小女孩。”小染漠视地看着。

“这还不多啊，我×！”赵飞还是赵飞。

“比你女友好看多了吧？”

“去,我哪来的女友,当小染面别他×的乱说。”

“你有女友就有呗,和我有什么关系?”小染并不在意地说。

“小染,你这话说得让我伤心了。这一年多我守身如玉,我容易吗我?别让丫一句话把我的贞洁给毁了。”

赵飞这么快就学会了北京方言?我始料不及。

“这个给你们,下周有空来看看吧!那美女更多,大多我都认识。赵飞你丫不是没女友吗?到时候你看中哪个我介绍给你认识,反正你丫现在够有钱了,车都开上了。”

“我没钱。”赵飞不好意思地在笑,“那是我叔叔的车,我也就是借来开几天。”

“臭显摆。”小染没好气地骂着他。

我看着小染给我的票,是一场走秀活动,某服装品牌的秋装展示。

“小染你做模特了?”赵飞把票装进兜里。

“哪算啊?就是室友几个瞎玩,能穿漂亮衣服还能赚到钱,挺好玩的。”

“一定去,就冲着看你,一定会去!一起吧?”赵飞问我。

“你不是忙吗?怎么有空去看啊?”

“这不是忙完了吗?哎,你干吗总和我过不去啊?”赵飞把手中的空罐砸向我。

那场表演,我是站在最后一排看完的。台上的小染时而错综复杂,时而简单透明,眼神空洞得如同三年前的那个雨天。

那么多鲜艳的衣服穿在她的身上,却没有一件是适合她的。

我不断地怀念几年前那个 9 月的下午潇小染身上的红色吊带衫、深蓝色的牛仔裤、浅白的帆布鞋。

我多余的怀念，可笑得近乎惨白。

12

2002 年的最后几个小时，一夜大雪。

我从 21 点一直坐到 23 点。为了遮掩我是第一次来，我要了一打价钱昂贵的啤酒，一瓶瓶喝着，看着台上漂亮的女生歌唱着。能在下雪的日子里看到夏天的女孩也是种享受，昂贵的啤酒也买得很值。

只是酒保的服务让我重复着局促不安。我每喝空一瓶，他就迅速把空瓶撤走，还问我是否需要其他的服务。我桌前的酒一瓶瓶地少去。我不敢再多喝，怕这样下去，所有的酒被我喝完，小染和赵飞还不出现，我真不知该如何是好。

四周的桌台上坐满了美丽的女孩。她们都为了新的一年的到来打扮得光鲜。每一张脸都在七彩的光线下兴奋地闪烁着。

我看她们，她们却没一个看我，我明白这是为什么。

因为我廉价的着装、糟透的发型、平凡的外表和桌上少得可怜的几瓶啤酒。

我在等待着，似乎又什么都不等待。

赵飞终于来了。

“堵车，今晚大家都疯了，车堵得厉害。”赵飞大声地解释着。

“小染还没来?”

我说:“还没有。”

“这就要12点了。”赵飞看表,又熟练地向酒保要了一打酒,真不知他是像我刚才那样为了掩饰,还是为了喝酒而喝酒。

过了12点,小染还是没来。赵飞喝空了几瓶啤酒,和众人高呼着数字,倒数着新的一年。

我走了出去,在酒吧外的空地上接听着朋友们的新年祝福。

不远处的一道强光射进我的身体,晃得我躲过身去。

2003年的第一道光像极了几年前赵飞偷看小染时的那面镜子。

小染从车中走下,和从另一侧下车的男人相拥、接吻,进入了她为我和赵飞约定共度新年的地方。

“等久了吧? 对不起,刚才怎么都脱不了身,一帮朋友非不让走。”小染脱去外衣,随手打开一瓶赵飞买的啤酒放到了和她拥抱、接吻的男人面前。

“这是我男朋友,王斌。”小染幸福地笑着,为我和赵飞介绍着。

小染的男朋友王斌让我想起了大冯。

赵飞拉着王斌喝酒,尝试着了解他的底细,我发现赵飞根本就不是他的对手。

“他不能喝了,赵飞! 他肝不好。”小染心疼地拉着王斌的手。

王斌只是笑,没喝,但也没说不喝。

赵飞没去理会小染,继续拿着啤酒和王斌碰着,自己一个人仰头喝着。

“你们好好玩吧,我得走了。”斯文的王斌客气地说。

“不多玩会儿吗?”我问他。

“不了,得回家了。”

“回家? 王斌回家?”

我没多问。

小染跟在他的后面,乖乖走了出去。

2003 年 1 月 1 号 1 点 40 分。

那晚玩得一点都不快乐,我、赵飞、小染,我们三个人各怀心事,没趣地聊着。

真不该有这次聚会,我想。

2003 年的第一个凌晨,我来北京的第五个月,我喝醉了。醉得没有了记忆。小染几时离开的我不知道。我只知道,我睁开眼时,看见赵飞躺在我的身旁,睡得很安详。

2003 年的第六天,赵飞就突然说要走了。

我答应去送他,他这一走又不知何时才能再见了。

走了也好,告别过去,但愿新的一年有新的生活改变他。

小染发信息说她那天要期末考试,送不了赵飞了。

在去往机场的路上,我半开玩笑地对赵飞说:“小染是不是存心报复你啊?上次她走时你没送她,这次你走她也不来送你?”

赵飞没有反驳我,静静地发着短信。

安检处,我和赵飞告别。频繁的聚散,让我不再为分别伤感。

“走吧。”

赵飞转过身，低着头推着行李车，他身后血色的1968逐渐淡去。

曾梦想仗剑走天涯，看一看世间的繁华。

我还没走出机场，就收到了赵飞给我的短信：

我们的结束没有小染，就像我们的开始没有潇小染一样。我们并没成长，只是越走越远。改变的只有改变，向时间妥协。

我呆站在机场外的冷风中，天空中飞着绝尘而去的飞机，我读了三遍这条哲理深奥的短信却还是没看懂赵飞想表达的意思。

没准，他根本就没有什么意思想表达。

想想这富有戏剧性的几年，我想哭却笑出声来。

第二天醒来，我读到小染凌晨3点多发给我的短信：其实我们的青春都被打上了口，只是深浅程度不同，但我们必须义无反顾地爱着它，直到死去。

我不喜欢她说的这句话，也有些不喜欢小染了。

她发这条短信时一定是喝多了。

赵飞走后没多久，天灾人祸——“非典”。学校不再开课，我不分昼夜地待在屋子里，下载听了许多让我舒服的歌曲。它们都是我梦的碎片，我用一生的时间把它们拼凑完整。每天深夜赵飞都会上线，他对我说伦敦比我们想象中的还要伦敦。大雾使每个人都是忧郁的，到处充斥着无奈的希望。

每个周末的晚上，他会到酒吧里看那些曾让我们激动的名字。

“我和来自世界各地的乐迷向他们朝圣着。”赵飞说。

无论你来自哪里，天乐般的节奏一响起，所有人就欲哭无泪享受着……

我能感觉赵飞适应并爱上了他新的生活。

伦敦给他幸福，我给他祝福。

在这人心惶惶的日子里，理所应当地和小染失去了联系。

还是会想起她，但很快又会把她忘记。

和生命比起来，其他都不重要。

这一年的夏天，我从西安出发，向西，再向西。西出阳关，向西，再向西。兰州、酒泉、敦煌、鄯善、哈密、吐鲁番、乌鲁木齐、天山、喀什……

这曾是我们三个人在 2000 年夏天约好的路线，最终只有我一人实现了诺言。

一路上我听了许多让我感动的歌曲，最幸运的是这些歌流动的同时，眼前呈现的也是迷人的画面，配合得天衣无缝，不给我一丝幻想。我每到一个地方都会把那些完美的画面保存下来，寄给小染和赵飞，让他们和我一起分享我们曾约好的旅行，告诉他们我在路上，我很好。

13

2003 年 9 月，我大二，来北京一年了。

最初的新鲜已趋于平淡，这个学期我挂了一门课，旷了几次课，更多的时间是在图书馆度过的。

没有一个朋友，活在自己的世界中。室友们都相继有了女友，我还是独自一人吃 5 块钱的套饭，上枯燥的数理课，买当天的报纸、各类杂志。烟很少抽了，酒也没人陪我去喝。无聊的时候我就听歌，音乐响起时，周围的一切又生动了许多。北京城大得落寞，有时我会想起我的小城，想起我在小城里生活的那些年，充足得踏实。这北京城也就是放大了许多倍的我的小城。

12 月的一个晚上，我从自习室出来接到了小染的电话，在此之前，半年多都没听到她的声音了。

电话里很吵，小染的声音又很弱，问我在干吗，我说没事。

现在能出来吗？我想见你。

我看到小染独自坐在一个角落抽着烟，身边并没有了年龄和大冯相仿的王斌。

我已经知道接下来她会对我说些什么。

“我和他分手了。”小染说。

“明天你有事吗？我想让你陪我去医院。”小染说。

“我讲个故事给你听吧。”小染说。

小染并不给我说话的机会。她讲的故事把她自己先感动哭了。

我坐到她的身边，想安慰她却又不知该怎么说。小染没去擦脸上的泪水，她依偎在我的肩上，闭上眼睛，好像笑了，哼着酒吧里此时正在播放的歌曲。三年前的夏天，大冯店前的那个傍晚，也是这首歌，笑得灿烂的小染把它唱得欢快无比。

我不敢想得太多。漫长的夜，一遍遍唱着这首歌，唱到小染睡在我的怀中。

我没有勇气，没有力气，只能坐直身子，不去惊醒梦中的她，一曲曲为她唱着。

医生说，手术之前得先签字。我说，我签。

医生问我和小染的关系，我说是她男朋友。

我没对他说谎，我真是小染的男朋友，只是和她没有爱情。

我在亲属签字一栏中签上了我的名字。我更想写王斌的名字，这个责任应该是女儿已经 3 岁的剧组制片人承担。可现在小染就要手术了，再想这些，又能怎样？

手术结束后，医生说，你怎么那么不小心，你的女友怀孕已三个多月了，再晚几天就做不成了，很麻烦的。

我不懂他的意思，我想去看看小染。

“你干吗去？”

我说我想进去看看她。

“你先别进去，让她休息一下。”医生不耐烦地说着。

“那好吧，我等着。”

2004 年的春天我恋爱了。我 21 岁才有了初恋，是不是很晚？

我的女友也是个北京女孩，很好的北京女孩，干净得让我爱怜。

我很爱她，她也很爱我，但我们只相爱了一百零一天。可是我很满足。

这一百零一天内，她让我从男孩转变成男人，让我懂得了什么是爱、怎么爱。她做了很多让我感动的事情，一次次地打动我的心，是她让我长成大人。

她的出现让我会永远怀念 2004 年的春天就像怀念 1999 年的那个夏天一样。

她走的那一天，问我会不会等到她回来.

我说错的时间遇见对的你，我不会再等你回来。

她问我为什么。

我爱你。

她问我什么是永远。

你来。我牵着她的手站在过客匆匆的天桥上。

我对她说：一生中有很多陌生人像他们这样从你身旁匆匆闪过，来了又去。但总会有那么几个人停留在你的周围陪着你看人潮汹涌、日月变迁。他们偶尔会暂时地离开一些日子，他们又会带着新的改变回到你的身边，继续和你一起听歌、看云、喝冰水，无忧无虑地过着云淡风轻的每一天。

有一个女人她会像你现在这样，一旦牵了我的手，我们就不会再分开，两个人微笑地看着四周的表演，看着各种故事在身边的人群中上演，慢慢地体会，坚定地爱着直到死。

14

就像我对她说的那样，赵飞又回来了。

我说暑假原打算回小城看看，既然你回来了，那我就不回去了，留在北京陪你。

“你们俩来上海吧，一定得来，有日子没见你们了。”小染说，“我这几个月都在上海拍戏，回不去北京了，你们过来，我们在上海见吧。”

于是，刚从伦敦回到北京没两天的赵飞又和我一起去了上海，那里有正在拍戏的小染。

22 岁的小染，不知道她还听不听打口带。

“你俩头发都留长了，都帅了，变化老大，都不敢认了。”小染学着上海话。

我和赵飞都对小染笑笑，赵飞是真变了，他都不接小染的话，也不开他当年拿手的玩笑了。

“怎么样，没白来吧？那一桌都是和我一个剧组的，你俩有看中的吗？”小染向一堆女孩挥着手。

“我给你们介绍介绍。”

我和赵飞相视，对小染笑着。

“来，来，都别装了。”小染站起身拉着赵飞奔向那桌女孩。

“说你呢！你也过来啊！一个人坐在那装什么酷啊？早都不流行了。”小染笑骂着我。

我听她的话和赵飞坐在她的两边。

女孩们都精美地包装着自己。我和赵飞随她们欢快地逢场作戏，谁都不会对谁动感情，她们比我们要清楚得多。所谓的戏一完，人就散是怎样一回事。

那晚我们没聊文学，更没聊音乐。

那晚小染问我高一开学那天，她向我笑，说我为什么不理她，我说：你不好看……

那晚赵飞对我说他走的那一天，小染送给他的信封里面都是一年多所有追小染的男孩写给她的纸条和情书，其中还有赵飞的。

那晚赵飞对我说小染走的那天，他其实就站在站台的出口处，小染吻我的时候他哭了……

那晚小染穿着白衬衫，很紧的牛仔裤，和她剧组的朋友们在舞池中与一群外国男孩疯狂地共舞。

我抽着小染留在桌上的烟，任凭音浪凶猛地向我袭来。

赵飞要了其中一个女孩的电话。

我说："你不是只待一周就走吗？"

"就是因为只待一周，我才要了她的电话。"赵飞神秘地笑着，得意地喝了一瓶啤酒。

"叫大哥。"小染湿透了，衣服紧贴在身上，瘫坐在我的身边喘着气，大口地喝着啤酒。

"大哥。"那个比我强壮很多的外国男孩搂着小染的腰，用生硬的汉语一脸无知地称呼我。

我尴尬得只能喝酒。

小染扑到我的身上，粘在我的耳边，妩媚地对我说着："这个英国人叫你大哥，是不是很爽？"

说完后整个人倒在沙发上，笑得像是要疯掉。

没人知道她在笑什么。

她的英国朋友也没去理会她，不断地叫着我大哥大哥。我和他，在小染的笑声中喝空了一瓶瓶啤酒。

我很想问小染，这半年多她是怎样过来的，又发生了哪些新的事情。

她和王斌还有关系吗？她在拍什么戏？她演什么？那个英国人又是谁？她又为何笑得流出了眼泪？

这些问题我当然都没问出口。今晚大家玩得这么高兴,我怎会这么没趣地破坏这热闹的场面?

再说吧。

酒吧外的深夜,我和赵飞谁都没有喝多,清醒地看着远处的小染和那些女演员一同进了几个外国人的车里,消失在夜色中的外滩。

我和赵飞,又剩我们两个人。我们谁也没问彼此这一年的近况,甚至连话都没多说,两个人手握着手,把繁华落尽的百年外滩走成一条线。

海蓝得像天,我知道赵飞这一路都在想什么。

15

我最近一次收到小染的短信是在去年的 10 月,她说她在看 LADRYTRON 的演出。

“LADRYTRON 只在上海演出,不去北京,你看不上了吧? 哈哈,连我自己都嫉妒我自己。还是你向我推荐她们的歌在 2000 年的夏天,可惜现在你却看不到她们的现场,向你默哀。”

到了 11 月,我去看 CLUB8 在北京的演出,也发了信息给她:爱在 11 月,有音乐的日子就是夏天。

一个多月前,我和家人回小城过年。两年半没有回来,不知道小城变成什么样了,我的记忆还在不在。

回去的当天下午,我就去幸福大街找大冯和小敏。

我还是失望了,我没找到乐迷天堂。大冯的店已改成一间花圈店了。

一个老人在夕阳下低头扎着花圈,他要靠它换钱、生活、过年。

"大爷,先前这有家卖磁带的……"

"搬了,去年就搬了。"老人并没抬头看我,认真地做着手中的活。

我谢了他,却又无能为力帮他。

他的背影瘦小、苍老。

我真想买下他正在扎的这个花圈,写上挽联,点燃,祭奠这里的曾经,我们的夏天。

按照老人的指点,我很快就找到了新的乐迷天堂。它比先前的那个要大得多也漂亮得多。有两三个像小敏那样的女孩站在店里,嗑着瓜子聊着天。

"你找谁的带?"

我说:"我随便看看。"店里卖的还是正版带,我在北京见过的那些最新流行的磁带这里全都卖。

最让我惊喜的是一个小架子上摆满了打口带,有几盘还是我走的那年送给小敏的,它们让我看到了大冯和小敏的痕迹。

"请问大冯他现在还在不在这里?"

"谁?"

"大冯,冯凯。"

"不认识。"

"没听说过。"

"没这个人。"

女孩们纷纷回答。

“那小敏呢？她还在这里干吗？”

“小敏？”

“对，张一敏。”

“哦，你是说我们老板娘啊！她当然在这里干了，这就是她的店。”

女孩们笑我无知，我也随她们笑着。

小敏成了老板娘了。

“我们老板娘和老板回家过年了，初五以后才会回来，你找她有事吗？”我说：“没什么事，我是她的一个老朋友，两年多没见她，来看看她。她不在就算了，我下次再来吧。”

“要不你把电话留下吧，我告诉敏姐让她和你联系。”

除夕夜里，我接到了小敏的电话，她的声音激动得颤抖。

“我还以为你不会再回来呢。”

“怎么会？我这不就回来了？”

那晚我和小敏聊得很晚。我和她认识这么多年说的话还没有这一个晚上多。

她告诉我，我走后半年大冯就把店留给了她，带着家人去了深圳，说是不为自己也得为孩子的将来考虑。

趁着还没老再去赚几年辛苦钱。

“大哥和嫂子在那里的一所私立中学教书，我告诉你他的电话，你打给他他一定会很高兴的。”

小敏说：“去年五一她和一个在税务局上班的公务员结婚了，孩子都八个月了。他和你是校友,九七届的,叫何伟,你认识吧……”

我说:“我怎么会忘记了他?只是小敏你怎么……”

“我知道你想说什么,前年我爸下岗后就去给他爸开车,我爸妈都很喜欢何伟。订婚的时候,他给了 5 万块钱彩礼,有了这钱我就能让乐迷继续开下去,有了它我的生活才有希望。其实他并不是你想象中的那样,他并不坏,对我也还不错。他和你的那件事他给我讲了很多次,他挺内疚的,他说那时年幼,总说要找个机会向你道歉,希望你能原谅他,和你做朋友。刚才我对他说你回来了,他很高兴,说过完年回去一定和你见见,和你一起喝酒,你就原谅他吧……”

小敏说她结婚的那天,她没去理会宴席和婚纱,没太在意嫁妆和婚戒,只是让音响里不断重复播着 2000 年夏天我们在一起听的那支歌 *SAY YES IF YOU LOVE ME*,泪水一次次流出,滴落在婚纱上,溅湿了整个婚礼。

“你们不在,婚礼没有意思,空空的。”

她问我小染和赵飞这些年过得怎样,我说都挺好。她说,那就好,他们什么时候会回来?我们再像从前那样,喝酒、聊天、听着歌曲、看落日斜阳。

我说会有那么一天的,大冯、小染、赵飞,大家都会回来,回到过去,就像那年夏天那样大家围坐着,一张张年轻的脸庞带着笑。太阳永远不落山,夏天不会过去。

我问小敏:“你有没有想过离开小城,去别的地方发展?”你总不会一辈子都待在这,守着乐迷养老吧?

小敏说会是这样的,她说她爱着这个小城。

我在这里生活了二十三年从没离开过它,以后也不会离开。

16

小城也有了酒吧,朋友拉我一起去,说那儿能让人快活。

小城酒吧是朴素的,红绿的光线、粗糙的音乐。

朋友们都很兴奋,问我在北京这两年的生活。

我侃着一个个故事给他们听,他们听得神采飞扬。

初中、高中的这帮同学,现在有的也成了家。

昨天还是小孩,今天已经是孩他爹了。

他们对我讲着小城的新闻,说着那些曾经是老同学的现在,谁发了财,谁嫁给了有钱人、谁犯了罪判了刑、谁生病死去、谁又不讲情义不给老同学帮忙。

他们也聊着给领导开车的感悟、做小生意的艰难、媳妇的泼辣,让他们总无法开心……

我笑着,听他们说话真是种享受。

旁边传来了耳熟的笑声,我抬头看去,看见了一个长得很像从前那个叫秦岚的女孩。她的身边坐着我爸的朋友,手长在了她的身上。

"看中哪个了?"朋友问我。

我没说话,看着那个女孩勾魂摄魄的笑。

"那是秦岚啊,认不出了?"

"她怎么在这里?"

“那你怎么在这里啊？呵呵，别问了，大家的目的都一样。”

“她高中毕业，就来这里上班了。”同学狠笑着。

“有兴趣没？今晚我帮你搞定她？”

隔着几张桌子，我举杯，向她笑：“我干杯，秦岚你随意。”

离开小城前的几个小时我回了趟母校，小染和赵飞读了一年半，我读了三年的高中。

学校变化大得惊人，我读书时的一些景色全都改变了。

盖起了现代的篮球馆，先前的水泥篮球场就被理所当然地废弃了。

篮球场边的大树却保留着，只是石凳已经不见，树下荒草丛生，枯黄得没有生机。

再也不会有女孩像18岁的小染那样在夏天的午后，安静地坐在这棵树下听歌、看书，看最要好的两个男孩为她打着球。

那片空地，已放上了乒乓球桌，供老师同学们课间休息时娱乐。

那些稚气未脱的孩子哼着周杰伦的歌曲，周围并没有女孩，他们好像也不在意，小小的银球就是他们快乐的源泉。

他们不会知道，四年前的那个夏天有两个男孩和一个女孩站在这片空地上，听着BLUR、聊天、看云。女孩的笑就是男孩们的全部。

小染的吊带装，北京话，不经意地对着我的笑容；赵飞的镜子，篮球，爱着的女孩，一盘盘的打口带；我的英语老师，我的单车，我的秋天落雨，我那寡言少语的理科同桌，我那从初中就同班的同学秦岚，我撕下的通报批评，我独自一人的高三，我的高考……你们都去哪了？我很想念你们。

我站在一群师弟师妹中显得很突兀,他们好奇的目光迫使着我离开。

上车前的刹那间,我又看见了刻在学校门外石碑上的校训。

我百感交集,默默地笑了很久。

高中三年只记住了校训的后半句:天道酬勤。

而今天,我才真正注意到校训其实还有前半句:宁静致远。

17

我始终都不认为小染是个漂亮的女孩。

她很平凡,平凡得就像我们的夏天。

原载于《黄河》2005 年第 3 期

少年行

第一章

1

阳光滑落在小城的另一边,蓝就会隔空出现。

四号院二号楼楼顶的平台,我们三个从不在夏天穿上衣的少年坐在上面。

我们上空的浮云大片大片飘远。“每朵白云后都藏着宇宙飞船。”胖子说。

小我一岁的胖子就坐在我的身边,他捡起脚边的石子漫无目的地砸向楼下,肚子上的赘肉颤得很有节奏。

我笑他,眼睛却瞟向独坐楼沿的军伟。大我两岁的军伟总是让我崇拜。他的双脚荡在空中,垂直于地面。军伟很少说话,只是不停地喷着烟圈。我歪着身,出神地望着他那比我宽厚的后背。

“来了,来了,她来了。”胖子站起身,兴奋地大叫着。

我紧随他站起来,看着他朝有蓝的方向掷去一颗颗石子。他这样做无非是想吸引蓝的注意。但是蓝所站的楼顶边沿离我们的距离却很远很远,远得就像不存在。

胖子奋力扔出手中最后一颗,石子在空中倔强地旋转又宿命般地陨落。我看见军伟笑了。他是看着远处的蓝在笑。

蓝,是我们给她取的名字。蓝是属于我们三个的。

赤脚走在楼沿的蓝,长发总是挡住她的脸。没人看得清蓝笑的样子。军伟说:“蓝太忧郁了。”

可惜那时的我实在太小,小到连忧郁是什么意思都不明白。我只知道,蓝在我们三个人的脑中都有属于各自的想象。

可蓝又是谁?她为何总会出现在顶楼的黄昏?蓝来自哪里?又扮演着什么?答案好像对那时的我们并不重要。

蓝有太多的不确定。

蓝就是那个一身蓝裙,选择在黄昏出现的未知女孩。

有时蓝只是在楼沿来回地走,那时她的脸会垂得很低,闪着光的双臂一次次伸向天幕,并且舞动着。

蓝是夕阳的孤独舞者。一圈圈旋转的蓝,凉鞋挂在手上,裙角飞扬,洁白的小腿音符般地跳动着。早已透明的身影被残留的日光洒在路中央行人那慌张的脸上。

蓝动人地舞着,任我们醉生梦死地陶醉。

蓝,去告诉每一个爱着你的人,就说你的侧脸在夕阳下是那样的动人。

直到树与树的空隙中再没有风的声音,跳累的蓝才会满意地转过身,绑着散开的长发,穿上凉鞋,轻轻的,消失不见。

而我们这三个散了场的观众，未尽兴地准备离开，期待着下一次有蓝的黄昏。那一刻，我才能体会到夕阳无限好的真正含义。

那悬挂在空中的宇宙飞船也都不知到哪里去了。

军伟站起身，把烟头弹向远方。那七彩的夜景像是被这道完美的弧线点亮。

“随便看看算了。”看着我们留恋的样子，军伟笑笑，揽着我和胖子的肩。他就是如此的比我们成熟。

我想这个故事应该开始在我十五岁那年的夏日黄昏，我想让这个故事开始于十五岁那年有蓝的夏日黄昏，如同金子般燃烧的夏日黄昏。

2

五层的楼，我住三层，军伟楼下，胖子楼上。

每晚我一睡下，楼下就会传来熟悉的吵骂声。我习惯了，盯着天花板，猜测军伟这次被打的理由。

军伟的父亲，曾经的部队连长，现在是爱跳夜场舞的酒鬼。老酒鬼打他的儿子其实是不需要理由的。

“你再和老子顶一句？你他✕又和别人打架了是不是？”

我就是伴着这样的声响长大的。

一个晚上，只听见老酒鬼打军伟的声音却没听到骂声。我好奇地问军伟：“怎么了？”

“喝多了，我刚睡着就被他打醒。”

“你怎么不反抗?”胖子瞪大了吃惊的眼睛。

“反抗个×,我老子当过兵。”军伟从口袋里摸出烟,“谁让他是我老子?”

“那把你打死了怎么办?”

“打死算了,反正是他生的。”军伟没点着烟却笑出声来。

这就是我从不敢去军伟家找他的原因。更让我胆怯的是军伟的母亲,那让整个四号院都厌恶的老女人。

在我现存的记忆中,搜索不出那个老女人脸上哪怕是一丝的笑容。想起的只有她肥胖的身躯,头发像晒黄的海带可有可无地挂在脑后,浑圆的脸上涂满了多种颜色,汗水从额头流到地面时,她的脸总会有道道深深的痕迹。肥厚的脚掌套上了肉色的薄丝袜,硬塞在那满是灰土的黑色高跟鞋里,如同硕大的肉粽子。有肉从中淤出,她吃力地弯下身,扶着墙,抓着脚掌的痒。

在浮躁又漫长的炎夏,老女人随时随地都会爆发,甚至我和胖子这样的陌生人都被她骂过。当我听到老女人咒骂老酒鬼在外鬼混时,当我看到老酒鬼殴打老女人时,我总会想,他和她有没有相爱过?哪怕是曾经。不过,老女人和老酒鬼打骂的时候,是见不到军伟的。

谁也不知道他去了哪里。除了我。

3

一个午后,我和胖子在楼口追逐玩闹,胖子不小心撞在了老女人臃肿的身上。

“死胖子,没长眼睛,急着投胎啊!”老女人用手指戳着胖子的额头,恶毒地骂着。

“撞死算了。”老女人恨恨地上了楼。

胖子握紧了拳头，怒视着她肥得冒汗的背影。而他能做的也只有这些，谁让她是军伟的母亲。

“好了，好了，去你家玩吧。”我说。

胖子的家我是经常去的。很喜欢。喜欢的是胖子家的安静，还有胖子的妈妈，许阿姨。

我没见过胖子的父亲就像没有在胖子家见过阳光一样。

在我和胖子做朋友的开始，我就知道胖子家只有他和许阿姨，我从没问过关于他父亲的任何问题，可胖子和我们在一起却总有意无意地说起他的父亲。胖子说他父亲在很远的地方做很大的生意，赚很多钱，多到可以满足他任意一个愿望。军伟听后只是点头、笑，并不回话。

直到懂事那年，妈才悄悄告诉我：在胖子两岁的时候，他的父亲就和许阿姨离了婚。那个男人在十二年前一个飘雪的早晨离开了四号院。从那以后就再也没有人见过许阿姨笑，也很少见她出家门，也没有人再见过胖子的父亲。有传言，说他确实在西部赚了大钱，有了新的家。也有的说，那个男人早在一次车祸中死去了。不知这些流言胖子和许阿姨又听到多少？但愿他们不会相信。

许阿姨的房间暗得几乎没有光。有时会从未拉严的窗帘里漏进几缕阳光，有时只有弱弱的烛光。我很好奇她为何要把白天的房间弄得比深夜还要黑。每次去胖子家透过门缝，我看到的许阿姨几乎都是同一个姿势：双手合十,虔诚地跪在佛像前的草垫上,不时会取下手腕上的佛珠,喃喃自语着。佛珠一圈圈在她手中轮回,她的眉头总不舒展,烛光随时可能灭掉。佛像的上方一幅不知出自谁手的草书:苦海无边。

“你又偷看!”胖子猛拍了我一下,“你怎么又偷看我妈?不是说好不再看了吗?”胖子不满地冲我嚷。

我无话可说,红着脸走进胖子的房间。

“这可是最后一次了啊!”胖子没好气地带上了房门。

我坐在他的床上,不好意思地笑笑。胖子取出象棋,在地上摆开。

胖子棋下得很好,在四号院很少有人能赢他。

这一盘我肯定又要输。我满脑子回放的都是许阿姨那古怪的举止。才开局,我就丢掉了一车一炮。

“你就不能用点心?”胖子冲我嚷嚷。我笑,依然没回过神来。重新开战后,我仍盲目地走着。“你是不是也觉得我妈有点怪?”胖子突然抬起头狡黠地冲我笑着。

我茫然地看着他诡异的样子,连笑都挤不出来。

4

象棋再好玩,也有玩腻的时候。再说赢棋的总是胖子。

那个夏天,只有和军伟一起度过的时光才不会让我厌倦。

在那一个个静寂、沉闷的午后,军伟总是能在不经意间带给我和胖子无限的惊喜。“走,去玩游戏机!”我们无聊地坐在院中,军伟从石凳上跳下,随意地说着。胖子扔掉噙在嘴上的树枝，不可思议地望着军伟掏出10块钱。

我和胖子兴奋地笑了。紧随着军伟远去的背影跑了过去。我和胖子从未想过军伟为什么总是有用不完的钱。这个问题对玩得入神的我们没有任何意义。军伟也不愿多说，他只是把买来的游戏币平分给我俩后就一个人静静地去玩我和胖子从不玩的游戏。有时他甚至不玩，叼着烟，独自站在一旁，看我和胖子随着游戏的进展大呼小叫。那时候的快乐就是如此的简单，人生的全部哲理和幸福只需一两个游戏币就能解释清楚。

直到有火烧云的那个傍晚，我和胖子才终于明白了这个问题的答案。

“那躲在云后的宇宙飞船都失火了。”胖子边和我开着玩笑边走进院子，看到的却是老酒鬼的黑皮鞋一次又一次地踩在军伟的肚子上。

“让你他×再偷老子的钱！老子踢不死你！”

老酒鬼的白袜子一闪一闪地急速露出来，又躲了回去。一串钥匙在腰间一跳一跳的。

军伟横在地上，手本能地护住腹部。一个挂着红线的小佛像贴在那溢满汗水的胸口上。我和胖子愣在原地，不知该怎样才好，只好和周围那些看热闹的乘凉者，一同看着。

终于有人去劝老酒鬼，把他朝楼里推，喝多的老酒鬼显然还没踢过瘾，即使是在两三个人的拉拽中，还是猛踹了军伟几脚，晃着身，骂骂咧咧地离开。

看热闹的人挥着扇子，摇着头，彼此聊着，陆续散开。先前拥挤的空地此时只剩我和胖子两人呆呆地站着，傻傻地出着神。一阵晚风吹过，有叶子从树上飘落，这样的画面对于此刻的我们未免太过凄凉。

军伟静止般地躺在地上，凌乱的长发遮盖住了他的左脸，那个小佛像却依然挂在他的胸上，冲我们仁慈地笑。天红得厉害。我和胖子一前一后走近军伟。看到他没有落泪让我多少有些欣慰，他那没被长发遮住的右眼死死地盯着天空的远方。我和胖子谁都没敢去伸手拉他，也抬头望向天空那片片红云，好像都想找出那失了火的宇宙飞船究竟藏在哪片云彩的后面。

下雨了。雨水打落在我身上，滴在军伟的脸上，与他眼角的那滴泪混在一起。

“你们看，还有阳光。”军伟指着上空，有半个滑出在红云外的太阳。

5

就算在军伟没有钱的日子里，他也依旧能带给我们魔法般的新鲜。

午后的小城睡得很安详，空荡的街道像平静的海面，骑在单车上的我们就是那深海里游动的鱼。

骑在最前面的当然是军伟。他身上的白衬衣在那旧式的单车上像旗帜一样随风飘展。

军伟骑单车的时候是一定会穿上那件白衬衣的。他说这件衬衣是他攒了半年的钱买来的。他还说，等到 9 月，他一定要穿着这件衣服去新的学校报到。

我很喜欢，甚至爱上了他那飘在单车上的白衬衣。军伟从不系衣扣的，他把双脚搭在车架上，破旧的脚蹬自动飞快地旋转，那件白衬衣像充满气的热气球，炫耀似的膨胀。

每当下坡的时候，军伟就会高声喊着、大笑着，然后撒开车把，像是要把风冲破。住在街边，没有午休的人们会打开窗，探头向外张望，慌张地寻找着那放肆的笑声；被吵醒的怨妇们，站在滚烫的阳台上，边打着哈欠边对着军伟即将消失的身影恶毒地咒骂。夏日午后，单车上裸露胸膛的军伟，用本该属于这个年代的笑声给昏暗的小城染上了活的色彩。

而晒得快被蒸发掉的我和胖子，却陪衬般地跟在军伟的身后。路远得没有尽头，我已渐渐地失去耐心，我开始越来越烦躁，恨这炎热的午后，虽然它是无辜的。

其实我是在嫉妒风中的军伟，我没有理由不去嫉妒风中的他。

我趴在车上，眯着眼，缓慢地蹬着我妈那红色的女式车，应付着胖子的话题，浸透汗的背心早已失去了原有的颜色。

我真想穿上军伟那件白衬衣，骑在黑的反光的单车上，幻想着像他那样，敞开衣服，任长发纵情飞扬在夏日撩人的小城。即使所有的怨妇都站在阳台上咒骂我，我也愿意。可是真不知道这美好的愿望哪天才会成真，是不是也要等到军伟这个年龄，也要经历一些事情，长大成熟后才能拥有这单纯的梦想？

谁知道？

到了一天中最热的时候，我和胖子都喊着要渴死了，骑不动了。

“那买瓶水，歇会。但2点之前必须回去，我爸要发现他车不在，又要往死里揍我了。”军伟说。

我们锁好车，坐到路边的树荫下。我和胖子脱掉背心，用它擦着身上的汗。军伟却没舍得脱去那件勾人的白衬衣，尽管那白衬衣紧贴在他早已湿透的后背上。

三个人凑在一起的钱只够买一瓶汽水。汽水很快就喝干了，每人却喝不了几口。运气好时，军伟会捡到一两个烟头，他摸出火柴点燃，猛吸几口后才扔掉。他曾递给过我，说是好烟，让我也尝尝，我觉得脏，拒绝了。他也不再勉强。

总会有打伞的夏日女孩从我们眼前悠悠走过，胖子站起身，坏笑地吹着口哨。

那划破天空的凄厉口哨声像是叫醒沉睡小城的准点铃声。

睡醒午觉的人逐渐多了起来，他们带着一脸的倦意和不满，谩骂着骑在各式的车子上，不知要骑向哪里。

走过我们身边的女孩越来越多。她们的装扮各不相同，但裸露在外的小腿和胳膊却是相同的雪白。她们身上发出的香味一股股溶进我们浅浅的荷尔蒙中。胖子执着地猜测着女孩们的年龄和身份，当看见令他惊艳的女孩时，他就会急促地摇晃我的胳膊，给我指着那一个个诱人的背影。我附和着他的激动，却还是会留意军伟的表情。

再好看，穿得再新潮的女孩军伟也不会多看一眼。他低着头，拨弄着长发，不时左右张望着，不安得像是怕被谁看见。他怕被谁看见？

6

午后 3 点的四号院，对于我们如同灰姑娘的 12 点。大人一走，空旷的楼群成为我们的独立王国。

车子被骑走，我却并不觉得失落。军伟也蔫坐在楼梯口，上身恢复赤裸，呆呆地看着老酒鬼骑走那辆车。他这样的神情反而使我心里多了些平衡。

“来，来，来。我们照相。”胖子用旧式相机的镜头对着我和身边的军伟。我俩摆着手，不配合地拒绝着。

“就剩这几张了，照完就洗了。”胖子教给一个小孩如何拍照，交代完后跑到了我和军伟的身后。

三个人都没有穿上衣。我和军伟斜坐在楼梯上，胖子半蹲着，两手分别搭在我俩的肩上。叠在一起的我们像是一个“众”字。由于强光，每个人都眯着眼，微微地皱着眉头。要不是笑容还挂在嘴角，那这张照片简直没有任何的可看性。照完最后一张，相机快速倒卷。听着像是时光穿梭机的声音，三个人相视着，默默地笑了很久。

4 点钟的风最是好闻。顶楼的风很大，空中的云只有散散的几片。树冠被日光转换成金色，像片片鱼鳞闪动着。我们三个围坐着，闻着混合在一起的花香。

搁在脚旁的单放机的外壳早已损坏。旋律随着暖风悠扬地环绕在我们的身边。听来听去唱歌的也只有刘德华。军伟把歌词抄写在封皮印有周慧敏的红色笔记本上。歌词和歌词之间空着大片的白，连接它们的是一张张刘德华、周慧敏的贴画。字很歪斜，没几句就会有错别字，却还是看得出他在抄写时的认真。

“等我有了孩子，是男孩就叫张德华，女孩就叫张慧敏。”军伟看着周慧敏那甜腻的笑容，许诺地说着。

“军哥,你说蓝像周慧敏吗?”胖子望着蓝出现的地方,虔诚地问着。

军伟转过身,笑笑地隔空望去。

“等我有了钱,我一定带你们去找刘德华,看他的演唱会,然后再找周慧敏做我老婆。”

“做谁老婆?”胖子问。

军伟像是被胖子的话逗笑了,又假装生气的样子,用脚踢着胖子的屁股。胖子来不及躲开,夸张地用手拍着屁股上的土:“做你的老婆,你的。”胖子对军伟傻笑着。

7

星期天。这该死的日子！我讨厌它!

爸不在家,妈在耳边唠唠叨叨着。

“说过多少次了,别去找张军伟,你就不听。他是要读职中的人,你能和他一样？开学你就读初三了,还要考重点高中,你以为一中是那么容易考进的?压力那么大,你还天天出去玩！以后少出去……你看他爸那死样子,天天喝酒、跳舞,他妈那泼妇一点理都不讲。爸妈都那么没出息,他能好到哪？你看他头发留那么长,穿衣服从不系扣,在外面和人打架,在家偷他爸的钱,一天到晚不学好,你和他在一起早晚会变坏。哎,我说话你听着吗？你去哪?你……”

“厕所!”

这样的话我哪能听得进去？我烦极了,把门重重关上,郁闷地站在家门口。恍惚中我看见靠在楼梯拐角处穿着白衬衣的军伟。领口那几个扣子照旧没有系上。他歪着头,没有表情地吐着烟雾。逆光的侧脸被长发整齐地挡住,几颗灭掉的烟头躺在他的脚边。

不知道刚才妈说的那些话他是否都听见了,我紧张地望着他。

“上楼看蓝吧。”军伟猛吸了最后一口烟,用脚把烟蒂踩灭,涩涩地对我笑着。我无话可说,本能地跟在他身后。

8

那是我迄今为止见过最唯美的一组镜头。

下着小雨的天,蓝得像要被打开。凉风中的细细黄叶流星般地静落。清新的空气中回荡着撕空的鸟鸣声。谁在放着那首伤感的歌曲?黄昏正在上演。

双手插兜的军伟昂着头,恋恋地望着隔空梦幻的蓝。蓝,像是和军伟约好一样,长发顺在肩,赤脚站在楼沿上,纯纯地笑着。

雨水顺着发梢滑过军伟的脸庞,他笑得很明媚。蓝也迷离地笑着。双手背在身后,被雨打湿的裙摆晶莹地贴在腿上,一隐一现。雨幕中两个熟悉的陌生人会心地默契着。雨斜斜飘洒,花朵缤纷落下,在刘德华的歌声中,两个人诗般地相视着,静静地笑了很久很久。临街工地的红旗迎风绽放,如蚁般的路人匆匆地躲雨赶路。一只褐色的野狗却格外悠闲,嗅着一个又一个垃圾桶,寻找着属于它的晚餐。我着迷地看着,看着他和她绝尘的暧昧,彼此深邃的笑容,像是等待了千年的恋人。

我就这样幸运地欣赏着，时而自言自语地安慰自己。雨中的傍晚，一只青鸟从我的上空疾飞而过，飞得好看。

9

爸的白衬衣歪斜地套在我的身上。我极力挺直身体，使劲地把衣襟朝下拉，可那已不明亮的白衬衣仍旧松垮地吊在我的肩上。即便如此，我也不舍得脱去它。

我推着新买的单车背对着市一中的校门，我刚报到出来。

已是初秋，淡黄的树叶拂过脸庞。骑在单车上的我只系了最下面的扣子，把胸口裸露在外。我狂野地超越了一个又一个同路人。下坡时，我模仿着去年夏天的军伟，猛蹬几下，撒开了车把，让秋风尽情吹乱我已留长的头发。我毫不在乎路人异样的眼光，让他们嫉妒吧。我只想哼着不成调的曲子，自在地享用十六岁沁人的味道。我当然不会这么早就回家。我还没骑够这辆梦寐以求的单车，我还没让更多的人嫉妒我那已能遮住侧脸的长发，那飘在风中的白衬衣。

小城杂乱得没有秩序，我却沿着我自己制定的路线，穿过风景各异的街道。军伟和胖子没有陪在我的左右，这使我多少有些失落。可这样的感觉似乎很多余，这一刻，我单车上的白衬衣就是全世界。

前方拥挤的人群堵住了我的去向，我无法前行了。我刹了车，单脚踩地，把车停了下来。我掉转车头，几个如同蝴蝶般的小孩，嘬着手中的冰棍，迎面朝我跑来。

“看死人去。”“快，快，看死人。”孩子们笑得很动听，他们跑得快了起来。我扶住车把，回头望向沸腾的人群。卑贱的好奇心驱使我随着孩子们过节般的笑声骑去。

10

那幢居民楼灰暗得随时都会倒塌。落日绚烂的光线被窗户反射成破碎之花。人多到要爆炸，我在一棵树下锁好车，走进堡垒般的人群。人们围成了一层层不规则的圆圈，我奋力地拨开前方的人群，但细窄的空隙迅速合拢。我脱下心爱的白衬衣，缠在手上，用赤裸的上身扛着身前那一个个黏热的后背。胸前的汗急速地向下滑落，我终于挤进了最内层，却没看见什么死人，只有一个精致的粉红凉鞋躺在空空的水泥地上。

“哪有死人？”我问身边年龄和我相仿的少年。

“那边，看见没？楼口。”少年也赤裸着上身，头发蓬乱灰暗，脸很脏，身上散出一阵阵恶臭味，他兴奋地笑着用手指着楼口。

通过他墨黑的指尖我看到了众人的期盼——死人。我拼命地跳着身子，却还是没看清死者的脸。她的上身被素白的床单覆盖着，身下是殷红的血。我只看到深蓝色的裙摆下优美的小腿。那赤裸的双脚被绚烂的光线笼罩着，像一个发光的寓言。我想离开，却发现逃脱很难。

“听说这个女孩吸毒……”

“失恋了吧？肯定是男朋友不要她了……”

“胡说。我就住她楼下，最了解她。她呀，是个神经病，考了几次舞蹈学院都没考上……”

穿着肥大衣服的老妇女、鼻尖冒汗的无业青年、退休的老人、卖水果的小贩,工地上的民工、下班路过的小职员,放学回家的孩子们……

他们热烈地谈论着,这让我产生错觉,一张张眉飞色舞的脸让我置身于即将上映的影院。“鸡,兄弟,她绝对是个鸡。”满口黄牙的少年拍着我的肩,肯定地说着。

“我是看着她跳楼的。就刚才,她先是跑了几圈,然后在楼沿走来走去。最后站在楼边,直直地朝远方看去。愣了几分钟,也不知道她在看啥。我正纳闷呢,就见她一只手拿着一只鞋子,张开双臂,唰地跳了下来……”

他越讲越激动,唾沫横飞。很多人围了过来,兴致勃勃地听他说着。他把给我说的那些话,又手舞足蹈向四周重复着。

尸体已被抬走,一切又恢复了平静。人群逐渐稀疏,我大口地吸着新鲜空气,先前混浊的气味压得我喘不过气,很难受。我绕过还在议论的人群,站在了那幢楼的楼口,蓝刚躺过的地方。我抬头望着灰暗的旧楼。有水从楼顶不断滴落,打在地面上发出清脆的响声。我走了进去。

这幢楼和我的二号楼极其相似,甚至散发出的霉味也很熟悉。每一层也是三户人家,每家门口也都放着一个纸箱用来装垃圾,门上的春联早不知被哪个淘气的孩子撕掉了一半。楼道中,不知从哪个门里传来了洗牌的声音,男男女女放荡的笑声。我停留在五层,昏黄的光线中三扇旧房门几乎完全一样。我根本辨别不出哪间是蓝住过的。我把耳朵贴在一扇扇门上,却都听不到一点声音。我无奈地用手轻轻抚摸着其中一扇,想哭却傻傻地笑。

11

爬过冰冷的铁梯，再从一个四方的缺口钻出，我就站在了蓝的舞台上。

蓝的舞台不大，却堆满了很多破烂的家具。几根铁丝上挂满了晾晒的床单、发黄的底裤、泛白的球鞋。只有靠近楼沿的地方才有块空地。我闭上眼，回想着关于蓝的每个细节以及那勾魂摄魄的动作。冲动的勇气使我站到楼沿，我像记忆中的蓝那样，在这截并不长的楼沿来回走着。在一盆枯萎的花前，我蹲下身，看见坚硬的地板上刻了句柔美如飞的话：带我走。

蓝不是他们说的那样。蓝一定是跳乱了舞步，微笑地去了天上。我直起身，仰视着湛蓝如洗的天空。望着行将老去的城市，我终于懂得所谓的忧郁是种致命的伤。先前看蓝的那拨人又聚在楼下。那个给我讲蓝的赤裸上身的少年，大声地冲我叫着。我被他们的可爱逗笑，我知道，他们以为我会像蓝那样，满足他们没有看到的遗憾。我想起那少年给我描述蓝死前的样子，决定给好奇的人们开个善意的玩笑。我尝试地学着蓝死前的举动，张开了双臂，平视着前方。

太阳没有彻底地消融，月亮却已浮在天上。就在日与月的交集处，我看见了那差点让我流泪的身影。军伟颓废地站在天的另一边，右手夹着烟卷，仰着头，冷冷地抽着。

第二章

1

“你哪天考完一起喝酒。”军伟坐在路边，摸着点点的毛问我。

“后天下午。”我推着车认真回答他。

“那好，考完过来，我们好好喝一次。”军伟站起身说。

这段对话发生在我高一期末考前。我是在去往学校的路上遇见了坐在街边的军伟。他垂着头坐在一家眼镜店前抽烟。他始终没抬头，任点点讨巧地舔着他的手。点点是他捡来的流浪狗，他的宠物。

军伟从职校毕业后和他的几个朋友在外合租了房子，搬出了四号院。关于离开的原因他不说我和胖子也都明白。他留下了呼机号，让我和胖子有事随时呼他就成。他的住处，我去过很多次，每次去都是在我心情不好的时候。无论什么时间去，他都会在。半盒没抽完的劣质烟，一包散装瓜子，我们就能闲聊一个下午。听他讲些趣事，心情也就慢慢变得愉快，笑出声来。和他住在一起的那几个朋友都比我大，都不再读书。去得多了，也就知道了他们的外号和曾经或惊人或平淡的经历。

他们都有各自的女孩。每当聚会时，那些妖艳的女孩都会乖顺地靠在他们身上，有时就直接坐在他们腿上。我不喜欢那些女孩的装扮，那暴露的衣服、红黄色的头发、夸张的耳环、浓浓的妆。恶俗的香味混杂在拥挤的小屋中，难闻得令我窒息。军伟的身边只坐着我和胖子,没有女孩。我猜他就不会喜欢这种类型的。

军伟从不劝我和胖子喝酒,他知道玩得再晚我俩还是要回家。我也从没见军伟喝醉过。而军伟那些兄弟稍微喝一点酒就会把怀里的女孩搂得更紧,高呼乱骂着一些我从没听过的人名。有时做出的举动会让我不好意思多看。军伟笑着骂他们:“注意点,忍不住进屋去,这里还坐着小孩呢。”可我却不爱听军伟这样说,我总想喝醉,也搂着热辣的女孩做着疯狂的事情,也摔碎几个酒瓶,抬手时碰到悬挂的吊灯,使它剧烈地摇晃,照乱每个人糜烂的笑脸。

而现实总是不给我机会。我和胖子能做的也只是喝一两杯啤酒,吃大量的食物,在快10点的时候拿着书包匆忙离去。进家门前用口香糖遮掩嘴里的酒气和烟味。要是我妈问今天怎么回家晚了,我就胡乱找个借口应对过去。躺在床上一时是睡不着的,满脑子想的都是军伟小屋里多彩的夜晚。我暗暗告诉自己:这是最后一次,下次一定要喝个烂醉,让军伟和他的朋友知道我早不是个孩子,是和他们一样也能喝醉酒混在一起的男人。

我就带着丰富的幻想睡去了,等被闹钟叫回庸俗的清晨时,我早已忘记昨晚许下的种种誓言,冲出家门。我没来得及整理衣服,丢失信仰般地飞驰在去往学校的路上……

在那个闷热的傍晚,散漫的夏日淡淡地逝去在窗外,厚重的音像低沉的歌声迫使我感到莫名的空虚。我问床边的军伟:“毕业了,怎么想的?找工作?”

“找个屁工作,哪那么好找!”

一遇到类似这样的对话,军伟都会迅速转移话题。我知道,他不愿回答,更不想让空气变得尴尬。

“晚上想吃点什么？我叫他们买回来。”军伟说。

军伟那些朋友，让我好奇了整个夏天。他们每晚都会喝醉，醉到第二天的中午才三三两两醒来。裸着上身抽完第一根闷烟，套上衬衣，抓走一把瓜子，在接近黄昏的时候出门远去。军伟说：“他们是去干活。赚钱换酒肉，养自己的女人。”他们究竟去做什么？军伟像是故意回避，没详细说过。

“晚上喝酒。”军伟逗着怀中的点点，笑得很满足。

我不再多问，只好迎合着他的笑，等着急促的敲门声响起，期待着又一个放纵的夜晚。

2

“你们猜最后怎么了。”我喝干了杯里的酒，环视着一桌人的表情。

“快说快说。”他们不耐烦地冲我喊。我把目光落在军伟的身上，他摇着头对我笑。

“她还是把胎堕了，听说她换了所学校，还准备高考。”

“那男的呢？被开除了？”一个黄发女孩急切地问着我。

“没有，他是校长的侄子，哪会被开除？再说那女孩还傻得痴情，非说和那男的没关系。”

“真他×够傻的。”那黄发女孩怨恨地骂着，“三宝，你要敢对我这样你小心点。”

“我哪敢！你多厉害。”搂着她的少年装作害怕的样子。

“不过便宜那小子了,是吧军伟?”三宝恢复了坏笑,问着军伟。军伟只是不停地笑,并没说话,而三宝怀中的女孩却不断地警告着他,轻打着他的脸。

这是我喝的第四瓶,身子缓慢地变轻了。我不想再吃东西,只想不停地说话,讲故事给他们听。

军伟劝我少喝点,我不听。他不再劝我,点上了烟,侧着身听我讲那些辗转流传在校园里的青春往事。

我又陆续地喝了不少,桌上的菜早已吃得干净。也不知已经几点了。这个晚上好像就我一个人在说。

军伟掏出钱,让三宝再去买点吃的。

“不许去,不许去,谁都不许走。”我拦住即将出门的三宝和他的黄发女友。“故事还没讲完呢,不买了。来,来,听我讲,听我讲。”我拉着三宝入座,脑后却不知挨了谁一巴掌。

“喝多了吧你!你倒是吃饱了,我们还什么都没吃呢!不能喝就别喝!三宝,你去你的,别管他,他喝多了。”

“我没多,军哥,真没有。”我仰着笑脸向军伟澄清着。三宝和他的黄发女友又揶揄了我几句,笑着带上了门。

我还在一遍遍说着我没醉。但没人理我,他们抽着烟,玩着手中的筷子。

“你要是想吐就吐,别硬憋着。”军伟喝干了我杯中的酒,倒了杯热茶放在我的桌前。

“我没事,军哥,真没事,还没喝高兴呢。”

“你把茶喝了再说。”军伟严肃了起来,“都别给他倒酒了,听见没?”他们答应着，我也知趣地没再出声，端起那杯热茶，小口喝着。气氛沉闷了下来，有人翻看杂志，有人去了厕所，还有一对情侣向大家告别。屋里除了我，只剩军伟和另外两个人了。我听不清他们在聊些什么。军伟不时地看向静寂的窗外，桌上一片狼藉。我有些困了，我把空杯子放回桌上，带着怨气问："我睡哪?"军伟笑了笑："睡我床，要吐就吐，被单在枕头下。冷就盖上。"我看都没看他，就低头朝里屋走去。

一声巨响震得我回头看去。

是那个黄发女孩，她没进来，站在门外，惊恐的双眼溢满了泪，泪水在暗黄的灯光下像一粒粒饱满的玉米。

"军哥，出事了。"

3

我还没来得及反应，屋子里瞬间就站满了人。一张张坚毅的脸安静地听着黄发女孩不成句的叙说。随着那女孩惊慌的哭泣，我想象着她描述的景象。里屋就在这个时候响起了不规则的忙乱声。我快步走进去，还没看清发生的全部，却已呆站住。

每个人都把酒瓶握在手中，像握剑将要去决斗的侠士。军伟用枕巾把一根锈黄的铁棍绑在手上，猛吸着烟朝外快步走去。看见这样的军伟让我暗暗激动，这才是我期盼的场面。我紧跟上去却听见军伟沉沉地说："你去睡觉。"

"我不睡，我……"

"我让你去睡觉!"已经走出门的军伟转过身冲我怒斥着。

我被他的吼声震伤了，张着嘴却没敢说出话。握着酒瓶的他们随着军伟从我身前一个个急速走了出去。我能感觉到旋转中的热气。

我垂下了头，僵在原地，清楚地听见门被锁住的脆响。

我爆发了，把椅子踹翻了很远，沮丧地发泄着。未被开启的酒瓶被我摔得粉碎。酒花溅湿了我的脸，血顺着胳膊朝指尖流去。光影明暗晃动，我的心在涌动的闷响中剧烈跳动着。这燥热的空间立刻就会炸开。我尝试着让自己冷静，手却失败地发着抖。我走近窗边，夜空下霓虹闪烁，疾驶的汽车如同匆匆赴约的夜归人。月光纯白圣洁，月影下的军伟他们又会经历怎样精彩的故事？我问自己，是不是真的喝多了？

4

关于老丧的传说我很多年前就听说过。但也只是听说，从未见过。每当看港片时，黑社会中大哥的潇洒满足了我对老丧的全部好奇。我给军伟说过我对老丧的种种想象，军伟听后直摇头，狂笑到咳嗽。

“你他×电影看多了。”军伟拿瓜子砸我。

我没闪躲：“那老丧什么样？那晚你们…… ”

“老丧？老丧他就长我这样。”军伟望着天窗，抽动的嘴角还在微笑。

5

军伟说，这个仇一定要报。

三宝和他的女人一直走到了巷口才注意到点点跟在身后。两人完全忽略了点点的存在，继续暧昧地调着情，走向路尽头的小吃街。他们买了不少熟食。往回走时，三宝才想起了点点。他和他的女人再次进入小吃街，喊着点点的名字，一左一右搜寻着。在路尾的烤摊前，三宝听见了点点凄惨的叫声。看到坐满人的小桌旁，在众人的叫好声中，一个光着上身的背影抡起座椅，狠狠砸在挣扎的点点身上。三宝抄起邻桌的空酒瓶，愤怒地打在那裸露的后背上。而三宝手中的酒瓶很快就被人夺走，自己也被人按倒在地。先前被三宝打中的那个人，拿着从三宝手中夺来的酒瓶，用砸点点的方式砸向三宝。三宝用胳膊挡了一下，但血肉还是模糊了他的眼……

当军伟赶到时，那伙人早已不知去向。邻桌一个认识军伟的人给他讲了事情的经过，告诉他，打三宝的人就是老丧。军伟打听到三宝被送去哪家医院后便快速赶去。在街口的路灯下，军伟看到肚子上爬满苍蝇的点点。炙热的路灯被多情的飞蛾误以为是火海，一层层环绕着飞着。点点的头上不再有血流出，眼睛已闭住，腿却还轻微抽动着。军伟看着垂死的宠物，没有言语，默哀般吸着手中的烟，回忆着点点和他在一起的日子里，带给他的种种快乐。记忆中的影像随着最后一口烟雾飘散，他把烟蒂摁灭在贴着小广告的电线杆上，看了最后一眼点点，抬起头，握紧了手中的铁棍，径直走进夜的前方。

军伟对跟在他身后的兄弟们说："这个仇，我一定会报。"

6

还记得你十七岁那年夏天发生过的一切吗？若是忘了，现在开始回想，运气好，也许还会想得起那美妙的片断。我是不会忘掉我十七岁那年夏季的每一天。它真实得过于离奇。

在银色的夏日，不管你是否情愿，在每个路边街角，你都能遇见围坐成群的少年。你能很轻易地从这伙人中认出哪个是我。不是染着黄发、穿着拖鞋的那个，那是黄毛，也不是夹着烟卷儿、笑得肆无忌惮的光头。你再往后看，一排自行车后，佯装看报的人才是我。我听他们闲谈着各种有趣或无味的话题，附和着他们对路过的各色女孩的评价，假假地笑着。

“装个×，回家学习去。”光头夺走我手中的报纸，笑着骂我。我没法给他解释，只好尴尬地冲他笑。他不会了解，我只是把那张无趣的报纸用来做隐藏自己的道具。因为如果这个时候被爸妈看见和军伟他们蹲在一起的我，那我真得学习去了。

庆幸整个夏天我的谎言没被识破。那个夏天，我并没去参加所谓的补课，而是整天和军伟在一起，等待着证明我已长大的机会。

7

老丧，一帮热气腾腾的少年随时都会杀到你的面前！

军伟右脚搭在树上，衬衣照旧只系最下面的那个扣子。纯粹的日光中，他躬下身子，透过落肩的长发只看得见他手中的烟。缓缓地吸几口，他会捋下头发，眯起眼，皱眉凝望远方。

我坐在热风中的护栏上，用脚钩住栏杆的底部，抽着从军伟那讨来的烟，烟味很呛。我昂着头，仰望着无云的苍穹，强忍着难受不让自己咳出声。蹲在我和军伟中间的胖子被强光晒到皱眉。他遵循着自己制定的游戏规则，捏死了仓皇逃离出他影中的只只蚂蚁,笑着打发无聊的时光。剩下的他们或坐或蹲,闲散地聊着。分享着同一根烟,哼着跑调的曲子,又把口哨吹给那个匆忙飘去的粉色裙角。

在盛夏残忍的日光中,每个人迷茫的影子都被晒得那么干,雕刻得那么长。

时间在军伟呼机响起的那一刻是停滞的。一瞬间所有人都整齐地向树下的军伟看去。从树缝中漏出的点点日光打在军伟的脸上落成一道光影。日光里的军伟如同舞台中央追光灯下的独白演员,冷静得没有丝毫慌张。他扔去烟蒂,拿出挂在腰间的呼机,逐字逐句认真看了几遍后才把它塞回原处,边系着衬衣的扣子边朝我们走来。我们自觉地把他围在圈中,急切询问着他看到的内容。

笑天录像厅。军伟骑上车,把放在车筐中的包打开,取出用报纸包好的砍刀,别在身后。在知了震颤的鸣叫声中,一群单车上的少年呼啸远去,留在那个街角的是满地烟头,被风吹动的破旧报纸……

8

价值15元钱的"利锋"牌砍刀没有用来剁肉,也没拿去切西瓜。此时它裹在被汗水浸湿的报纸里,在颠簸的单车上躁动地表现着自己的锐利。刀刃穿过报纸,刺透军伟黑色的裤子露出刀尖,看上去像是一滴未被蒸发掉的奶油,更像是没来得及擦去的粉笔灰。我想和军伟骑成平行,告诉他那把刀已经划破了他的裤子。可是张开嘴呼出的却是干痛的热气,没有了说话的欲望。我只好继续跟随着他的背影，骑在他的身后。胖子并没坐在车座上，他身子悬空，整条街都能听到他的怪叫声。不知被他从哪弄来两根木棒斜躺在他的车筐里，看得出他很盼望接下来能发生点什么。我也期盼能见到传奇的老丧，可我并没像军伟那样孤傲地骑在最前方，也没仿效胖子那古怪的举止。我不紧不慢地骑在队伍的中间，只有在经过我爸单位时才低下头，快蹬了几下，猛冲了过去……

昏暗的录像厅里上演着不知放了多少遍的港产枪战片，而观众们却永不生厌地爱着它。在此起彼伏的嗑瓜子声中，军伟和黄毛他们点亮着手中的打火机，一排排快速地寻找，大步向前走去。我跟着他们，紧握着手中的木棒，迎接一触即发的战斗。

打火机亮了又灭，却不见军伟把刀从腰后拔出。也许军伟收到的消息不可靠，或许是老丧在我们来的路上也收到了消息及时逃走，找完多半个录像厅，也没有搜到他。这样平淡的结局不免让人失落。幸好，临走时，胖子看见了坐在第三排拐角处老丧的表弟，我的校友，王强。

"军哥，怎、怎么了？"王强居然还能装出若无其事的笑脸，可他那紧张的口吃轻易地就把他的伪装出卖。

"没事，出来聊聊。"军伟背过身，走向出口。

黄毛搂住王强紧随着军伟往外走去。两个人亲密无间的样子更像是出生入死的好兄弟。王强尝试着挣脱却被黄毛搂得更紧。夹在人群中的他不断重复地问着："军哥，怎么了？怎么了？"

"看你×看，有什么好看的！"胖子用手中的铁棍指着几个看热闹的初中生,“都他×给我老老实实看录像去!”

那些初中生没错,他们明白,即将在门外上演的场面比他们看过的任何一部影片都要精彩。

9

狭长的过道潮闷得压抑。一台结满蜘蛛网的老式排风扇挂在墙头孤独得苍老。

过道的一端堆满了喝空的汽水瓶,满地的废纸,一只毫无生气的老猫,从我脚上爬过,停在一个发霉的纸箱里,懒懒地舔着尾巴上的毛。

王强的后背紧贴在斑驳的墙壁上,额头上的细汗密密麻麻如同一层麻疹。黄毛和光头分别把他的两只胳膊死死地按在墙上,他根本不能动弹,只能粗粗地喘着气,惊恐地望着面前的军伟。

军伟歪下头,发梢盖住了他点烟的样子。

“老丧呢?”军伟叹气一般地吐出一口烟。

“谁?”

“装傻是不是?”黄毛甩了他一巴掌。

军伟扭过头冲我们笑了笑,又转过脸对王强说:“他你认识吗?”军伟转过身,王强看见的是左臂缝了九针、杀气十足的三宝。两个人短兵相接地对视了几秒钟后,王强把目光停留在三宝右手的酒瓶上,耷下头低声自语着:“认识,宝哥。”

“还宝哥。”军伟学着王强的语气,冷冷地笑着。军伟把没抽几口的烟向王强的嘴里塞去，他惧怕地晃了下头，却在黄毛又一次的骂声中把烟噙在嘴上。他无法去抽那根烟，被熏青的脸无助地看着它无声的自燃，一寸寸变短。

军伟走到三宝身边，悄声对他耳语着，三宝会意地点着头，双眼紧盯着残光中的王强。

“怎么样，愿意告诉我老丧在哪了吗？”军伟把烟从王强口中取出，弹掉了长长的烟灰，放回嘴中，深吸了一口，眯着眼，把烟雾喷在王强的脸上。

“军哥，我不骗你，我真不知道……”

“小子，你够硬。”军伟赞许般地拍着王强的肩，扶他靠在墙上，“告诉你哥，是男人就别躲，有种就出来见我，把事情解决了，听见了没有？”

“听见了。”王强顺从地回答着。

“听见就好。”军伟也冲他轻点着头，却突然把手中的烟头拧在王强的胸口上。空荡的过道中顿时响起烟火灭在汗水中的声音。王强的脸扭曲得变了形，手臂上的血管和青筋凸露在外，像是立刻就会炸开。军伟扔去烟头，背着王强，直直地朝前走去。

我的视线随着军伟的移动飘移着。他在那个发黄的纸箱边蹲下身，把那只倦懒的老猫抱在怀中，顺着它身上卷曲的毛，享受着它在怀中献媚般的撒娇。

一阵闷响的破碎声又把我的视线转回王强所站的地方。三宝手中的酒瓶只剩下三分之一，王强的脚边一地碎片。王强瞪大的双眼定格在三宝报复的脸上，他软软地向下沉去，有血从他的身上涌出，他的衬衣开始变红。

军伟把猫放回在纸箱中，头也不回地走了出去。受到惊吓的猫迅速躲了起来，无辜的叫声中胆小的模样更像只怕猫的老鼠。

三宝扔去了酒瓶："黄毛，走了。"黄毛和光头又踢了王强几脚，边向前走边回头警告着他和老丧。

胖子奋力把木棍砸在王强的身上，双手扶在腿上，虚脱地喘着气："快走。"胖子拍了下我，快步朝外走去。我漠然地看着王强如何挣扎地想站起身却又绝望地倒在地上。

那颗烟头没灭得彻底，还有烟雾在半空中缓慢地散开。

"你他×还站在那干吗？等死啊。"胖子站在出口对我怒骂着。

就在我慌忙朝外走出时，似乎有句熟悉的台词从身后的录像厅传来：我不会让你一个人去拼死，因为你是我兄弟。

10

8月27日，午后2点，烈日当空。3点，天阴。4点，大风，纠缠不清的电线隐喻着谁的命运。5点，飞沙走石，世界末日。

"两个8你要吗？"

"不要。"

"两个6呢？"

"不要。"

"一个Q？"

"你走。"

"还不要？那你输定了。什么破牌啊你！"

“我是输定了。我手里只剩下两张3，怎么赢？”

一下午我们都在打牌。最简单的玩法，我却连着输了好多局，被他们惩罚到麻木。

军伟睡着又被胖子赢牌后得意的叫声吵醒，他躺在床上，翻看着一本没封面的杂志。

“我✕，这他✕什么天？要爆炸啊？”胖子走到窗台，头伸到窗外，左右张望着。

“这风！”胖子用力地关了窗，“还没输够啊？”胖子取笑着我，夺走了我手中刚点着的烟。

牌还没发到每个人的手中，军伟就已经开了门，把刀别好在身后：“都别玩了，快走。三宝呼我，说在一中门口看见了老丧……”话还没说完，他已冲进风中。

风吹得人无法前行，五个人挤在一辆矮小的出租车里。车里响着一首很熟悉却想不起名字的歌曲。我犹豫着车到了一中后我该怎样去做，那可是我的学校，我的同学们即将结束一天的补课放学回家，如果他们看见本应也该补课的我却手握木棒和军伟他们出现在校门外……

“一会儿你们先下，我付车钱。”我故作轻松地说出这个绝妙的借口。我用余光瞟着坐在我左右的光头和胖子，他们并没接话，出神地望着车外的昏天暗地。

“你身上钱够吗？”坐在前排的军伟又一次给我解了围。车还没停稳，车门却被打开，军伟和他的兄弟们镇定地乘风杀去。

那也许是我唯一一次能看清老丧模样的机会，却因为灰色的风中他急速飞去的身影而失去。确切地说，我是和出租车司机一同透过车的前窗观看军伟是如何把刀举到平行，又如何在快靠近校门口时冲几个人影狂奔过去。

我下车，望着已消失成光点的背影，有些自责，但更多是解脱。再转身看向我的学校，还好，才有零散的几个人推着车艰难地朝校外走出。可是，等等，那棵摇摆的榕树下怎么会伫立着一位雕塑般的女孩？

我逐渐拉近了和她之间的距离，彻底忽略了拼杀在前一条街的军伟。

多么美的一位少女。

她手中紧握着一个黑色的琴盒，眼失神地盯着地面。长发零乱地飘在微微张开的唇上，粉色的裙子未遮住带扣的白色凉鞋。

我停在她的面前，等故事发生。

她注意到我，轻缓地抬起睫毛，红了的眼中有泪流下。街道过于冷清，低空的鸟群迷失地飞着，又一阵风吹过，一页页吹开了散落在她身后草丛中的书本。我们的背景是沙漠似的天气，暴风从四方汹涌袭来，扫起的纸屑就像下雪。两个人木然地看着对方，谁也没有说话。

一个黑色的塑料袋在周围旋转了几下，腾空而起，像气球，颠簸在很脏的空中。

11

自从传来老丧缝了九针的消息后，胖子更加佩服军伟。他执意认为军伟人好，刀法更好，才让老丧一针不多一针不少地也缝了九针。而对于我没有目睹老丧被砍的过程，胖子连连摇头说可惜。此后的那几天，不分场合、听众，胖子见人就会渲染复仇的经过，赞叹着军伟的为人和刀法。

“然后军哥就一刀狠狠向他腿上砍去，老丧立马就跪倒在地，都把我们看傻了。军哥也就只砍了他这一刀，转身就喊我们走……”

“军哥，老丧腿上的口子得有这么长吧?”胖子冲着军伟夸张地比画着。

“滚一边去，别胡说。”军伟不爱听地教训着他。

又过了一些日子，开学前的一个下午，屋子里只有我和军伟两人在抽烟、聊天。军伟带着我回忆了很多童年趣事，怀旧中的我们笑得很放肆。一个话题结束，军伟又给我点燃了一根烟，漫不经心地问：“打老丧那天，你有没有在你学校门口看见一个女孩?”

我愣了一下，看着他堆满笑的脸，接过烟，说：“有。”

“哦。”军伟若有所思地轻点着头，“你来，给你看个东西。”军伟灭掉烟，示意我走向他里屋。他在床边摸了几下，把一个浅红色的钱包递给我。

我好奇地接了过去。还未打开，已闻到清香的气味。很小巧的钱包却分了很多层，纸币按着从零到整的顺序整齐地叠放在最内层；第二层是我学校的饭卡和借书证，都是很新的样子。最外层的塑料薄膜上贴着一张很帅气的刘德华。我取出了薄膜后的身份证，照片上是我忘不去的那双眼。我记住了她的名字：林小丹。

“这是从老丧那得到的。”军伟说，“那天我追到老丧，他以为我是为这个女孩而打他的。”

他边从口袋里掏出这个钱包，边向我求饶……军伟顿了一下，继续对我讲:“这几天我想了想,觉得应该把钱包还回去。我估计那天老丧那王八蛋又在你学校外勒索恐吓,要不是刚好我们出现,那女孩还不知会被怎样……”

我想起那天林小丹受到惊吓后的样子,明白了她为何泪流满面却又略带仇恨地看我,也明白了那些书本散乱在风中的原因……

“你说我说得对吧?是不是应该还给人家?”军伟打断了我的回想,我赞同地点着头。

“那你开学后去找找这个女孩,把东西还给她。不过你别详细告诉她这钱包你是如何得到的,就说是你捡到的好了。”

我说:“行。”

“好。我就是觉得小女孩东西被抢后肯定会害怕的,再说她还是个学生。”军伟多余地解释着,笑得有些拘谨。

12

开学的当天,我就托朋友四处打听林小丹,但得到的回复都是不认识。我也试着寻找过几次,在校园中也见过几个形似她的人,但终究不是林小丹。没多久,随着课越来越紧,各种琐事越来越多,我也就暂时忘记了她。也没有空去军伟那里,告诉他那个浅红色的钱包依然安静躺在我的书包里,每天陪着我上下学。

入秋后,天一天比一天凉,一个下午,上晚自习前,我无所事事地晃荡在校园里打发着闲适的时光。快接近小卖店时,我遇见了从里面走出的林小丹,落日的秋风中,她纯美怡人。

她还是穿着我第一次看见她的那身长裙，只是鞋子换成了布鞋。长发依旧散开在肩，侧脸的缕缕秀发被晚霞映得金黄，随风飘摇。

我暗自欣赏着她的点滴，看她把一个冒着热气的煎饼放在嘴边，一下下地吹着。有几根头发滑落下来，她捋在耳后。她低着头，小口咬着手中的煎饼，慢步朝我走来。她与我擦肩而过，我闻到了漂在空气中诱人的香味。

“林小丹。”我转身，叫了她的名字。

她迟疑了一下，没有回头看我，也没有继续往前走。她的头沉得更低，像做错事的孩子，双手缓缓垂放下来，煎饼攥紧在手中。我一步步向她走近，她像是有所察觉，快步地走开。我想喊她，却发现她像是在躲我。在快进入教学楼时，她居然快走了几步，跑了进去，跑到我再也看不见。

第三章

1

在我再次见到林小丹的第二天，也就是她的钱包陪在我身边的第十六天，我说服自己，必须要把它还给它的主人，林小丹。

一下课，我就带着她的钱包站在她所在的班级门外，我麻烦了一位貌似学生干部的女生去叫教室里的林小丹。玻璃另一侧的林小丹在看书，听到有人叫她，她看向窗外的我，又迅速看向别处。她再次低下头去，神色慌张。我定定地看着不安的她，我猜她根本看不进书，她一定会出来。

几分钟过去，我倚着护栏，把那浅红色钱包拿在手上，倒计时地数着。若是数到一她还不出来，我会把钱包托人还给她，先前的种种幻想宣告破灭。当数到五时，林小丹把书反扣在桌上站起身，幽怨地扫我一眼，犹豫地走了出来。

“你好，林小丹。”

她没任何表情地垂下眼。

“这个，你的吧？”

她接了过去，并没立刻打开看，也没看我。

“谢谢。”她的声音小到不会有第三个人听见。

我的笑僵硬地悬在脸上。

行色匆匆的陌生人来回在我和她之间，她继续默不作声，把钱包捏在手里。这样的尴尬完全出乎我的意料，我虚构了捡她钱包的逼真假象，却无法开口对她圆谎。

“再见。”

还未等我的再见说出口，林小丹已回身进了教室，坐了下来。头埋得更低，看得清的只有散开在桌上的她的长发。

我悻悻地笑着走开，转弯时，一不留神和一个高大的男生撞在一起，好半天都没回过神来。

2

把钱包还给林小丹的那个周末，我去找了军伟。

“你有日子没来了吧？”军伟埋怨我。

“刚开学，事多也忙。”

“胖子也是刚开学，可他天天过来陪我……不过也能理解，毕竟你读的是重点高中，不像胖子……”

“我把钱包还给林小丹了。”我赶忙转移话题。

“谁？”

“那个钱包，我还了。”我提醒着军伟。

“哦。找到她了？说什么了？”

我说：“林小丹只说了两句话：谢谢，再见。”

“再没说别的了？”我摇头，军伟像是不甘心地问下去，却勉强地笑了。

看得出军伟藏有不想告诉我的秘密。

事情过后的一星期内，我几次在放学的时候见到军伟，像是在等谁。和他打招呼，问他怎么会在我校门外，他掩饰地笑笑，说是刚好路过。我知道他在撒谎。

谜底揭开在课间林小丹突然找我的对话中。

“谢谢你。”林小丹对我感激地笑。

我局促地回应着，不自然地笑。

“你，能不能把照片还给我？”

“照片？什么照片？”我被她这句简短的话击中，乱了本来就不顺的思绪。

“哦，没有吗？那算了。”林小丹泄气地失望着说。她的脸又恢复成我熟悉的冷漠，眼神向别处飘去，不再看我。

我笔直地注视着她的身影，在她即将从我视线中消失的那一瞬，我下意识地把照片这个名词和一个与我亲密的人名联系到一起，无法逃避地联系在一起。

3

事实再一次证实我的直觉忠于我的猜想。当我把林小丹找我要照片的细节讲给军伟听时，他边听我的叙述边窃笑着，像做了恶作剧的孩子终于被人识破后地喜悦。他用袖口擦拭桌面，然后从外衣的内兜里小心翼翼地取出一个很薄的小纸袋，抖动着手腕，几张不同年份的一寸照片相继落在桌上。其中的一张，还打着半个钢印。照片上的林小丹长发绑在脑后，甜美地笑着。

“那天给你钱包时，不小心掉下来的。”

我冲军伟笑，笑他那粗糙的谎言，幼稚得可爱。

军伟难堪地挠着头，自己给自己解围，他没抬头接我的笑，含笑看着桌上静美的林小丹，脸红得反光。

“你拿去，还给她。”军伟一张张捏起，排好在手心里，又装回袋中。

“我怎样给她解释？”我有些为难。

军伟还在笑，装有林小丹照片的纸袋此时就摆在我们之间的小茶桌上。

“要不你别去了，你带我见她，我给她解释，不为难你了。”

军伟这句让我始料不及的话深深地刺透了我心中最软的地方，他说这句话的样子轻松得像吐出的烟圈。我宁愿相信这是他现想出的理由而不是蓄谋已久的计划。我无奈地看军伟把林小丹的照片装回上衣的内兜里，极不情愿却又一次顺从地点头答应他的要求。军伟没有理会我情绪的变化，轻拍着我，满意地笑了。

我鼓足勇气又一次去找了林小丹，吞吞吐吐地把军伟教我的台词演给她看。林小丹当然不愿去见军伟，她说那些照片她不要了。我急着辩解，说不仅是还你照片，更重要的是有些误会得给你说清，其实那天发生的事情不是你想象中的那样……

尽管在去往校门口的路上，林小丹后悔、犹豫，甚至生气过，但在我近乎丧失尊严的请求下，她还是随我走了出去。怀揣她照片的军伟斜靠在路对面的单车上。我冲他做着只有我和他才懂的手势，暗示着身后低着头的女孩就是照片上的林小丹。他用笑容表扬我完成任务。我们不说话，他有点紧张的笑脸滑过我的身边，滑向林小丹。我默默地推走他的单车，停在第一次见林小丹时的那棵榕树下，坐在路沿上，透过车轮间的缝隙看向羞涩的军伟、不安的林小丹。我听不到军伟在说什么，也没看清军伟是否掏出照片还给了拘谨的林小丹。

军伟灿烂地笑，林小丹想逃走的眼神，我寂寞地看天，天空如往常一样宁静。路人很少，秋风中飘荡的黄叶怎么也落不下来。时间不知过了多久，也不知我这样寂寞了多久，并不远处的军伟和林小丹却还在聊着。我看见林小丹笑了，军伟也把双手插进了裤兜里，两个人陌生的气氛渐渐淡化，我掰断了手中的树枝，在地上画着不成形的图画，一种无法表述的伤感环绕在我周围，漫长得没有终点。

4

8 月 27 日，我第一次见林小丹时，她手中拿的乐器盒里装的是小提琴，那天也是她来一中报到的日子，是她来我们这个小城的第五天。林小丹的家是在我们这个小城西边一百多公里外的一个镇子上。林小丹学了十多年小提琴，她来我们的小城，是为了补习一年的文化课参加来年的高考。她当然希望考上一所不错的艺术院校。而这个小城对于她来说是陌生的，在这里她唯一认识的人还是三年没有见过面的姑妈。那天下午她刚从学校里出来，就遇到了校门口的老丧。她还没来得及害怕，老丧就被军伟追杀到另一条街。等看到我时，她才清醒过来，才发现扔在地上的书本、已被抢去的钱包。她理所当然地把我误认为和老丧是一伙的，直到军伟详细说给她听后，她才半信半疑了那个不愿意再回忆的下午……

“她说她也喜欢刘德华。”军伟补充地说着。

“她还说什么了?”

“她还说,我长得很像刘德华。”军伟得意地笑出声。

“她比你小一岁吧?”我明知故问着。

军伟点着头:“你觉不觉得她很像周慧敏?”

我没回答。拿走他没去抽的那根烟,低头猛吸了几口,浓浓的烟雾很快弥漫在我和他之间。

5

接下来的日子里,我是一个侦探、一个小偷,更是一个偷窥者。我迷恋地猜测军伟和林小丹,他们是否开始相爱?我从未在军伟口中听到林小丹的名字,更没见军伟把她介绍给我们。而林小丹,也没任何变化,依然单独一人出现在校园里,照旧冷冷地顺着路边走。然而,尽管如此,军伟和林小丹还是爱得不够缜密,还是显露出两人关系不一般的痕迹。

有两个微小的细节更加让我认定他们恋爱了,军伟买了两盘刘德华的正版精选辑藏在抽屉底层,被我无意翻出。这反常的举动引起我极度的猜疑,他买刘德华的专辑往往只买一盘而且都是便宜的盗版,可这次他却买了昂贵的正版,还买了相同的两张。我固执地坚信其中的一盘将会是林小丹的。还有一个微妙的细节,那是 10 月里的一个黄昏,我在离军伟住处不远的十字路口等着红灯。在不到一分钟的等待里,我幸运地看到斜对街树荫下,坐在车后座的林小丹,她手捏着骑车人的衣角,像恋爱中所有女孩一样,满足地笑着。棉质的长裙绽开在微凉的街中。而那个骑车人的背影及侧脸像极了一位我敬重多年的大哥。

6

我越来越可以频繁地见到走在一起的军伟和林小丹了。我越是想躲，却越容易碰见他们。每一次的遇见都会让我很难堪，出一身汗。军伟身边的林小丹从没对我说过一句话，我也始终不敢和她对视。倒是牵着她手的军伟，笑容灿烂得像冬日里的暖阳。

有天在我和军伟等林小丹下课时，他问我："你们学校还有没有别的男孩追求她？"我骗他说："没有。"他轻轻地笑了笑，又问："你喜不喜欢她？"我慌乱地直说："不喜欢，不喜欢。"眼睛却看向别处。军伟也没有再多问，搂着我的肩，点燃了一根烟，塞进我的嘴中。

那天下了晚自习，我在教学楼楼梯的拐角处撞见了正在和军伟接吻的林小丹。昏暗的光线中林小丹的脸上似乎闪过一丝不安，却很快恢复了平静。我愣在那里，呆呆地看着，脑中一片空白。被军伟吻着的林小丹，直视着我，像是笑了，又像是没有。

7

秋末的日子里，我已习惯了在校园里看见神采飞扬的军伟。见到他时他都是在篮球场和一群人打球。半场球下来，他会被换下，深沉地坐在空地上，双眼不去看谁。有时我也会见他躺在小树林里的长椅上，看着一本没开头也没结尾的小说。可是过不了多久，那本书就会盖在他的脸上，再滑落到地上，露出的是他早已熟睡的笑脸。坐在教室里的我，根本听不进讲台上的老师在讲些什么。满脑子想的都是此时寂静的校园里落单的军伟会在做什么。他不去找工作，也不去别的地方，天天闲荡在我的学校里是为了什么？是为了满足他从没读过高中的虚荣心，还是为了笑起来很好看的林小丹？

其实我是知道标准答案的，只是自欺欺人，不愿意承认而已。

见多了，也就不再每次都打招呼给他，看他在玩球，我会低下头，快步从球场边离开。有时甚至不想去面对他，有他在的地方，我尽量少去，绕道走开。他应该也见到过我，但也都假装没看见，任我快步离去。一段日子里，我再也没去过他住的地方，没再在一起喝酒、聊天。他，也没有来找过我。

就这样，我和他有了一层谁也不愿意去捅破的隔膜。

入冬后的一个傍晚，胖子忽然出现在我教室门前。他额头上出一层汗，喘着气问我："吃过晚饭没？"我说："还没有。"他拉着我就往楼下走，说："军哥请吃饭。"

"不去了吧，"我挣脱开胖子，"晚上还有自习。"

"自个屁习，你还是兄弟吗？快走。"胖子不容我争辩地拉着我走下楼，走出学校，走到离学校不远的一个饭店。

那是个高档饭店，豪华到我路过时从不会多看一眼。香味四溢，胖子推我进入一个包间，超大的圆桌坐满了军伟的弟兄们。军伟坐在正中间，身旁坐着精心打扮过的林小丹。军伟见我进来，喊着让我和胖子靠着他坐。已经在邮局上班的三宝和我寒暄，说已有日子没见过我，问我怎么不找他们玩，还未等我搪塞，军伟就说："人家可是重点高中的学生，哪能像咱们这么闲。"他侧身看着我，半开玩笑地说着。

大家又开了不少玩笑，有几对情侣甜蜜地呢喃着。我靠着椅背，看着他们的表演，赔着笑。所有的空杯都倒满了酒。说话声渐渐小了下去，每个人都自觉地看向坐在中间的军伟。

军伟左右环顾了下，拿起酒杯站起身来。

"知道今天为什么把兄弟们聚在一起吗？"军伟滴酒未沾，脸却开始泛酒光。

大家好奇地猜测着。有说军伟肯定找到了好的工作，有说军伟发财了，还有的开玩笑说，军伟准备和林小丹结婚了。

军伟笑着听着各种版本的答案。他问胖子，胖子摇头。他又笑着扭头看我。

"你生日？"我说了个最俗的答案。

军伟并没说我回答得是否正确，他笑出了声，仰头喝干了杯中的酒。在座的兄弟们这才在他喝干的酒杯中恍然明白，纷纷举杯要庆祝军伟十九岁生日。

"来，兄弟，"军伟站起身，把酒杯对着我，"还是我兄弟最了解我，干了。"军伟骄傲地说着。没容我说话，他喝净了杯中的酒。我不好意思地笑，祝军伟生日快乐。

二十多分钟，军伟都没坐下身，和每个朋友碰着，喝干了一杯又一杯。我在敬酒人和军伟的胳膊下，埋头吃着。军伟的衣角几次蹭进我的碟子，我也顾不得理会，嘴里填满了舍不得下咽的美食，不顾一切地吞食着。一圈喝过，军伟才坐下，可没吃几口，就又放下了筷子，迎接着第二圈的敬酒。在热闹的人群中，我假装无意地向林小丹瞥去。她很少说话，不断地掩着嘴笑。我又喝了不少酒，先前的那点忐忑，逐渐被这沸腾的气氛所取代。桌上排满了空的酒瓶，军伟点了几次烟都没点着，我听见林小丹劝军伟少喝点酒。军伟却高喊着服务员，吵着要续酒。

"兄弟啊，"忽然，军伟醉眼蒙眬地搂住了我，"我的亲兄弟，我和你做兄弟多少年了？从你会叫妈时我们就是兄弟了，对不对？哎，你说对不对嘛！"军伟红烫的笑脸，贴在我的脸上，喷着酒气。

"还有我。"瘫坐在一旁的胖子，放肆地大叫，提醒着军伟。

"对，对，有你，有你。"军伟反身拍了下胖子，算是安慰他，"我们在一起，没有十五年也得有十三四年了吧？"军伟便是说给自己，嘴里喃喃地数着数，扳着一根根手指。"十四年！十四年了。我这才过十九岁生日，我们都在一起十四年了……"军伟语无伦次地说着。他表达不清，就又仰头喝干了杯中的酒。

"这么多年来，你们是我最亲的兄弟，最亲的。"军伟口齿不清地重复地说着最亲的、最亲的。这让我很别扭，不知该说什么好。我只好不断地点头，任凭军伟拍打着我的肩。

"但你不理我。在你学校里，你见了我都躲，我都知道。可是你为什么躲我？你不想见我？怕我丢你人？我……"

我最怕的一刻还是无情地来临了，军伟说得激愤起来，带着哭腔控诉着对我的不满。

"为什么不理我？我不容易，你不理我，你不懂我，没人懂我，没人……"军伟泄洪般地哭了，他靠在墙上，越哭越凶。他没擦脸上的泪水，袖口全是油渍，胸口也露了出来。我无措地看着他号啕大哭，想安慰他，却不知该怎样安慰。

我低下了头，抠着用来铺桌面的塑料布。有人轮番上来安慰军伟。林小丹对我说："他喝多了，别上心。"我挤着笑，说："怎么会?"胖子还算清醒，他递给我杯热茶，让我端给军伟喝。我犹豫着，磨蹭到军伟身前，还没把茶放到军伟手上，他却猛地弯下腰，口中的污秽哗地吐在我的裤子上。这样的突然举动让我毫无防备地立在原地，无法挪动。军伟顺着我的腿往上看，仰视我想躲却无处可逃的目光。他站起身，两手紧紧地扶住我的肩，颤抖的眼泪一颗连着一颗急速落下。残渣还留在他的嘴角，嘴唇抖动得厉害。我听不清他呜咽地在说些什么。他一把拉过我，扑在我的身上，哽咽地打着嗝，用力地拍打着我的背。他身体的抽搐，心脏剧烈地跳动，我都能清楚地感应到。我也想轻拍他的背，只是手中的茶杯让我无法拥抱他。我的手臂只好悬空，环绕在他身后，让他在我身上痛快地哭着。

8

酒醒后的军伟又恢复了原来的样子，对于那晚发生的一切和说过的话都不再提起，而他和我却又重新黏得很近。有空没空，我们都混在一起。每周我都会去找他玩，他见到我来，很高兴，拿出很好的烟让我尝，临走时还让我多带走几根。他再来我学校，我都会主动陪他打球。一起打球的人，他不管是否认识都叫兄弟，轮到我方进攻时，他都会兴奋地对带球的陌生人大喊着："兄弟！哎，兄弟，这里，这里，传球！传球！好球！"

汗水中的他笑得很开心。

那莫名其妙的距离感来得快，去得也快。就在我和军伟都还没清楚它究竟是怎样一种感觉时，它已悄悄消失了。好在军伟和我谁都不承认我们曾疏远过。

那段尴尬的日子累积成没有意义的记忆。军伟已渐渐成为我心中无人能代替的特殊符号，敏感得不能触碰。在友谊的名义下，我们的感情成熟地长大，心照不宣地亲密。只是每次看他缩在冷风中横穿马路，离我远去的背影时，我都会摇头，轻轻地笑很久。

至于林小丹，他不说，我也不问。

在一个冬季难得的下午，日光温和，阴霾的冷气被冰雪融化的气味代替。我和军伟刚结束一场激烈的篮球赛，并排坐在场边，喘着粗气，大口地喝水，等身上的汗蒸发。周末的校园里行人很少，不远处的空地上，几只灰色的鸽子在忙着觅食。军伟用凄厉的口哨吸引着阳光下的鸽子，可警惕的鸽子却相继惊慌地飞进藏蓝色的天空。军伟仰头目送一路向北飞的鸽子，自嘲地笑了。我没有话说，捏着手中的空瓶，打发着无聊的时光。

天很快就暗了下来，路灯昏黄而微弱。越来越静的校园里似乎只剩我们两个，军伟说："抽完这根烟我们就走。"我盯着路灯发呆，独自等待那根烟的熄灭。

敲击水泥路面的声音就在这个时候响起，节奏越来越动听，清脆的回音荡开在薄雾中。雾气中的轮廓从远走近，湿了头发的林小丹逐渐清晰地呈现在我们寻声望去的注视中。红色毛衣紧裹着她的上身，修长的牛仔裤下一双塑料拖鞋。她怀抱着一个放满洗澡用具的脸盆向我们匀速走来。冬季傍晚的薄雾中，刚洗完澡的林小丹摄人心魄地迷人。她紧靠着路边走，路灯拉长她一个又一个前行的影子。水珠混合着雾气贴在她松软的长发上。她十指扣在盆边，清爽的笑脸像暖风一样让人舒服。

林小丹已和我们没有了距离。她微微弯下身，对坐在路边的我们笑。散发着浓厚皂香味的林小丹和满身是汗的军伟紧紧地抱在一起，旁若无人地吻着。我转过身，朝前快走了几步，把手中的空瓶奋力扔进远方的黑夜。

9

黄昏时飘起的那场雪很快就覆盖了烂在地上肮脏的旧雪。阴郁的房间里，军伟哈着白气，神秘地对我和胖子说："快吃，吃完带你们去个好地方。"

像突然停电，世界转瞬被黑色湮没，雪在月光的染色下深蓝得剔透。吃饱饭的我和胖子，打着饱嗝，抠着牙缝，迎着怒放的雪花，走在军伟的两侧。

无论我和胖子怎样轮番问军伟这究竟是要去哪里，他都吊足了我们的好奇心，指着前方朦胧一片的楼群，说："就到了，就到了。"

在军伟重复的强调中，我们相继穿过灯火通明的大街、深邃无光的小路、迷宫般的窄巷。天黑得越来越浓，我和胖子的耐心一步步地少去。在我再一次抱怨的同时，军伟引我们进入一个毫无特色的小区。在一座普通居民楼前的枯树下，军伟蹲下身说："到了，就是这儿。"

我环视着四周，并没找到什么新奇之处。楼房矮小，破旧的砖墙上涂着猩红的"拆"字。我疑惑地看向军伟，军伟执着地盯着一扇比黑夜还要黑的窗户，笑冻结在眼中。一间屋子一瞬间明亮变暖,橙色的光线透过玻璃温柔地洒在我们身前通透的雪地上。

军伟反射地站起身:"看,快看! 听,你们听。"一个模糊的身影拉上了厚大的窗帘,漏在雪地上的射线奄奄一息。旋律绚丽地飞扬,声音不大却足够盖过其他噪声。一段欢快的曲子后,一曲倾诉般的缓拍,低沉、悠然地飘落。军伟专注地聆听着,敲击在腿上的指尖配合着脚下溅起的雪花,享受着节拍。"你们在干吗?"胖子不解地问。

"你听。"

胖子侧耳听了几秒:"听什么?"

"小提琴。"

"真无聊。"听了我回答后的胖子不满地斜眼瞪我。他问几点离开。军伟并未理会,喜悦地陶醉着。

胖子跑去玩自制的雪球。在音乐停住的间隙,军伟侧身问我:"她这拉的什么?"

我说不知道。军伟意外地看我:"你不也是重点高中的? 怎么能不知道?"

"学校又不教拉琴,再说我也不是学音乐的。"我尝试着解释给军伟听,却发现这很困难。

"她怎么只拉不唱? 她唱歌肯定好听。"

"这种曲子没歌词的。"我笑了,军伟也被我感染得笑了。

"那她怎么不拉刘德华的歌? 她也爱听的。"

胖子跑来强迫我们离开。军伟说再等一下,听完这曲再走。

军伟掏出烟分给我和胖子。风太狂傲，烟无法点着。胖子和军伟双手围成圈，让我点燃了烟，然后用那根烟对着了他们口中的烟。

三个微弱的烟头，在飘雪的旋律中，从左到右，明暗交替着。

10

初夏，林小丹的高考一天天地临近。好像就在这时，军伟和林小丹的感情起了微妙的变化。

军伟很少来接送林小丹。偶尔在校门口碰见他们的那几次，林小丹的笑容似乎也不像先前那样欢快明朗了。有次我甚至看到了他们激烈的争执，林小丹边喊边甩开了军伟的手，赌气似的跑进学校，看起来很生气的样子。而军伟也低下了头，推着车，黯然离去。

有天黄昏，教室里几对男女嬉笑玩闹在一起。燥热的空气中，一种莫名的烦躁感使我无法静下心看书。我干脆出了学校，骑车去往军伟那里。

还没进军伟家的巷子，我就看到了巷子里穿着邮递员制服的三宝，他缓慢地蹬着车，一副心事重重的样子。我叫住他，半开玩笑地问："不好好上班，又跑军哥这打牌啊？"三宝勉强地笑了笑，反问我："你不也一样，不上课，来这干吗？"我们都笑了。我注意到他车前的筐子里装有很多信件和包裹，就拿了几封翻看。三宝急忙从我手中把信夺走，说怕我把信的顺序弄乱，耽误他去送。我没趣地埋怨了他两句，问他："军哥在家吗？""在，在。"他含糊地回答我。"是不是出什么事了？"我盯着他看，他的眼中有藏不住的慌乱。"没事，没事，你快去吧。我走了。"三宝急着要走。我拽住了他："说吧，都是兄弟，有事还瞒我啊?”我点了根烟给他。三宝接过烟,猛吸了几口,吐了烟圈,看着我极其认真地说:“好吧,我告诉你,但你一定要替我保密,不能乱传,更不能让军哥知道是我说的。”我向他保证,他还是不放心,我又发了誓,他这才把事情一五一十地说给我听。

三宝说:“年前林小丹去省城考专业课的事你知道吧?”我点了点头。三宝继续说:“前些天,军哥对我说,林小丹专业课通过的可能性非常大。他嘱咐我说,如果林小丹的成绩单下来,让我别送学校,直接送给他。当时我挺犹豫的,这事可非同小可啊。但军哥说,是兄弟就帮他这个忙。我也实在无法开口拒绝,只好答应了……这不,今天上午她的成绩单到了,我就趁送信时,给军哥送来了。看军哥读信时那表情,她像考得不错,通过了。”

三宝断断续续地讲完了。他长叹口气,拍着我的肩说:“兄弟啊,我明白这事是我做得不对,但我也实在没办法。你可得替我守住秘密。要知道,这事要真泄露出去,搞不好我是要蹲局子的。”我机械地点着头,嘴上说着“知道,知道”。三宝还是不放心,又说了很多话给我听。但我一句也没听进去,脑中乱极了。他又叮嘱了我几句,骑着车,渐渐骑远了。我点了烟,没抽两口,就扔在地上。我朝着军伟所住的地方看了看,掉转车头,离开了。

11

不知是因为炎热的天气,还是其他的什么缘故,自从三宝告诉我那个令我震惊的秘密后,我的心中忐忑不安,整天处于恍惚的情绪中。当我在校园里看到迎面走来的林小丹时,我低下头,紧张地快步走开。好几次,望着林小丹忧郁的身影，我真想冲上前，把我所知道的一切，全都告诉给她。可是我没有勇气，也不敢这样做，只好在林小丹一次又一次地远去后，我迎着灼热的日光，颓然地坐在路边。

有那么几天，我竟然有种强烈的负罪感。我再也没去找过军伟，甚至害怕见到他。在学校，我也刻意避开林小丹会出现的地方，尽量躲着她走。这样尴尬的局面在林小丹生日的聚会上达到了高潮。那一天，军伟所有的朋友又都聚齐在一起。大家都看得出军伟对林小丹是多么在乎。聚会的饭店档次很高，军伟订的蛋糕和玫瑰花也很漂亮，引起在座女生们一阵赞叹。那晚我始终不敢抬头正眼去看他们，而主角林小丹也喝了不少酒。醉了酒后的林小丹哭了。她哭着说自己命不好，用心学了这么多年琴，到头来，一封通过的成绩单都没有收到。看到她在哭，我心中很不好受。我瞄了眼军伟，他只是低头喝酒，脸上毫无表情，一句话也没说。三宝的女友安慰着林小丹，三宝给我使了眼色，我站起来，拿着酒杯，小声地祝林小丹生日快乐。

离高考不到一个月的那两天，我听到林小丹想要放弃高考，回老家复读的消息。我斗争了很久，最终还是无法忍受那痛苦的煎熬，决定向林小丹坦白。我用午休的时间，拿左手给林小丹写了封匿名信。在信里我把事情的真相全都写了进去。在下午上课前，我让朋友托人把信转交给了她。

信一送出我就后悔了。巨大的恐惧感使我惶惶不安过了一节课。下课铃声刚响起，我就跑到林小丹的教室外。他们班还没有下课，但她的座位却是空的，林小丹并不在。

我彻底慌了，想象不出接下来会发生什么。我逃了课，失神地向军伟家骑去。一路上，我边骑边想，见到军伟后，我能对他说些什么？他又会怎么做？我就在这样的极度惶恐中，到了他家门口。

我一进到院里就听到林小丹在歇斯底里地哭喊。我手足无措，想到了离开。但林小丹的哭声使我改变了方向，朝楼上走去。

军伟的房门虚掩，透过门缝，我看到摔碎的暖瓶，一地碎片。林小丹头发散乱，满脸是泪。她对着军伟咆哮，捶打军伟的胸膛，每一拳都捶得很凶。军伟站在那，任她在他身上发泄，一动也不动。

又一个暖瓶碎了，碎片顺着热水静静地流出，流到门外。林小丹失控地喊着："为什么?！你为什么这样做？为什么！"

"因为我不想失去你。"军伟抓住了林小丹的双手。

"我恨你！"林小丹咬着嘴唇，昂着头，恨恨地看着军伟。

四周顿时无限寂静，我这才听到屋子里竟然还有刘德华的歌声。林小丹蹲下身，发疯似的捡着满地纸屑。已经湿了水的纸片也被她紧紧地攥在手中，污水渗出指缝，沿着胳膊，滴落在她洁白的裙子上。军伟尝试着去拉她，她反手打在军伟的脸上，骂他滚。

让我意想不到的一幕发生了：军伟粗鲁地抱起林小丹，把她重重地摔在床上，压在她身上狂乱地吻着。林小丹这才反应过来，她开始挣扎，尖叫着，求军伟放开她。

林小丹不断地哀求着，声音里充满了绝望。我的视线盯在军伟粗暴解着林小丹上衣的手上。我想别过头去，可林小丹的哭声让我仿佛植根这里，寸步难移。

夏日午后的风吹过，门开得更大了些。

林小丹在军伟的身下不断挣扎。军伟在她脖间狂乱地吻着，林小丹头一偏，忽然就睁开了一直紧闭的双眼。又是那双眼睛，又一次与我无措的目光对视。她就那么看着我，不躲。

汗水浸透了我的衣服。我虚弱极了。一伸手，那扇门就被我彻底撞开。

剧烈的碰撞声后是军伟的怒骂。我似乎听到他骂了声滚。看着他恼羞成怒的样子，我只是傻傻地站着，不动，也无法动。

猛然间，林小丹推开了伏在她身上的军伟，光着脚，含泪从我身边奔出。

屋子里只剩我和军伟两个人了。军伟死死地看着我，我像个犯了错的孩子，歪着头、搓着手。军伟转过身，我看到的是他宽大的后背。军伟举起正在播放的录音机，奋力朝我站的地方砸了过来，机子砸碎在我身后的墙上，零件四溅，有血从我的脸上流出。

12

那天以后，很长一段时间，我都没有再见过林小丹，一次也没有。直到高考前两三天，林小丹来找了我，给了我一封厚重的有质感的信，一个字也没多说。信封上没有收信人的地址，但我知道我应该转给谁收。

天黑之前，我赶到军伟屋外的阳台，趁着落日的余光把信交给他看。他毫不惊奇地拆开，从看第一页开始，笑就贴在他的嘴边。只是越往后看，笑也就变得越假。最后一页合上，军伟的脸不自然地难看。他努力地冲我笑，无所谓的，像没发生什么。他把信给了我，转身趴在阳台上，凝视着正被夕阳吞噬的远方，两眼无光。我粗略地翻看完长达十页的信，似乎也懂得了林小丹想表达的意思。我把信装回在信封里，小心地交还给军伟。他整齐地对折后，慢慢塞进上衣内侧的口袋。看他无助的样子，我心中不好受却也找不到合适的词语说给他听。看着欲言又止的我，军伟苦笑一下，甩甩手，又轻摇着头，把放在阳台上的空酒瓶奋力地掷向空中，没有摔碎的回音。

“喝酒去吧，”军伟说，“你陪我。”

13

是在我们常去的那家小酒馆，军伟点了许多菜却没动几次筷子。他一口一杯地喝着，不接我的话，也不听我的劝。

“我理解她，也接受她的选择。”军伟说，“她林小丹是谁？我是谁？这点自知之明我张军伟还是有的，不过我就是想不通，真像她说的那样，考不上好大学，就没好的前途？那我和三宝他们连高中都没上过，现在不也有吃有喝，活得好好的？我就不明白，高考比什么都重要？考不好能死啊！”

军伟越说越激愤，近乎失控地喊叫。邻桌的男女频频回头看向军伟，却又被满地的空瓶和军伟凶狠的眼神吓得缩了回去。我仔细地看着军伟涨红的双眼，想对他说高考对某些人确实很重要，比生命还要重要。可话没出口，就随着满满一杯酒咽回肚中。

从小酒馆出来已是午夜，我说：“军伟你喝醉了。”他有自尊地打掉我上前要搀扶他的手，驳斥着说：“没醉。”他像是要证明他的清醒，站到路沿上，表演着走直线给我看。他掉下去又站到起点，双臂想保持平衡却又像失重的天平一高一低,他又一次掉下去,却又一次从头走来,不停地说:“你看着啊,你看着……”我放肆地取笑他,他不服输一遍遍地重复着。无声无息的马路延伸着,路灯下走不成直线的军伟和身后笑到狂野的我像是两个无家可归的流浪汉。

我们跌跌撞撞地走穿一条街,军伟惊喜地听见了他最爱的那首歌的前奏。他几乎是冲进那个围满路人的露天卡拉 OK 摊。

“我唱五十首,刘德华、刘德华的歌。”

军伟一首首地高吼着,嘶吼声渗进这条街每个角落,传进每一只耳朵。围看的路人却并不在意军伟唱得是否好听,每张脸带着看戏的坏笑盯着电视里穿泳衣卖弄风骚的女人,津津有味地咽着口水,豪放地吐着痰。军伟兴奋、躁动,他脱掉外衣,拉着我合唱。而我的歌声却完全消融在他过于卖力的吼叫中。军伟并不在意,他大声地唱着每一句。他对那些歌曲熟悉的程度让观众们赞叹。他闭上眼,几首歌唱完,一句歌词也没有唱错。军伟唱得越发投入,他开始把自己幻想成正在开演唱会的天王刘德华,他时而向众人招手示意,时而鞠躬飞吻,一首歌的前奏响起,他都会说:“这首献给我的歌迷们,你们好吗?”一曲结束,军伟失态地高呼:“我爱你们!”

还剩最后一首。军伟清了清嗓子,忽然压低了声音:“最后这首歌,我唱给一个女孩,她不会听到的。”第一个音符响起,军伟闭紧双眼,深情地演唱,听得出他唱得很用情。最后一个音符落下,军伟单膝跪地,头埋在怀里,把话筒高高地举向上空,拉了一个长长的尾音。他睁开眼,满脸都是泪。那些围看的人终于不再无动于衷,像是有人在指挥,对着圈中的军伟使劲地鼓掌、叫好。军伟拿手背胡乱抹去眼泪，用粤语、普通话、方言，甚至还有英语，转着圈，笑对着四周被他歌曲打动的听众，真诚地说着不同版本的谢谢。

14

每个城市都会有个美得不属于它的女子，比如林小丹。

日光下，树冠莫名壮大的射影拼凑成一幅立体抽象画，丝般的画卷上流过的是我和军伟那一圈圈咿咿呀呀的车轮。仲夏闷热的天气对于此时的我们只是可有可无的陪衬。强光晃得我睁不开眼，我乖顺地把眼眯上，只露出一线细缝用来看路、看人。眉目和汗水纠结得变形，表情严肃得像是去送葬。前方四十五度角的军伟比我要自在得多，他双手插进裤兜，深一脚、浅一脚地把玩着车镫，无所事事地张望路两边同样也无精打采的行人和那些毫无生气随时都会倒闭的小店。

在去往林小丹姑妈家的路上，军伟买了一包烟，抽了四根，买了两瓶难喝的汽水，分给我一瓶。他回了一个电话，留心看了录像厅今天的放映单，在拐弯处有人热情又亲切地喊了他的小名。他们理所应当地拥抱，在将近半小时的叙旧中，他们兴高采烈、唾沫横飞，完全遗忘我的存在，那包满满的烟，在军伟的手中迅速缩小，不见。

插曲再精彩，它也只是插曲。尽管我们花费了多于往常两倍的时间，但我们终究还是到达了终点站。

几幢旧楼已化成尘土，林小丹所住的那幢楼垂死地屹立在废墟中，忠贞得如同明日黄花的老处女。

那棵古老的榕树成了唯一的风景，浓密的树荫掩盖了其他的不美好。

我先于军伟把车停放好在树下，系着衣扣，整理着头发，等着他的召唤。

“你去吧。”军伟把纸袋递向我，那里面装有林小丹曾送给他、他很珍惜的物品，还有那封让他受伤的信。

“不是说好一起去的吗，怎么……”听到军伟突如其来的改变，我猝不及防地失声。

“叫你去你就去，我不想见她。”军伟蹲在树下，白色的袜子刺眼地显露在黑色的皮鞋上。他轻描淡写地说着，就好像不是让我去还东西给林小丹而是去买包烟那么简单。我提着纸袋踌躇不前，还在用眼神期盼军伟能按原定的计划进行。可是军伟已点着了烟，摆着手示意我前行。

四楼左拐，西边那家。军伟出奇地平淡：“你把东西给她就行，别多说，更别说我。”

虽然对他让我一人前去的决定深感不满，但我脸上却没有不悦的表情，只是觉得他的变化过于突然和自私，不去考虑我的感受，我该如何尴尬而又唐突地面对已和他没有关系的林小丹。

我遵循着军伟的嘱咐，站到了四楼最西边的那扇门前。我没去敲门，因为门是敞开的，只有一扇门帘隐约挡住了门里的景象。我鼓足勇气，怯声地叫林小丹的名字，没有回应。我提高了声音再次叫她的名字，声音仍然很轻，像是怕把谁吵醒。我掐着纸袋，徘徊着，转身离开，却听见慵懒的拖鞋声。林小丹拨开门帘，带着睡意问是谁。我不说话，她看见紧张出汗的我有些惊讶却又很快恢复了矜持的平静。

“有事吗?”她绑着乱了的长发。

“有东西给你。”我把纸袋举到她的眼前。

“干吗?”林小丹警觉着并未接过去。

“那谁让我给你的。”我没有讲出军伟的名字。

“进来吧。”林小丹漠然欠过身,掩住门。

她说坐吧,我坐在了离门很近的椅子上。她走进里屋,留我坐在光线很差的客厅。这房间拥挤得零乱,摆设陈旧却还算干净,可我没找到符合林小丹年龄的物品,而林小丹的从容却又让我看不出她只是暂住在这里。

林小丹从里屋走出,怀中抱了一堆东西,倒在了我面前的桌上。我才看清那一盘盘熟悉的磁带、一张张揉曲的照片、一个精美的日记本、一盒没有拆开的巧克力、一条洗得很白的裙子。

“都给他。”林小丹带着怨气对我说。

我诧异地望着她,在她愤愤的眼神中,我看见自己无知的影子。我默不作声地把纸袋里的东西一件件往外拿,再打算把桌上那些曾经带给林小丹甜蜜的礼物装回军伟给我的纸袋中。

“你别拿出来,我不要。”林小丹大声地制止我。

“可是……”

“我说我不要。”林小丹厉声尖叫,她的愤怒把我吓倒。

我慌乱地把桌上所有的物品硬塞在早已饱和的纸袋里,纸袋臃肿地扭曲。我提着沉重的纸袋转身想走,却又转回来。

“这有封信……”

“不看。”林小丹头摇得很坚决。

我也没敢多说，狼狈地朝门口逃窜。

“你等一下。”林小丹快声地命令我。我回头，看到林小丹的嘴角狠狠地向上抽搐着。

她在解上衣的扣子，从上到下，飞快地解着，两手按着衣角朝外张开，上衣滑落在身后，耀眼的纯白膨胀着我的眼。

我迷失了，千万种声响混在一起，穿梭在我的耳边，我听见军伟醉酒后的情歌，伤心的哭声，林小丹的小提琴声，摄人心魄的笑声。

我感到林小丹的呼唤，她说，你过来。我中了她的毒，催眠般地靠近她。我看她向上眨动的睫毛，我不均匀的呼吸热浪般喷在她带笑的脸庞。手中的纸袋知趣地向下落，繁乱的东西纷纷砸在坚硬的地面，支离破碎的响声震回了我那出壳的灵魂。

我平静下来，悬在身前的手软化地垂在腿边，我清醒地看见林小丹涌出眼眶，滑落在嘴边的泪水。

林小丹在笑，林小丹在古怪地笑，林小丹古怪的笑穿透了我的眼睛，穿破了我的知觉，穿得我千疮百孔，遍体鳞伤。残缺不齐的我站在林小丹回旋的笑声中，我惊悚地看懂了林小丹冰冷的笑脸，看透她那勾魂摄魄的笑中藏匿的内容。浓烈的复仇感从林小丹的眼、林小丹的嘴、林小丹的笑中，一滴一滴地渗透溢出，没过我的眼、我的嘴、我的汗，没向我身后那未知莫测的门外。

林小丹射出的光影照亮了颤抖中的军伟。我绝望地笑站在门边的军伟。这样的剧情讽刺得无懈可击。最初我只是个可笑的配角，而此刻我却已成为万人瞩目的主角。我没有台词,也不用彩排。我的作用只是供人摆布的道具。

林小丹带着复仇后的快感挑衅般地仰头冲军伟冷笑。军伟缓缓地舒展开紧握的拳头。他垂下头,干笑了几声,掏空后的背影冲动地奔出门外,炸开的门帘左右撞击着。

我紧追了出去,林小丹夺命的笑声一刀刀地杀在我火烫的后背。我只能拼命地向前飞奔,只要回头,我就会死得很惨。

军伟急速晃动的身影让我惊慌,我连跑带蹦地下楼,高声地向下喊着:"军哥,军哥。"军伟根本不理会我,用比我还要快的速度跑下楼。在每个拐角处,我看到的都是他稍纵即逝的侧脸。

在刺眼的日光中,军伟快步地冲向树下的单车。我知道这时的解释他是不会听的,可还是拼命地跑向他,伸手拉他的肩:"军哥,你误会了,我……"

"滚开!"咆哮的军伟像嗜血的野兽,他回身一拳把我砸倒。军伟在我眼中剧烈地摇晃着,一切安静极了。他怒视着趴在地上的我,粗重的喘气声是我唯一听到的声音。废墟上的拾荒者摘下草帽,扇着热风,指点着我们,互相说笑着。几个脑袋,从窗户里探出,好奇地望向我和军伟,谩骂地起着哄。我委屈地仰视着军伟,他的肩已不再抖,脸也平静了许多。他把手递向我,我愣了下,还是握住他的手,他用力把我拉起。两个人紧挨在一起,谁也没开口,只是静静地看着对方的眼睛。

"把那封信给我。"军伟低声说。

我取出没交给林小丹的信,军伟接过,一道道地撕碎,揉成纸团粗鲁地塞进我的鼻中。军伟用拇指抹去我唇边的血,把剩余的碎片撒进风中。

那个未被我带走的纸袋从天而降,狠狠地摔落在我们身旁。那些爱的证物在重重的关窗声中孤独地滚着。军伟失神地盯着碎在地上的刘德华,无力地笑了。

“走吧。”他低头开着车锁,沉沉地说。

我们的青春,在这个命中注定的下午彻底地死去了。

我埋着头骑在军伟车后,青春逝去的我们,连影子都那么哀伤。而那扇窗也不再会有琴声飘出,有的只是挂在阳台上林小丹那白色的胸衣,傲视着我们木然地离去。

15

那个荒诞的下午,至今都是让我不能接受的现实。那天发生的一切都应该是林小丹精心策划好的:她早已料到军伟会还她东西,也看到了我和军伟的到来。她断定军伟会上楼偷听她和我对话,所以利用我报复军伟对她的伤害……当然,这只是我凭空的猜测,毫无根据。至于林小丹和军伟之间还有过多少故事和细节,我不知道,我也永远不会知道。从开始到结束,从年少轻狂到渐渐成熟。一路走来,多少人像我一样幼稚地想去弄清楚青春的真相,而到头来却被青春诱人的外表拖着走。

那个夏天仓皇地过去,我没有在学校的录取榜上找到林小丹的名字。后来听说她已回到属于她的小镇,不再读书,准备找工作,嫁人、育子、变老、等死。而我的大哥张军伟,话也越来越少,沉默得忧郁。

秋天,我坐进了林小丹曾待过的教室读高三。高考的压力不容我再频繁地和军伟相聚。我逃课去找过他几次,但都没见到他。三宝说:“军伟每天早出晚归,几乎不再和他们说话,看样子像是在外跟人学技术活。只是他这个样子让人怪不适应的,有空你来和他好好聊聊,他爱见你,你的劝,他会听。”我点头,看到桌上已落了一层灰的刘德华的磁带,心中不好受地伤感。

军伟走得很突然。那天雨很大,他是在我上学的路上叫住了我,他剪短了头发,伞下的他笑得很平淡。他说他明天就要去南方当兵了。这意外的消息让我震惊。我问他怎么临走时才告诉我。他轻摇着头:“这没什么好说的。”我说:“晚上把大伙叫齐,为你送行吧。”军伟说:“不用。你安心地上课吧,我还有些事没办,再说,又不是不见了,两三年就又回来了。”

我们不再说话,陷入完完全全的沉默。最后,军伟给了我一个拥抱,说:“去上课吧,别迟到了。”我对着他的背影大声说:“明早我去车站送你。”军伟边过着马路边回头朝我摆手:“再说吧,再说。”

第二天早自习刚下,我就赶往车站。但遗憾的是没送成军伟。荒凉的站台上,还残留着被雨打落的黄叶,而军伟坐凌晨的那趟专车,悄然离去。

我是我们三个人中最后一个离开小城的。军伟走后不久,胖子就去了南方打工。我考上西部一个二流大学。临走的那天,我孤独地骑着单车向见证了我们成长的地方告别。那间曾带给我们无限快乐的出租屋,现在也许又换了新的主人。不知墙上帅气的刘德华有没有被人摘去,也不知那刻在墙角的情话和誓言是否还是那样清晰。初次遇见林小丹的榕树下依然有爱情在游荡,依然有倔强的少年承受着致命的忧伤。我点燃一根烟,坐到路边慢慢地抽着。在没有了军伟和胖子的日子里,我早已习惯了一个人的孤单。我常常想他们想到笑。我想他们的笑，想他们说话的语气，想曾和他们一起走过的日子里，那些经典的往事。我甚至感谢他们，感谢他们和我一路走来，用另一种方式陪伴我一同成长。那是一种近乎残酷的方式，残酷到我的父母永远不会知道，他们的孩子彻底地背叛了他们的骄傲，他们眼中那一个个健康的孩子是用另一种他们无法想象的方式蜕变成人。

大学毕业后，我去了北京。在北京混的这几年，浑浑噩噩，麻木得没有方向。小心翼翼地认识了新的朋友，努力付出了许多，却又不知拥有的是不是最初想要的。再没有像军伟那样的大哥带着我去做刻骨铭心的事情，也记不清已有多久没有听到他爽朗的笑声，那醉了酒后的真心话。在现实过于残酷的压力下，我甚至渐渐淡忘了多年没有联系的军伟。偶尔想起的只有他过马路时瑟瑟的背影，抽烟时微扬的嘴角、忧郁的轮廓。

在拥挤的公交车上昏沉睡去的上班族中，在繁华的街道用异地方言叫卖的小贩中，在风雪中坚定毅然的保安和在酒醉后的深夜高唱情歌的打工人中……这一幕幕情景都会让我很快地想起一个人，却又很快地把他忘记。

原载《十月》2006 年第 5 期

浅生活

电话在清早响起，我带着睡意接通，一个尖细的女声称我为老板，问我要服务吗。还没从梦中回过神的我很业余地问都有什么服务。电话里传来一片笑声，那女人压低声音说什么服务都有，看老板的爱好了。接着她又说了串专业术语，我才意识到她的工作性质，转而踢了一脚熟睡的老郑，把电话扔在他床边。

“找你的。”

“谁？”

“你妹。”

老郑一脸懵懂地拿起电话，喂了几声，立刻反应过来，连说了几句不需要。在他挂电话的同时一个枕头向我砸来，早有防备的我弯身躲去，却被随之而来的拖鞋砸了个正着。

“扯淡。”老郑怨气十足。

这一折腾，我们再没睡着。我躺着和老郑探讨为什么这里的特殊服务是在太阳升起时进行的。老郑猜测也许和我们住的楼层有关，没准人家昨晚就从一楼一号打电话询问,等问到我们九楼十四号,天刚好放亮。

退房走出酒店,强光晃眼,走穿几条街,算是看清了卸妆后的景德镇。在一家下岗工人开的平价超市买了些旅行必用品后,我和老郑沿街找地方吃早点。

在找到肯德基前,我俩先后放弃佳佳吉、永利豆浆这两家由本地人开的快餐店,它们模仿的是麦当劳和永和豆浆。因为这缘故,我们在进入肯德基前,仔细琢磨了半天店外招牌以及炸鸡老爷爷慈祥的笑脸后,才大胆进入。

在我们点餐时,店员还在打扫卫生。我和老郑自然成为这家店当天第一、第二个顾客,点了第一、第二份套餐。在挂满精美瓷器的墙壁前我们吃着产自得克萨斯州的巨无霸,时不时抬头欣赏仿宋影青瓷碟。恨不能带走,只好多拍照片留念。

汉堡吃到一半,店外走进第三、第四、第五位客人。不过他们三个没一人消费,两位大方地去了厕所,很快又春光满面原路返回,剩下带小孩来蹭玩具玩的妈妈,她既担心孩子摔着,又用余光观察着店员的眼色,表情相当复杂。当一个学生模样的店员提着拖把朝她走去时,她赶忙堆起笑脸冲姑娘笑。姑娘并不领情,看都不看她一眼,径直进了厕所,一脸不快。那位母亲的笑尴尬地落在半空,继而收起笑容,转身骂着还没玩够的小孩。很快,孩子委屈的哭声从店的另一边传了过来又折了回去,很是闹心。我和老郑坐不住了,带着未吃完的早点,匆匆离开。

在一个叫里村的小汽车站买到10点开往婺源的车票。售票员撕着票告诉我车程需一个半小时,还劝我买她几瓶矿泉水路上喝。我拒绝了,再问她从哪上车时，她没好气地胡乱指了个方向，不再理我。

等车时和老郑闲聊，老郑说一个半小时的车程放在武汉根本算不了什么，刚够他从学校坐车换船去趟江汉路。我想都不想说北京倒是没有江，但如果在上下班时挤公交车，一个半小时，汗都出了几层，而中关村的海归却还回不到八王坟的出租屋。

生活又一次教育了我。看来中小城市至少有两件事不能轻信，一是天气预报，还有就是售票员许下的承诺。她所谓的豪华旅游大巴其实是辆几近报废的小公共汽车。再加上刚下过雨，路泥泞难走，七十公里的路程却用了两个半小时。车在途中无故停下多次，几个妇女下车呕吐，几个小孩下车排泄，几个男人借机下车抽烟。而我和老郑先后拒绝多个上车兜售水果和色情报刊的小贩。我暗想这一路除了拦路抢劫外，该见到的奇景全见了。

车还没停稳，车门外已拥满一堆人。我还以为是来拉客住店的小妹，或是兜售纪念品的商贩。下车后才知道他们都是摩的司机。我戴着并没播放音乐的耳机，低着头向站外走去，对那些询问我是否要乘摩的的司机摆手摇头。老郑更绝，他假装讲着电话，快步走在我身前。我们没给那些摩的师傅一丝机会，他们也就不再纠缠我们，转身继续寻找目标。

在车站外的树荫下，刚摆脱摩的围追的我和老郑却开始迷茫接下来该去哪里。经过短暂的商议后决定先找家旅馆安定下来，再去当地旅行社报个团或是包辆出租车自助游。

那个貌似导演李安的中年男人就是在这时出现的。白衬衣、黑裤子、黑皮鞋，钥匙和手机别在腰的两边。就他这身打扮我差点把他当作婺源县县长。

他喊我们帅哥，笑着迎我们走来，快接近我们时，他掏出上衣兜里的烟，抽出两支递了过来，我和老郑客气地谢他并没接过，他硬是塞到我们手上，又快速给我们点着。

“尝尝我们婺源最好的烟。”他给自己点燃一支，吹灭了火柴。

“是来旅游的吧？”他抽着烟，拉着裤腿蹲在花坛上。老郑不接话，转过身，大口地抽烟。我含糊地嗯了下，笑了下，也没多说。

“哦，从哪个大城市来的？”

“武汉。”我搪塞。

“武汉？那可是个大都会，好地方。第一次来婺源玩？”

“是。看网上介绍说这里漂亮，所以就来玩了……”我还没展开说，老郑拉了拉我衣袖，低声说：“废什么话啊，走。”

“喂，帅哥，别急嘛，抽完烟再走。”中年男子看穿我们的意图。他站起身，从屁股后面的口袋里掏出张牛皮纸做的地图，很仔细地在地上摊开。地图很脏，在一大片油渍的上方有个大大的“滕”字，这应该就是那个中年男人的姓。

那是张婺源旅游图。他像个将军一样指点着地图上的各个景点，给我们比较每条线路的优缺点。他的语速快而密，对每个景点似乎都很熟悉，他越说越有激情，手脚并用，把各个景点都介绍得相当诱人。我说了几个从婺源县官方网站上推荐的景点，他还没等我说完，摆着手，不屑地说：“那都是些人造景点，没半点意思，骗人的，最好不要去。你要真想去也可以，你来看，”他拉着我，指着马路对面一座看起来很新的徽派建筑对我说，“那些景点和这个是一样的，都是近几年县政府为了开发旅游才盖的。门票贵得吓人，随便一张都七八十块。你要是有钱,喜欢看这类房子,那你就去那些地方看吧。"

我听他说得挺像回事,动了心,转头想和老郑商量,却发现他已走远,一个人站在十几米外的树下摆弄手机。那中年男人还在不断说着人造景点的缺点,我接听手机,老郑催我快走。我回复他等我五分钟。信息发出,我打断中年男人的话,指着远方的老郑,说我要和朋友商量一下。

"我给你讲完你们再商量也不迟嘛。"他灭了烟,开始介绍自己以及坐摩的玩的乐趣。我心不在焉地听,机械地点头,快速给南昌一个旅行社的朋友发着短信,询问该用怎样的方式玩婺源。中年男子说得很卖力,我隐约听到他说:"你们要不信任我,我可以先把驾照和身份证押给你。"

我听得不耐烦了,再次对中年男人说我得去商量商量。他似乎并不甘心,还试图说些什么,我扭头朝老郑走去,任凭他在身后帅哥帅哥喊个不停。

我把情况简单给老郑说了说,老郑皱着眉,半天不说话。这时朋友短信也发了过来,写了一大堆废话,最后建议坐摩的,理由是男孩子不存在安全问题,且婺源很多景点只有摩托车能到达。

我把短信递给老郑看。老郑反问我是怎么想的。我客观地给他分析,中心思想是除了坐摩的似乎没有第二种选择。老郑时不时插话说:"我就是不愿吃饭、睡觉、拍照时,身边都有陌生人跟着。"我无话应答,我们陷入沉默。

中年男子幽灵般飘到我身边,拍着我的肩,望着老郑说:"帅哥,别想了,坐我的车吧。绝对超值,包你们用最低的消费享受到五星级服务,走吧……"

他假装没看出我和老郑不快的神情,热情洋溢地把刚才说给我的服务内容又重复讲给老郑听。我照顾老郑情绪,装着笑和中年男子互留手机号,对他说我们商量定了第一时间联系他。

我拉着老郑继续漫无目的地走，无意间回头，那个人还不死心，跟在我们身后，看到我回头，立刻又劝我们坐他的车。我和老郑装作没听见，胡乱开了一个话题聊着，走得更快了。

“帅哥，我知道你们担心什么。”中年男子走到了我们身前，“我以二十年的党龄向你们保证肯定不会让你们多花钱，让你们玩得开心，不虚此行。”

他诚恳地讲完这句极具杀伤力的话，正经严肃的样子弄得我们一时语塞。老郑看我，我撒了个谎对中年男子说：“我们还有个朋友从九江过来，我们等他来了再说吧。”

原以为这样说他肯定会离开，谁知他想都不想地回答：“九江的车十分钟后到站，我带你们进站去接。然后你们商量，我等着。”

我哭笑不得，老郑也无奈地笑。我凑到老郑耳边说：“要不就先坐他的车试玩半天，如果不满意，再让他走？”老郑迟疑了下，勉强点头，算是同意了。

中年男子见势迅速掏出早已准备好的价目表。其实也就是张小广告。纸质粗糙，油印的字迹也很模糊，但服务项目及收费标准却和旅行社的报价单一样正规，甚至还有注意事项。我大致看了看，转手给了老郑，老郑没看几秒还了回去。中年男子仔细收好，又散给我们烟抽，跑进不远处的一家小店，推出一辆八成新的杂牌摩托车。

老郑绕着摩托车看了圈后对他说两人坐肯定挤，也不安全。他先是解释说一点都不会挤，但看老郑态度那么坚决，很快就提出可以再叫辆摩的。不过一个车收一份钱，也就是每车每人每天一百块。我和老郑同意了。他背过身用方言讲着电话，我们一句也听不懂。我问得等多长时间，中年男子明显压抑不住赚钱的喜悦，兴奋地对我们说："你们数十个数，车保准出现。"他这个提议过于搞笑，我们都没理他。谁知他自顾自地数着，声音洪亮。

他都数到三十了，还没见人来。阳光越来越烈。我们燥热地坐在路沿低头不语。中年男人急了，不断地爆着粗口，打电话也总是占线。我起身，还没开口说话，他就把烟递了过来，也不管我想不想抽就给我点上了，赔着笑脸对我说人马上就到，还问我们要不要喝水。

还好，一根烟的时间不到，他的同伙打着喇叭从坡上冲了下来。中年男人用普通话骂着他。他骂着交警，说驾照差点又被扣住，幸亏遇见熟人。两个人降低了声音改用方言聊了几句后，走到我和老郑面前。中年男子指着我们说："这两位大帅哥是从武汉来的，都是大学生。"不等我们接话，他又介绍新来的司机和自己。他俩都姓滕。中年男子让我们称他老滕，那个新来的司机自然就成了小滕。老郑坐老滕的车，小滕带着我，前往一家农家饭馆，老滕说那里能吃上地道的婺源菜。

车开出一阵，我和小滕没有交谈。我问他的第一句话是还要多久才能到饭店。也许是车速快、风大，再加上我的口音他听不习惯，我紧抱着他的腰，贴近他的耳边重复说了三遍，他才诡秘一笑，伸出两根手指在空中晃了晃说："你数二十个数肯定到。"我笑了，说这句话不会是你们摩的指定用语吧。他显然没明白我的意思。我就把老滕让我们数数等他的事情讲给他听。小滕听后笑得很爽朗，他做着数钱的动作说："我们摩的爱数数，更爱数这个。"

小滕的冷笑话消除了我和他之间的生疏。我们渐渐聊开了，我让他改口叫我小吕，别一口一个帅哥。沿途他介绍路两边的风景，没多久我俩就混成很熟的样子。

老滕推荐的饭店还算没超出我的心理承受范围。像任意一条国道旁的小餐馆一样，一排二十世纪末盖的灰楼突兀地建在稻田中央。路边显眼的位置摆着一块大铁皮，用红油漆刷的不规整的大字提醒你这里可以住店、吃饭。半个篮球场大的空地上，一家餐馆、一家摩托车修理店、一家小卖店一字排开。三家店做不同的生意，相同的是店铺都没有门面。

橘红的日光下，两只狗绕着晒太阳的老人转圈，孩子们在追逐嬉笑，对我们的到来他们眼中多少有些好奇。老滕停好车后径直走进餐馆，留下老郑独自站在看下象棋的人群中，成为一名看客。我蹲下系鞋带，小滕也蹲了下来，他捡起脚边的小石子划着地面。

“小吕，老滕怎么和你们说的价钱?”他突然压低声音问我。

我鞋带系了一半，停下来望着他，他朝老滕消失的地方看去，神情古怪。我听不出他的话哪里不对，便如实回答。他边听边点头，等我把话说完后又问:“那他有没有和你说吃饭、住店的事?”

我摇头，反问他什么意思。他笑，站起身，把石子掷向远处，吓得狗四处乱窜，冲他狂吼。

“没事了，小吕，进去吃饭吧。”他释然地笑。

我更加迷惑了。这时老郑在餐馆门口喊我过去。我回头邀小滕一起。小滕说他吃过了。我从他手里接过行李，站在原地回复短信。他走向看下围棋的人们，趴在一个青年的身上用婺源话交谈，很快传来笑骂声。

我刚进饭店，包还没放下，老滕掀开布帘从后厨出来，和我对视后迅速走到我身边，用商量的语气对我说："小吕，有件事刚才没给你说清。"他倒了杯茶水递给我，"这两天你和小郑吃饭时给我和小滕加双筷子，盛碗米饭就行。"

我已完全明白他的意思，他却还以为没表达清楚，啰唆地解说着，眼睛在我和老郑之间来回转着圈。我看老郑，他喝茶点头，算是答应了。老滕接着说："还有晚上住宿，你们俩住标准间，原价四十一晚，我和老板熟，搞一搞三十也能拿下。我和小滕住地下室，十块钱一晚，这钱也得单算。"

我听见老郑干笑了几声，老滕把没装水的一次性塑料杯捏得叭叭直响，眼神飘忽不定。老郑总算喝完一口茶，说给我听同时也是说给老滕听："还有什么地方需要掏钱？一次说完吧。"

老滕连忙说了几个没有，老郑说："那就吃饭吧！菜单呢？"老滕站起身，喊老板出来招呼。老板娘笑着为我们摆好餐具，续了茶水，又坐到一旁看着不知哪个朝代的武侠剧，嗑着瓜子。老滕又用当地方言高声喊了几下，从布帘后出来一位拿着炒勺的男人，满头是汗。他接过老滕的烟，两人嘀咕了几句后他操着夹生普通话对我和老郑说："老板想吃点什么？"我说："没菜单我们怎么知道吃什么好？"男人说："我们这小饭店没印菜单，老板你随我进后厨，想吃什么，想怎么吃，你告诉我，我现给老板做，保证让二位老板满意。"

男子信誓旦旦的样子不像厨师，更像有必胜信心的军人。我和老郑好奇地随他进了厨房。下了这么多年馆子，这种点菜方式还真是第一次。老滕并没和我们一起，不过在我们进厨房前他推荐我尝尝竹笋炖猪脚。

厨房的案板上有炒好的几道菜。老郑说这几道菜就行。男子面露难色，说这些都是隔壁摩托车修理店要的午饭。我说，你先给我们，再把同样的菜炒一遍不就行了？男人似乎觉得我说得有道理，便喊来嗑瓜子的老板娘，帮他一同端菜。

出来不见老滕。一个穿着拖鞋背心的男人从店外进来，在邻桌抓了把瓜子后搬板凳坐到我身边。他眯着眼打量我，又瞟了眼我们吃的菜，剥着瓜子直视着我："两位老板，要些野山货吗？"我和老郑头也不抬地拒绝了。他不甘心地介绍着各种山货及其功效。我一听全都是国家保护动物，更不敢要了。他说了好一会儿，看出我俩只吃带鱼并没有理他的意思，没趣地问我："老板哪人啊？""山西。"我吐着鱼刺。"山西有煤啊，老板一定很有钱。"他拍着马屁。

我看老郑都要怒了。还好老滕及时出现，卖山货的男人立刻站起身，边给老滕让位子边说："滕老哥，你发财了，这两个老板是山西的，山西老板出手大方，你要请客啊。"老滕骂了句什么我没听懂，但我能确定是很难听的话。卖山货的男人不但没生气，反而从老滕上衣兜里掏出烟盒，倒出两根，嬉皮笑脸走了出去。

我问老滕他那山货都从哪儿来的。老滕吃着鱼，含糊不清地回答我，说大多都是从大障山收的货。那里有原始森林，野猪、猴子，运气好了还能打到穿山甲。老滕这么一说，我对大障山顿时有了兴趣。老滕说："明天天气好就带你们去。"用他的话来说，就是原始森林探险一日游。

菜吃了一半，老郑问怎么还不给米饭。老滕放下筷子，转身冲着对电视机傻笑的老板娘催米饭，老板娘指着高压锅说米饭还没熟。老滕问她为何不早做准备。我大概听懂了他用方言给老板娘说的一句话，大意是像你这样懒惰我再给你带多少客人你也发不了财。老板娘没接话,只是用筷子插了插米饭说能吃了,老滕赶紧拿空碗过去给我们盛饭,满满一碗。

结账出来一眼就看到正在打扑克的小滕。他喜形于色,桌边放了几张五毛钱。看到我们过来,收起牌起身就要走。我说不急,玩完这把,他才重新坐下,炫耀他的牌给我看,我半蹲着看他玩。轮到他出牌时他把每张牌都甩在桌子上,甩得很响,边甩嘴里边念叨:"再给你来对 3 让你尝尝我的厉害;再给你来个王,看你怎么走;再给你来个同花,你还不完蛋……"他像念 RAP 一样极有节奏地说着。很快他就赢了。输家给他钱,笑骂他。他骄傲地反击了几句,走进不远处的小卖店。不多会儿拿了两瓶矿泉水递给我和老郑,指着继续玩牌的那帮人,故意大声说:"小吕你们别客气,随便喝,今天这帮笨蛋请客。"

我和老郑朝公路走去。老郑说:"你那司机表演欲真强。"我回头寻找小滕,他拿着玩具水枪边躲边射着那个输家。我收回目光,问老郑对老滕满意吗,老郑看着站在店外和老板娘窃窃私语的老滕说:"我猜不出他在做摩的前是干什么的。"我问老郑这句话是什么意思,老郑先笑了笑才说:"刚才我一上车,还没坐稳,他就加大马力,说 Are you ready? Come on,Let's go!"

在树林里解完手后,我们坐回各自的车,继续前行。小滕还沉浸在赢牌的喜悦中,兴奋地告诉我他是怎样在一顿饭的时间赢了五块钱。我夸他运气好,他不置可否,兴致勃勃地回述赢钱最多的那一把是如何出的牌。不会玩牌的我根本听不懂他说的那些名词,只好点头应付,夸他是婺源赌神。他开心大笑,随即说起周润发在《赌神》里的那句经典台词:"对不起,你输了。"还换着语调连说了好几遍。

我和小滕从玩扑克的技巧聊到婺源特产又聊到他自己，得知他比我大五岁却已是两个孩子的爸爸。路两边全是稻田和油菜花地，小滕说如果我们早到一周就能看到满山尽是黄金花。我问他看过那部电影吗，他说当然看过，除了黄色菊花和一堆乳房啥都没记住，说着他还随口唱起周杰伦的《菊花台》。

车一拐弯，稻田消失，取而代之的是一个小镇。一片仿徽派建筑的居民区建在路的两边。小滕放慢车速，问我是否照相，我说你们不会就带我来看这些吧！他急忙辩解说哪能，我看你一直四处张望，还以为你感兴趣。我们要带你看的是有百年历史的真正徽居，这些烂尾楼根本没法比。我问小滕这房子卖得贵吗，他说差不多两千二三一平米。我说，那算是富人区了？他没回答，只是把车开快了些。

路越来越不好走，起初还是水泥路，十分钟后改走柏油路，还没来得及抱怨，又开到石子路上，车颠簸得厉害，午饭差点吐了出来。当我快忍到极限时，小滕用脚在地上滑行减缓车速对我说："小吕，下车看美景。"我问他什么美景，他摘下墨镜，注视着我，比画着流水的手势说："看九曲溪水穿山过，百花齐放情人坡。"我用大脑努力搜索却还是想不出这是哪位诗人的名句，于是问他。他得意地笑着说："是我国当代著名诗人小滕的名句。"他这句话彻底把我逗笑，他也笑，指着售票口外的小卖店，问我需不需要买电池或其他的什么。

老郑过来问我要烟，我说："你那不有一盒刚拆开的？"老郑说不是他抽，是老滕要。我问老滕要烟干吗，老郑说买门票用。未等我听懂，他就从包里翻出一盒四块钱的"中南海"，走向检票口外的老滕。

小滕从小卖店买来四根冰棍，问我老滕他们呢，我说都进去了，小滕拉着我也朝景区走去。进门时,我看到收门票的中年人正抽着一根“中南海”,把烟盒拿在手上,凑在眼前,仔细地观察,并没抬头看我们一眼。

下了几阶石梯,穿过树林,路的尽头是草甸般开阔的绿地。各色的野花夹杂着盛开的蒲公英四散在草丛中。草坪与草坪之间是静止的湖泊。重峦叠嶂的树林隐藏在水雾中,水是翠绿的。我辨别不清那是树荫的倒影还是水草的颜色。四周静极了,除了自然界偶尔的声响外没有别的杂音。老郑在不远处拿着相机四处拍照。老滕喊我的名字,示意让我过去和老郑合影。

一圈欣赏下来才发现这里除了我们四个再无其他游客。我和老郑不停地拍照,赞叹着惊人的美景。老滕一副意料之中的神情,慢悠悠地靠近我们说:“怎么样? 小吕、小郑,这地方漂亮吗?”我和老郑赞叹不已。老滕更加得意,点了一支烟说:“那明天还用我们的车吗?”我想都不想地说:“不只是明天,后天也用。”老滕强忍着满意说:“这次不用和小郑商量下?”我想想他说得也对,可是话还没说一半,趴在地上俯拍水鸟的老郑不耐烦地说:“你觉得你这句话有意义吗? 快闪开,我的鸟要飞了。”

拍完美景后拍人。老滕给我和老郑合影,我本想教老滕如何使用相机,没想到他应用自如,还建议调焦后再打闪光灯效果更佳。我没想到老滕对摄影还有研究,老滕告诉我,他接待的游客多了,见的各种牌子的相机自然也就多了,所以对拍摄技巧也略懂一二。我问他自己有相机吗,他摆手摇头,说这么个小玩意最便宜的也得两三千,不划算,买不起的。

老滕把拴在岸边的竹筏从水面上牵了过来给我们当拍照的道具用。小滕在一边说这竹筏其实是收费的,漂流一小时三十块钱。但老滕和这里的经理熟,你们随便照,即使想玩漂流也是免费的。我们抱着占便宜的心态走上竹筏,一人拿着一根船桨,摆着不正经的姿势,令人作呕。此时的小滕和职业娱记毫无区别,他单膝跪地,相机高过头顶,极其职业地说:“小吕看这边,笑,好极了,再来一张。”

直到电池报废,我们才从竹筏上恋恋不舍地下来,随老滕坐在一片较为干燥的草地上聊天。我和老郑像开记者招待会一样轮番提问。老郑问老滕:“这里怎么能保持这么干净?”老滕说:“每天傍晚,没有游客时县环保局就会派人来打扫,天天如此。”我问小滕:“为什么这里叫情人坡?”小滕说:“这里本没名字,就是片风景优美的空地而已。随着游客的增多,每到周末或是节假日,县城里的情侣们也来这里照相、谈恋爱。壮观的时候能看到六七十对相互依偎的背影在岸边忽高忽低,时隐时现。”老郑插话,说这里就相当于上海的外滩、北京的后海。小滕似懂非懂地笑着。老滕补充说:“很多上海、合肥等大城市的人都特意来这儿拍结婚照,场面隆重,一看就是有钱人。”小滕起哄说:“小吕,等什么时候你结婚了也来这里拍,到时我给你组织安排。”说着便和老滕你一言我一语策划起我婚礼的一些具体细节,两人顿时成为我的婚礼顾问,好像我现在就要完婚。

老郑对我的终身大事没有兴趣,独自一人走到岸边看水中的渔人用电网捕鱼。我拍了些叫不出名的野花,品尝了小滕摘的野草莓。老滕和渔夫聊着家常,不时给老郑讲解用电网捕鱼的具体过程。我继续夸赞这里的景色。我对小滕说:“九寨沟的五彩池和这里相比也不过尔尔。”小滕顿时来了兴趣,问我去过九寨沟吗,让我给具体讲讲那里的景点。我说我是七年前去的,能确定的是那里的水要比眼前这个湖清澈许多。小滕急忙说，这里因为过度开发且游人过多水质遭到破坏，在婺源，水清的地方还是居多的。小滕说他经常听来玩的游客把婺源和九寨沟作比，但他也只是在电视上的《请您欣赏》节目里看过九寨沟的景色。和大多摩的司机一样，小滕也坚信九寨沟的景色比自己的家乡婺源好看不到哪儿去。

我们这里主要是宣传力度不够，要是能海陆空全方位立体地在电视报纸网络宣传，火的应该是我们婺源，早没九寨沟什么事了。小滕一脸不屑地对我说。他还说他把大山深处一片很隐秘很秀丽的景色取名为赛九寨，明天就带你和小郑去，请你们两个来自大城市的大学生给我评评是不是要比九寨沟还漂亮。

老滕走来问我是否还要拍照，我装好相机说这里实在太美，永远照不够，留点电池照接下来的景点。小滕在一旁问老郑满不满意，老郑直点头说好，夸得都没新鲜词了，临出门前他和小滕搂在一起说笑，像有多年交情的老友。

检票的中年人对朝外走的老滕抱怨着什么。老滕笑着回话，他却越来越大声，很生气的样子。我和老郑驻足观看，小滕快步走过去，冲中年人喊了几句，拉开老滕回到各自车旁。上车后，我问小滕怎么了，小滕语调轻松地说："没事，那神经病嫌这次给他的烟没有上次的好。"说完便加大油门，在颠簸的石子路上飞驰。

我们来到的第二个景点名叫状元桥。桥不长，约有十米，桥上长满青苔，桥下溪流急促，溪水清澈明亮。单从表面上看不出它和其他的石桥有何不同。桥的一边是大片稻田，桥的另一边是只有十几户人家的村落。小滕直接把车开到石桥中央，吓走了趴在桥中阴凉处午睡的黄狗。我一眼就看到桥拱上“状元桥”三个字，在一旁的青石板上还依稀看得清“康熙御赐”等一串小字。我转身问老滕与这座桥有关的典故，老滕却并不急着给我讲，他让我和老郑先照相，然后再详细说给我听。又是一顿狂拍，把四周的美色尽收相机。老滕看我们拍得差不多，才从桥墩上站起，像个说书人更像中学语文教师给我们讲着在这里发生过的故事。当眉飞色舞的老滕讲到这个村子在康熙年间出了三个状元且个个成为尚书时，老郑说：“我们那儿的闻喜县有个裴家村，从魏晋到清朝一千多年内出了五十多个宰相，其中不乏裴行俭、裴世清这样的名人。”老滕听后半天不再作声。一阵蛙声后，小滕抬起头说：“小郑，你们那里有状元桥吗？”老郑想了想，老实说没有。“那有没有康熙他老人家的亲笔签名？”老郑继续摇头。“更没有绿树村边合，青山郭外斜的景色吧？”老郑笑了。老滕适时插话：“所以我带你们来看状元桥还是对的吧？”我赶忙圆场直夸这里比情人坡还值得看。老滕高兴了，走下桥，进到菜地，很快又回来，手里拿了两根细长的竹笋，说是刚从地里摘的，让我和老郑尝鲜。老郑接过一根并没吃，而是不服气地对小滕说：“你是参加过辩论赛还是做过传销啊？”一句话，把我们全逗笑了。

离开前老郑摸了摸“状元桥”三个字，说是沾点仙气，回学校考四级也考个状元。我觉得老郑说得有道理。他考个四级都这么虔诚，更别说我这考研的人了。于是趁他们几个闲聊时走到桥下的溪丛中，连喝了几口溪水，瞬间觉得考研似乎也并不是那么难了。

我们又上路了。这次的路比来时的好走了些。在车上小滕告诉我，这条路是古代徽商修的，专门运货用，至今已有两百多年。听他这么一讲，我本想说晋商走西口的故事，但想起刚才他对老郑的精彩反驳，便默不作声，乖乖地听他瞎贫。小滕从徽商讲到胡雪岩又讲到赵薇和《还珠格格》，一圈绕完后，他手指前方的山峰大声说，沿着这条路一直走下去，就是安徽了。我顺着他手指的方向望过去，几片白云下，青山碧水，树随风动，天近黄昏。

山路套山路，四十分钟的山路后终于上了国道，瞬间舒服许多。小滕也说累了。有那么几分钟他唱着《两只蝴蝶》这首歌，但唱来唱去总是开头那两句。我也戴上耳机听着快节奏的歌曲，看着路两边呼啸而过的景色。路过一个名叫清华的小镇，镇上的小学正好放学，一群群小学生散漫地走出校门，沿着路边朝夕阳落山的地方走去。我被孩子们放学路上的娱乐活动所吸引，索性下车，拍他们用藤条抽水牛玩的画面。几个胆大点的小男孩奋力朝牛背上爬去，手一滑，摔在泥坑里，引得周围孩子们一阵欢笑。他们看到我在拍照，更加有了表演欲，或卖力地爬水牛背，或拽着水牛的犄角向相反的方向拧。没有藤条的男孩干脆抡起书包，砸在水牛的背上。水牛不再温和，乱叫着，后蹄也不断蹬着地。我下意识后退了几步，一个男孩对我说没事，它不会伤人，说完还跑来看我手里的相机。孩子们都围到我的身后，吸着鼻涕，目不转睛地盯着屏幕。看到自己傻傻的表情时，他们都笑了。一组照片看完，男孩们又跑回到水牛边继续重复着刚才的举动，毫无新意。小滕催我上路，说还有景点没看。我只好收起相机，转身离去。我的离开丝毫没给他们带来影响，反而闹得更欢了。就在我上车时，从稻田的另一端跑来一个老农，冲着他们大喊大叫，孩子们乱喊着做鸟散状。刚才对我说牛不伤人的小男孩还跟着我们的车后跑了一截，眼看追不上，用力地把藤条掷向空中，很快，小男孩、藤条、水牛，都消失不见了。

翻过一座山，一抹新月般的湖水出现在眼前。一片只有在油画里见过的徽派建筑群散落在湖的中央，被湖水环绕。几只渔船停在洒满夕阳的湖面，一种渔舟唱晚的意境。

小滕留在原地看车和行李。老滕带我们抄小路进村参观。村口的石柱上挂着一块木牌，上面写着：百年徽村，游览费每人二十。木牌的背面也有字：特殊时间，谢绝参观。我问老滕特殊时间的含义。老滕说就是农忙，或是村里有婚丧嫁娶、开村委会等事件，统称特殊时间。我们并没掏游览费，老滕从村委会办公室出来后，就带我们进入村子深处。正是晚饭时间，炊烟袅袅，饭菜香不时扑鼻而来，诱得我直咽口水。我们走两步就停下来听老滕详细地讲解徽派建筑的特点及一些雕饰物的含义。不时有人从我们身边经过，老滕热情地和每一位打着招呼，给年长的村民散烟。

路是青石板路，墙壁上各种年代的标语都看得到。一条人字小巷横在眼前，老滕站在小径的交叉处，侧着身，和专业导游毫无区别，流利地讲着在这条巷子里发生过的故事。听完他的讲述才知道这看似平常小巷的不平常处。历史上，太平天国名将石达开兵败后曾退兵在此，欲与湘军再战。结局不用详说，史书上早有记录。别致的是这条巷子里的几幢建筑物，巷口外，一间高近五米的房子是当时的哨楼。紧挨着哨楼的是石达开为其在当地纳的小妾修的庭院。年代久远，再加上“文革”时的破坏，传说中按苏州秀园建的院子此时看得见的也只有荒芜的杂草地、破败的门楼。花前月下或是血雨腥风的痕迹已无处可寻。我问老滕：“这里现在还住人吗？”老滕说：“当地人都传这是鬼宅，雨夜能听到莫名女子的哭泣声，立秋时这里又总能传来战场上厮杀的炮火声。所以这宅子早早就荒废了，仅供白天游人参观。”老滕话音未落，一个弯着腰的老人幽灵般地闪现在门口，一开口就是一串骂声，着实吓了我们一跳。老滕假装他不存在，继续给我们讲解，让我们多拍照。老人骂得越来越凶，拐棍戳着地面，院子里的鸟都吓得飞走了。老滕不耐烦了，用方言大声回了几句，没想到他更来劲了，抡起拐棍砸向老滕，当然没有砸着。老滕低声发着牢骚，喊我和老郑走。路过老人身边时，他怒视着我们，像被激怒的公牛。如果他能再年轻十岁，我想他一定会打我们。

老滕的情绪多少受到影响，他低头朝前走，几分钟都没说话。还是老郑打破尴尬。老郑问老滕那老人为什么这么大火气，老滕算是逮住宣泄的机会，滔滔不绝地讲着。老滕说那个老人先前只是个普通农民，终身未娶。近几年来，这里游人增多后，老人忽然宣称自己是石达开的后人，非说这个院子应该归他所有。

“他这儿有问题。”老滕指了指太阳穴激动地说，“他口口声声说自己是石达开的后人，他有证据吗？他有证人吗？原来他还姓李，前几年一场大病后改说自己姓石了，还认石达开是自己祖宗，不讲理地占那个院子。每次我带客人来都向我要钱，给烟都不行。我看他他×是想钱想疯了。”老滕不解气地蹲下来抽闷烟。

短暂的风波很快平息。老滕又有了活力，带我们进了几家有特色的宅院，给我们讲天井、遮羞壁、下水池，还有烤火炉的用法。我和老郑边点头边照相，一种穿越时空的感觉越来越强烈。

整个村子几乎见不到成年男人。老滕说他们都外出打工赚钱去了，留在村子里的只剩下由老人、妇女、孩子组成的“386199”部队。

“前些年还有人去你们山西挖煤，听说都在那边发财了。”老滕随手掐断路边的野草衔在嘴里。

村外是另一番景象。一个小时前在山坡上看见的那抹湖水此时就在我们脚下缓缓流过。一座新建的水泥桥连着河的两边，岸上有不少洗衣洗碗的妇人。我和老郑不免俗地又拿出相机，拍着小桥、流水、人家，而我和老郑同时也成了她们眼中的风景。

在石桥上看见小滕。他坐在一群闲聊的妇女中逗狗玩。我们在桥上片刻逗留，和当地的小孩合影后，走到桥的另一边，跟这不知名的小村庄告了别。

回到公路上并没立即上路，这次是小滕带我们走进路旁的树林，在一片凸起的高地上，一棵参天大树被篱笆围在中央。小滕介绍说这是棵罕见的千年银杏树，十几年前还开过一次花，当地人都叫它树祖宗。在这里它享受的是国宝级待遇。更邪乎的是在前年夏天的某个午后，村民们在树下纳凉聊天时，隐约听到树有响声，抬头一看发现一根粗大的树干悬在半空中，摇摇欲坠。在人们全部离开后，树干才轰然落地，无人受伤。从那以后，村民们更加迷信此树，逢年过节，或谁家有个难事都会来这里祭拜许愿。小滕让我们也许个愿，说只要心诚一定灵验。我和老郑站成一排装模作样地许愿。愿许完后，小滕又让我和老郑围着树走圈，还煞有介事地说：“一圈保平安，两圈升官发财，三圈中状元，四圈桃花运，五圈长寿多福……”我和老郑边听他在一旁神叨边糊里糊涂地转圈，转着转着老郑突然在我身前停住，抬头问小滕：“桃花运转几圈来着?”当得知是四圈时,老郑遗憾地摇了摇头说:“完蛋啦,我多转了半圈。”

随着路上的车辆减少,车速逐渐变快。目力所及的地方一点一点暗了下去。山谷幽静,我甚至看得见花草树木、山峰溪水是如何失去原有的颜色,完全融化在黑暗中。

小滕在山脚转弯处停下车,从挂在车把上的塑料袋里掏出件线衣让我穿上。我推托着,他执意给我,说山里潮湿,车速再快些会冷得受不了。我没再客气,把它穿在身上,衣服小而窄,但确实暖和许多。老郑也穿上了老滕的外衣,而老滕和小滕只是喝了几口水,并没加衣服,也没急着要走。

抽完一根烟,小滕故弄玄虚地问我:“小吕,你能看得出这里有什么特别之处吗?”我环顾四周,夜色中重山交叠,山谷黑得像一口看不见底的深井,一丝光亮都没有。我半开玩笑地对小滕说:“你不会是想在这里谋财害命吧?”小滕哈哈大笑,老滕反而认真起来,他说:“小吕啊,到现在你还不相信我们吗?”我急忙摇头摆手,老郑也过来帮我说话,骂我玩笑都不会开。老滕还又讲起党龄、诚信、服务第一等词。小滕蹲在一旁听我们仨聊天,一直笑。

话题结束,老滕对小滕说:“你赶快表演,再黑点路就不好走了。”小滕听话地站起身,背对我们,双手做喇叭状,用力地喊:“小吕,婺源欢迎你。”喊声出去几秒后,山的另一边才传来回声。老滕没等小滕喊完,也不甘示弱地卖力喊:“小郑,婺源欢迎你。”末了还加了句,小郑是帅哥。当这句话在山谷里回荡时,车灯下的老郑不好意思地低头笑了。

小滕骄傲地告诉我们,这个秘密景点是他发现的。他还给这里取了个很俗的名字:回音谷,并且还特意为此赋诗一首:好山好水好民风,回音谷前迎新朋。待到来日离别时,回音仍在人去空。

小滕摇头晃脑背了两遍,还怕我们听不懂,又逐字逐句给我们解释。老郑直夸好诗,说小滕做摩的简直屈才,干脆转行做诗人得了。小滕高兴了,拍着老郑的肩膀说:“古人说得好,千金易得,知己难求。”“这话就是说咱哥俩啊。”老郑配合地笑着,又不着边际地夸了几句,夸得小滕忘乎所以,连说还有几首诗,等到了相应的景点时再朗诵给我们听,欢迎批评指导。

老滕及时打断了小滕的文学梦,他鼓动我和老郑也喊几声。我看老郑,老郑看我,我俩都不知喊什么好。小滕出主意,让我们喊心爱的人的名字。他这一说我更开不了口,我说老郑你倒是喊啊。老郑没好气地说凭什么我先喊,要喊你喊。僵持了一阵,外加小滕起哄,我鼓起勇气,向前走了几步,也学小滕双手做喇叭状,对着看不见的山谷,啊、啊地喊了几声,喊得很没底气。老郑笑翻在地,嘲笑我喊得像乌鸦叫。我恼羞成怒让他喊,他装模作样清了清嗓子,酝酿情绪后,也乱叫了几声。这次轮到我取笑他:“老郑你喊得还不如乌鸦。”

撒了泡野尿继续翻山。气温骤然降低,多亏了小滕的衣服,否则我肯定扛不过去。深山中除了发动机声,只有泉水的流动声,天地间静得吓人。我问小滕这样远的景点有旅游团来吗。小滕让我低头看路,说这样窄的山路就算旅游团想来,大巴车也开不成。小滕还话里有话地告诉我,他带我们看的都是尚未开发的景点,等过几年这些景点被政府开发了,商业化了,这里也会失去了野趣,不再好玩。我问他到那一天还会做摩的吗。也许吧,沉默了一会儿,他自言自语说:“不做摩的我还能做什么呢?”

为了打发时间,我们不停聊天。他告诉我他高中没读完就出来做摩的,已有五六年了。

“生意好吗?”我问。

“前几年做这行的人少,没开发的路线多,游客也多,赚得也就多了些。但这几年县上开了十几家旅行社,留给我们的路线越来越少,况且转行做摩的的人也增多,客源自然不能和前几年比了。”小滕略带郁闷地说,“不过这些对我的影响不是很大,我用心做了这么多年,都做出回头客了,连外国人都有。所以只要我愿意出车,就不会拉不到人。像今年,除了大年初七下雪我没出车外,我没有一天没赚到钱。”他炫耀,“做服务业的就是做个口碑,只要你卖力做,不亏客人,客人也不会亏你。”小滕说这句话的口气很像课堂里讲营销学的老师。

当我得知他和老滕在做摩的前互不相识时有些意外。我说我还以为你们是亲戚呢。小滕直说误会。他早先在我们县水泥厂供销科当副科长,现在他还住在厂区。前些年厂子效益不好,他下岗了。为了供女儿考大学,前年才做了摩的。我也是看在同姓的分上带他跑熟了这几条线,他也很够意思,拉到客人时会先考虑我。要是我没空,他才会找他的亲戚。

小滕的话彻底颠覆了我的假想。没想到他才是真正的带头大哥。小滕又断断续续地讲了些老滕的好话,当他说到老滕比他爸爸还大一岁时,我不自觉地回头向老滕看去。他还是满脸喜悦,挥着手,大声朝我打招呼。

穿过最后一座山,远方终于出现灯光。这是一个不能称为小镇的小镇。横竖一条十字街上十几家店铺就构成了这个小镇的全部。店铺除了旅馆就是饭店,我在镇上唯一的小超市里买了大量电池,价格便宜得让我怀疑它的质量。路边摊前坐满了年轻人,看上去不像是来旅游的。老滕告诉我,她们都是周边城市美术学院的学生,来这里写生。小滕说在我们将要入住的里坑有更多学生,且多是美女,用他的话讲就是三步一个林志玲,五步一个张柏芝,比风景还美丽。他说得我和老郑意乱情迷,饭都不吃,马不停蹄赶往里坑。

离开小镇不到十分钟就到了里坑,进村前老滕才给我们说清这里是唯一要掏钱买门票的景点。不过不贵,用学生证一人十块,我和老郑也就没再说话。“其实这里也是不收门票的,但近日来这里写生的学生太多,不收门票不好管理。”老滕退还我们学生证时,多余地解释着。

村子里没有路灯,我们基本上是摸黑进的村。老滕他们把车子锁在村委会的大院里,和村口卖门票的男人耳语了几句后,领着我和老郑进了家有三层楼高的农家小院。老滕说这就是我们过夜的地方。

其实那只是家普通的农家院,并不是所谓的旅店。院子的主人是一对外表反差极大的夫妇。男主人个不高,但很敦实,一串茂密的络腮胡更显出他炯炯有神的双眼。女主人是标准的南方女人,面带微笑地给我们倒茶,烧水洗脸。

客厅很大,正中间条几上供的是这家人祖辈的牌位。牌位后的墙壁上挂了幅画有三代国家领导人的年画,上面写着:建设新农村,共建和谐社会。洗过手后,我随老滕在一张八仙桌前坐下。两个五六岁的小男孩趴在桌上认真画着。离近一看,他们居然在画奥特曼,还带故事情节,很逼真。我和老郑大加赞赏,在一旁摆餐具的女主人不以为然地笑了笑,走开了。

我们点的菜陆续上桌,老滕在征得我们同意后要了几瓶啤酒,倒满后非要敬我们每人一杯，还代表婺源人民欢迎我们……几杯酒过后我开始肚子疼。勉强吃了几块鸡肉，肚子拧得让我已经坐不住了。等我从厕所回来时，桌上的菜已下去一半，老滕、小滕喝完两瓶啤酒，米饭也快吃完了。我吃了几口炒竹笋，很快又去了趟厕所，再也没有胃口。趁老滕、小滕去厨房盛第三碗米饭时，老郑看着他们的背影，对正趴在桌子上喝茶水的我冷笑说："你真不争气，我看是给你添了份碗筷还差不多。"

饭后小滕和老郑上二楼去看电视。老滕进厕所洗澡。我喝着女主人给我烧的姜汤，在藤椅上趴了会儿似乎好了些。孩子们自觉地洗脸睡觉了。男主人在一边用计算器算着账，其间还接了几个订房的电话。随着汗落下，肚子舒服了些，我站起身在屋子里四处走动，和女主人扯闲。聊着聊着聊出兴致，我给他们讲我在河南、四川等地住农家旅店的情景。女主人眼也不眨地仔细听着，时不时问些具体的问题。男主人不说话，坐在一旁抽烟，用蝇拍打着苍蝇。

上楼后老郑他们正在看凤凰卫视的《军情观察室》。当主持人说美国有可能卖给日本最新战斗机时，小滕、老滕各抒己见，还和老郑探讨应该如何避开美日收复台湾。他们三个激动地议论着，比电视里的嘉宾还要专注。我跑到阳台上找着手机信号，听到的是从不同方向传来的狗吠声。

临睡觉前肚子又疼得厉害。翻了翻包没找到治拉肚子的药，只好胡乱吃了片消炎药上床躺下。一时没有睡意，和老郑聊天，问他玩得开不开心。老郑给我讲了些他和老滕的谈话内容，还说老滕车技不是很好，颠得他几次差点晕过去。我把小滕讲的关于老滕的事讲给他听，他也就没再抱怨什么，戴上耳机听歌睡觉了。

我差不多是在厕所里过的夜,肚子折磨得我几近虚脱。在去厕所途中我恍惚听到隔壁客房传来男女做爱的声音。驻足偷听,却又听到女人的哭声。瞬间感到恐惧,怕是遇见女鬼,慌忙钻进厕所,再出来时,天已微亮。

我是在一片蛙鸣声中醒来的。睁眼看到坐在床边抽烟的老郑。顾不上和他说话,直奔厕所。回屋后,他躺在床上看着婺源旅游图,叫我过去看,疑神疑鬼地说:"怎么咱昨天看的那些景点地图上都没有?"我不看地图,穿着衣服给他讲昨晚我受的罪及听到的古怪声音。老郑抬起头:"你确定是那种声音?"我点头。老郑又问:"有没有看到什么灵异现象?""没敢多看,我都是闭着眼跑回来的。"我被老郑问得有些恐怖,老郑环顾四周,拍了下巴掌,摇着头说:"你说我们走后,这里不会变成乱坟岗吧?"

时间还早,我和老郑胡扯了会儿才拿上牙刷到天台洗漱。里坑不愧是中国最美的农村,就连天台上看到的景色也美得让人忍不住拍照。我们忘记了洗脸,在天台上来回走,拍云雾深处的瀑布、触手可及的青山。牙刷到一半,寂静的山谷中响起嘈杂的叫骂声。循声望去,不知从哪儿冒出一群村民围成圈看两拨妇女吵架。吵得不分胜负,有的已经推搡起来,但并没人上前劝架,大伙都乐呵呵地看热闹。

下楼看到老滕、小滕和女主人站在院外望着不远处争吵的人群,时不时还笑着交谈。小滕看见我忙和我打招呼,问我昨晚睡得如何。我苦笑着说不好。老滕收回目光,注视着我,极认真地听我复述惨痛经历,边听边配合地皱着眉,一脸同情地说:"你看看,你看看。"没等我讲完他就关切地问我是否吃了药,我说我这就是来找小滕,麻烦他带我去镇上的医院。女主人警觉地说:"是不是水土不服?”没等我回答,老滕连连说是,还说昨天凡是我吃过的东西他和小滕、老郑也都吃了。要是食物有问题,为何他们没事?我想了想说:“是不是和我喝了状元桥的水有关系?”老滕如释重负:“哎呀小吕,那水是村妇用来洗衣物的,不能喝。”

小滕没带我出村,他说村里的赤脚医生就能治我的病。我一听“赤脚医生”这个词立马拒绝,强烈要求去镇上正规医院。小滕连忙解释,说他只是叫顺口了而已。其实村里的赤脚医生是正经医生,八十年代大学毕业,从县里正规医院学回来,甚至还在省城医院进修过。我半信半疑跟着他走。七拐八拐,我们走到人群背后。小滕挤了进去,不一会儿又挤了回来,有些尴尬地说:“小吕,能忍吗?得稍等一会儿。”问他怎么回事,他说村里要安路灯,两家人谁都不愿意把电线杆竖在自家门口,怕破坏风水。我问我们为什么要等,小滕手指圈中央唯一的男性说:“看到劝架的那个人没有?就是戴眼镜的那个,他就是医生。”我顺着他指的方向看过去,果然看到一个戴眼镜的男人正手指一个村妇,肢体夸张比画着动作,激动地讲着。他每说完一段话,周围就爆发一阵哄笑声,那笑声像是对他的奖励,等笑声一落,他又慷慨激昂起来,不像是劝架,更像在演讲。我听不懂他在讲什么,但他说得肯定有趣,否则村民们不会面带笑容争先恐后挤着向前。就连小滕也站到石阶上,仰着脖子使劲往里看,偶尔还笑骂几句,那神情和在剧院里看相声的观众毫无二样。方言不通的我索然无味地东张西望,曾试图努力去听,无奈我国方言过于博大精深,听了半天一句也没听懂,只好放弃。最后倒是被吵架双方各带的狗逗乐了。它们精通人性,向着各自的主人,奋力冲对方号叫,不甘示弱的样子赢得调皮小孩的叫好声。

随着几个村干部模样的人到来，人群渐渐散开，村民们三三两两议论着，并不情愿地朝田地走去。被村干部劝走的一方仍不服气，嘴里骂个不停，顺手又捡起石头朝对方家的狗砸去。小滕和我快步迎向正在被人敬烟的医生，在临近他时，我低声对小滕说："他不还是大学生吗？怎么还和村妇吵架？"小滕不屑地说："大学生怎么了？和他吵的那个女人孩子都在国外读博士呢，该吵照样吵。"

赤脚医生还在和别人讲着道理，听众们纷纷点头。小滕凑过去和他耳语了几句后，他转身打量我，笑着问我哪里不舒服，转眼间像换了一个人。我惊讶他变脸的速度，随即一五一十地说给他听。他点着头，细致问着我是肚子哪个部位疼，还让我详细说说两天之内都吃了些什么。小滕都听得好笑，揶揄他："你是医生还是算卦的？"他一脸严肃，说："你不懂，我这是对病人负责。"说着便要按我的肚子。

被他折腾了一阵后，我不疼的地方都疼了起来。他总算得出结论，那就是我确实是拉肚子。小滕不好意思地冲我笑了笑，催他赶紧给我开药。他背着手，摇头晃脑地哼着小曲在前面走。小滕压低声音给我说："小吕别介意，他这人比较幽默，都是读书人嘛！可以理解的，是不是？"赤脚医生似乎听到了他的话，回过头满脸通红地问小滕刚才他说得精不精彩。小滕嬉皮笑脸地拍着马屁，还认真地和他探讨退一步海阔天空这句话是不是孔子说的。

赤脚医生在他家偏房的一个老式柜子中取出一个大铁盒，打开后，在药店能见到的常见药盒子里都有。他拿出一盒治拉肚子的药，并没直接给我，而是从中取出六片，数好后装进一个小塑料药瓶中，告诉我一次两片，一天三次，收了我四块钱。他的举动引起我的好奇，但没好意思直接问。出了门我才问小滕："药怎么还能散着卖？"小滕面无表情地说："在这里很多东西，比如烟、酒、女人的卫生巾、男人的避孕套，都是散着卖的。"

回到小院，吃完早饭，在房间收拾行李，老郑略带兴奋地说，刚才在我买药时，隔壁客房确实出来一女的，相当美丽，美丽得让老郑都忘记刷牙，两眼随着女孩的移动而移动。扫兴的是，紧接着一个男人跟着就下了楼，俩人又搂又抱，几乎是贴在一起出的小院。讲到这里，老郑以为我会追问那女孩到底有多美，我却偏偏不问，故作深沉坐到床沿，重重叹了口气。老郑糊涂了，问我好好的叹什么气。我伤感地说："这一连串精神、肉体上的双重打击，估计一时半会儿我是缓不过来了。"

在里坑行走时间是静止的。同样是早晨8点，但这里没有北京拥挤的早班车，没有武汉沿江叫卖热干面的小贩，更没有景德镇那些创意十足的早餐店，有的只是美得一塌糊涂的风景及点缀风景的女孩们。如小滕前一晚所说，无论在村里的哪个角落都能看到三三两两美术院校写生的女生，捧着画板，或坐或站，画着铺满青石板的小巷和巷子尽头那历经百年沧桑的尚书府。当然，面容姣好、气质脱俗的南方女孩也是有的，但远没小滕说的那么诱人。而我们的小滕为了证明自己的宣传并未夸张，不服气地连着指了几个他眼中的美女给我和老郑看，都被我和老郑一一否决。老滕起初未参与进来，但随着小滕的信心逐渐丧失，他也来了兴趣，挑出几个符合他审美观念的女孩。不过老滕的审美观实在不敢恭维，一圈看完，老郑私下给我说，老滕说的美女，充其量也就是县级水平。

里坑的景点和前一天所看到的徽派建筑差不多，我和老郑也没了最初的新鲜感，晃晃悠悠，可看可不看地转着。老滕看出来我们兴致不大。于是提议去村外的山坡上照几张全景，然后就出发前往大障山探险。这方案立刻得到我和老郑的同意，加快速度出了村。

出村过河时，一只纯黑色的狗跟在我们队伍后。老滕说，黄山有迎客松，里坑村有送客狗。他进一步解释说："每次他带客人离开里坑去山坡照相时，这只叫小黑的野狗只要喊一声，不需要骨头，它就会跟在你身后，陪着人们一起去山坡拍照，直到客人离开，它才回村，等着下一批游客到来。"老郑听后觉得很神奇，他和老滕走在最前面，追着狗闹。小滕给我讲着他们村里狗通人性的种种故事，听得我入神，直夸每个故事精彩得不次于名家写的小说。小滕听我这么一说更加来劲，说才给我讲了他所知的十分之一，还有一肚子的好故事没有讲。末了还补充着说，除了动物故事外，侦探的、神鬼的、爱情的、科幻的，当然还有情色的故事他都会讲。我从小学五年级订《故事会》至今，期期不落。小滕自信满满。

因为夜里下了些小雨，并不高的小山坡泥泞难走。只有送客狗小黑早早爬到半山腰的空地上，像雕塑般蹲在那儿，一动不动。我绕开山路中写生的女孩，深一脚浅一脚地在泥水中缓慢移动，费了好大力气才爬到小黑身边。老郑找出包里最后一根香肠，蹲下身，剥开后喂给小黑吃。小黑两只爪子搭在老郑的腿上，舔着老郑的手，等着老郑喂食。老郑给它多少它吃多少，老郑不给时，它静静地趴在老郑脚边，两眼平视前方，不喊也不叫，不亢也不卑。

我随小黑一同沉浸在里坑的美景中:那被薄雾笼罩的神秘山林,那开满荷花的村边池塘,以及那别致的徽派建筑,一切都是那么的恰如其分。在我和老郑此起彼伏的赞叹声中,小滕适时地吟诵诗句:"此景本是天上有,人间能够见几回。"

下山前老郑要我给它和小黑合影留念。我换着角度拍了一组照片。老郑看后很满意,说回去后把这组照片传到他博客里做官方指定宣传照,以供女粉丝们崇拜暗恋用。照片的名字他都取好了:那山,那狗,那人。

车出里坑,像昨晚来时一样盘山。我对小滕说,我来这之前走过的所有山路加起来乘以二都没有这两天走的一半多。小滕说,这条线路他平均每三天来一次,已经熟悉到即使闭着眼睛也能顺利走完。不过沿途景色优美,再加上每次带的客人不同,更重要是有钱赚,所以他从不厌倦。

车一拐弯,路两边的颜色和画面立即更换,很少重样。那感觉就好像在看幻灯片,山连着山,森林汇成林海,铺天盖地的绿色压在头顶,盯着看久了竟然会感到害怕。我感慨地说,真不明白当地人为何不在这仙境里享受生活,而是外出打工。小滕笑我,说假如我不是游客,而是从小在这里生长的山民,就会懂得景色再美也不能当饭吃的道理。

"他们要不外出打工,别说生活了,连生存都保证不了。"小滕平和地说。

我回味着这句话,对着他的后背发呆。小滕有意避开这个话题,时不时让我看山峰上的一棵树或溪水里的一堆石头。那普通的树和石头,经过他一番启发引导,仔细看还真的很像开屏的孔雀、仰头的王八。

刚看见写有"大障山欢迎您"的指示牌没多久,路就断了,只好下车步行。

老滕说，和其他名山一样，大障山也分前后山。前山已经开发成熟，名为飞龙山。我们要看的是即将开发的后山，凤凰谷。之所以没了路，就是因为温州的承包商正在修路。

“明年这里一通车，门票最少也得六七十，到时就再也不能像现在这样随便了。”老滕自言自语，眼睛一刻也没离开过推土机。我和老郑漠不关心地在田垄上前行，老滕低着头，若有所思地推着车。

上公路后遍寻不到小滕，老滕站到石堆上四下观望，喊着他的名字。好半天才看到打电话的小滕从一片稻田里冒了出来。尽管距离有些远，也听不懂他在说什么，但整个山谷中都在回荡着他怒斥的吼声。我们三个安静下来，老滕冲着小滕所在的方向比画着手势，却不起作用。眼看小滕火气越来越大，老滕顾不上和我们多说，快步跑进田间。

老郑问是不是我说错什么惹小滕生气了，我连声否认，说十分钟前他还和我有说有笑，我俩好得差点结拜了。老郑也懒得多猜，他说不管出了什么事，只要别耽误咱们玩就行。正说着，老滕拉着一脸怒气的小滕从田边走了过来。我偷问老滕怎么了，老滕笑着说没事，招呼我们上车。

小滕明显心情不好。我三番五次问他没事吧，他挤着笑，故作轻松摇头。可是只要我话音一落，他立刻沉默，不唱歌，更不讲笑话。这让我很别扭，不停地问他到底发生了什么。起初他还只是笑着说家里出了点小事，但在我的再三追问下，他咬着嘴唇告诉我，他媳妇和他哥哥又为老家的院子吵架了。

话一说开，小滕没完没了地发泄着怨气，激动地讲着他的家事让我评理。我想安慰他，又不知该怎么安慰，只好任他抱怨。小滕真是被气着了，否则思维也不会这么跳跃，他一会儿说自己拼命拉活赚钱不就是为了家庭和睦，一会儿又怪他哥贪得无厌，每年给他一万块钱却仍不满足，最后又骂他媳妇，用语粗俗，不堪入耳。我暗自后悔不该多问，要不然现在也不会像个傻子似的只会说没事。小滕压根就不理我，说话的速度比车开得还快。在大障山下停车时，他苦笑着说："命苦不怨政府，点背不怪社会。"

除了几十户散落在山脚的人家外，还真看不出眼前的大障山和这一路翻过的群山有何不同。我装作一切如初，同老郑有一句没一句地瞎聊。小滕要走一根烟，蹲在溪边独自抽着。老郑问我小滕是不是受刺激了，我问他有什么依据，他看了眼猛用溪水洗脸的小滕说："如果我没记错，这是他两天以来第一次抽烟。"

老滕从村子里急匆匆出来。他说午饭本来安排在村主任家吃的，但村主任一大早就去镇上赶集，只好将就去小超市吃方便面。老郑惊讶，说没想到这地方还有超市。小滕不以为然，说等明年这里开发了，别说超市，酒店、饭馆、酒吧，甚至连洗头洗脚城都会应有尽有。在前面带路的老滕回头瞪了小滕一眼，等我和他平行时，他小声说："小吕，你要不要和小郑商量下咱午饭餐标的问题？"我哑然失笑，心想无非就是一人一盒泡面，哪能称得上标餐？老滕看见我在笑，脑袋一歪，提高嗓门说："最好算清。"

村子里唯一的二层小楼就是超市。院墙上挂着一块小黑板，上面一行艺术字：便民小超市今日新货。感叹号下是几排小字，分别写的是货物的名称及促销活动。这地方能有超市已很让我们意外了，更没想到山村里的小超市竟然和城里的超市是一种销售模式。我和老郑兴趣大增，找了个面向大障山的角度给小黑板拍着特写。小滕不理解我们这样做的意义，老郑逗他，说要把这组照片传到网上，给祖国人民汇报下社会主义新农村建设取得的成果。

院子的主人，也就是超市的小老板走出门外迎接我们。看他的模样应该和我年龄差不多，但丝毫不显稚嫩。混熟了一问，竟然还小我两岁。想想人家小小年纪就有了自己的企业，我和老郑不免羞愧。老郑说，这事要放到城里，被不良媒体随便一炒作，他最次也得是杰出青年或新贵。

小超市验证了“麻雀虽小，五脏俱全”这句俗语。并不大的空间里横竖插满了货架，各类货物也堆积如山。柜台里站了两个女人，年龄稍显大的是老板娘，另一个是她的小姑子。小滕阴阳怪气指着这一家人向我们介绍：“这是董事长，这是总经理，这是会计。”大伙正笑着，一只狗从里屋跑了出来，小滕机灵地说：“这是保安大队长。”说着还冲狗敬了个军礼。

老板娘骂完小滕不正经后，便极其热情地招待我们，又是倒茶又是递烟，一口一个大哥亲切地叫着。我听出她的河南口音，于是也说起半生不熟的河南话和她套近乎。没想到老板娘信以为真，惊喜地把我和老郑当成她的老乡，详细询问我们是河南哪里人。我随口说了一个地名，竟然和她的老家相隔不远。老板娘顿时像遇见了亲人，手舞足蹈，笑个不停，反而弄得我和老郑十分不自然。直到老滕说饿了时，她才想起来我们的身份，一走一回头地说：“大哥你喝茶，我给你们泡面。”说完就从货架上取出几盒方便面，也不管我们爱不爱吃，撕开包装袋，冲水就泡。

老板娘像是上了发条，忙前忙后，一会儿拿来一堆香肠，一会儿又是几袋牛肉干，围着我们团团转，一刻也不停歇。好不容易坐下，又看到香肠吃完，站起身就从货架上取卤蛋。

“我给我大哥剥个蛋。”老板娘把剥好的蛋硬往我手里塞。

“别剥啦，你大哥没有钱啦。”老郑也学着河南话，冷冷笑着。

“咦，这话不中。我大哥一身名牌一看就是有钱人，怎么会连一个鸡蛋都吃不起呢？”老板娘笑吟吟说着，突然想起了什么，“大哥，屋里头有我前些天腌好的咸菜，你要不嫌弃，我拿来你尝尝得不得劲，看有没有家乡味。”说完又是一阵风跑了进去。

老板娘一走，老郑叼着塑料叉子站到我身后，翻着我的衣领非要看看我这从地摊花五十块钱买的衬衣究竟是什么名牌。我说这老板娘真是个人来疯。老郑却怪我骚情学河南话在先，否则也不会勾起她如此强烈的思乡之情。这时一直没言声的小滕说话了，他喝完碗里最后一口汤，迷惑地看着我说：“小吕，我都糊涂了，你给我说句实话，你和小郑到底是哪里人啊？”

在我们吃饭时陆续有村民进来买东西。看到我们的出现他们并不稀奇，有的还和老滕寒暄几句。小老板趁机向我推销起自家采摘的茶叶，老板娘看到老郑衣服掉了个扣子，非要帮他缝上，被我和老郑再三拒绝掉。然后老滕小滕就和夫妇俩聊着开发商和村民谈判的事。我边听边用余光扫着已成为垃圾的食品袋，用景点消费的价格心算着这顿午饭的费用。

结果出乎意料。小老板只是按平价要的钱，有的东西甚至比城里超市还便宜。小老板说，虽然每进一次货都不容易，但毕竟来买的多是村民，也不好意思胡乱要价，只要不赔本就行。这让我对他起了敬意，问他开发后生意会不会更好做些。小老板不置可否地笑了笑，没有回答。老板娘给我包里装着苹果和野草莓，说是饭后水果，免费送给我们路上吃。我哪好意思收下，给她钱她却坚决不要。于是我和老郑买了一堆并不需要的货品，算是对他们的感谢。刚出门小滕神秘地告诉我："老板娘是被拐卖到这儿的，解救后自己又跑了回来。"

临上山前老滕叫住我们，掏出一张写有他和小滕这两天花费记录的清单给我们确认。如果无误，让我和老郑签字。我看都没看就签了字。老郑签完后扭头对我说："我越来越喜欢这里的人民啦。"

山越走越深，起初我们还是在山中漫步，走了几里地后，溪流猛地变宽，只能顺着溪边的碎石前行，又过了二十多分钟，连碎石也没有了，溪水变成一条湍急的小河。小滕嘴里叼着一根野草，像个军事家一样，双手叉着腰，踮起脚尖朝远方眺望，沉思了会儿，果断地带领我们爬山。

是真正的爬山，那些在我看来根本不可能有路走的峭壁，在小滕的指挥下，我手脚并用，硬生生地爬出一条路来。老郑远没我这么狼狈，他身手敏捷地在荆棘中穿行，赢得老滕、小滕一致称赞。我在吃力的爬行中听到老滕对老郑说："小郑，你比小吕要强多了，小吕一看就是温室里的花朵，从小娇生惯养，缺乏锻炼。"给点阳光就灿烂的老郑，笑得像花儿一样绽放，他俯视着已成乌龟状的我，傲气十足地训我，说我丢当代大学生的脸，给素质教育抹黑。我想反驳他，但手一滑差点摔进水里。老滕、小滕一左一右把我架到山坡上，老郑嘲弄我说："跪下，给你救命恩人磕头。"我笑骂他，他却一副恨铁不成钢的样子对老滕说："就该让这种纨绔子弟多吃点苦，让大山人民好好地教育教育。"老滕猛点头，纠正说："我理解你的意思，确切地说，应该是接受贫下中农再教育。"

说到“贫下中农”这个词时他还特意指了指自己和小滕。

我慢动作般的爬行影响了整体前行速度，小滕说这样下去天黑前都下不了山，于是提议蹚水。小滕找了个水比较浅的地方，稍微观察一下地形，踩着水中几块凸起的石头，蜻蜓点水似的就跳到对岸，连鞋都没有湿。老郑没他潇洒，但几个立定跳远也解决问题。我也想学老郑跳过去，老滕一把抓住我的腰带，他说万一我要没跳过去，摔到水里，他负不起责任的。安全起见，小滕、老郑一组先走，他陪我脱鞋逆水上行。

下水前我看到老滕小腿上有道一尺长的疤痕。问他，他淡淡说前两年刚开始做这行时不小心摔的，缝了几针。我借题发挥，劝他别再做摩的，这么大年纪，又苦又累，还总为别人服务。老滕只笑不语，只是偶尔提醒我小心滑倒。我越说越不靠谱，甚至开始给他规划起第二职业。老滕仍旧低头过河，在我问年收入多少时他忽然问我：“小吕，现在读个大学需要多少钱？”我愣了下，问他：“为什么问这个？”老滕说他女儿今年高考，这两年做摩的攒了一万多块钱，不知够不够女儿读大学用。我天花乱坠讲起大学收费问题及京城各大高校的优缺点，老滕并不用心地随声附和，一边搀扶我过河。快上岸时，他平缓地说：“女孩嘛，有学上就行，我看景德镇的工艺美术学院就不错，学校在城里，毕业了工作也有保证，就行啦。”我接着他的话往下说，问他女儿是否有绘画特长。这句话点燃了老滕的激情。他爱女心切地夸赞他女儿的美术天赋，说着从内衣兜里掏出钱包，小心翼翼取着一张相片大小的纸片递给我看。那是张铅笔画，老滕的全家福。老滕在一旁讲解，说这是过年时她女儿一晚上画出来的。我问是不是对照着相片临摹的，老滕当即否认，说是他女儿原创，照相馆照不出这效果。我又赞赏着来回看了几遍,还老滕心爱的宝贝时劝他应该多带女儿来这里写写生。老滕的回答出乎意料,他说一次也没来过。我无话可说,有那么几分钟老滕的神情相当复杂。

老滕真的没有夸张,确实是原始森林探险一日游。随着海拔的增加,我们先是遇到眼镜蛇绕着树干爬进树林,接着又看到一片被毁坏的野竹笋地。小滕说八成是野猪来过,没准它还在周围并没走远。说得我和老郑既兴奋又紧张,问他在这山里还见过什么。小滕发挥着想象力,兴致勃勃地吹着牛,老滕讽刺他,说他和神仙下过棋,与小鬼斗过法,骑摩托追赶外星飞船,在深龙潭里见过龙宫。

老滕所说的深龙潭就是我们在大障山看到的第一个景点。它是被十几米落差的瀑布冲击成的天然湖泊,从高处看整个湖泊如同一条腾空而起的巨龙。传说这是东海龙宫的入口,每年春秋两季,附近村民都会来此敬拜祈雨,据说十分灵验。小滕说他去年秋天带了一个失恋后来婺源散心的北大女研究生到这里玩。那女生看到这清澈的湖水,脱掉衣服就跳进去裸泳,着实吓了小滕一跳。我和老郑迫不及待地问他然后呢,小滕嘿嘿一笑,说事情不像我们想象中那样猥琐,然后他就老老实实地背着身坐在湖边的岩石上一动也不敢动,心想这受过高等教育的就是不一样。不过那一路小滕优质的服务给那北大女生留下了深刻的印象,最后小滕成了她的蓝颜知己,两人分开后还时有短信来往,节假日还电话祝福。

小滕从甜蜜的回忆中回过神后,掏出手机给我们看他保存的短信。我一看,都是些很普通的礼貌问候,远没他说的那么暧昧。老郑问他和那女生现在还有联系吗，小滕自嘲地笑着说几个月前那女的去了深圳工作就没再联系。我佩服他十个月前的短信能留存至今，他有些害羞地挠着头，说其实只是为了存那号码，没别的意思。我说你就不怕你老婆发现吗，小滕酷酷地说，她不敢动我手机。这句话令我们对他刮目相看。

接着还是爬山。沿途又看了几个和深龙潭相仿的瀑布以及方志敏打游击时藏身的山洞。小滕、老滕介绍景点时格外卖力，老郑想方设法夸赞他们，说国家元首享受的待遇无非也就是一对一。小滕被夸得舒服，也回敬说我和老郑就是他们的 VIP。在说笑中我们看完最后一处景点，原地休息时，老滕适时地说，我们已攀上大障山的最高峰。

突然山间就刮起了大风，天空也乌云密布，看样子雨随时都会落下。休息得差不多了，我和老郑灭掉烟起身准备下山。这时小滕毫无征兆地抬头问我："小吕，你觉得我和老滕服务得怎么样？"

"很好，老郑不都说了，元首级待遇。"我说。

小滕点了点头，喝了口水接着说："如果你和小郑对我们的服务满意，那最后结账时多加三十块吧，原本是三百二，你们给我们一人三百五，凑个整数怎么样？"

我一时无语，心想不是说好的两天半两百六十块，怎么成了三百二还要多加三十？小滕掰着指头解释："第一个半天算六十，两天两百块，第三天早上我们送你到县城也得算半天的钱，总共三百二。如果你们对我们的服务满意，每人多给三十块小费好不好？"

我一听他说得还挺在理，半开玩笑逗他说："凑整数给你三百得了。"小滕当了真，连说不行，还想多说什么，坐在一边的老滕说话了："三百二就三百二，别胡加。"小滕不看他，而是半跪在石头上，仰着身子对我说："我是说如果你们满意……"没有如果。老滕挥了下手："就三百二，不要说了。"小滕愣了下，没趣地收回举在半空中的手，嘟囔了几句，一口气喝完瓶子里的水。

像是有人按了停止键，空气凝固成冰，四周只听得见飞流而下的瀑布声。我朝老郑看去，他靠在树上，低着头折着手中的树枝。再看老滕，他双手环抱膝盖，眉头紧皱，直视着前方的流水，如同一尊雕塑。小滕蹲在地上，捡着石子，奋力地掷向水中，打着水漂玩。又过了一会儿，还是没人说话，更没下山的意思，我点着第三根烟，递给老郑烟盒他摇头拒绝。我刚抽了没两口，就见老郑扔掉木棍，头也不回地径直朝山下走去。

只用不到来时一半的时间下了山。一路上老滕、小滕跟在后面近乎献媚地说着笑。我和老郑应付着假笑，气氛大不如前。又回到大障山村口，小滕主动提出要带老郑，老滕当即同意，随即邀我上车，说要和我接着聊聊他女儿的未来。

老滕车技远比小滕逊色，下坡时他不敢冲刺而是用脚拖在地面增加阻力摩擦前行。我夸他车开得很稳，他没听出我的语意，反而用过来人的口吻教育我说，在外赚钱，安全第一。他又讲起他女儿的教育问题，我已没心思再听，转移话题问他接下来看什么。他换了种语调，说今天要看的最后一个景点是宋代名相秦桧后人的村庄，在那里会看到五百年前的水上廊桥以及相传一千年前由秦桧孙子亲手种的一棵奇特的杨柳树。

我暗想这不仅是今天要看的最后一个景点，很有可能也是我们在婺源看的最后一处风景。老滕、小滕在离村子足有二百米远时就停住了车，老滕解释，说这村子里他没有熟人，如果他陪着我们进去村委是要收费的。所以让我和老郑自个儿进村，兴许会被当作写生的学生而免收游览费。这正合我意，不等老滕嘱咐完，拉着老郑快步向前。

我们再没有心思看那雷同的景色。在九曲廊桥上，老郑不谋而合地说出要在这里结束婺源之旅。我装傻问他原因，老郑说："按小滕的算法及昨晚的吃住情况，三天费用人均一千块，远远超出我们的心理价位，甚至比正规旅行社的报价还要高。这还是其次，主要是所看的景点千篇一律，新意不足，假如明后天还是去类似的景区，那就更没必要浪费时间、金钱。"我点头以示赞同，问他又以何理由骗老滕小滕。老郑说："我都想好了，就说我学校期中考试提前到周六，明天一早得赶回武汉。"我绝口称赞老郑出色的应变能力，然后拍了几张临别留念照片，串着口供不紧不慢地往回走去。

我和老郑假装若无其事地回到出发点，老滕、小滕都没看到我们的归来。一个在喜笑颜开地讲着电话，另一个蹲在地上用树枝刮着挡泥板上的泥。我喊了老滕一声，他回过身，草草挂断电话，笑眯眯地对我说："我刚给查平坦上的老板打了电话，他那里今晚客人很多，但还是答应把最好的房间留给我们，小吕快上车，我们这就向海拔八百米的查平坦进军。晚上我们吃野味大餐，明天清晨在那里看云海雾凇。我保证那里美得让你和小郑拍个不停。"说着他就拿走我的包往后备厢上放。

"滕师傅，跟你商量个事。"老郑从车上又取下包，两眼盯着包看。

"上车再说，快下雨了，一会儿山路不好走。"老滕已翻身上车，发动着车子。

“还是在这儿说吧。”老郑抬头看着老滕，声音大了一倍。

老滕和小滕对视了下，笑着问老郑什么事。老郑和我交换了眼神说：“滕师傅，送我们回县城吧。”

老郑话一说出，老滕、小滕顿时傻了眼，老滕把车熄了火，走到老郑面前，轻声问：“为什么突然要走？是不是对我们的服务不满意了？”

这时轮到我出场了，我做出极不愿走又不得不走的神情，把排练好的台词一句句地说给老滕听。不等老滕插话，又装腔作势地谴责了老郑无辜的校领导几句。

小滕也不再清理挡泥板了，他一身尘土站起身，似笑非笑说：“不考不行？你们好不容易来一趟，还有那么多值得看的景点没看，我还有好几首诗没给你们朗诵，这一走，多可惜啊。”

老郑笑着摇头，说你又没读过大学，不知旷考的严重性。小滕听后张了张嘴，但没说话，他看了眼靠在摩托车上抽烟的老滕，老滕没有看他，小滕又坐在地上，捡起树枝接着刮泥。

小雨密密麻麻地下了起来，老滕扔掉烟蒂，取出两件雨衣让我们先披上再说。我和老郑像在斗着气，就是不接过去。老滕好言相劝，说就算是回县城也得穿上雨衣小心淋雨感冒。听上去事情似乎渐渐明朗，于是我们穿好雨衣，等着老滕、小滕收钱走人。

没想到老滕还不死心。他帮我穿好雨衣后，又递矿泉水又点烟，他给自己也点了一根，抽了一口说：“小吕，你看这样行吗？今晚我们先去查平坦住，明天看完日出后一大早把你们送到车站,肯定误不了车。”小滕在一旁帮腔,说:“老滕以前当科长时经常去武汉联系业务,听他的准没错。”

但还是被我和老郑断然拒绝了。老郑执意今晚就要回到县城,万一明早误了车怎么办。老滕抢话说误不了。老郑不耐烦了:“你做科长都是哪年的事了?列车表早改了。”老滕退了回去,点着头连连称是。

像有人再一次按了停止键。山村里瞬间恢复了山村特有的安静。老滕的烟被雨水打湿,他几次点火都没点着,索性扔掉半根烟,用毛巾擦着头上的雨水,蹲在一旁半天没有吭声。小滕缓缓抬起头,环顾一圈后,羞涩笑着说:“小吕,你看天都黑了,还下这么大的雨,要是现在回县城,山路又滑又不好走,弄不好还有滑坡的可能。我还是劝你们过一夜再走,但你们非想走的话也可以,不过钱得多加点。”

小滕结结巴巴地说完,老郑挑明了问:“送回县城后总共多少钱?”小滕和老滕用方言悄声私语着,在老郑的再三追问下,小滕换成普通话说,“本应一百六,加上这趟路费,一人两百,晚饭不用管。”事已至此,我和老郑一口答应,纷纷上车,约好在县城银行的自动取款机前见。

将近一个小时我和小滕都没说话。他不穿雨衣,只戴了个头盔,开大车灯,把车速调到五挡飞速返程。车速在下山时已到达极限,身上的雨衣随风在空中舞动,不起丝毫挡雨作用。雨滴变成石子,砸在脸上生疼。我被风刮得睁不开眼,终于疼得受不了,让小滕开慢一些。

就要进县城时,小滕又一次怂恿我留下来,他陪我单独再玩几天。我也接着表演左右为难,说了些兄弟情谊等不着四六的话糊弄他,小滕不再坚持,转而推荐我晚上睡他姑妈在县城开的旅店。我无奈地笑了笑,戴上耳机听歌不再作答。

同全国各地一样,婺源县城最高最漂亮的建筑物也是银行,一点新意都没有。老滕和小滕把车停放在马路边,我和老郑进去取钱。出来后老郑把钱给了小滕,我朝离小滕有几米远的老滕走去。他俩把钱都不约而同放进内衣口袋,锁好拉锁,还客气地说着谢谢。我和老滕告别,转身离开时,他拽住我胳膊,面露难色说:“小吕,等小滕走后,你和小郑吃饭时把我带上吧?我老婆身体不好,我女儿还在上自习,现在这个点回家肯定没饭。你让我一人下馆子我又不舍得,不管你和小郑吃什么,给我碗米饭就可以,行不行?”

我听得心酸,喊着正在告别的老郑、小滕,一起去吃散伙饭。老滕对我这个举动迟疑了下,紧接着请我上车,感慨地说我是个好人。

我又回到一天前来过的那家小饭店。老板娘还是痴迷地看着电视,只不过武侠剧改为《快乐男声》。我怕我这样决定老郑不高兴,相反老郑却觉得这很应该。我放下心去隔壁小卖部打公用电话,告诉他还点昨天那两道菜就行。

当我回到餐桌时,诧异地发现老郑多点了竹笋炖猪脚这道老滕曾推荐过的菜。在老滕、小滕洗手时,老郑说,两天下来和老滕他们多少处下感情,这道菜算是表达对他们优质服务的感谢。说完他笑着问我煽不煽情,我说老郑,有时候还真的很难猜透你。

米饭又是迟迟没熟。老滕忙着给我和老郑夹菜,放下筷子侧着脸谨慎问我:“小吕,我可不可以要瓶两块钱的啤酒?”我说多要几瓶,我和老郑该敬你们几杯。老滕很是感动,抢着开酒、倒酒,他先和我碰了一杯,又转身和老郑碰,一瓶酒很快喝完。老滕借着酒劲说了很多所谓的行业内幕给我听，我和老郑不时点头，同情他做这行的艰辛。小滕除了偶尔插几句俏皮话外，大多时间在埋头吃饭，一杯酒碰了几次都没喝完。

我们在县城最繁华的街道前分别。老滕、小滕在雨中最后一次说完再见后，两人相向离去，很快就看不见他们的背影。我和老郑傻站了一会儿，沿着路灯漫无目的地前行。老郑还在回想老滕刚才说的那些酒话，他说，如果真如老滕所说，淡旺季分得那么清楚，那他们几个月内就要赚够一年的钱，日子不算好过。我感伤地说现在还算不错，至少他们还有忙的时候。等有一天我们去的线路也开发成熟，到那时无论淡季还是旺季都和老滕他们无关。老郑站住脚，模仿着小滕朗诵诗时特有的神态，向马路上匆忙躲雨的路人挥着手说，晚上好，伟大的小人物们。

路两边随处可见各种档次的宾馆酒店。我们站到一家名叫四星大酒店的招牌下，盘算着身上的钱是否够在这里住一夜。进去一打听标间一晚上只要八十块。我和老郑喜出望外，得寸进尺地询问是否还能打折。入住登记时老郑问服务员县城是否有值得参观的景点，女服务员们聚集在一起，打着赌问老郑武汉是不是湖北省会。在老郑简单地普及了几个地理常识后，被告知出门向北二百米有个亚洲第一大广场值得一看。老郑收回身份证，趴在我肩上说："这是我两年内听到的第四个亚洲第一大广场，不包括天安门。"

经过我和老郑的仔细辨认，我们住的房间其实是三人间，床印还在，只是床临时被撤走。由此可以推断，此时是旅游淡季。因为老滕说过，旺季时在宾馆走廊里打一地铺都要五十块钱。电视里正在播放婺源旅游宣传片，当看到查平坦的秀丽风光时，我和老郑都后悔不已。我问老郑，要不明天再去车站找老滕小滕，留下来多玩几天？老郑躺进被窝，死要面子地说："好马还不吃回头草，要去你一人去，我丢不起那人。"

电话铃在睡前自觉响起，这个点不用问也知道是谁打来的。为了满足我的好奇心，老郑干脆按了免提。意料之外的是电话里传来的是语音录音。不过没关系，换汤不换药，我们也不在乎形式，只要有内容就行。我和老郑饶有兴趣地听着，相互答惑解疑。最令我欣赏的是那句诗般的结束语，怎么听怎么像小滕的风格：

"能为您服务是我们的理想，能为您再次服务是我们的梦想。"

挂上电话，我和老郑还沉浸在那精彩绝伦的广告中，心情久久不能平静。老郑神秘地看着我，说他此刻的念想只能用一部电影片名来形容，我憋不住笑，脱口而出毫无难度的谜底：梦想照进现实。

或许是因为前一晚睡得早，我难得自然醒。躺在床上胡思乱想了一会儿，怕误早班车，快 8 点时叫醒老郑继续赶路。

洗漱时发现屋内竟然停电。我疑惑不解，还有停电的酒店？打电话至前台，得知是为了某个房间换灯泡而拉了总闸。刚想发火，还在赖床的老郑甩了句："你住的是四星又不是四星级，差一个字就少给你两度电。事真多。"

退房还算顺利。返还押金时，热爱家乡的前台小姐还不忘推荐那具有健脑、强身、益寿、补铁、补锌、补钙诸功能的土特产。我俩含糊应对，找了个理由，转身逃脱。还未出酒店，玻璃门外的摩的司机们就纷纷起身，蠢蠢欲动。我和老郑相视一笑，他戴上了墨镜，我塞上耳机，我俩就差装作听不懂汉语的外国人了。

出门没五分钟走到车站。一进大厅我就看到远处角落里正在打牌的老滕和小滕。我和老郑装没看见，快步走向售票处，询问返程车票。当得知回武汉的车一天只有一趟且在十分钟前已经开走时，我抱着一线希望，追问售票员，盼望会有奇迹。奇迹没有出现，倒出现了小滕，他和老滕都换了新衣服，神采奕奕地走到我们面前："小吕，买到票了吧？"小滕也不问我吃不吃，硬把他手中的瓜子塞到我手里。

老滕听明了情况，做意外状，探头问售票员，得到的回复自然不变。小滕若无其事地开着自认为好笑的玩笑，末了劝我们要不要考虑先去南昌。老滕瞬间来了精神，连声附和："对，对，对，去南昌，路好走，高速路，午饭前就能到。那里去武汉的车肯定多，不行还有火车嘛！再说好不容易来一次我们江西，不看看省会多可惜啊！小吕你说是不是？"

老滕微笑着看我，他的神情我再熟悉不过。我假笑，用余光偷看老郑，他没说话，掏出钱包，很快就买到了去南昌的车票。

小滕想知道我对他的照相技术是否满意，老滕关切地问我还拉不拉肚子，我一一作答。还有四十分钟发车，老滕、小滕聊兴正浓，老郑却以吃早餐为借口，拉着我往外走。老滕、小滕立刻跳到另一频道，职业的笑容又浮现在他们脸上，说再见的神态像极了初次见面招揽生意的模样。快出大厅时，老滕叫住我，几步追了上来，凑到我耳边神秘地说："别去路对面那家早点铺，那女的得过肝炎。"

发车时间早过了，乘客陆续还在上车，司机连人影都看不见。百无聊赖中，我看向窗外，一辆从九江开来的旅游大巴刚停稳，老滕、小滕和几个摩的司机立刻拥上去，堵在车门前，满脸兴奋。

老滕和小滕运气显然不错，没多会儿就和一位三十多岁戴着墨镜的女人聊了起来。小滕蹲下身似乎在逗女人的孩子玩。老滕掏出了他的宝贝地图，指指点点，激情万分地比画手势。我和老郑透过车窗默默看着这一切。老郑说，他都能猜出此刻老滕都给那女的说了些什么，我心领神会地笑了。

一车游客散光，只有少数几个摩的拉到活，小滕就是其中一个。不知为何，那母女俩选择了他，老滕独自一人留在原地讲着手机。车在这时发动，慢慢开出婺源车站。我收回目光，略带伤感地看老郑。他骂我矫情。

这才是第一趟车，凭老滕那锲而不舍的精神，我赌他今天肯定能拉上活，我相信，就是觉得他和小滕这对黄金搭档拆掉了有点可惜。

“神经病，你这是无病呻吟。他们根本不在乎这些虚的，只要能拉到客、赚到钱就行。”

忽然发现我居然不知道老滕和小滕的名字。问老郑，他也摇头，说，知道了他们名字又能怎样？想想也是，除了老滕、小滕这两个代称外，其他的一无所知，甚至都没留下一张合影。

原载《人民文学》2008 年第 12 期

■ 再见阿豪

1

那年过年我回了老家,在某次聚会时遇见高中同学。他告诉我阿好最近到处打听我的手机号。他还告诉我阿好改名了,叫阿豪。

你连着他的姓念,不读三声,读二声,傅豪。就他那样子还叫“富豪”,有趣吧。同学笑了,我也笑,转念想起前两天有几通未接来电,看号码陌生便未回复。听他这么一说,没准是阿豪。

我问阿豪这些年混得怎样,同学摇头摆手,特不耐烦:还是老样子,心比天高。今天说要开网吧,明天又说要把他村里的枣卖到北京、上海。咱当年那些同学没有他没找过的。我看他是想钱想疯了,瞎折腾。

我笑,同学又说:我看他找你也不会有什么好事,不是借钱就是让你帮忙,你留个心眼儿。我点头谢过他,闲聊了几句匆匆告别。

高中毕业后我就再没见过阿豪了。确切地说,高中还没毕业我就再没见过他。高二我和他做了一年同桌,那时他还叫阿好。他说他的名字有两个含义，一个按他读过私塾的爷爷解释，有女有子便是好。阿豪那个大他两岁的姐姐是女，他是子，所以名好。另一个照他从未上过学的母亲所说，不图他当官发财成名成家，但求他能做个好人，好好过一辈子。

阿豪很聪明，但学习成绩很差。因为和读书相比他花了更多的精力在做小买卖上。我们当时读的高中实行封闭式管理，半个月放一天假，只有在那天学生才允许离校。每到那天阿豪都会去城郊综合市场批发一堆零食、杂货，带回学校售卖。由于阿豪熟知大伙的口味，卖的价钱也低小卖部很多，生意理所当然的火爆。可惜好景不长，一学期不到他就被政教处叫去三次，那些货品自然也都没收了。阿豪坚定地认为是小卖部的老板——副校长的侄子嫉恨他生意红，从而告发他。为此阿豪曾找副校长理论，结果是他写了份上千字的检查。后来他不顾学校禁令又偷卖了几次，先后查收。再加上其间他各种测验考试都是倒数，不等学校开除，他主动退学，回了农村老家。

高考前那阵阿豪还给我写过几封信，大意是他要外出打工，捞人生第一桶金。我因忙于高考，从未给他回信。也就是从那时起，我和他断了联系，算一算，已有十年。

年假结束回北京的前一天我接到阿豪的电话。他给我拜年，热情洋溢地讲着和我做同桌时的往事。我边看 NBA 球赛边假装感慨地附和他。阿豪不间断地说了十多分钟，当我以为他要挂电话时，他却邀请我中午去参加婚宴。我第一反应当然是他结婚，阿豪大笑，说他还早着呢。他让我猜是谁结婚，我胡说了几个名字他都说不对，我就不再猜测。阿豪显然对此很满意，他故作悬念地铺陈却说了个我已模糊的名字。

阿豪对我忘记同班同学颇有微词,非要带我回忆起他说的那个人是谁。我推辞说礼钱照给,婚宴我就不去了。阿豪有些失望,他说他一大早坐两个小时的车赶来就为了参加这场婚宴。

主要是想见见你和咱那帮兄弟,这都多少年没见了,怪想的。阿豪的声音急促但很诚恳,我一时也想不出拒绝他的理由,便答应了。

阿豪的激情被重新点燃,笑着说:就知道你会给兄弟面子。

挂电话前,他叫我在家等着,到点他会来。

2

我和阿豪约好 11 点整在我家楼下见,10 点刚过,我就看到了窗外的阿豪,他正跟一个身穿交警制服的年轻人饶有兴趣地聊着。

阿豪变化不大,只是更瘦了些。他的穿着很有意思:上身是灰色西服红毛衣,下身是牛仔裤配白球鞋。我哑然失笑,心想这在我看来滑稽的一身在他眼中或许只有在重要场合才穿。

我推开窗户喊他,他东张西望寻找声源,望见是我,开心地叫我名字朝我挥手。

我说:不是说好 11 点,怎么这么早就来了?

阿豪大声喊:我也没啥地方可去,就从车站过来了。

我叫阿豪到家里坐会儿,他谢绝,双手放在嘴边做喇叭状冲我喊:算啦,也没准备礼物,就不上去打搅你家人了。刚巧遇到我在交警队上班的朋友,也有日子没见,我和他聊会儿,你忙你的吧。

那个阿豪所谓的交警朋友似乎对他的介绍不满，抓起一把积雪，趁阿豪不注意塞进了他的领口。阿豪迅速脱下外套，抖动身体时仰头冲我讪笑。

从我家到饭店有三四站路，我招手打车，阿豪却提议走路。

没多远，咱走过去吧。多走路对身体好，再说我还想和你好好聊聊呢。

我听从他的建议，与他并排走在飘着小雪的冷风中。

像召开记者招待会，阿豪一路上都在问我问题，大多是关于我在北京的工作生活细节。我漫不经心地回答他。他问在北京每个月最低多少钱够活，我忽然发现他不是随便问，像是有所准备。

我说：阿豪你干吗对我在北京的那些事这么感兴趣？

阿豪不自然地笑，说：没什么，瞎问问。然后他不再发问，若有所思地低头走路。

为了避免尴尬，我没话找话地问他：阿豪你为什么改名字？

为了发财。阿豪咳嗽了一下，清清嗓子说，当今社会光好不够，还得有豪气。怎么才能有豪气？有钱才能有豪气。谁有钱？富豪有钱。有钱人是啥？有钱人是富豪。所以你看，虽然音相同，但字不一样档次就差得远了。

我笑着竖起拇指，用眼神肯定他，他更加得意：等懂得这道理我都 17 岁了。正赶上办身份证，于是赶紧改名。文化人，就你说咱这名字取得有水平吧？

改名后发财了吗？我问。

小财这些年倒发了点，但严格说不算。不过快了，算命的说我今年能遇贵人，要转运。我想过不了多久我就要成为名副其实的富豪啦。阿豪笑得开心。

我笑他傻，说：你给算命的钱一定不少，他净挑你爱听的说。

阿豪严肃起来，坚决否认我的说法。他连给我讲了几个离奇的故事来证明那算命的算得有多准。我直呼不信，叫他具体给我说说算命的给他算了个啥。阿豪故作神秘：天机不可泄露，说出来就不灵了。不过有件事我倒要跟你好好商量商量。但不是现在，现在先吃饭，饭店到啦。

整场婚宴吃得我很别扭，一种古怪的感觉贯穿始终。不知为何，昔日的同窗现如今都成了熟悉的陌生人。我仿佛回到高中开学那天，每个人都与我客气交谈，也仅限于此。我有很多话想对他们说又不知该怎么说，从他们的眼里看得出他们亦然。

酒至微醺，气氛才稍有转变。有人叫我小名，主动找我聊天，有人对我不满，抱怨说去北京也见不到我一面。我试着解释，但所找的理由都显得苍白。他们笑得善意，我却心甘情愿地罚酒赔罪，希望以此能解开彼此心结。

我挨桌挨个敬酒，比新郎还要敬业。阿豪全程一直跟在我身后，每到一桌，他先喊：北京回来的大律师来给你们敬酒啦。众人停止吃喝，在阿豪极尽夸张的话语中抬头望我，这让我更加难堪。阿豪并没察觉出我的不安，同我勾肩搭背继续肉麻地吹捧我，亲密无间得就像这些年他从未和我分开。

一位在农村信用社工作的同学对阿豪的话一脸不屑，他戏谑阿豪：你不要吹了，去年我帮你办小额贷款你说事成后请我吃饭，这都一年过去了，你请的饭呢？

阿豪高涨的气势被这句突如其来的玩笑打击得荡然无存。他凑到那人身边，满脸堆笑：兄弟，你误会了。我阿豪能是那种忘恩负义的人？这不是你日理万机抽不出空给我机会请嘛。既然兄弟你都这么严厉地批评我了，今天晚上你有没有空？我请你吃饭。

又吃夜市？

当然不是，我请你去上岛咖啡吃西餐。“西餐”这个词阿豪连着讲了两遍。

阿豪你请客，我们都去啊。一女同学插话。

都去都去，我请客。阿豪非常潇洒地拍了拍胸前装钱包的口袋，转而狡黠一笑，我请客是我请客，但我不掏钱。

众人纷纷调侃阿豪，他毫不介意，反而乐在其中，笑得像个恶作剧得逞的孩子。

上厕所时阿豪趴在马桶边干呕几声但没吐出来，我递纸巾给他，他洗了把脸对我说：你知道他们为啥都跟我喝酒吗？

因为你是豪哥啊。我逗他。

我算个×，阿豪吐痰，重重地拍了拍我肩膀说：我是沾了你的光，他们都给你面子，用一个成语形容，我这叫狐假虎威。

我并不觉得他的话好笑，但还是配合他的情绪干笑着。阿豪明显喝多了，我扶他从厕所里出来，他来来回回地说我是他的贵人，以后要跟着我发大财。我心里明白，阿豪这是要我帮他。

如我所料，杯盘狼藉，主客皆醉时，我正在给女友回短信，阿豪坐到我身旁，装作若无其事的样子问我：山哥你哪天回北京？

我收起手机，盯着他看，直看得他不自在我才说：你先别管我啥时回北京，你刚才叫我啥？

山哥啊！叫错了？

我啥时成你哥了？

这话说的，你比我大就该叫你哥啊。

我比你大？

你哪年的？

1980。

属猴是吧，几月？

4 月，怎么？

怎么？你看我几月的。阿豪像赌徒般激动，他掏出身份证用力地甩在桌子上。

狗日的，你咋还比我小呢？我笑了。

是不是该叫你哥？是不是？阿豪得意地喊叫。

用不着，我才大你一个月。

哎呀，我的哥，话不是这么说的。大一天我都该叫你哥，何况你大我一个月。阿豪搂住我的脖子，满嘴酒气。你都生出来喝了一个月奶了我还在我妈肚里；你都普天同庆过满月了，我还在我妈肚里。你说，我是不是该叫你哥？

我苦笑无语，阿豪当我默认，叫得更起劲。

哥呀，拉兄弟一把。阿豪给我点烟，开始说心里话。

阿豪让我帮的忙简单，说就是想通过我的关系网把他村里的枣及相关副产品卖到北京去。他拿出一份根本算不上是商业企划书的文案认真地给我讲他的远大理想。听了几句我就知道这事不靠谱，而他却激情十足，就连公司的名称，哪年上市等一系列不切实际的想法都有了详尽规划。

阿豪反复强调公司一旦成立我是第一大股东，他和我六四分红。

我直截了当地告诉阿豪：这忙不是我不帮，而是我真的帮不了。

不要你出一分钱。他打断我，你只要给咱拉关系，过年过节把咱的枣当礼品送给你认识的那些大客户、大老板就行。

给你说实话，兄弟我能力有限，爱莫能助。

阿豪愣了下，很快又笑了：哥，你是不是对咱的枣不放心？我跟你说，咱的枣保证都是好枣，颗颗饱满，果肉分离，全是从村里挨家挨户收的，价钱要比超市便宜一半。你要不信，先拿几箱带回去尝尝？

你做过市场调研，有产品质量合格证吗？运输储存销售问题，品牌效应，这些你都想过没有？我失去耐性，脱口而出。

阿豪听傻了，茫然地望着我，张了张嘴没有说话。他颓了下去，大口吸烟。

一阵沉默过后，阿豪的眼中重新恢复了光亮：山哥你还没说你哪天走。

明天。

明天？好，我这就去火车站买票，明天跟你一起去北京。阿豪狠劲地拧灭烟蒂，不到长城非好汉，不亲自去趟，用你的话说，不亲自考察考察市场我不死心。

阿豪用了如此奇特的比喻来表明他的决心。那个在信用社的同学嘲弄他说：人家马大律师是飞回去，你呢？在飞机翅膀上挂着。

阿豪看我，我点头。阿豪双肩下沉，神情随之黯然。他小声嘀咕：这机场刚建好，飞机就能飞了？

看他失望的样子，我也不知该说什么。幸好电话响起，我快步走到一旁接听。无意间我回头瞥见阿豪，他独自坐在原处，不时起身夹菜。

当天晚上我收到阿豪托人送来的两箱特级板枣。我发短信谢他，他很快回复，很长一则，且格式正规：

马兄，今日听兄一席话，胜读十年圣贤书。在兄的淳淳（谆谆）教诲下，兄弟我长了知识，收获很多。愿拜兄长为师，向兄讨教经商之道。假如有一天兄弟我去了北京，还望当哥的能关照小弟。滴水之恩，定当涌泉相报。你的兄弟，阿豪。

我因忙于收拾行李，没再回复。当然，阿豪以及他的鸿鹄之志很快也就被我遗忘了。

3

回北京不久，我就去了上海忙年前的案子。一天接到阿豪的电话，他说他到北京考察市场快一周了。

山哥，你说得对。枣的生意不好做，关键是咱缺乏资金和人脉。但我不灰心，来都来了，我准备在北京扎根干下去，一旦时机成熟，我就把咱老家的枣卖到北京。

接着阿豪压低嗓音，问我能不能帮他先找点事干。

出来得急，身上带的钱不多了。阿豪支吾。

当时我正要出庭，我应付地说晚点再打给你，匆忙挂线。

后来还是阿豪打给我，而我不是在写辩护词就是和客户吃饭。阿豪的电话内容只是让我帮他找份工作。我告诉阿豪，我人不在北京，等我回去再说。为了让他相信，我刻意用座机打给他，他还是半信半疑，说等着我回来。

再回北京已是春末夏初。阿豪像是有某种神奇的特异功能，我刚下飞机就接到他的电话。他的穷追不舍让我无奈，我揶揄他说：就你这种死缠烂打的精神，只要你想做就没你做不成的事。

不抛弃，不放弃嘛。阿豪装模作样地学了句热播电视剧中的时髦台词，山哥你回来得正好，今天不是你生日嘛，我本想打电话祝你生日快乐。这下你回来了，我陪你过生日。

阿豪的话打动了我，我只忙着赚钱却忘记自己的生日而阿豪他却记得。我说：6 点半来我公司，我请你吃饭。

阿豪俨然很重视我的生日，他又穿上那身“正装”，只是红毛衣换成了白衬衣。

他送我两瓶汾酒做生日礼物：这都是我特意从老家带来的，就知道你好这口。

我拍拍他的肩说：今天就喝这个，不醉不归。

当晚除了阿豪，我还叫了几个大学同学。京籍屋友吴有金因为有事来得最晚。他一进包房我眼前一亮，心想阿豪的事这小子没准能帮上忙。

我和他们从时政说到股市，又从股市谈到女人，聊得海阔天空，笑得忘乎所以。其间阿豪都在我身旁干坐着，与其说他是个不错的听众，不如说他很想融入我们却插不上话。他一会儿去前台催菜，一会找服务生要纸巾，看谁杯子空了，他就迅速跑去倒酒。

我借着酒劲笑他:你再这样勤快下去服务生就要失业了。

阿豪敬我酒说:那倒好了,有这么一份工作干我求之不得。

我听出他的话外音,转身问吴有金:老吴你最近忙什么呢?

赚钱。吴有金专心剥虾。

废话,在座的哪个不是忙着赚钱?具体做什么大买卖?说出来吓吓我们这些穷人。

专业对口,搞物流。吴有金不再剥虾,精神焕发地说,经过我长期调研,网络购物已成时尚,而北京的同城快递市场又远未饱和,前景可观……别忘了你哥们儿可是北京土著,这四九城二环到五环,大小胡同三千六,哪个犄角旮旯在哪,哥们儿都烂熟于心,就凭我是名牌高校物流专业科班毕业,扎实的理论基础加上对京城地理位置的熟知,用不了几年,哥们儿我一定会成为物流界的翘楚、福布斯上的常客……

吴有金要是不能侃就不是吴有金了。其他人和我一样,不等他说完就已暗自发笑,想好怎样取笑他。但是我忽略了一个人,阿豪,他简直听得入迷,用一种惺惺相惜的眼神对着吴有金目不转睛地看,像遇到相见恨晚的知音。

终于有人憋不住笑了:老吴,不是,吴总,麻烦请教您,像您这样的一无资金二无客源三无品牌的小作坊怎么在同行业中取得优势?就不说UPS这类大航母了,仅是申通、小红帽这些本土企业你都干不掉啊。

我什么时候说要跟他们斗了?吴有金面露正色,这都和谐社会了,我们行业内部也要和谐共生。我都说了,北京的快递市场是块大蛋糕,他们大公司分大头,我光是吃渣,一年也能赚个百十来万。再说,就算真和他们竞争我也不怵，我有我的核心竞争力。当然，是什么就不能讲了，这属于公司机密。总之，我的目标是一年成型，两年成长，三年成规模。五年，最多五年，我就要成为北京快递界的一哥，让申通、UPS统统见鬼去吧。

说完，豪情万丈的老吴像伟人般挥手，我们哄堂大笑，问问题的那哥们起哄儿：吴总，你太牛×了。来，我们为伟大的吴总干杯。

阿豪就是在这时站起身的：讲得太好了！他面向老吴拼命鼓掌，情绪过于激动。

所有人都被他这突如其来的举动惊住了，包括吴有金。我赶忙拦住他坐下说：这是我兄弟，刚到北京，暂时没事做。老吴，你那公司还缺人吗？

老吴上下打量阿豪说：这哥们儿什么学历，有相关经验吗？

阿豪急于解释，我抢在他前面说：人不好我能向你推荐吗？哥们儿又不会害你。他在我们那也开过公司，性质和你这差不多，这不是来北京发展吗？学历虽然是高中，但他聪明、口才好、社会经验丰富。

阿豪在一旁点头傻笑，在我的暗示下他忙给老吴端茶倒酒。吴有金看来很受用这一套，他吸着阿豪点的烟说：其实学历不重要，有没有经验也无所谓，能赚到钱才是本事。不说别的，就冲这哥们儿鼓掌支持我，我要了。

阿豪没想到老吴答应得如此爽快，他又站起来，连敬老吴三杯。

包吃包住，底薪一千四，要满意明天就可以过来上班。对了哥们儿，还不知道你怎么称呼。

阿豪开心得语无伦次，老吴存着他的手机号说：好名字，就你这名字我更得要你了，喜庆。

傅豪,有金,你们俩这名字凑在一起无敌了。我打趣说:那我也改名,叫盈利,吴总你也把我要了。吴有金哈哈大笑,阿豪也跟着笑。

有了这份从天而降的工作,阿豪不再拘谨,开始活跃起来。他给在场的人一律叫哥,也不管对方比他大还是小。

小弟阿豪,初来乍到,以后还望大哥您多多关照。阿豪弯着身,杯子低举,逐一敬酒。

他理所当然地敬吴有金最多。每喝一杯,阿豪都有个说法,他时而赞叹老吴异于常人的商业头脑,时而向老吴表着鞠躬尽瘁赴汤蹈火的决心,然后又是不间断地给众人敬酒。

他只能不间断地敬酒。

4

吴有金的快递公司名为迅达,广告语是:迅达,迅达,迅速到达。他说这是阿豪的创意。

马山我要请你吃饭。电话中传来老吴开心的声音,阿豪太帅了,他一人就干仨人的活。丫不光人魅力十足,业务也做得漂亮。仅上个季度阿豪和他team 的营业额就占总业绩的百分之四十五。阿豪现在对我的重要性如同总理之于主席,韩信之于刘邦。葛大爷总结得真是精辟,21 世纪最缺的绝对是人才。下个月我就提他为常务副总。

以我对吴有金的多年了解,他的话难免有些夸张。不过阿豪的能力我丝毫不怀疑。有时我想就凭阿豪的闯劲和韧性,如果他没那么早辍学,再多读几年书，哪怕就是读个专科学个工商管理、市场营销什么的，没准现在他早成八零后新贵了。

我约过阿豪几次，他都以工作繁忙为由说改天再聚。这一改天就是好几个月，再见到他已是盛夏，那天他送货的地方离我公司很近，刚好又是午饭时间，我留他一同去食堂吃工作餐。

阿豪变了模样，他背着一个已辨不清什么颜色的双肩包，上身是印有耐克标志的T恤，而短裤和鞋又都是阿迪达斯的。看他的样子不像是送快递，更像是登山爱好者。

时髦了嘛，像个北京人。我揶揄他。

阿豪递给我一支“中南海”，不好意思地笑了笑。

烟也改北京的了。

入乡随俗，入乡随俗。阿豪觍着脸讪笑。

阿豪的这身打扮看得我直想笑，他用手揪着胸前的耐克大对勾，笑着说：这是我们公司的工作服，统一着装，都是吴总亲自买的。

动物园服装市场批发的吧。我笑，阿豪却不笑。满意这份工作吗？我识趣地换了话题。

非常满意。阿豪点头，我目前最大的心愿就是干好本职工作，对得起你的推荐和吴总的器重，为公司赚钱。

老吴不是说要提你为副总吗？你怎么还出来送货？

阿豪扒了两口京酱肉丝说：公司还处在创业期，一切都没成形，刚刚起步，过了这段，正规了就会好点。难得吴总这么看得起我，我更得以身作则创业绩了。喝了口汤阿豪又说,别说我了,生意好人手不够时连吴总都亲自送货。

老吴那小子赚了不少吧?

这我就不清楚了,我只是个打工仔,领工资的。阿豪笑得职业。

言谈中,阿豪一口一个吴总,尽显他对吴有金的尊重。他很少谈及自己,说得更多的是他对吴有金的敬意及对他们公司未来的信心。聊着聊着,我发现阿豪说话的语气、方式和手势与老吴越来越像了。或者说,他和吴有金本来就是一路人。

距离迅达公司成立一周年还有一个月时它却倒闭了。总结教训,吴有金归纳两点:一是资金运转不灵,二是竞争缺乏优势。从大四算起,这已是老吴第三次创业失败。不过老吴并不为此烦恼,他很快走出阴霾,去寻找下一个赚钱的机会。

倒是阿豪成天垂头丧气,郁郁寡欢,就好像迅达公司是他一人搞破产的。吃散伙饭时,老吴给了阿豪三千块,说有朝一日他再出山还会找阿豪并肩奋斗。听老吴这么一说,阿豪喝得烂醉如泥,最后哭出声来。

我以为失业的阿豪会再让我帮他找工作,可是连过了几个礼拜他都没有和我联系。这反而引起我的好奇心。我主动打电话给阿豪,问他近况如何。阿豪说,他靠老吴给的钱再加上他先前的积蓄,做起了卖盗版图书和 DVD 影碟的生意。

我现在是自己给自己打工。电话里声音嘈杂,阿豪边跟我说边和客人讨价还价。这更加使我对他现在的状态感到好奇,我决定去找他。

阿豪和六七个小贩聚集在某所文科院校的后门外,他们卖的东西各不相同，相同的是每个人都目光警惕地观察四周。阿豪他又有了变化，他抹了很厚的发胶，西装、皮鞋，还戴了一副无框眼镜。两个颇具文艺青年气质的女生围着他的摊子挑碟，抱怨说没有新片。

北京这不正开会嘛，查得严，新货不好进。阿豪笑着解释，这几部文艺片你们都看过了？这部，在法国获了大奖；还有这部，意大利名导演拍的，卖得特别快。

阿豪头埋在纸箱里，不时抽出一张碟片热情地推荐着：这个看不看？“假科长”的新片《三峡好人》，就是拍小偷的那个导演，你们这些有文化的大学生保准喜欢看。

女生们被阿豪的口误逗笑了，纠正他说：那部片叫《小武》，导演贾樟柯。

我就说嘛，就算是搞艺术取个名字叫“假科长”也太怪了。阿豪憨笑。

两个女生付钱离开，我在阿豪的身后重重拍他肩膀，他的身子随之一颤，回头看到是我，他如释重负：吓死我了山哥，你咋不说一声就来了？

我刚去见客户，顺路来看看你。我随口说，不耽误你赚钱吧？

好，我的哥你就别寻我开心了，钱啥时候不能赚？咱兄弟俩难得一见。不卖了，不卖了，走，吃饭，我请。

在老北京炸酱面馆，阿豪告诉我做快递那会儿他经常碰到卖光碟和盗版书的小贩，久而久之，他打听到卖这个能赚钱。

等我将手上这批货都卖出去，先期投的钱至少翻一番，你信不信？阿豪信心满满。

我没接他的话，我重开了个话题说：阿豪我记得你以前不戴眼镜。

嗯,不戴。

那现在怎么戴上了?

我就想改变下形象,让自己斯文一点。

有用吗?我忍住笑。

有用,来我这买书挑碟的都是像你这样读过大学的文化人,我戴个眼镜能拉近和他们的距离,他们看我也亲切。

自我感觉良好?

非常好,挺好的,就是好,感觉特别棒。

反正就是更自信了。阿豪咬了口葱,补充说。

你通常都去哪卖?

不固定,但基本上都是各大院校门口。像我们搞文化产业的也只有去这些地方才有市场。

阿豪你来北京快一年了吧?我把他杯子里的酒倒满。

一年零二十一天。

北京都跑熟了?

除了远郊县,都去过了。

最喜欢北京哪儿?

这城市不是我的,我哪儿都不敢喜欢。阿豪说这句话的神情忧郁得如同诗人。

等把手上这批货卖完我就不干这个了,整天被城管围追堵截的滋味不是人受的。

那你接下来准备干吗？我追问他。

不知道，我也不知道该干吗，也不知道我能干吗，不知道还要不要在北京待下去，不知道这么待下去有没有前途……

阿豪连说了几个不知道，看他情绪低落我赶紧活跃气氛，先不谈将来，就你目前这工作态度跟在老吴公司那会儿比可下降不少啊，连贾樟柯都说成假科长，不专业。

你以为我真不知道？阿豪调皮一笑，贾樟柯，大导演，咱老乡嘛。

我是逗小姑娘玩，装的。阿豪凑近我，觍着脸笑说。

长本事了，都学会逗小姑娘了。

这还用学？是个男人就会。

贾樟柯的片你看过吗？

看过半部，就是这最新的《三峡好人》。

好看吗？

没啥意思，比周星驰的片差得远了。我就想不明白你们这文化人为啥都爱看这类闷片。

我们的谈话在此结束，阿豪说再晚就赶不上最后一班公交车。他执意结账，但我还是抢先付了钱。临上车前阿豪塞给我两本书，一本是《沟通的艺术》，另一本是《你也能成为有钱人》。

阿豪说他读了这两本书后感慨良多，受益匪浅。

5

我还没来得及看阿豪送我的书他就出事了。那天一大早我接到他的电话,说他昨晚清仓甩卖时被便衣逮了。

拍电影呢你?收手前栽了?我质疑。

阿豪言语闪烁说不方便多讲求我救他出去,随即断线。

阿豪这次确实难住我了,尽管我来北京也近十年,各行各业的人也算认识些,唯独逮阿豪的那个分局没有熟人。翻了一圈通讯簿,我想这麻烦事还是得找吴有金。

我打电话给老吴,他还在睡觉。听我说阿豪出事了,老吴立刻清醒:你慢点说,我的老部下他犯什么事了?

我基本上按照阿豪的原话又给他讲了一遍,听后老吴惋惜:缺钱找我啊。卖盗版干吗?高风险,低回报。再说这都新北京新奥运了,他干这个,栽进去是早晚的事。

我没心思和他瞎贫,我说:捞人要紧,这方面你有路子吗?

让我想想,过半小时你再打来。说着老吴挂了线。

不到二十分钟老吴来电话了,说他有一小学同学的舅舅刚巧在逮阿豪的那个所当头。老吴详细地讲了下事情的经过,他同学的舅舅说,看在阿豪认识错误的态度积极,反省诚恳,人就不拘留了,但货肯定全部没收,还要交罚款五千。

我那发小他舅舅说了,要搁平常这罚款可以少些,但眼下这不在开十七大嘛，打击力度空前。老吴叹气，交吧，都是求人才能办成事，没办法。

我谢过老吴，说只要人能弄出来，钱我出。

吴有金开车带我去保阿豪。才半个月没见，阿豪瘦了，也黑了许多，他蓬头垢面低着头站在墙角，身上脏得像刚从矿井里钻出来。我和吴有金忙前忙后地办手续，见人就赔笑脸。那场景像极了家长认领在学校犯错误的小孩。

回到老吴车里，阿豪才开口说了第一句话：吴总，山哥，谢了。

老吴摆了摆手说：你别忙着谢，先去我那儿洗个澡，换身衣服。瞧你这身脏的，抓你时你丫不会是拒捕了吧？

我哪敢？逃跑时摔的。阿豪放松了些。

洗完澡，换过衣服的阿豪明显精神不少。老吴请我们在他家楼下的东北饺子馆吃饭，顺便给阿豪压压惊。阿豪真是饿了，他一口气吃了一斤。我和吴有金看他的吃相直笑。

等第二锅饺子的间隙，阿豪又开始前言不搭后语地感谢我和吴有金。老吴调侃他：这才关了几个晚上你就患失语症了？真没劲，翻来覆去只会说“谢谢”俩字。要谢谢你山哥，别谢我。钱都是他出的，我只是刚好认识人，顺手的事。

阿豪转眼看向我，我不想让场面过于煽情，避开他的眼神，转移话题：接下来你怎么打算？回老家？

不回，阿豪说得斩钉截铁，没脸回去，何况欠你和吴总的债还没还清。

那你靠啥在北京活下去？还卖盗版？

我……阿豪张了张嘴没说出话。他闷头玩着桌上的烟盒，沉默了。

我这倒有一活，半天没开口的老吴吸着烟说，我有一哥们儿在簋街新开一烧烤店，前两天告诉我说他正缺人手，让我帮他寻摸。我一下就想到你了。累是肯定累点，服务业嘛，但工资还成，不知道你有没有兴趣？

阿豪喜出望外，也不问问具体细节就满口答应。

你别高兴得太早，我可告诉你这餐饮业可不像你先前做过的快递或是卖盗版那么轻松随便，这行非常辛苦，江湖之地，鱼龙混杂，三教九流什么人都有，喝醉闹事、无理找茬等突发状况多得好似家常便饭。而且工作量也特别大，二十四小时营业，没有节假日。总而言之是个玩命的活，你想好了再做决定。

吴总您帮我找这么好一工作我真不知该怎么报答你，阿豪的声音兴奋到颤抖，别的本事没有，吃苦咱不怕。

别客气，自家兄弟。老吴大度地说。我也在一旁附和，这工作比你卖盗版碟靠谱多了，好好干，等有朝一日混出来了别忘了哥几个就行。

阿豪使劲点头，用“感激涕零”形容他当时的表情一点都不为过。

吴有金当下打电话给他朋友，对方也很爽快，叫阿豪晚上 9 点面试。

我得收拾收拾，穿正式点去，不能给你和吴总丢人。说完这句话，阿豪才想起他那唯一一套西装早已满是污泥。

不至于，你是去跑堂，又不是去面试经理。吴有金当胸给阿豪一拳，就穿这身去，我看挺好。

分手前阿豪对吴有金承诺，说等哪天吴总东山再起，大展宏图，只要有用得着他阿豪的，他一定会肝脑涂地，誓死效忠。老吴说，他已被他父母招安，向现实妥协，潜心备考公务员。

不会有那么一天了。吴有金摇着头笑了。

6

往常每逢周末或是好友相聚，我总爱去簋街找一小饭馆吃点烤肉喝点小酒。可自从阿豪去那边打工后，也说不出是什么原因，很长一段时间我都不愿再去那里。即使偶尔被人拉去应酬，也有意避开阿豪所在的店，就像我欠他钱似的。

吴有金说，最初阿豪做的是内侍，由于他表现极佳，形象也还算不错，没过多久就提升为副领班兼做门迎，收入也随之大幅度增加。

天生丽质难自弃，酒香不怕巷子深，是金子总会发光的。吴有金用了一串毫无逻辑的比喻，你可别小看门迎，奖金多着呢。开饭馆那套我熟得很，能不能忽悠来客人全靠门迎那张嘴。尤其是在簋街，各家店卖的菜还不都是那两样，但有的店火极了，就算是让你排一小时的队你也心甘情愿，而有的店广告做得铺天盖地，啤酒、饮料免费送着，打深折也没个人影，为什么？还不都是因为门迎的口活不到位？阿豪行，他做门迎我一点都不奇怪。一开始我就看这小子，踏实、能吃苦、有能耐，就凭他的悟性和上进心，你敢让丫在这行混几年丫都敢给你开家店还经营得比谁都好。

吴有金多次约我去给他朋友店捧捧场，顺便看看阿豪。但不是我出差就是他忙着考试，总是凑不上。直到那年的最后一天，我和他难得同时有空，于是互约几个朋友一起去簋街跨年。

那晚下了入冬以来北京第一场也是唯一一场雪。雪大得不像话，仿佛积攒了一冬天的雪都要赶在天亮前全部下完。三环上车堵得一塌糊涂，老吴订的是7点的位子，可是都快8点了我们却还在路上堵着。阿豪打电话说不用着急，他说上到包厢下到车位，多晚都给我们留着。听他那口气，不知道的还真会以为那是他自己家的店。

我们到店里时，阿豪正领着他的小弟们翻台。见到我和老吴他格外开心，殷勤地服务着。入座后阿豪递给我和吴有金一人一张他的名片，上面除了他的名字就是订餐电话及地址。老吴看了一眼，笑了：可以啊，傅总，小西装穿着，小领带打着，小名片发着，还有几个小弟跟在屁股后面，豪哥豪哥地叫着，特爽是吧？

站在一旁的阿豪不好意思地笑了，老吴继续逗他，刚在门口听你那几嗓子，不错，有点我们北京人的意思，但别骄傲，从像北京人到是北京人之间的距离远着呢，再接再厉吧。

当吴有金的哥们儿也就是饭店的老板进来打招呼时，阿豪自觉地退回他的岗位做起本职工作。我跟一群认识不认识的人一杯接一杯地喝着，不时能听到阿豪揽客的声音。他还穿着那身西装，在冷清的雪地里招呼着脚步匆匆的过客。

干脆叫阿豪进来一块吃得了。我说。

你以为就你一人心里不舒服？刚才你上厕所那会儿我就叫他过来喝两杯暖暖身，你猜人家怎么说？吴有金学着阿豪半土不洋的口音说，今晚跨年，别看现在人不多，到零点又一个高峰，你们吃，玩得开心，我这还有工作。吴有金拙劣的模仿秀引来笑声一片，他更加起劲，装模作样地感慨，在岗一分钟，敬业六十秒，多好的员工啊！搁哪个老板都会喜欢，丫简直就是一宝贝。

老吴的话逗得我直笑，不经意间和窗外的阿豪目光交错，他好像也被我们这欢快的气氛感染，比着V字手势，咧着嘴冲我傻乐。

我以为阿豪会在簋街持久地干下去。从门迎，到前台领班，再到经理。从挤宿舍床，到在郊区租得起房子，再到在北京市区安家立业。可现实并非如此顺理成章。阿豪并没有，也不会依照我的构想生活下去。仅仅半年，阿豪就换了新的、不同性质的工作。他去了一家京城小有名气的房产中介公司做销售。阿豪说那家公司的某分店主管，每次一去他们饭店阿豪就热情招待。久而久之，那位主管对阿豪的工作态度尤其是口才颇为欣赏，问阿豪愿不愿意跟着他干，阿豪当即答应，没多久就收拾铺盖，离开簋街。

山哥，你说我这算是白领吧？一次饭局上，多喝了几杯的阿豪颇不自信地问我，店长说做我们房产中介这行的特别能锻炼口才，能学到专业知识，最重要的是能和上层社会的人打交道，多体面。这才是我梦寐以求的工作，有希望，有前途。

那恭喜你，梦想照进现实。我同他击掌。

可我这样做合适吗？阿豪忽然黯淡下来，我总觉得我这一走对不起吴总，辜负了他当初对我的期望，他曾说看好我在餐饮界的前途，而这才干了不到半年我就……

你想太多了，我笑了，老吴要知道你成了白领肯定会替你高兴的，请客吃饭你是跑不掉了。

一定请，一定请。阿豪释然，又喝了不少酒。

接着我们又聊了关于北京生活节奏快、钱不好赚、生存压力太大等诸如此类空泛无边的话题。末了，阿豪动情地说，我是他在北京唯一可以交心的朋友。

很快，阿豪就进入了新的角色。他先是在城郊的一家分店干了一段时间，因为业绩出色，不久就被总部调回市内。令我和阿豪都没想到的是，他新的工作地点与我租住的公寓近得只隔两个街区。每天清晨上班，我所乘坐的公交车都会在离他公司五十米处因红灯停下。好多次我都透过车窗看见他和另外几个推销员在一个貌似主管的带领下喊着口号，激情四射的样子如同敢死队冲锋前的誓师大会。阿豪喊得最认真，声音大得盖过所有人。看上去他很热衷于这一切。

阿豪的生活也随之有了细微的改变，几个月后，再碰到他，他竟然带我去了咖啡店。阿豪一边搅拌咖啡一边连声抱怨股市跌得吓人，房市也跟着萎靡不振，中央的财政金融政策力度不小但效果不佳。就连李嘉诚旗下的地产集团，巴菲特的投资之道他都能聊上两句。

他甚至买了当期的财经杂志。

离得近了，我和阿豪聚会的次数逐渐频繁起来。但每次见面不是吃饭就是喝东西，他从不邀请我去他的住处。最后还是在我的强烈要求下，他才带我去了他现在住的员工宿舍。

那是个由储物间改造而成的地下室，十几平米的空间里挤了阿豪和他的另外五个男同事。每个人分到的其实也只是一张床板而已。阿豪的床铺整洁,枕头边摆放了几本书,多是《推销圣经》《微笑的艺术》等励志书。属于他的那面墙壁上贴着福布斯排行榜以及范冰冰、刘亦菲的美女照。海报的下方各有一句标语:有钱就有女人。我要上福布斯,一定要挣五百万。

我半开玩笑地对阿豪说,这两句大实话还真精辟地概括了像我们这样的北漂男人的心声。

阿豪说,这两句名言以及海报在他住进来前就有了。只不过原创写的是挣一百万,他认为一百万太少,也根本上不了福布斯,于是改成了五百万,并加了"一定"两个字。

假如有了五百万,你会怎么花?我问。

买房,阿豪不假思索,五百万太遥远了,我现在能有个五十万就够了。

五十万?我嗤之以鼻,五十万在北京你连个卫生间都买不起。

山哥,你就别笑话我了。北京的房子只有你们这种有钱人才住得起,我做梦都不敢想。

那你在哪买?回老家?

嗯,回家,在县城买房。

阿豪的回答让我稍感意外,他说他要挣够钱,娶媳妇成家。

她是我邻村,小我两岁,人长得当然不能跟北京女娃比,但在咱那还算漂亮。重要是能干也贤惠,现在在县小学教语文,阿豪淡淡地说,可她家人不同意,说到底还是嫌我家穷,没钱。

后来呢?

后来?后来我就磨叽,三天两头地买烟买酒往她家跑,我对象也帮我说了不少好话，好说歹说，她爸妈总算勉强答应，但条件是我必须在县城有套房子，才允许我俩结婚。阿豪苦笑，你说人家要求也不算过分吧？可我咋就觉得那么难呢？

阿豪的爱情故事俗气得如同三流电视剧，而我却像读了本精彩的侦探小说，读到最后一页，谜底终于揭晓。阿豪从未向我提起他的女友，当然我也从没问过。我没想到阿豪这些年拼命地赚钱原来都是为了爱情，或许我早就应该想到。

我和阿豪各坐在一张床上安静地抽烟，我想安慰他却又不知该怎么开口，好在他是笑着讲完这一切，平静得就像是在讲别人的故事。

他把婚期定在2010年10月10号，取十全十美之意。

7

5月国殇日过后的某天，阿豪主动约我和吴有金吃饭。我们之间时有聚会，但每回不是我做东就是吴有金组织饭局，阿豪请我和吴有金吃饭还是实属罕见。我想会不会是他过生日或者他又碰到什么麻烦事要我们帮忙。

吴有金不以为然，这小子绝对是发了，算丫有良心，吃丫的。

我们去了常去的那家新疆饭店，阿豪先到，隔老远冲我和老吴招手示意。老吴对阿豪不免又是一阵消遣，阿豪还是挂着永恒不变的笑容迎合着他的话，偶尔自嘲两句。

入座后阿豪并没有急着点菜，他从包里取出几张报纸递给我和老吴，自个在一旁抽起烟来。

那是份几天前的晨报，头版报道的是有关五一九全国哀悼日的新闻。

真新鲜，饭前发报纸我还是头回见。不是，你丫这什么意思啊？又改去报社工作了？

阿豪微微一笑，吴总，看照片，压题照片。

在他的提示下我和老吴仔细地看着照片，然后都笑了。

照片上的阿豪身处天安门广场，他挤在人群中间，高举一张印有“中国雄起，四川雄起，汶川雄起”的北青报副刊，神情坚毅。

行啊，阿豪，都上头版头条了，怪不得请客，要我说一顿不够啊。今天我要点硬菜，谁拦我我跟谁急……

就你这表情再配上那几个字，绝了，都能感动中国……

我和老吴轮番调侃他，阿豪嘿嘿一笑：那天我和客户签完合同，路过天安门广场正好赶上悼念，也没多想，就加入进去，好多记者在那拍我也没在意，没想到竟上报了。

我和老吴叫他详细地讲讲当天的感受，阿豪说：具体讲我也不知道咋说，反正就是感人，现场那场面，那氛围，让你觉得……怎么说呢，这么说吧，你们见过一广场的人齐声唱国歌吗？那阵势，只唱了一句，我的鸡皮疙瘩就落了一地，差点哭了……

吴有金站起身，郑重地对阿豪说：为爱国青年阿豪干杯。说完仰头喝干杯中酒。

阿豪忙说承担不起，在他的提议下我们为祖国，为四川，为汶川，喝了一打。

现在想想那是阿豪离开北京前我们吃的最后一餐。那晚喝得不少，也聊得很开，好像经历了一场大灾难哥几个都活明白了。平日里的各种不顺心和烦恼的事情与生离死别相比，渺小得不值一提。哪怕是彼此心中最柔软、最不愿触及的地方，此时都可以当作笑话讲给对方听。那天我们全喝醉了，东倒西歪地走在空无一人的大街上。我蹲在路边狂吐，阿豪怪腔怪调地在我身旁唱着：北京欢迎你，有梦想谁都了不起。而吴有金则坐在地上骂我俩是傻×，笑个不停。

后来，我记得阿豪站在一张巨大的阿迪达斯海报下摆着各种搞笑的姿势让我用手机给他拍照。我还记得我们仨在那张海报前站成一排，模仿着身后体育巨星的动作，像个酒鬼似的此起彼伏地喊着那句著名的广告语：Nothing is impossible（没有什么不可能）。

8

阿豪离开北京的日子我印象深刻，那天是 8 月 8 号，北京奥运会开幕。

我有幸当天去鸟巢现场看开幕式。3 点一过，兴奋的我就动身前往鸟巢。在西直门换乘时我接到阿豪电话，他语速极快地说他要走了，今晚就走。

我料到阿豪终会有一天在北京混不下去，却没想这一天如此突然。

你可真会挑日子。我说。

电话那端声音嘈杂，信号也不是很好，阿豪喂了半天，我回应他说我听得见。他哦了一声说：走之前我想见你一面，和你告别。

我看表，时间还算富裕，于是我说，我在西直门，你二十分钟内要是赶得过来，或许我们能聊一会儿。

阿豪说他也正在地铁上，一刻钟内保证能到。

一支烟的时间，阿豪出现了，他穿着件“同一个世界，同一个梦想”的T恤，拖着孤单的行李箱，一路小跑站到我面前。

我又失业了，阿豪无所谓地耸了耸肩，已经整整两个月我没接到一单活，整个公司一季度也只租出去三套，买房子的更是连个人影都没有。没业绩就没收入，没收入就没饭吃，所以，我又得从头开始混了。

阿豪对着车流发呆，几秒过后，他仰起头，直视我说：山哥你说是不是我的工作能力有问题？

我完全沉浸在即将亲临开幕式的喜悦中，阿豪的话我根本就没用心听。

跟你能力没关系，大环境不好，金融危机，哪行都不赚钱，谁的日子都不好过，但这一切都是暂时，挺挺也就过去了。我边收发着短信边敷衍他说。

你也这么认为？我老板就是以此为理由裁掉我的。我就想不明白了，那次贷危机究竟是个啥？再说美国人闹危机关咱们啥事情？你又不帮美国人打官司，我也不卖房子给他们，怎么就影响到我们的生活了？该不会是要打仗吧？

阿豪率真的话语彻底逗乐了我，不过我没心思给他解释，岔开他的话问他：回家后准备干吗？

谁说我要回家？不回去，钱攒得还差得远呢。不等我问阿豪自己回答，一开始我就错了，我就不该来北京，更不该一待就是两年。你看我倒霉吗？先开十七大，又开奥运会，现在还赶上什么金融危机，啥都抓得紧，干啥都赚不到钱，我真不知道当初我抽哪门子筋，去哪不行，非来北京干啥？

那你说哪儿的钱好赚！

南方。去南方。沿海大城市，浙江、上海、广东，尤其是深圳。我都打听好了，他们说深圳那边有好多外贸公司专门找人去阿拉伯国家，沙特、科威特、伊拉克啥的，去了不管干啥，一个月少说也能赚个七八千，我决定去碰碰运气，运气好了，只要干上一年我结婚的钱就够了。

阿豪眼中满是憧憬，我随口说伊拉克不安全，阿豪拍了拍胸脯，信心满满地说，从小算卦的就说我能活到八十，我命大，死不了。我笑而不语，只好祝他好运，有一句没一句地顺着他说，神情不断流露出我有急事要走的意思。

瞧你急的样子，该不会是急着去鸟巢看开幕式吧？阿豪自认为说了个还不赖的笑话，他拿走挂在我脖子上的望远镜看向远方。我不自然地笑，耐住性子陪他聊着他那远大的理想，展望美好却不可及的未来。

转眼已快5点，我真有点急了，胡乱编了个劣质的谎言骗阿豪说我不得不马上就走。阿豪不是很高兴，他连说好几遍我不够兄弟，说还打算请我吃顿晚饭再走，下次见面遥遥无期。

我装作没听见，几乎是拉着他走进地铁站。

列车正在进站，阿豪向我要烟。我将剩下的半盒都给了他。他犹豫了下，又问我有没有带钱。

多少都行，听说那边消费高，买完车票，我身上的钱不到三百块，怕是维持不了几天。

我没说话，掏出钱包，把除零钱外的整钞都给了他。

有钱我加倍还你。阿豪似乎被我这个举动感动了,他往上衣内兜装钱,反复重复着这句话,和我紧紧拥抱,用力地拍了拍我的后背,然后头也不回地上了朝我反方向开去的地铁。

开幕式盛况空前,炫美的场面完全超乎我的想象。我不停地拍照,再以彩信群发给全国各地的友人,让他们与我共享这百年难得的历史瞬间。

或许大伙都在专心收看电视直播,半天也没人回复我。又过了一会儿,手机终于振动,是阿豪,我忘了他,唯独没有给他发信。

阿豪说:兄弟,我和成千上万的人挤在西客站前的大屏幕看奥运开幕式,太震撼,太壮观,太提气了。当那个小女孩唱起《歌唱祖国》,再看一眼国旗,也不知道为啥,我的眼泪就止不住地吧嗒吧嗒地流了下来……

原载《百花洲》2010 年第 3 期

去乌兰巴托

1

我们墨县一年只有两季，没有春季，也没有秋天。夏季漫长得令人绝望，像一具突然点燃的煤气灶，毫无征兆，哄地一下就热了起来。不管白天还是夜晚，空气始终凝固，偶尔会有股带有不明气味的热浪袭来，一丝凉风也不吹。雨更是奢侈，连着两个月不变天很正常，整个夏季滴雨未下也经常发生。人们寻求各种途径降温解热，富裕人家的空调夜以继日地运转，一刻也不停歇。普通家庭的空调地位相对高一些，每天只在固定的几小时内工作，准点关闭，如同严格按照合同上下班的钟点工。没有现代科技的人只好用古法降温，吃西瓜啦、冲凉水澡啦、吹吹老式电扇啦。当然，对多数人来说最过瘾、最解暑的莫过于游泳。县游泳馆是最佳去处，人自然也就最多。此外，街心公园的水池、县郊区的水库，还有十多公里外的黄河滩都是不错的选择。玩水的人一多，溺水的不幸事件也就随之增加。每个夏天在县城的某个街角都能见到花圈，听到哀乐。逝者多是不习水性的少年，也有因天热引发疾病而亡的老人。亲友们安慰悲伤的家属，说着说着就会把一切责任归咎到这酷热的夏天。这该死的鬼天气热得人坐立难安，吃不下，睡不着，不想工作，不想赚钱，心思都用在抗暑上，就连性欲都消失不见。可以说在墨县人的心里夏季俨然已成为全民公敌，所有人都盼着它快点结束，真希望一觉醒来就是冬季，空中最好再漫天飞舞着鹅毛大雪。

然而等冬季真的到来，人们又没有想象中那般喜悦。阴霾天空下万物肃杀，北风席卷雪花，如同一支无坚不摧的军队，奔腾而来，呼啸而去。大街上空空荡荡，人车罕见，萧瑟冷清。商场里震耳欲聋的流行歌曲也吸引不来几个顾客，扩音器传出的劲爆降价喜讯，越听越滑稽，更像是一出自娱自乐的闹剧。人们都躲在屋内，烧炉子、烤暖气，不时嘟囔一句，真冷啊。常上网的年轻人会到处传播，说美国科学家已经证实，“千年极寒”已在世界多国降临。高矮不一的烟囱林立在县城四周，灰黑色的浓烟从四面八方齐聚在云端下，如万马奔腾。天一天比一天冷，整个县城就是条冰冻的死鱼，生气全无，暗发腥味，空中飘荡着残破的塑料袋，偶有几只乌鸦伴着暮色低吟掠过。

各类档次的火锅店生意却好得不像话，午饭时间未到就有不少人围着热气腾腾的火锅笑逐颜开。凌晨时分，醉酒的食客带着愉悦的饱足感摇摇晃晃从火锅店走出，像单刀赴会的勇士，豪气十足孤身走进漫无边际的寒夜里。是的，在这如世界末日般的冷酷仙境，也只有火锅能给人带来久违的暖意。大伙找各种理由三不五时聚在一起喝酒吃肉，醉生梦死，不多时额头上就沁出一层细汗，勾人食欲的麻辣锅配着沁人心脾的白酒爽得人涕泪横流。一瞬间通体舒畅，莫名的幸福感油然而生，给人一种仿佛置身于温暖初夏的错觉。

就这样，夏季的游泳池，冬天的火锅，寒冬酷暑，四季不分，一年过去又重复一年，喝完啤酒喝白酒。我这么说或许不够客观，斌斌就不答应，此刻他正坐在我的对面——桌子的另一端。我们从黄昏开始喝酒，已喝得天昏地暗。斌斌赤裸上身，虽然空调正对着他吹，可他发达的汗腺仍如决堤的河流，几股汗水从他的脑门淌下，沿着他的身体一直流到肚脐，最后汇集成一颗硕大的汗珠砸进干涸的黄土里。斌斌用手背抹去嘴角的啤酒沫，打了个闷响的酒嗝，豪气十足地说，净胡扯，没秋天？我问你，咱几个去县中学报到那天，当天是啥天气？秋高气爽，万里无云啊。我第一次见到徐子怡不也是在秋天？她打着白色雨伞，粉色长裙随秋风飘扬，缓缓朝我家店里走来，我在柜台里都看傻了。斌斌凝视远方，放空了十几秒，仰起头猛地灌了半瓶冰镇啤酒。再说春天，还是徐子怡，你们都忘了？我不会忘，她走的那天刚好是那年立春，咱们说好的一起去火车站送她，结果你俩临阵脱逃，剩我一人混在人群中目送她走上开往北京的列车。回头想想，咱三个都是蠢货，你俩还好，对徐子怡用情不深，我最孬，直到她走都没开口对她表白。以为她回了上海也就够远的了，谁知道她一下去了美国。唉，估计这辈子她也不会知道我有多么的喜欢她。

斌斌显然喝多了，他一喝多就打嗝，边打嗝边聊徐子怡，像个弥留者在交代遗言。同样也喝了不少的我和常乐习以为常，并不劝阻，也不安慰，甚至抱着幸灾乐祸的心态在一旁看他醉态百出。

徐子怡与国际影星章子怡同名不同姓，和我们仨同届不同班。我们一致认为她长得并不次于那位国际巨星，要是化化妆、打扮打扮没准比她还要好看。徐子怡是上海人，高二下学期随她那来我们这儿做生意的父亲转学至我们高中。她一来就把全校女生都比了下去，不提她的美貌，仅她的生活习惯就令所有女生黯然失色，继而有人效仿追捧，有人羡慕嫉妒。天热时徐子怡一身长裙，天冷时一件及膝风衣。她微笑时会用手掩在嘴边，骑车、坐公交车都会戴一双白色手套，进食时不发出一点声音，入座时会掏出纸巾擦拭桌椅。不夸张地说，是她让我们这群土鳖懂得温婉、优雅、气质、淑女等名词的具象含义。全校男生没有几个不喜欢她的，包括我和常乐。不过我们对徐子怡的喜欢程度仅停留在粉丝崇拜偶像的层面，她之于我们就如同她的家乡上海之于我们县，差得太远，远到不实际。大伙都有自知之明，知道她看不上我们，早晚有一天她会离去，回到本该属于她的花花世界。只有斌斌是个例外，他对徐子怡的感情比我们任何一个人都要深得多，也可以说他是徐子怡的狂热粉丝。他坚称自己是全校，甚至有可能是全县第一个见到徐子怡的。关于他初次遇见徐子怡的场景我和常乐都听了有八百遍了，但他乐此不疲，多喝两杯就又会讲起。此外，徐子怡去他家面店吃面，雨天巧遇徐子怡等系列暗恋故事，我们耳熟能详，都能从头到尾一字不差地复述出来。斌斌讲来讲去也就那几个桥段，并无新料，也不可能有新意，毕竟他和徐子怡连话都没有说过几句。

高考前夕，徐子怡意料之中回了上海，她走后的那个夏天斌斌失魂落魄，白天闷头睡觉，晚上拉着同样落榜的我和常乐借酒消愁。刚开始我们还劝他，天涯何处无芳草，走了徐子怡，等有钱了娶个章子怡之类的废话。一个夏天过去，斌斌仍旧像只脱线的木偶，行尸走肉，打不起精神来。我和常乐虽然没遭遇失恋，但也因前途迷惘，每天为生计奔波，没心思也没时间搭理为情所困的他。半年过去，我们三个生活渐渐有了着落，我开出租车，常乐在全县最高档的小区樱花园当保安，斌斌接下了他的家族企业，跟着他父亲学着卖羊肉面。我以为有了事做斌斌就会自然而然地忘记徐子怡，可是有一天我去斌斌家的面店找他，一进门就看见他坐在柜台里对着一张上海地图发呆。常乐告诉我，斌斌除了卖面，一有空就去网吧看徐子怡的博客，下载她网络相册里的每一张照片。像徐子怡这样的美女走到哪里身边都不会缺乏追求者，但她不会想到，远在千里之外那个昔日她曾短暂停留过的北方小城，有家面店的小老板像信仰宗教般疯狂地迷恋着她。没人觉得斌斌痴情，我们都笑他傻，暗恋一个人暗恋到他这份上也算是极致了。

又过了两年，有次上网聊天时我从一个也在上海读书的同学那里得知徐子怡交了一个澳大利亚男朋友并且同他去了美国。我第一时间打电话给常乐，和他商量要不要把这个坏消息告诉斌斌。常乐听完我的话笑着说，不用了，上周我去找他时他已看上美国地图啦。

她走了四年啦，四年零二百二十四天。去美国两年啦，两年零一百一十七天。我都记着呢，忘不了。斌斌抽着常乐递给他的烟，饱含深情地追忆，那天她一上火车，空中就刮起沙尘暴，黄风吹着黄土卷起漫天黄沙，眯得我睁不开眼睛。车开走好一阵我还呆呆地站在月台上。我的青春期被那辆远去的列车带走，我的心空荡荡的，就和那站台一样。火车站也成心和我过不去，大喇叭反复播放着《明天会更好》。听到那句“春风不解风情，吹拂少年的心”，我的眼泪差点落下来。

我从来没有那么悲伤过。说完这句话，斌斌彻底醉倒。我和常乐并不接茬，继续喝酒划拳，当作什么都没有发生，任他趴在桌上喃喃自语，美国、上海、徐子怡。

2

县城实在太小,从我记事起就说要发展,可规划来规划去,我都从学生成为出租车司机,四块钱的起步价,从城东拉个活送到城西还是赚不到十块钱。我每天拉客路过斌斌的面店都会习惯性朝里面瞅一眼,八十多平米的小店,六七张桌椅,坐不满人,但也不至于冷清。他的生意就是那么不好不坏着,面一碗碗地卖,穷不着也赚不了大钱。有时我也会去常乐执勤的樱花园碰碰运气,那里面住的都是有钱人,偶尔碰上一两个去市里或上机场的老板,拉一趟够我一天的份子钱。很少能在白天遇到常乐,他通常执夜班,白天补觉。就算见到,我们也只能点头微笑。执勤期间的常乐不敢轻易开口,是怕被他们队长逮到,轻则扣奖金,要是碰巧队长打牌输了钱心情不佳,闹不好有被开除的危险。有钱人的规矩就是多,我不止一次劝常乐为了自由辞职,他只是笑笑,并不回答。实在被我说急了,常乐仰起头,望着我慢吞吞地说,我啥都不会,只会打架。倒是想过去当兵,体检时说我视力不合格将我刷下。我视力不合格?常乐自嘲地笑,沉默好一阵才缓缓开口,你说我不做保安,我还能干啥?

此话一出,我便无言以对。如常乐所说,他不做保安,只能去街头当地痞。我也一样,除了会开车,一无所长。我俩混得还不如斌斌,他起码会做羊肉面,这就像会电工、懂木活,有门手艺,走哪都饿不着。一想起这烦心的我们就喝酒,喝着喝着就爱回忆过去,吹起牛×。我们天马行空地聊,从美军攻打阿富汗、陈水扁会不会下台,聊到我拉活时听来的小道消息、斌斌在面店遇见的舞厅小姐。我们通常一聊就是一宿,睡醒后又恢复到各自的日常状态中。我一天接一天地出车,斌斌一碗接一碗地卖面,常乐一个夜班接着另一个夜班站岗。这样单调的日子差不多每半个月为一周期,我们就又会找借口相聚,逢聚必喝,逢喝必醉。

早几年,还读书那阵,竹竿和翔总也常和我们仨一起喝酒。那时大家都尚未成年,青春大把挥霍,只剩满腔热血。五个人不分彼此出身,富贵贫穷,均以兄弟相称。在人生中第一次醉酒后,我们在斌斌的倡议下,效仿武侠小说里常有的桥段,歃血为盟。结为兄弟的五人情深似海,义薄云天,考试互相照应,打架冲锋陷阵,有烟同抽,有肉同吃,有酒同醉。每个人都曾幼稚地认为这样金光闪闪、无忧无虑的日子会永无止境直至死去。没承想仅仅一场高考就将我们自认坚固的友谊冲得七零八散,在长大成人的那一年我们分别站到不同的人生轨迹。确切地说,我和斌斌、常乐殊途同归,而竹竿和翔总却一飞冲天,前途似锦。没啥好抱怨的,这就是命,命不好谁也怪不着。竹竿就命好,他一个山里娃,家境贫寒,可耐不住人家聪明。虽然常和我们混在一起,可他该学学,该玩玩,高中三年,大大小小近百场考试他就没出过全校前十名。斌斌说,竹竿其实就是一个杀红眼的赌徒,把一生的命运都押注在高考上。赌赢了就鲤鱼跃龙门,出人头地;赌输了也没什么损失,无非就是接过祖辈留下的锄头,继续做靠天吃饭的本分农民。后来竹竿理所当然地考进北京某知名学府,他凭本事改变自己及家族的命运,我们打心底敬佩。而翔总就让我们至少让我个人不服气。他高考成绩还没我好,却去了邻省的一所大学混了个本科文凭,一毕业就进了县烟草局。不出一年,娶了个四川媳妇,开上本田车,和他人合伙开了间台球室，在市里和省城都有房产。这一切说穿了都是因为他有个在财政局当头的爹。尽管都活在同一个县城，但翔总就像活在另一个世界。起初在街上碰到还相互递烟，寒暄两句，渐渐地也不知是他刻意和我们仨疏远，还是我们自卑，彼此间联系逐日递减，到最后他进出樱花园常乐要向车里的他敬礼，斌斌有事找他帮忙，翔总再也不接电话。我和常乐对翔总的态度从不满到嫉恨再到冷嘲热讽，斌斌不愿多聊翔总，更不参与我俩对他的讨伐。斌斌不止一次讪笑说，县城就这么大点地方，抬头不见低头见，再说有个老同学出息了是好事，咱没本事，开店事多，没准人家官越做越大，迟早有天还得求人家帮忙照顾。细想想，斌斌说的是实话，翔总今后会不会飞黄腾达暂且不说，至少目前和他走得近的昔日同学，个个都做上烟草生意，随便挑出一个都比我们仨赚得多，活得好。每回喝点酒提到翔总，常乐就撇撇嘴，十分不屑地说，就他那蠢货，要是没那当局长的爹，他算个屁。如常乐所说，翔总这小子就是逢了个值钱的爹，命也就随之上了档次。再看我们仨，我爹开公交车我开出租车。常乐他爹看了一辈子仓库，他随他爹做了保安。斌斌更不用说，祖孙三代都围着厨台转。看上去我们和翔总一样，都是子承父业，代代相传，而现实是翔总日子越过越好，我们却像自己老子那样的没用。所以每当我爸醉醺醺回到家，粗鄙地骂着同样也是醉醺醺的我为何当初不用功读书，学学竹竿考个大学光宗耀祖时，我就冷笑反问他，你牛×你怎么开了一辈子公交车而不像翔总他爸那样混个局长当当？我爸握紧双拳，脸涨得通红，嘴唇颤抖，愤怒地瞪着我。他也只能瞪我，他无力对我动手。他老了，已不是对手。

3

一天傍晚在火车站排队等活时忽然想起今天是我21岁生日。我对“生日”这词毫无概念，我早已忘记生日蛋糕的滋味。我趴在方向盘上透过挡风玻璃向窗外望去，车站里的人来来往往，他们有的一脸喜悦，带着简单的行李快步奔向开往未来的列车；有的则一身疲惫，拖着沉重的身体，苦笑着回到这个曾发誓死也不会回来的小地方。起风了，空中飘起细碎的雨丝，我也就触景伤情地开始忧伤。我只拉了个小活就匆匆收车回家，用当天赚到的钱买了几瓶啤酒、一只烧鸡，自己祝自己生日快乐。

从记事起我的人生简直就是一场灾难，算卦的说我天生命硬，父债子还。7岁那年我得了场疟疾，差点死掉。14岁时又高烧三天三夜，家人原本已对我不抱希望，打算放弃治疗，幸好碰到市里来检查工作的医疗专家组，我才捡了条小命回来。一年后，我妈过够了天天和我爸吵架的穷日子，跟我爸的朋友，那个跑长途运输的煤贩子去了东北，从此杳无音讯。18岁我高考落榜，出了学校，进了社会。其实我考得并不差，掏个几万块最次也能读个大专。可我爸把钱给了我那在出租车营运中心管事的堂哥，我也就顺理成章地为其打工，以开出租车为幌子混一天算一天。我没有理想，理想是竹竿那种读书人才配有的东西。我也没有梦想，梦想这玩意属于翔总和他的同僚。我如同一个嗜酒如命的酒鬼，浑浑噩噩的，得过且过，没有一刻是清醒的。我好几年都没完整读完一本书，偶尔翻翻报纸，也只是兑兑彩票、看看娱乐八卦。GDP蹭蹭上涨、世博会成功举办、“神舟八号”飞上天。谁死了，谁“双规”了，谁当了县长，爱他妈谁当谁当，这些都和我没半点关系。每天一睁眼我就欠堂哥一百块份子钱，这就是我活着的理由。于是我不敢旷工，最怕生病，出车前求菩萨保佑最好能碰到一两个外地人，千万别遇见交警。下雨天生意会好些，可这该死的鬼天气一年到头下不了几场雨。我盼望所有公交车维修、私家车一夜之间全部坏掉、打车的人能多些，再多一些。每当我拉不着活郁闷地在城里四处瞎转悠，望着路两旁那一幢比一幢耀眼奢华的酒楼、歌厅、洗脚城时，我就纳闷为何活在同一个县城，有钱人一个赛一个地有钱，而我和我的朋友们再怎么努力、积极乐观，到头来仍旧是要钱没钱、要房没房、女人缘极差、前途渺茫的穷光蛋？按说我们县不穷，甚至称得上是省级经济强县，隔三岔五还以或正面或负面的新闻出现在全国各大报刊上，就连美国媒体都报道过。这一切都得益于祖先恩赐，偌大一个省，不偏不倚，将足够几代人取之不尽用之不竭的煤炭资源独独藏于我们县的地下。也就是最近这十年，但凡和煤沾边的人相继发财。他们直线飙升的消费水平使各类配套服务行业应运而生，先前只在网上看到的名贵跑车如今却和我那辆破捷达并驾齐驱，等红灯变绿。煤老板们有的是钱，只要太阳升起、机器运转，他们的财富就成倍递增。而我们有的是闲，我每天的生活就是出车、收车、喝酒、去网吧、赚一日三餐。或许我这灰头土脸的日子连所谓的生活都配不上，充其量也只能算生存。为了生存我已放弃很多，比如我与竹竿、翔总的友情，比如那把跟了我五年、陪伴我度过无数个孤独夜晚的破木吉他。可以说这些年我唯一的快乐和温暖就来自斌斌和常乐这两个难兄难弟，除此之外，我一无所有。我尽可能地不失去他们，即便我和常乐同时爱着小绵。

小绵是我拉过的众多乘客之一。两年前在长途汽车站出站口,汹涌的人海中我一眼就看到她。她算不上漂亮,更谈不上气质出众,平凡得如同邻家小妹或是饭店里忙前忙后的服务员。我靠在车门上抽烟,看着她跑上跑下将行李一件件从车上搬运下来。她每卸下一件我对她的敬佩就增加一分。等车门关闭,她蹲在原地整理着那堆行李,我数了数,大大小小的包共有六件。我以为她没有同伴也会有人来接,几分钟过去,却见她肩扛手提,独自一人吃力前行。没走多远小绵脸上就挂满了汗珠,而她却面带微笑,像只正在搬运食物的蚂蚁,幸福洋溢。我惊讶且好奇如此瘦弱的她是怎么将这么多行李带上车的。她又挪动了几十米,忽然左肩上的背包沉沉地砸落下来,惯性使她摔倒在地,其他的包袋也随之甩落出去。急着出站的旅客摩肩接踵地拥挤向前,她逆流而上,连推带搡着迎面而来的人潮,不顾他人的谩骂和指责,弯下身快速捡着已被人踩了几脚的背包。很快她就整好东西,再一次冲进人群。可她的行李实在太多,完全超出她身体的承受能力,没走几步,她又被一个从斜后方拥上来的中年男人撞得飞了出去。小绵失声尖叫,行李散落一地,一把炒菜锅刺破了廉价的编织袋,勺把露出在外。小绵脸上闪过一丝沮丧,她单膝跪地,试图将摔得有些变形的炒菜锅塞回那满满一包空隙极小的编织袋里。我不知哪来的冲动,一路小跑到她面前,拎起最重的两个大包,径直朝前走去。

我这一举动吓坏了小绵,她错把我当成劫匪,正要求救,我抢在她呼叫前说,别怕,跟我走,我不是坏人,要真想抢你东西我早跑走了,哪还会站在这和你说话?小绵脸涨得通红,喘着气做思索状。我与她对视两秒,转身继续前行。她紧跟其后,对我显然还是不放心,时不时就说一句,不麻烦你了,我自己拿就行。我不理会她，只是放慢脚步，照顾她的速度。我弄不清楚她的包里面都装了些什么，分量十足。我渐渐感到吃力，暗自想着她这么单薄的小姑娘竟能将如此重的一堆行李带到目的地，简直就是个奇迹。

我在站前广场的开阔地停住，问她要去哪里。她仍对我抱有戒心，支支吾吾、左顾右盼，不愿回答。我指了指不远处的车说，我送你。她坚决地摇了摇头，不用了，我等公交车。

那班车很难等到，再说那么多人在等，你又拿这么多东西，挤得上去吗？

听到我的疑问，小绵迟疑着，轻咬着嘴唇，稍许片刻，她固执地说，能。

我看着她，她毫不羞涩地直视着我，我就在那一刻爱上了她。

我胡乱地笑了笑掩饰尴尬，小绵踮起脚尖朝公交车会出现的方向望去。我鼓起勇气，不由分说地扛起最重的两个箱子快步向我的车走去。小绵立刻又恢复刚才慌乱的神态，追着我不停念叨，我不打车，我坐公交车就好。她着急的模样很是可爱，我强行将她的行李一件件摆放进后备厢，然后关上厢门说，你就当坐公交车，我不收你钱，说吧，去哪？

那怎么行？她着急地嘟了嘟嘴，你还是把东西还给我吧，公交车就要来了。

上车，我自顾自地坐进驾驶室，不给她辩解的机会。小绵微微皱眉，不太情愿地拉开后座车门。

我不时透过后视镜偷瞄小绵，她侧身斜坐，望着车窗外飞逝而过的景色，眼里满是好奇。她要去的是县郊一家国有工厂的老式居民区。若搁平常这算是一趟不赖的好活，而这一次我不仅一分钱也赚不到，甚至还要倒贴油钱，不过我心甘情愿。我打开车载音响，伴着周杰伦的歌声试着了解她的基本情况。每个问题小绵都用极简洁的语句回答或者干脆沉默不语。一来二去，我自讨没趣地放弃了，索性专心开车，不再说话。

车到目的地后我再次做起了搬运工。小绵从随身包里掏出一张纸条，向路人打听着某个门牌号。几番周折，总算找到那栋偏僻的单元楼。我自作殷勤地帮她把那堆行李扛上楼，开门的是一个和小绵年龄相仿的女孩，她接过小绵递给她的纸条，从头读到尾并查看了小绵的证件才闪过身，让她进去，却对我说，这是女生宿舍，你不可以进。

我张了张嘴，无言以对，悻悻地转身下楼。这时小绵跑了出来，硬要塞给我二十块钱，我当然不会要，同她推让。门口瞬间聚集了几个看热闹的小姑娘，她们起哄的笑声让小绵有点不好意思。

你等我一下，小绵跑进房间，很快又跑了出来，她拿着一盒包装精美的蜜饯对我说，这是我家乡特产，你们这里买不到的，拿去尝尝吧，谢谢你。说完她又跑了进去，这一次没有再出来。

从小绵居住的环境以及给我的那包零食来看，她应该是外省某个小镇来我们这的打工妹。我猜不出小绵具体从事什么，但可以确定的是我对她一见钟情。她送我的特产隔了好几天我才舍得吃，每吃一颗，她那倔强的笑脸就会在我眼前浮现很久。小绵的出现彻底颠覆了我前二十多年的生活态度，虽然只见了她一面，但她存留在我脑海中的美好形象成了我不再打牌、控制酒量、早睡早起、积极乐观面对每一天的动力。那一阵子我像注射了兴奋剂般精神亢奋，心情大好，笑对交警，不和乘客争吵，看什么都顺眼，收入也就自然地水涨船高。若碰到去小绵所在小区的乘客,我都会拐弯抹角地询问小绵所住的那幢单元楼的有关信息。尽管没听到什么有价值的线索,我还是会少收他们车费,就因为他们住得离小绵不远,这样我就可以顺道去她楼下转悠一圈,试试运气,看能否有缘和她巧遇。有好几次,我甚至拉着空车跑到小绵住地,遥望她所住的那间屋子,仿佛看得久了,她就会出现,了解我的心思。结果运气不佳,别说小绵,就连和她同龄的女孩我都没见到半个,还被小区保安连同协防大妈当作可疑分子轰出门外。

某天黄昏,微醺的我实在无法控制对小绵的思念,冲到超市买了饼干、瓜子、巧克力等零食,在她楼下连着吸了几根烟,深吸一口气,像个要上战场一决生死的战士,毅然地按响了门铃。漫长得如同经过一个世纪的等待,朱红色的铁门终于松动,出现在我面前的是一位穿着睡袍、头发蓬松的中年男人,看样子像是尚未睡醒。

我愣住,酒意立马消失,脑中快速联想着这个男人和小绵的关系。

你找谁?他用慵懒略带不耐烦的语气问我。

我这才意识到我不知道小绵的全名,我笨拙地描述着她的模样以及那天见到的那群女孩,中年男人粗鲁地打断我说,那帮小姑娘?上周搬走了,去哪了我也不知道,不要打扰我睡觉。

我站在原地恍神,四周静谧如深海。那天小绵红着脸颊,跑进跑出送我特产的画面依旧清晰地储存在我记忆深处,而如今却不知道她去了哪里。我后悔极了,不断自责为何拖到现在才来找她,要是早来几天,向她示爱,或许她早已成为我的女人,没准我们很快就会结婚,生俩胖小子,踏踏实实过日子。我坐在楼梯口抽着闷烟，过了好一阵子才接受这残酷的结局，耷下脑袋，眼前黯淡无光，沿着老式楼梯，失魂落魄地走进夕阳里。

一股失恋的感觉扑面而来，我呆呆地仰望那幢毫无特色的居民楼，不确定一切是否真实发生过。那感觉就像在野外客栈投宿，度过美妙的一晚，翌日醒来发现竟睡在墓冢旁。

4

就在我渐渐淡忘小绵的某一天，常乐在县医院附近拦住我的车，他嚼着口香糖，一屁股坐在副驾驶的位置，兴冲冲对我说，老马，我恋爱了。

我瞟了他一眼，常乐换掉了保安制服，刮净了胡须，穿着过年时的那套黑西装，对着反光镜认真收拾那涂满啫喱膏的头发。

时逢周末，每隔两百米就有人在路边招手，我催促常乐赶紧下车，该干吗干吗，别耽误我做生意。常乐豪气十足，掏出一百块钱拍在方向盘上潇洒地说，从现在起到晚饭前你的车我包了，够不够？

看得出他心情不错，我迎合他说，这才几天没见，常老板你这是中彩票了还是捡钱包了？

常乐很受用地大笑，我要中彩票了就自己买车了，谁还坐你这破车？我发工资了，去“铜锣湾”商城，我带你见我女人。

爱情的魔力让平日里沉默寡言、羞涩内向的常乐顷刻间变成足球解说员般的超级话痨，他亢奋地讲着他是如何喜欢上那个活泼开朗的女孩，又是如何朝思暮想，夜夜失眠到天亮。我提不起兴趣，有一搭没一搭地回应，小保安爱上小保姆的爱情故事就如同富二代追女明星、大款包二奶一样在这个世界的各个角落重复发生着，再正常不过。我趁常乐仰头喝水的间隙问他进展到哪一步了，牵手没。常乐嘿嘿直笑，算是默认，转而强调也只是拉了拉手，一起同去吃了几趟夜市，小吃，仅此而已。

她上个月被人家辞退了，说是文化水平不行，开玩笑，要有文化谁会作保姆？其实是她太漂亮了，那家女主人不放心。我们站在“铜锣湾”商城前方的空地上，常乐拆着刚买来的烟，散给我一支，逆风为我点烟，自顾自地往下说，中间她换了好几个工作都不合适，现在在这家发廊打工。喏，就那个，左起第二个，长头发，牛仔裙，是不是长得有点像哪个明星？

我顺着他手指的方向望去，穿过一面贴有时髦女郎海报的落地窗，不偏不倚地看见了小绵。她换了发型，人好像也胖了一点，正在卖力地给一个女客人洗头，还是记忆中的那张笑脸。无数个夜深人静的夜里，我不止一次幻想过与小绵再次相遇，而眼前这一幕却完全超越我的想象范围。兄弟俩在不知情的情况下同时爱上一个女孩，这只有在港台偶像剧中才会出现的狗血桥段竟然在我的生活中毫无预期地上演。常乐在一旁喜悦地说着什么，我血液倒流，只看见他的嘴巴一张一合，但什么也听不到。

和你挺般配的，好好把握，等你结婚了，我给你包个大红包。我装作若无其事的样子拍打他的肩膀却没看他。常乐傻笑，他遥望小绵的神情和当初的我一模一样。

我正要找借口离开，小绵连蹦带跳地站到我面前。她化了妆，眼睫毛长得离奇，和我初次见时判若两人。看到我她很吃惊，夸张得呀了一声，用沾满泡沫的手捂住嘴巴，然后不停地笑。

是你呀？我还以为再也见不到你呢。

我故作平静地笑了笑，常乐看了眼小绵，又看向我，露出古怪的神情。

老马，你俩是怎么认识的？常乐疑惑地问我，眼睛却盯着小绵。

哎呀，待会再告诉你，我骗主管说上厕所才偷跑出来的，你先赶紧快去给我买瓶可乐，我快渴死啦。

常乐很受用小绵的撒娇，乐呵呵地往马路对面的杂货店跑去。只剩我们两个，小绵望着我笑不说话，我也不知该说什么好，目光游移，不自在地抽烟。

看来我们挺有缘的，绕这么一大圈还能再见面。小绵望着远处正在付钱的常乐，轻飘飘地对我说，你和常乐是好朋友？

嗯，从记事起我俩就是兄弟，快二十年了。

哦，你们认识这么久啦？小绵故意拉长尾音，真羡慕你们，我就没几个好朋友。

我灭掉烟蒂，也向常乐望去，他不看红灯，也不走人行道，纵身钻进车流，轻巧地躲闪来往的车辆，像个游戏挑战者轻而易举地闯关成功。看到我和小绵在注视他，常乐更加得意，手握着两罐可乐，朝上空笑着挥舞，一副胜利者的姿态。

常乐人不错，你跟着他不会吃亏。我直视着离我越走越近的常乐，一字一句地对小绵说。

小绵似乎没有听见，她快走几步迎了上去，接过常乐递来的可乐，侧身对着我，边喝边讲我与她初识的情景。

听完小绵的话，常乐一手拉住她，另一只手搭在我肩上，释然地笑。他鼓动小绵认我做哥哥，小绵直视着我，那眼神像是在问我甘心吗？我撇过头，抢在她开口前认她做了妹妹，然后一拳捶在常乐胸口，祝他幸福。

那天过后，小绵就以常乐女友的身份同我们混在一起。尽管小绵不属于我，但只要和她在一起，什么都不用做，只要看着她在笑我就莫名开心。有好几次我都忍不住想对她表白，那句藏于心底的话我删了写，写了删，到头来还是静静地存在草稿箱中，我始终没有勇气发送出去。我打心底依然爱她，而表面上是尽到哥哥对妹妹的呵护。

开朗、乐观的小绵不仅让常乐打起了精神，同时也感染了我和斌斌。她白天在发廊做洗头妹，晚饭过后又要赶赴夜市大排档马不停蹄地兼职做酒促小姐。对于后一份工作，常乐很反感，但也只是向我们发发牢骚，抱怨几句。一次常乐多喝了几杯，开玩笑说小绵爱钱比爱他多，小绵嘟嘟嘴说，活着就要赚钱，不然活着干吗？我和斌斌私下算过，小绵一个月赚的比我们仨任何一个都要多，却不见她像别的女孩那样用物质犒劳自己，倒是隔三岔五就能见到她进出邮局，累并快乐着。我们都羡慕常乐有小绵这么一个懂事孝顺的女友，常乐却忧伤地说自己窝囊，他说有本事的男人是不会让自己的女人抛头露面，打拼赚钱。我心里赞同甚至忌妒常乐说出这样的话，嘴上却损他最好能勾搭上其小区里的某个富婆，做几年小白脸，攒下钱再养活小绵。常乐笑笑，没有回答。

小绵与我们一样都是高中毕业，可她爱读书看报，有极强的求知欲。小绵不喜欢去网吧，很少看滥情的偶像剧，空闲休假时从不和同事们逛街吃饭，更多时候会去新华书店一待就是一天。在小绵的带领下我们减少了不良嗜好，每个周末都积极响应她的提议去郊外爬山，或者会到城里逛公园，参观免费的博物馆。与此同时，小绵有意无意地会与我们分享时事新闻、名人警句。她说多学点东西总没坏处，早晚有一天用得着。我们纷纷点头，附和她的观点，称她为老师。小绵欣然接受这个称号，并且真的把我们当作学生，因材施教。她知道我爱车，就淘了一堆汽车杂志送我，并预祝我早一日能开上属于自己的保时捷。小绵送给斌斌的是几本菜谱，她奉承斌斌，说他做的羊肉面味道全天下第一。有了小绵，我们的生活也就有了色彩。作为回报，斌斌请大伙去市里吃了平生第一顿麦当劳，而我能做的也只是用我那辆糊口的小车载着他们在圣诞节的晚上朝着有烟花盛开的地方开去。

5

出县城向西，用不了十分钟就能将车开到国道上。这唯一贯穿我们县的国道起点是在遥远的首都北京，而最终去往何处，没人说得清。终点在哪其实不重要，反正是通向到不了的远方。

一天傍晚，日落黄昏，我们像往常一样将车停在路边，一字排开坐在防护栏上。我和斌斌喝着冰镇啤酒，交换着近期听到的各种小道消息。常乐俯身搂着小绵甜蜜地私语，不时笑声一片。一辆辆装满煤炭的重型卡车像是迁徙的象群，笨重却不失快速地奔驰着。煤渣混杂着汽油味在空气中飘浮，而这对于我们来说恰恰是家乡的味道。我正和斌斌议论着刚被“双规”的副县长的桃色绯闻，忽然间，小绵从常乐的怀里钻出来，跳到我们眼前，仰头喝了一口啤酒，脸立刻就红了起来。

我问你们啊，如果让你们明天就离开这里，去一个你们从未去过但心驰神往的地方，开始全新的生活，你们会选择去哪里？

我被小绵这突如其来的发问问蒙了，斌斌同我面面相觑，常乐也是一脸茫然。小绵从左至右扫了我们仨一遍，略显失望地说，你们是听不懂我的问题还是从未想过趁着年轻离开这个小地方，看看外面的世界？

小绵的问题不算新颖，早几年，她还没出现之前，我们仨在漫漫长夜的酒桌上，不止一次地萌发过抛开现有的一切，天一亮就出发上路，四散天涯，勇闯天下的念头。多少豪言壮语，少年壮志迸发于酒意正浓时，只是天一亮，昨夜的激情如酒精般稀释溶解，三个人带着宿醉，强作清醒地回到空洞的生活中。那时候心高气傲，从未想过世俗的压力，只是单纯地以为只要离开老家，不管去哪儿都能改变现状，过上梦寐以求的生活。可哪有那么简单！如果说梦想是棵摇钱树，任你摇来摇去，那么现实就是个吝啬刻薄的房东，令你滚来滚去。我们早已向现实缴械投降，不抱丝毫幻想，心甘情愿地在这座毫无生气却残留温存的小城里婚丧嫁娶、生老病死。

我先说吧，我一直都很想去深圳。小绵面对着夕阳，金色的落日余晖均匀地洒在她脸上，那个城市虽没什么历史古迹，没有北京大，也没有上海繁华，可那里外企多，又毗邻香港，遍地都是赚钱的机会。吃苦我不怕，工资待遇差不多就行，主要是能学到一技之长，学什么都行，这样活着才有意义，未来也有个盼头。

小绵出神地望着向远处延伸的公路，畅想未来。我和斌斌几乎是同时望向常乐，不知他对不安于现状、想南下打工的小绵有没有心理准备？常乐看上去似乎并不意外但也不是很开心。他目光迷离，朝空中吐着烟圈，慢悠悠地说，你要去深圳，那我就去香港，去传说中的“铜锣湾”，加入“洪兴社”当古惑仔、混黑帮。你专心学技术，我派小弟暗中保护你，谁敢欺负你我就和他拼命。运气好了用不了两年我就会混成老大，你就成为大哥的女人，到那时你啥也不用干，我养着你，你就负责给咱穿名牌、吃大餐、住豪宅、坐宝马……

去你的，一点正经的都没有。小绵将手中的易拉罐砸向常乐，常乐并不闪躲，他用一只手潇洒地接住罐子，笑嘻嘻地望着小绵，一副讨好她的样子。

小绵并不领情，她白了常乐一眼，转过身冲着我和斌斌迅速恢复笑容，那你俩呢？想去哪里？

斌斌还用问？他做梦都想去美国，去找他的徐子怡。常乐怪腔怪调地说，那地方叫什么名字来着？佛……

佛罗里达州。我补充道，对吧，斌斌？

斌斌低头不语，算是默认，他嘬了一口酒，目光呆滞，自言自语地说，她在佛罗里达大学，心理学专业，今年冬天毕业，或许会回国，或许不会。反正她明年春天会结婚，嫁给那个家里面有农场的澳大利亚人……

气氛因斌斌的话而僵掉，徐子怡结婚对斌斌意味着什么我们每个人心知肚明。我想安慰他几句，缓解尴尬，张了张嘴又不知该从何说起，索性陪他干掉一罐啤酒，一切尽在不言中。小绵偷瞄了下垂头丧气的斌斌，耸了耸肩，冲我吐了下舌头。一旁的常乐捅了下我说，老马你呢？你想去哪？

我头扭向别处，装作没听见。小绵迎着我走来，同样的问题又重复问了一遍。我无处可逃，与小绵对视，望着她满是期待的双眼，我很想对她说，去哪儿无所谓，只要和你在一起，哪怕浪迹天涯、四海为家，我也会觉得幸福温暖……

心底话当然说不出口，除非我不再想要常乐这个兄弟。我努力地笑了笑，尽量使自己的语气听上去真诚、自然。我说，你们都走吧，去深圳，去香港，去美国，我哪儿也不去，就待在这儿混吃等死，等你们衣锦还乡。

那天过去也就过去了，生活继续平缓向前，如同一部冗长乏味、深不见底的肥皂剧一集接着一集。巧合出现在四个月后，小绵像具有超能力的魔法师，神准地预测到我们命运的改变。消息是我堂哥带来的，一天晚上他打电话给我，开门见山地问我有没有兴趣跟他出国发财。我堂哥大我整整一轮，书读得还没有我多，最终也只混了个中专文凭，可对某些人来说学历和能力并不一定成正比，我堂哥就算特例之一。堂哥早早就接受不公平的游戏规则，他不羡慕那些书读到北京、国外的同龄人，也不愤世嫉俗依靠家庭背景平步青云的儿时玩伴。堂哥那与世无争、脚踏实地的优良品质是上天赐予他的财富。他懂得与其怨天尤人，不如顺势而为，改变不了世界，就改变世界观。堂哥像粒无人在乎的种子，凭借顽强的求生欲望，十年不到，他从一棵不被所有人看好的幼苗，长成枝繁叶茂的大树并大有参天之势。

堂哥传奇的发财史每三年为一阶段，他先是因江湖义气结缘一位搞煤炭运输的老板，他认那位老板当大哥，鞍前马后地伺候着大佬，无怨无悔地做了两年小弟，终于在第三年得到赏识，有了属于自己的卡车。于是他一年到头玩命地拉货，东奔西走，全国各地跑了个遍，拼死拼活攒下一笔钱。接着，堂哥卖掉自家老宅，用所有积蓄和他人合伙组了个车队，专门租赁各种型号的巴士汽车供政府机关以及各旅行社用。事实证明，堂哥的冒险是值得的，没过多久他就成为方圆百里知名的汽车租赁商，在这期间他的财富几何级增长，当我初中毕业时堂哥已是全县数得上号的有钱人。成了富人的堂哥并没染上多数煤老板嚣张、自大、目中无人的坏毛病,反而越发地低调、谨慎、小心翼翼。他悄无声息地将车队“改嫁”给县客运公司,自然而然地谋得官职,成功转型体制内。就这样,仅仅十年,刚过而立之年的堂哥就完成人生三级跳,从一个替人打杂的小混混到年入百万的个体户,最终摇身一变成为掌有实权的科级干部。先前疏远、鄙夷堂哥的那些人装作什么都没有发生过,带着各种不可告人的目的重新围绕在堂哥身边,像孩子博得大人欢心换取零用钱那样用尽各种解数讨堂哥欣赏、信任,继而或多或少能分到一杯羹。我爸就是其中之一,在我堂哥发迹之前,他严禁我和堂哥来往,可等到堂哥成为我们家族耀眼的明星时,我爸立刻又以大伯自居,晓之以理,动之以情,老泪纵横地拜托我堂哥对我多多关照。我堂哥确实值得他们如此费尽心机地巴结。也就是最近这两年,堂哥的事业越做越大,涉及行业越来越多元。他假借我二伯的名义入股投资了一家酒店,同时组建了一支还算专业的开矿队伍。堂哥打电话找我,就和这支工程队有关。堂哥说他在内蒙古的几个生意伙伴合伙承包了乌兰巴托附近的一家小煤矿,想租用他的工程队,佣金丰厚,煤矿赚到的钱会算堂哥一份。已是国家干部的堂哥不可能亲自率队前往,但这么大的事,不派个人盯着总归放心不下。想来想去想起我,一来算是还我爸一个交代,给我一次赚钱的机会;二来有自家人在那边,要有个风吹草动,好有个通风报信之人。

堂哥的好意我没立刻领情。我不知道乌兰巴托在哪儿,要是堂哥不向我普及地理常识,我甚至不知道它是一个国家的首都。煤矿等同银行,只要能挖到用之不竭的煤就有取之不尽的钱。这个道理我懂,可我对开矿这方面一无所知且没出息惯了,不想管人也不想被人管。何况离家万里,异国他乡,人生地不熟……我正要编个借口婉拒堂哥的好意,却被一串数字轰得大脑瞬间空白。

干好了一年能赚十来万。堂哥随意地说着,你考虑下吧,不急着答复。

我像个饥饿许久的人突然被赐予一桌丰盛的大餐,本能地吞咽口水。必须承认这笔钱对我的诱惑实在太大。以我目前开出租车的收入,就算我不吃不喝,天天都能拉到好活,辛苦三年也未必能赚这么多。

我换了种语气,近乎谄媚地说,我想去,可我除了会开车别的啥也不会啊!

会什么去那边就做什么,堂哥漫不经心地回应,会开车就去开车,顺便协助我伙计管理那帮工人,空闲时再教他们学点文化知识,和那些大老粗比起来,你简直算是知识分子。

堂哥夸得我心潮澎湃,接下来无论他说什么我都一口答应下来。更让我喜出望外的是,堂哥让我可能的话再多找几个人随我一道同去。我想都没想就向堂哥推荐斌斌和常乐,同时补充说道,他俩和我差不多,除了做面和当保安,别无他长。

还是那句话,会啥过去后就干啥。不指望你们给我赚大钱,充充人数,打打下手总会吧?堂哥古怪地笑了笑,别犹豫了小子,青春就应该用来挥霍,赶紧去花花世界开开眼吧。

6

我第一时间通知常乐到斌斌的面店会合。吊足了他俩胃口后,我才不紧不慢地煞有介事地将这新鲜出炉的特大喜讯讲给他们听。不出所料,斌斌格外兴奋,他边听边笑,不太相信如此幸运的事竟不偏不倚砸自己他头上。常乐也附和地笑着,不过看得出来笑得不自然。在我和斌斌的再三追问下,常乐不好意思地说,有钱赚谁不想去?我是怕小绵不舍得我走。

常乐话刚一出口就遭到斌斌的讥讽,你瞧你那点出息,真是妻管严,我都能放下我的家族产业,你放不下一个女娃?

你有啥资格说我?常乐冷笑,你放得下你这间小面店,你放得下徐子怡?有本事你以后别再上网搜寻她的消息。

常乐一下击中斌斌的要害,他试图反击,但越说越像自我辩解,以至于常乐都懒得搭理他,自顾自地玩起手机。

斌斌耷拉个脑袋,垂头丧气地对我说,老马,咱俩去得了,他爱去不去。

我不置可否地望向常乐,他挠了挠头,面露难色地说,老马,给我点时间,我最迟两天内给你准话。

我说好,要是小绵舍不得你走你就留下来陪她,别勉强。

然而十个小时不到,我就接到常乐的电话,他兴冲冲地说,走,老马,我跟你们一起去乌兰巴托。

她同意你去了?我明知故问。

是啊,我的担心完全多余,小绵听到这个消息后比我还兴奋,她极力支持我去,说趁年轻就该多出去走走,长长见识,否则你会以为世界就是你所看到的这么大,常乐说这话的语气像是个诗人,老马,我们何时出发?我迫不及待想去为我未来的美好生活而奋斗了。

我静静地听常乐炫耀着小绵的好,小绵的通情达理其实在我意料之中,如今我对她的感情已从最初单纯的喜欢升华到欣赏、敬佩，甚至可以说是崇拜。我尽量使自己的语调听上去欢快，说，好好珍惜和她在一起的时间吧，有空多陪陪小绵，等年一过，咱兄弟三个就上路，去乌兰巴托。

出发的日子定在正月十八，这是堂哥的意思，他说我们这一走有可能两三年都回不来，晚走几天，处理下私事，多陪陪家人。可我们哪有什么私事，更没有陪伴家人的概念。自从确定了出发日期，我们仨默契地停掉各自手头上的活，每天一睁眼就聚到一起，一切话题都围绕着乌兰巴托展开。斌斌说，等他在乌兰巴托赚够五万块钱，就买机票去美国，去见朝思暮想、奉若神明的徐子怡，亲口说出对她的爱。常乐的发财梦倒是没斌斌那么浪漫，但也差不多大同小异。他说到了那边他会玩命赚钱，每多赚一分钱都是为了能让小绵少辛苦一点，未来能活得更好一些。我没他俩这么多情，因为我获取财富的动力无法像他们一样具体到一个女人，所以只好自我安慰，先赚钱吧，有钱就能改变命运，有钱就有女人。我们仨不再打牌，很少扯淡，如同被洗脑，生活重心完全扑在千里之外那座极具异域风情的城市。就连去网吧也不再看电影、聊 QQ、玩网络游戏，取而代之的是搜索与乌兰巴托相关的所有新闻资料、图片讯息。那天高云淡，风吹草低见牛羊的草原；那肥美多汁，喝也喝不完的马奶酒，看得人心驰神往，无时无刻不勾引我们那颗蠢蠢欲动的心。了解得越多，我们对乌兰巴托的想象就越美好，我们甚至学会了一首名叫《乌兰巴托的夜》的摇滚歌曲，通常在畅想美好未来之后，酒醉失忆之前，踉跄在漆黑深夜中的三个人就会不约而同地高声唱起：乌兰巴托的夜啊，那么静，那么静，连风都不知道我，不知道……

一切要是真按照我们所想的那样进行就再完美不过了，可惜得意忘形的我们忘记有句谚语叫作乐极生悲。悲剧发生的那个下午距离年三十不到四十八小时，除了和众人一样陷入迎接新一年的欢喜之外，我们仨还多了一份即将远行的喜悦。那天是一年一度的高中同学聚会，往年这个活动我们是不去的，昔日的同窗好友，随便一个都比我们的日子过得好。他们聚在一起，男的聊谁在北京买了房子，谁又换了台价值百万的车；女的聊谁的老公又升官，到处炫耀新买的名牌包。我们仨坐在那里根本插不上话，只好赔着笑脸，不懂装懂，十足像个傻瓜。第一年去了一次，后来也就自觉不去了，反正有没有我们三个无所谓，他们视我们为空气，只要有翔总这样的老同学在场，同学会就算有意义了。因为那遥远且神秘的乌兰巴托，今年的同学会我们仨无比积极，斌斌甚至是组织者之一。午饭时间未到，我们就已穿上在市里统一购买的西装，整齐划一地站在饭店门口，和每一位前来的同学热情地打着招呼。我与斌斌、常乐一改常态，主动出击，分别去每一桌和大伙喝酒寒暄，闲聊几句就能把话题扯到我们即将要去的地方。往日不常联系的旧朋老友此时全围了上来，觍着个笑脸，围绕着乌兰巴托关心地问东问西。我抽着别人递的烟，还算一五一十地回答着，而斌斌和常乐在酒精的刺激下表演欲极强，天花乱坠地胡侃一通，经他俩一唱一和的渲染好像哥几个去那里不是下苦力开矿而是旅游度假。

酒至三巡，从北京回来的竹竿走过来给我们敬酒。印象中高考后就很少见到他了，更别说一起喝酒。其实要想见竹竿并不难，他每年寒假都回来过年，况且他住得离我不远。只不过人家是天之骄子，在京城名校读书的大学生，我一个小县城开出租车的，就算碰到了，除了追忆共同的年少时光，还真没办法聊到一块。竹竿大学毕业后去了家跨国公司，赚的是美金，交了个当空姐的女友，还入了北京户口。在我爸及其同辈人眼中，竹竿取得的成就基本上等同于当上了国家领导人。我爸每一次和他人议论竹竿时，眼睛里就光芒四射，满是赞誉之词，好像竹竿才是他的亲儿子。老实说，我也暗自羡慕过竹竿，北京、大学生、外企、空姐女友，这些常在电影里出现的元素竟是构成竹竿日常生活的关键词，怎能不让人羡慕？不过那是过去，现如今我们要去的乌兰巴托也许还没北京那么繁华，但毕竟也算是国际都市，何况醉了酒的竹竿酒后吐真言，诉苦房贷、车贷、人际关系等大都市高生活成本压得他惶惶不可终日，每天一睁开眼就欠着各种款项一屁股债，为了维护自己在老家人心目中的光环，更为了能留在首都，生存下去，竹竿说，他觉得自己已经成了一台没有感情的赚钱机器，不快乐，也不悲伤，曾经的远大理想早已被现实琐事消磨殆尽却又不甘心放弃辛苦闯下的立锥之地，转身告别北京。竹竿几度哽咽，似乎就要哭出来。但他的言行并未赢得我们的同情心。我们仨心照不宣地幸灾乐祸着，斌斌掏出竹竿的手机，翻出他那空姐女友的照片坏笑着和一群男生传阅点评着，常乐调侃着竹竿那已有谢顶迹象的发际线……这是我醉酒前最后的记忆。我醉倒在酒桌上，但还保留着最后一丝清醒。四周嘈杂的劝酒声、起哄声、欢笑声混在一起，影像重叠、万物狂欢。

不知过了多久，昏沉之中我隐约听到有个声音在呼唤我，忽远忽近。我很想应答，却没有开口的力气。一阵猛烈的晃动，整个身体从高处飞掷出去。我醉眼迷蒙地打量着四周，像个刚出生的婴儿。等回过神来我才意识到我从椅子上摔了下来，一直在叫我名字的人是竹竿，他脸上挂满惊恐的汗水，神色慌张。我头疼欲裂，刚要张口骂他，却听到他说，快跟我走，出人命了。

我傻坐在原地发蒙，不明白他在胡说什么。竹竿不由分说地连拉带扯把我往外拽，我没好气地埋怨他，踉踉跄跄走了出去。被北风夹裹的雪花砸在脸上阵阵生疼，我喝了太多的酒，大脑混沌不堪，好几次脚底打滑，差点摔倒在地。我斜靠在电线杆上，眯着眼，歪着头朝前方望去。竹竿在我百米开外的十字路口边焦急地讲着手机，来回踱步。末了他双手做成喇叭状呼喊着我高中时期的外号，不断挥手示意我跟上。我打了个酒嗝，骂着娘，跌跌撞撞地跑着，毫无目的。

我与竹竿一前一后跑了近两站路，雪越下越大，地上已有了薄薄一层积雪。一辆救护车从我身旁疾驰而过，尖厉的汽笛声使本来就灰暗的天空显得更加沉闷。我晕晕乎乎地跑到街心广场。这广场是去年县里为开发旅游，招商引资，为纪念两千年前一位神话人物而建，宽大、冷清。而此刻，庞大的神像下，一片黑压压的人影在铺天盖地的大雪中显得格外突兀。竹竿一手粗鲁地拨开层层人墙，一手死死拽着晃晃悠悠的我，奋力挤到人群中央。刚才那辆如脱缰野马般飞驰的救护车此刻静止不动，我顺着竹竿的哭喊声看到浑身是血的常乐，他在两个医护人员的搀扶下艰难地走上救护车。我没找到斌斌，只听见有人在喊，杀人了。

7

在斌斌的葬礼上，我才得知悲剧是怎样发生的。

那天喝到最后，多数人像我一样酩酊大醉，只有个别还清醒。散伙前已近傍晚,不知谁提议接着去唱歌,同样也喝了不少的斌斌和常乐积极响应,吵嚷着非要参加,说要为大伙演唱他俩最拿手的歌曲《乌兰巴托的夜》。组局者拗不过他俩,勉强同意。有车一族先行出发,醉意正浓的斌斌、常乐在竹竿的照顾下执意步行前往。常乐边走边吐,斌斌取笑常乐的酒量,他自己也好不到哪儿去,东倒西歪地打着趔趄,完全走不成直线。这可苦了半醉半醒的竹竿,连搀带扶着两个醉汉,晃晃悠悠地往前挪动。

路过街心广场,竹竿连哄带骗将常乐和斌斌安顿在石椅上,又按照他俩的吩咐,无奈地去临街买烟。不远处的巨型神像下几对年轻的情侣嬉笑打闹着在放风筝。斌斌哼着不成调的歌曲,仰望着灰色天空下那寂寞的风筝发呆。他忽然心血来潮,跌跌撞撞地走上前去。

嘿,小子,你的风筝借我玩下。斌斌语气霸道,毋庸置疑,像是发号施令的将军。正在以放风筝来取悦女友的男孩断然拒绝了这突如其来的无理要求,顺势还嘲讽了几句眼前这个醉醺醺的酒鬼。完全丧失自控意识的斌斌恼羞成怒,他伸手去夺男孩手中的线盒。两个人互相推搡,很快就扭打成一团。这期间常乐背对着广场,趁着酒劲打电话给在老家过年的小绵,甜言蜜语地说着平日说不出口的肉麻情话。当常乐听到动静,飞奔过去时,斌斌已被四五个小伙子打倒在地,无法动弹。搁在往日,这四个未成年的半大小子根本不是他的对手,而醉了酒的两个人此刻却像流浪狗一样被打得四处逃窜。事发处百米外,几个等活的三轮车夫聚在一起玩着纸牌,老人拿着刚买的晚报领着孙子悠闲地散步,置办齐年货的路人快步疾走,匆匆赶路。酒后闹事,聚众斗殴之类的小事在我们这闭塞落后的县城时有发生,人们司空见惯,不足为奇。一个上了年纪的小贩推着装满各种水果的平板车向斌斌他们所在的方向走去。他天真地幻想着这些刚完成一场搏斗的年轻人或许会买点水果解渴。小贩万万没有想到,就是因为他的出现,改变了这几个少年的命运。

我气不过,当下头脑发热,掏出电话叫人来收拾他们。手臂缠着绷带的常乐平视着斌斌的遗像,神情惨淡,双眼放空,我只顾着打电话,没注意斌斌,等我再次看到他,他已举着甘蔗刀发了疯似的朝那几个小子狂奔过去……

斌斌的偷袭没有得逞,酒精上头的他步伐沉重,跑动时发出的声响出卖了他的行踪。斌斌一刀朝为首的男孩砍了下去,那男孩早有防备,轻而易举地闪了过去。用力过猛的斌斌扑了个空,栽倒在地上,痛苦地呻吟着。斌斌的举动彻底激怒了那个血气方刚的浑小子。他像踹流浪狗一样踹着无法动弹的斌斌。男孩捡起地上那把甘蔗刀,冷血得如同在切甘蔗,一刀捅进斌斌的腹部,其他人全都傻住了,胆小的女孩子失声尖叫,无助地大哭起来……

我冲了过去,眼前的斌斌像只被捅漏的沙袋,血一股股地往外冒……我悲愤至极,冲那小子扑了过去,没想到他转手就是一刀砍在我胳膊上……要不是竹竿带人及时赶来,那小子也被他同伙架着逃走,恐怕我早就陪斌斌上路了。常乐木然地笑了笑,向我要走一支烟,呆呆地望着棺材里安详的斌斌,默默地抽着。

8

除夕前一天,斌斌入土为安。或许是因为年关将至,来为他送葬的人不多,除了我和常乐等斌斌生前的几个好友外,零零散散来了一些他在世时常年不来往的农村亲戚。仅仅几天,斌斌的父亲迅速苍老,他怀抱着斌斌的遗像,抚摸着墓碑,无声啜泣,沉默如迷。

误杀斌斌的凶手及其同伙潜逃近半月,年初八在邻省某市的网吧被捕。县电视台用尾条新闻复原了整个案情的经过,并着重表彰县公安干警破案神速。致使斌斌一刀毙命的主犯尚未成年,事发当日是其 17 岁生日,那天也喝了不少酒,神志不清,一时冲动终酿成大错。面对镜头,他涕泪横流,语不成句地表达悔意。那惊慌失措、求生欲极强的神情让人根本无法将他和常乐口中那个下手歹毒、丧心病狂的不良少年联系在一起。一身囚服,腕带戴铐的少年剃掉古怪发型后,露出一张稚气未脱的脸。他咬着嘴唇,无语凝噎的样子,我恍惚看见记忆中 17 岁那一年的斌斌。

逝去的斌斌如气球升空,积雪融化,转瞬即逝,悄无声息。在多数人眼里他只是一起死于非命的受害者,或许会被家庭主妇当作反面教材警示晚辈引以为鉴。人们的生活并不会因这起普通的刑事案件发生任何改变。煤老板依然日进斗金,斌斌家面店仍旧照常营业,人们还是竭尽所能,寻求各种门路赚钱,小伙子们还是有事没事爱找个姑娘闲谝。

这期间我再没见过常乐,斌斌的死对他的打击要比我大得多。我猜想,常乐会不会因此受刺激而改变主意？说真的,对于斌斌的死起初我也不适应,夜深人静躺在床上无法入眠时,曾和他在一起的美好时光如电影胶片般在眼前回放。过了一阵子,慢慢地也就没那么伤感,该玩玩,该喝酒喝酒,就当斌斌先我们一步去了遥远且神秘的远方。

果然,如我所料,出发前一周,常乐找到我,他耷拉个脑袋,说他不打算去乌兰巴托了。我并不讶异,也没费口舌劝他回心转意。我问常乐,是不是适应不了斌斌的离去？他不置可否，举着那只受伤的胳膊垂头丧气地对我说，小绵走了，去南方了。

听到这个消息，换成我无言以对。我追问小绵的去向，常乐一问三摇头，他给我读完小绵发给他的告别短信后便不再说话。然后我们相对无语，直至黑暗吞噬四周。

启程的日子如期而至，代替常乐、斌斌去乌兰巴托的是两个毕业没多久的高中生。他们小不了我几岁，却是那么的朝气蓬勃，眼里充满对未来的憧憬。

列车就要北上，说好不为我送行的常乐却孤零零地出现在月台。我赶忙下车，喊着他的名字。他硬是将一包食物塞给我，说到了那边吃着家乡的特产就不会太思乡。接着又递给我一包很贵的烟，让我路上抽。我谢过，问他接下来的打算。听到我的问题，常乐并未看我，他望向曼延曲折的铁轨，轻描淡写地说，等伤养好，我会南下，边打工边寻找小绵。

我没多说什么，只是祝他好运，常乐挤出一丝笑容，回祝我一路顺风。我和他拥抱，转身上了车。第二天午后，出国境之前，我收到来自常乐的短信，他和我约定，将来谁先出人头地，混出名堂，谁就先娶小绵，给她爱和温暖，不再让她孤单。

原载《文学界》2011 年第 11 期

信仰在空中飘扬

1

近两年,几乎每周五傍晚我都能准时接到黑子的电话。电话内容总是那不变的两个问题:晚饭吃什么?吃完饭我们去干吗?对我来说,这俩问题无趣又无解,所以我惯用不知道搪塞他。黑子却不厌其烦,一次次执着地问我,仿佛多问几次他就能问出新意来。然而,两年来我的答案从未变过。于是末了黑子就会自己给自己找台阶下:你可真够没劲的,老规矩,我去接你,我们见面说吧。

通常我都会在单位附近那家彩票站等着黑子。他来后,会先买50块钱的刮刮乐,再买50块钱的双色球。黑子的人生格言是:彩票改变命运。他边刮彩票边意气风发地念叨,等老子中了500万,我他×……一般黑子的白日梦持续不到半分钟彩票就全部刮完。印象中他最多也就只中过100块。500万天天有人中,就连黑子的远方表亲都中过20万。黑子说,那些人命中带财,我和他都五行缺金,没偏财命。

坐上黑子的破普桑后我们如同两只孤魂野鬼在整个县城毫无目的一圈圈晃着。在每一个红灯前，我和黑子都会问彼此去吃点啥，而绿灯一亮，我们又带着悬而未决的问题继续向前。直到天彻底黑掉，两个人的饥饿感已达极限，黑子就会本能地将车开到从高中开始就常去的夜市那家小面馆，一人一碗羊肉烩面再配瓶冰啤酒，匆匆下肚，算是将晚饭打发。接下来的饭后活动就好办一些，无非就是唱歌、打牌、洗脚、蒸桑拿。每次都是四选一。若是碰到我发奖金，或是黑子多卖了几件衣服，单选题才会变成多选题。但无论是单选还是多选，到最后我和黑子不是醉倒在 KTV 里，就是在洗脚城扬州技师那有节奏的按摩中呼声震天。醒后的一周一切如昨，我照旧签到上班，趁头儿不注意，偷菜、抢车位、玩三国杀。黑子机械地进货、卖货，想尽办法应对各路神仙。和我稍有不同的是黑子要尽可能地多卖几件，这样等他老了才敢生病，才能自己养活自己。

也不是没有想过改变，除了彩票、股市、基金，就连玉器、古画，我和黑子都试过运气。可到头来积蓄越来越少，生活却丝毫没起微澜。有那么一段时期，黑子的车里总循环播放李宗盛的歌曲，黑子最爱哼《凡人歌》的头两句："你我皆凡人，生在人世间。终日奔波苦，一刻不得闲。"而我更喜欢那首《鬼迷心窍》，每当李宗盛用他那酒鬼般的嗓音沧桑感十足地唱着"曾经以为人生就这样了，平静的心拒绝再有浪潮"时，一种说不出来的烦躁和挫折感搞得我莫名感伤。或许真如黑子所说，我和他这辈子注定没有发财命，只能在这熟悉到不能再熟悉的小县城里日复一日地过着单调、平淡但至少安全、踏实，还算快乐的日子。

2

4月的第一个周末我竟没接到黑子的电话，这反而让我有些失落。快到饭点，我还是没有沉住气主动拨给他，打了几次，只听见他的彩铃响就是无人应答。20多分钟后黑子回复过来，正要骂他，他却神神秘秘，压低嗓音说，给你30秒，你猜我现在在哪儿？

×，换问题了？不问晚上吃什么啦？

我刚到市郊机场，黑子不等我说自问自答，准备接一个咱们的老熟人。

接谁？你直说，我可没有心情猜。

邢总回来了。黑子用激昂的语调向我宣布。

邢总？谁是邢总？

×，邢总你都不记得了？黑子提高嗓门，略带炫耀地说，邢总啊，就是高中考试总帮咱俩作弊，平日里咱们老请他吃饭的那个邢总，如今从深圳衣锦还乡啦。

黑子口中的邢总曾是我们的班长兼学习委员老邢。高中三年，老邢是全校有名的优等生，印象中无论何种性质的考试，他的排名始终全在年级前三。老邢来自全县最穷的山区，家境贫寒，兄妹三人，他是老大，这也使他过早独立，有极强的责任感。读高中那会老邢就有种独特气质，按当时年级主任的话说，他有超乎同龄人的沉着冷静，做事不张扬、不浮躁，颇有大将之风。我倒看不出什么大将之风，只是和他接触多了渐渐觉得老邢根本不像山区里来的穷小子，更像是家道中落的没落贵族。他不仅人长得高大帅气，还能把仅有的几套廉价衣裤穿得得体合身。一年四季，老邢的发型总是一丝不乱，皮鞋总擦得油光锃亮，衬衣也永远扎在裤腰里。除此之外，老邢为人处世也很到位，平日不必多说，就算是在高考前夕，不管是谁向他请教问题，他都会停下自己的事情，微笑着不厌其烦地耐心解答。甚至是考试让他帮忙作弊，他也会很够意思地义气相助，从不拒绝。老邢这么会做人，人缘好也就不足为奇，从校长到任课老师都爱见他。每当他与邻班尖子生攻克完难题后，就会找我和黑子这种混日子的差生抽抽烟、打打球，缓解压力。这么一个优秀到近乎完美的男生，自然不乏暗恋者。在这点上不得不承认老邢本事太大，真不知道他用何种方式能做到既不伤害任何一个喜欢他的女孩，又能让每个女孩心甘情愿做他的红颜知己，纯友谊地对他好，欣赏他。若干年后，我无意间在电视上看到一部名为《贫民王子》的偶像剧，脑海中立刻就浮现出高中时代的老邢。

人比人得死，货比货得丢，我、黑子、老邢，虽然是同班同学，也算得上是好友，但和他一对比，我和黑子简直就是俩残次品。我俩品性不端、学习不专，当老邢在教室挥汗如雨做题背书时，我们俩不是逃课去录像厅耍，就是在街头鬼混。高考过后，老邢理所当然地去了北京某著名高校经济系读大学，而我和黑子没因打架斗殴进监狱已是万幸。高中毕业后我就再也没见过老邢，十几年过去，听说老邢后来又去美国深造读了硕士、博士，娶了个华裔太太，入了美国国籍。北京奥运会前夕，他携家带口回国创业，在香港、深圳都有公司。只听说他生意做得很大，但具体从事什么就不得而知。这些有关老邢的消息都是这几年在酒桌上从黑子那里陆陆续续听到的，他似乎和老邢一直保持着联系。

我曾不止一次地问黑子，都是男人，老邢这么成功，赚那么多钱，你嫉妒吗?

黑子摆手摇头,像个哲学家般深沉地说,命运就是如此公平,付出和回报永远恒定成正比。像邢总那样高智商又积极上进的人就应该成功,就像我和你就应该一个做小买卖,一个当小科员。再说邢总发达了,对咱哥俩只有好处,没有坏处。你说是吧?

我本想习惯性地驳斥黑子几句,但转念想想是这么个理,也就闭上了嘴,不再说话。

3

第二天一早,黑子就兴冲冲地跑来给我讲起接老邢的见闻。

根本轮不到我接,邢总下飞机后我还没来得及和他寒暄几句,他连行李带人就被县政府办公室的车接走了。

县里面都派车接他?这小子还真是混出来了。

何止是接,邢总这次的吃、住、行,县里全是按照贵客标准接待的。黑子略带得意地说,昨晚我都打算走了,邢总却点名要我跟他一起去酒店,说有要事跟我说。在县政府给邢总安排的总统套房里,我见到了先前只能在电视上见到的那些大人物,县委副书记带队,副县长、县招商办主任、经贸委主任都在,县领导们本打算为邢总接风洗尘,邢总以太晚了,要休息为由婉言谢绝。等当官的都走了,邢总搂着我的肩膀说,黑子,咱高中时常去的夜市小吃街还在不在?我说,在啊,不但在而且规模更大了。听我这么一说,邢总很高兴,让我立刻带他去。他说在外漂泊这么多年,去了那么多国家和城市,但就是忘不了老家的那一碗羊肉烩面。

在夜市吃面时邢总还提到你了。黑子毫不客气地拿走我桌上的烟，掏出一根，换了个坐姿对我说。

说我啥？我凑近黑子，给他点烟。

也没说啥，就问了问你以及咱高中那帮玩得好的伙计们的现状。我一五一十地对邢总说，大雷前几年因抢劫进去了，校花嫁给了矿上煤老板的儿子，去年移民去了加拿大，老李和胖子在东莞给日本人打工，至于我和你，一个做服装生意，一个在县文化局混日子。邢总边听边点头，特意提到想见你，我当即给你打电话，可你狗日的却关机啦。

×，县领导都等着见他，我这么一个小角色，哪敢去打扰人家？我从柜子里取出茶叶泡茶，老邢这次回来探亲能待几天？

探亲是其次，这次邢总回来主要是投资。黑子正襟危坐，装模作样地说，昨天晚上我在邢总房间断断续续听到一些，县里这回之所以这么重视邢总，看中的是他雄厚的资金和广博人脉。你想啊，咱全县去年一年的财政收入才9000多万，而邢总公司的注册资金就十多个亿，拿出个几亿支持下咱家乡的建设那还不跟玩儿似的？黑子豪气地说着，就像他多有钱似的，你是没亲眼见，昨晚从县委县政府，到下边各个局的领导都把邢总当财神爷一样供着。县领导们一致许诺，只要邢总愿意回来建设家乡，从上到下不仅政策优惠，投资方向和投资项目也给邢总很大的选择空间和优先权。而咱兄弟邢总对此事的兴趣也很大，仔细询问了有关细节。你想想看，一旦他决定回来投资，不仅对咱县是个好事，对咱俩也是喜讯啊。

我盯着黑子笑，没搭理他，黑子满面春风地吹着口哨起身去洗手间，边尿边扯着嗓门喊，近亿元的资金，七八个大项目，几十个子项目，你我只要能从中分到一小杯羹就能轻松赚到几十年赚不到的钱。黑子边说边系着裤腰带从洗手间里走出，我都想过了，文化方面你熟，要是开发个旅游景区啥的你能挨上边。另外质监上你家老爷子虽然退休了，但新局长多少也会给老头面子，关键时候能帮上忙。我呢，你也知道，咱县城建局副局长是我姑父，地税局、交通局咱也有能帮得上忙的老伙计。再说，最核心的是就凭咱哥俩和邢总多年的交情不愁没有项目拿。实话告诉你，昨晚在夜市我已拐弯抹角打探过邢总的意思，他说咱仨兄弟这么多年，再加上他这十几年又没回来，以后用得着咱俩的地方多着呢。

黑子的话说得我有点动心，毕竟有钱赚，谁会和钱过不去？我正想让黑子再说得具体点，他却起身告辞，说要去帮老邢处理点私事。

邢总今天回村里探亲，明天白天的行程也都安排满了，明晚6点在一品海鲜大酒楼白宫厅县领导正式宴请邢总。邢总嘱咐我把你也叫上，你务必要到啊。黑子说这话的口吻像是老邢的秘书。

我拿了包软云烟塞给黑子，送他至小区楼下，他忽然回身，用手拽了拽我身上的破T恤，上下打量我说，老哥，你家里就没有件像样点的衣服吗？要不明天我给你拿套西装？明晚来的可都是全县知名人物，就你这一身可不行啊。我问候黑子他娘，同时扬起一脚踹向他。黑子灵敏地闪过，迅速跑进他那烂得快要报废的桑塔纳里，一脚油门，绝尘而去。

黑子走后一整天我都没有出门，午饭后不断有同事找我打牌、喝酒，我理都没理。我关上房门躺在床上冷静地想了想,越想越觉得这真是个无本万利的好买卖,比先前买股票、彩票可行得多。别的先不说,至少老邢的资本和实力在那摆着,况且听黑子那语气他回来投资的事已是八九不离十。一旦资金启动,各个项目开工落实,到时候从省里到老邢村里肯定会有不少人都想从中沾个光,多少捞上一笔。就凭我和老邢高中三年的交情,请他吃过那么多顿饭,岂有错失发财之理?想到这里,我觉得很有必要马上给老邢发个短信,排个队,占个位,表现得积极一些。我握着手机在客厅来回踱步,不知该怎样组织语言才能既表达清我想跟他干的意思又能显得不是那么赤裸的金钱关系。思前想后,写了删,删了又写,字字斟酌得像是签卖身契。就这样纠结了将近半个小时,才最终将改过数稿的短信发送出去。然后我就坐立不安地焦急等待着老邢的回复。可是一个多小时过去了,手机没有丝毫动静,这期间我几度出现幻听,甚至怀疑是信号不好,用座机测试,一打就通。我在等待中心神不宁地过了一下午,直至《焦点访谈》结束,手机铃声终于响起,是老邢,接通的刹那,我那激动的心情不亚于接到省长的来电。电话那端传来的声音十分嘈杂,老邢说他一整天都在忙着应酬,刚和镇长分开,才看到我的短信,就立刻与我联系。我抓紧时间将早已排练好的台词有节奏地说了出来,老邢的反应没预期中的热情但也谈不上冷淡。不过挂电话前他倒是说了句有钱大家赚,老同学之间没必要这么客气,还说明天晚饭等我来喝两杯,好好聚聚。

不知是白天和黑子喝了太多的茶,还是老邢带来的“无限钱景”使我过于遐想,总之那晚我兴奋得失眠,日出晨曦时我还精神万分地睁着眼睛对着天花板放空。最后索性从床上爬起,翻箱倒柜找出多年前在省城出差时买得最贵也是最正式的一套意大利西服，打了七五折还3000多块。我记得上一次穿上它还是和我们局长去市里参加先进单位表彰大会，算一算那都是两年前的事情了。

4

一品海鲜酒楼在我们县的地位好比北京饭店之于北京，金茂凯悦之于上海。每当我和黑子在街上胡逛不知吃啥，或是平日里开玩笑打赌时，一方会说，那你请我去一品海鲜吧，另一方必定以别他×扯淡等粗鄙词语作为回应。当真正置身于一品海鲜里，你会立刻有种人生质量飞跃、社会地位提升的错觉。白宫厅是最大的包厢，我上一次，也是唯一一次陪同局领导请副县长的华盛顿厅和它相比显得要小气寒酸得多。这个包房装二三十个人都不显得挤，餐桌坐十六个人绰绰有余。我是第二个到的，黑子第一。我在门开的一瞬间见到一身银色西装的黑子应声而起，一看是我，黑子放松下来说，狗日的吓我一跳，我还以为邢总他们来了。也吓我一跳，我松了松领带说，我还以为邢总在里面呢。

黑子让我6点准时到，说是邢总定的时间，但已经6点20分了，老邢及县领导们仍未有出现的迹象。黑子掏出手机迟疑地问，给邢总打电话不合适吧。我说，废话，你咋那么幼稚呢？你以为谁都像你我这么闲？做大事的人每天忙得连轴转，一晚上两三个饭局、四五个应酬，能来就不错了，怎么可能正点？说得也是，黑子点了点头，将手机塞回裤兜，和同样百无聊赖的我参观起这豪华包厢的每一处细节。我俩先是模仿《新闻联播》里国家领导人见外国总统时亲切握手交谈的场景，接着又轮流坐到主座镀金龙椅上拍照留念。这样又过去了一刻钟，我正翻看菜单，算着我一个月工资够买几碗鱼翅时，黑子像敌后特工人员般神色慌张地从窗口小跑至我面前，拉起我就向楼下奔去。

我们刚冲到大厅，老邢在县委书记及其他县领导的簇拥下正走进旋转门。我一时慌神，不知是该先跟县领导们打招呼还是先问候老邢。还是黑子有经验，他拽了拽我，很自然地往后退了一步，本来迎向老邢的我们即刻与那群身穿旗袍的迎宾小姐平行。酒楼的董事长和总经理不知从哪儿冒了出来，两个人极其恭敬地与走在最前面的县委书记握手，书记淡淡地和他俩打了个招呼，就径直朝前走去，总经理赶忙跑去按电梯。在副县长的讲解下，头戴棒球帽、身穿POLO衫的老邢兴趣十足地仰头望着正壁上方某国家级大师的墨宝，不时含笑点头。此刻我就站在老邢侧后方，与他的距离不到一米，伸手就能够到他。我看了看身边的黑子，他正全神贯注地盯着老邢的一举一动，看样子像是在找机会开口。过了会，副县长叫来酒楼董事长，向老邢声情并茂地介绍他的创业史。

就在老邢低头掏名片的空当，黑子绕到老邢侧面，轻轻地叫了声，邢总。老邢循声望去，看到黑子颇显开心，用力拍了拍黑子的肩膀，还要说什么，黑子指了指他身后的我，老邢回头，脱口叫出我在高中时期的外号，上前与我热情拥抱，说老同学，多年不见，你没怎么变。老邢这一抱使我的地位和重要性瞬间提升几个档次。我能感到周围大人物看我的眼神有了变化。副县长和颜悦色地在一旁看着正在叙旧的我和老邢，笑眯眯地对老邢说，邢总，咱进包厢吧，菜都上桌了，咱们边吃边聊，哈哈哈哈。

我和黑子自觉地坐到老邢的斜对面，最次要的两个位子。坐定后我用余光快速扫看四周，发现县里面有头有脸的人物全聚齐了。除了县委县政府及各实权单位的领导外，我们县第一富豪也就是一品海鲜的董事长，县一中的校长也就是我们三人的高中班主任，老邢他们乡的乡长，老邢在县教育局上班的弟弟，就连县电视台那个素有本县小李冰冰之称的女主持人都赫然在列。县委书记给老邢一一介绍在座来宾，说到谁，谁就起身同老邢握手，互递名片。轮到我和黑子，书记没有说话，我们赶忙自我介绍，说是老邢的高中同学……副县长打断我的话，歪着头问我，你们局老周今天怎么没到啊？是不是又打牌去了？现在给他打电话，叫他马上过来。我愣住，讪笑说，县长，我打恐怕不合适吧？副县长懒得搭理我，自顾自地拨通我们局长电话。

10 分钟后，我在楼下接到行色匆匆的局长，局长大人一脸不悦，劈头盖脸地训我，这么大的事怎么也不汇报？我自知理亏，便默不作声跟在他屁股后面走进包厢。一进门，县委书记正在给老邢说着我们县近两年的经济发展情况，书记讲得很概括、精练，具体到各方面，各种数据就由各局的头儿在一旁做补充说明。整个过程老邢都听得比较认真，他双手交叉放在桌子上，不时点头，笑而不语。

第一圈喝完，老邢才慢悠悠说起自己对家乡的感情，他从高中家穷多亏老师同学帮助才能有幸考进大学讲起，一直讲到自己这些年在海外创业生活的辛酸不易。最后老邢表示若有机会，愿意回来为家乡建设出犬马之力。老邢话还没说完，书记就抢先带头鼓掌，各位领导也笑盈盈地排着队和老邢举酒碰杯，场面热闹非凡。差不多有半个小时都没我和黑子什么事，我低头猛吃着顶我半个月工资的佛跳墙，黑子自饮自酌着一杯又一杯的陈酿五粮液。

酒过三巡，主客皆醉，每个部门的负责人都依次同老邢喝了酒，也都向老邢交了心、许了愿。其中也包括我们局长，他与县宣传部部长、县旅游局局长一致希望老邢能为搁置多年的黄河湿地主题公园注资。不知我们头儿是不胜酒力还是要钱心切，或者两者兼有，总之他握着老邢的手争分夺秒反复说了好几遍：文化搭台，经济唱戏。老邢没当即答应，也没立刻说不行，只是将杯子一次次喝个底朝天。头儿刚回座，一中校长，也就是我们曾经的老班主任又走到老邢身边，向众人连夸带捧了老邢好一阵，末了才说年底母校六十周年校庆，拟授予老邢杰出校友，望他有空能参加，给小师弟师妹们讲讲学习经验、成功要领。老邢仍是只喝酒，不承诺。老邢的酒量深不见底，我目测他喝了至少有一斤。不过他没怎么与我和黑子喝，只是匆匆碰了一杯，就被人拉去忙着应酬。倒是小李冰冰主动凑过去，说老邢不仅是她师哥，又是同乡，再加上是县里的贵客，真是三生有幸，得喝三杯。老邢二话不说，三杯下肚，举止潇洒豪气。小李冰冰夸老邢很爷们，搂着老邢的胳膊，歪着脑袋就往他的肩膀上靠，说是要和她的偶像合影。老邢既没搂小李冰冰的腰，也没搭她的肩，他双手插入裤子口袋中，很绅士地满足了她的要求。看得出来，小李冰冰多少有些失望。

酒局结束时已是深夜，除了书记和副县长，各个局长都喝得兴奋。老邢和他们一一握手道别。我当然是送我们局长，在停车场，头儿一把拉住我，晃晃悠悠地趴在我耳边一股酒气地说，狼多肉少，给你老同学要钱这事你务必得抓紧，别落后。我也略带醉意地许诺，头儿你放心，我在钱在，保证超额完成任务。局长满意地拍了拍我说，年轻人，好好干，有前途。我像个军人领到上级命令般大声喊是，并敬了个不太标准的军礼，直到局长的车消失在夜色中我才礼毕。等我送完头儿回到酒楼大厅，老邢他们乡乡长正在盛情邀请老邢去洗浴城做个按摩。老邢以美股开盘，要赶回酒店操作为由谢绝了。我小声问黑子，接下来怎么安排？黑子说等人全都走了，再去问问邢总，看他是想去唱歌、泡澡，还是去夜市吃点东西。老邢喝着浓茶听完黑子的建议，皱了皱眉说，不必了，我唱歌难听，也没有泡澡的习惯。咱弟兄们这么多年没见，我很想念你们，有好多话想和你们说，走，到我房间去。

在播放着爵士乐的总统套房里，我和黑子喝着老邢从深圳带来的法国红酒，抽着粗如手指的古巴雪茄，像两个欧洲中世纪贵族般听老邢讲话。老邢不愧是美国回来的博士，即使喝了不少酒，他也能逻辑清晰，慢条斯理地从金融危机后世界秩序的改变谈到中国经济的崛起，又从中国中部城市的二三线城市发展前景聊到低碳经济、环保理念等深奥高端的话题。老邢兴致盎然地说了一个多小时，这期间黑子听得几度睡着，我也好不到哪去，强忍困意，不懂装懂地点着头，随声附和。直到老邢去了趟洗手间，换了个话题，聊到此番回乡的计划和打算时，黑子才打起精神，我也眼前一亮，身体前倾，聚精会神地听着，生怕错过与我们利益攸关，能改变我们命运的每条信息、每一个字。

老邢吸了口雪茄，悠然地说，这些年我运气好，赚了些钱，但赚得越多，越觉得没什么意思。钱再多也只是个数字罢了，带不来快乐，也带不走痛苦。事实如此，你们别笑话我。不仅是我，我的很多国内外生意上的伙伴也都有同样的感悟。最近一年多，他们中有些人纷纷开始做起慈善事业，成立基金，支持公益活动，帮助那些需要帮助的穷人。他们说这样活得积极向上，赚来的钱也算有意义。也有人劝我加入，我不好意思拒绝，就投了点钱。事后我想了想，做慈善固然不错，但我首先应该回报生我养我的老家人民，没有他们的养育之恩，不可能有我邢某的今天。考虑一阵后，我决定还是回来建设家乡，为老家早日能富裕，成为全国百强县贡献一点微薄之力。

听到这里，黑子突然起身，动情鼓起掌来，我也在一旁感慨老邢说得太好、太感人。老邢摆了摆手，接着说，从我 18 岁去北京读大学算起，至今远离家乡近二十载，这期间我还在国外住了七八年，何况我本来就是一介书生，所以我对我们当下的国情，尤其是家乡的一些事和规矩不是很清楚，日后还需要两位老同学像高中那样对我多帮忙、多照顾。说着老邢从行李箱里掏出两个很厚的信封，分别递给我和黑子。这意外之财搞得我有点晕眩，但还是学着黑子作势推辞，说邢总你太见外，老同学帮忙理所当然等违心话。老邢没多说，只是笑着执意往我俩手中塞，我偷瞄了眼黑子，他已将信封装进裤子口袋，我也就识趣地收下。顺势一摸，心中狂喜，那厚厚的一沓没有一万，也有八千。之后老邢又陆续说了些理想啦，奋斗啦，血浓于水，打断骨头连着筋之类令人亢奋、沸腾的煽情之词。我和黑子屁股下各坐着老邢给的一沓钱，所以无论他讲什么我们都觉得是天才般构想，是无坚不摧的真理。我恨不得当即找个机会向他表示我会效忠于他，为他卖命的决心。

黑子喝着老邢倒的红酒，激动地说，邢总你对咱们县来说就是财神爷、救世主，对我们哥俩来说，你就是鲁迅，我俩就是闰土。

老邢笑了笑说，黑子你这是喝多胡说呢！我哪能和鲁迅先生相比？他可是一代大师、民族骄傲，我算啥？

黑子顿了下，挠挠头说，不管邢总你是不是鲁迅，反正我俩肯定是闰土。是吧？黑子看向我，我赶忙说是，头点个不停。

老邢拿起酒杯说，来，为我们是同县人干杯。我说，为我们同是中国人干杯。黑子说，为我们同是人干杯。我们仨就这么喝着、闹着、回忆着往事，直至天明。

5

那晚过后很长一段时期，我的生活用“梦幻”两个字形容最贴切。头儿去省城培训还不忘特意打电话告诉我说不需要每天在局里坐办公室且工资照发。

你现在的主要工作就是陪好你的老同学，头儿关切地说，陪邢总吃好、喝好、玩好，每天开开心，最后能叫他心甘情愿地给咱项目注资，你就算尽职尽责了。要知道这可是咱县的重点工程，涉及全县人民的利益。市领导非常重视黄河湿地公园的建设，多次督促咱们县要早日将公园建成、建好，使其成为集娱乐、休闲、度假于一体的综合性公园，为全县，乃至全市人民的精神文明建设做出突出贡献。头儿语重心长地又说道，除此之外，当然，你要是有办法能让邢总顺便再给咱县文工团投点小钱，支持支持下咱家乡戏曲，那你就立大功了。年终考核评优秀工作者时局里面肯定会向市里上报表扬你，要知道现在办公室主任的位子竞争者不少，实力都很强。不过我和几个副局长一直以来都比较看好你，你小子好好干，可别让我们失望啊。

就这样，肩负局长重托的我每天都睡到自然醒。醒后也不用着急去上班，而是晃悠悠步行至老邢所在的酒店，那里已成为县里为他准备的临时办公室。等我和黑子都到齐，早餐过后，老邢的私人秘书兼保镖会开着一品海鲜董事长提供的奥迪 A6 载着我们前往县里每个相关部门或公司商讨合作计划。所到之处无一例外对我们招待热情，老邢对外介绍我和黑子是他的助手，而各穿一身西装，头梳得油光可鉴的我俩更像两大护从似的伴在老邢左右好不威风。那些曾在我眼里高高在上的人现今都笑容可掬，轻声细语和我说话。他们近乎肉麻地和老邢套关系，只在读书时一起打过几场球的人都敢对外宣称和老邢亲如兄弟。老邢对这种人不但不在乎，反而投其所好地迎合，其为人之低调、谦卑使我这般俗人无法理解。老邢的综合素质和个人魅力更是卓尔不群，不管对方所提条件多苛刻，他都用高中帮同学解题时的神情微笑着与人商谈。看得出来老邢是深深地爱着家乡，他不仅在车里总放地方戏剧，再偏门的曲目也唱得朗朗上口，给一些小企业题词时爱提本地名人的名言警句，最主要是有些领导和企业董事长提出的要求在我看来都有些过分，而老邢为了能达成原则上的同意，过于无礼的要求他都妥协退让，一口答应。一圈跑下来，无论是和政府机关商议，还是和地方企业洽谈，老邢都能在谈笑风生间使问题落实，主客皆大欢喜。

事聊完后自然就是吃饭，借老邢的光，短短十几天，从县里到市里我和黑子把所有高中档饭店酒楼通通吃了个遍。有时一天内在同一家饭店，吃完午饭吃晚饭，只是请客的人不同而已。这么吃了一个多月，吃得我都有点营养过剩、消化不良，先前罕有机会能吃上鱼翅、鲍鱼、辽参的我，一听见这些名词就反胃、恶心。我悄悄算过一笔账，和老邢在一起时一天的餐费能顶得上我半个月工资，够黑子昧着良心高价卖十多件外贸货才赚得回来。

起初我和黑子约定老邢回来一事概不外传，知道的人越少越好。尤其是高中那些和老邢处得也不赖，目前比我俩更有关系和背景的同学，绝对不能让他们和老邢搭上线。然而县城毕竟是县城，半个月不到，海归富豪老邢携带巨款回乡投资一事便传得世人皆知、沸沸扬扬。远到在省城工作，毕业后就再没联络的旧友都专程回来请我吃饭，打探消息。更别说我那些在县里、市里各行各业混的狐朋狗友了，他们像商量好似的，忽然间对我比对他们老婆还要贴心，集体改口大哥大哥地叫我不说，一天三次准时问候，从早到晚排着队请我吃饭，送东西都送到我爸那儿了。我心里明白他们请我是假，想通过我和老邢走近，进而能从中得利是真。想想我反正也不会从中损失什么，于是该吃吃该喝喝，事儿都答应着，到头来即使办不成他们也不能把我怎样。我以为我就算够不要脸了，但据我所知，黑子比我过得还滋润。那傻帽儿不管谁请吃饭唱歌都去，收人家东西那是肯定的，但有没有收钱我就不得而知了，不过他倒是不止一次给我说过他年内有换车的打算。和黑子不同，吃喝玩乐可以，钱我坚决不收，怎么说我还是有公职的人并且还想继续往上爬呢。

有一晚在桑拿房里我和黑子交流心得，黑子说，以前我最看不惯那些秘书党、司机帮了。你敢有点事求他，你看吧，一个个要多跩有多跩，神气得很。其实他们不就是当官的养的狗吗？在领导面前当孙子，对下面的人却跩得跟大爷似的，都他×不是什么好东西。

不过现在我算亲身体会了，黑子揭开盖在他脸上的毛巾，满身大汗地歪着头对我说，你别看我是做小买卖的，没啥权，但这些天上到市里，下到乡镇，各个单位各级官员，人托人找关系抢着见我，每个都客客气气地跟我说话，好吃好喝地招待我。你说这些人为啥忽然对我这么一个普通老百姓这么好？还不就是因为咱跟邢总关系好。说好听点我是邢总身边红人，说白了我不也就是邢总养的狗嘛。我是狗我承认，但我至少是条对主人效忠、不到处乱咬的好狗。黑子古怪地笑了笑，仰头灌了几口水接着对我说，那些头头脑脑找我我能不懂他们图啥？自古以来，商人逐利，官人逐名，如今在咱们县是个官就想和邢总认识，都用邢总的钱借花献佛，政绩交换利益，互相利用呗。我要钱没钱，要权没权，多亏读书那会儿请邢总吃过几顿饭，如今邢总看得起我，当我是兄弟，那我就得回报人家的知遇之恩，跟着邢总混，赚点骨头吃。

最近你小子捞了不少吧。我半开玩笑地说。

马马虎虎，马马虎虎，黑子嘿嘿一笑，答非所问地说，18 岁那年我去五台山玩，遇见一大师给我算命说我头三十年财运、事业运都平平，但在 35 岁左右会有贵人相助。你看，今年我虚岁 35，就碰到邢总回来了，邢总就是我命中注定的贵人。

接下来黑子的话让我略感意外，他装作不经意地说，昨天我前妻主动给我打了个电话，说两年前婚离得过于草率，都怪她一时任性，赌气做了错事。她说分开后，冷静下来发现其实还爱着我，心里放不下我，说我要不嫌弃她，想和我复婚，还说想给我生个儿子。

你答应了？

我答应个×。黑子失声喊道，当初她离得多么坚决，你又不是不知道，成天骂我无能、窝囊废，嫌我赚钱少，没有上进心。现在看我事业在上升期就说爱我，想重新开始。想得美，她这是坟头烧报纸——唬弄鬼呢。

我被黑子这句别致的歇后语逗得笑个不停，黑子颇显张狂，走出桑拿房叼根烟说，她一个没人要的黄脸婆有什么好稀罕的？目前一切都还在筹备期，等几个月后邢总一注资，工程陆续上马，有数不完的钱等着我赚，到那时我还愁没女娃主动黏上来找我？我敢跟你打赌，电视台那小李冰冰就会第一个来找我，你信不信？

我一惊，故作轻松地调侃他，那个大美女会理你？人家看上的是邢总。

没我她能接近邢总？黑子冷笑，你看她外表以为她很纯是吧？那是小姑娘会伪装，她纯个屁，她刚出道那会儿我就有耳闻，说她是靠姿色才当上电视台主持人的。具体的我就不多说了，想知道具体细节就去车站随便买本黄色小说看看，反正那小姑娘骚着呢，智商比你我加起来还要高，利用谁、巴结谁、潜规则上位等等这些招数她最会了。既然她这么热情大方地投怀送抱，我不玩白不玩，玩了也白玩。黑子一脸坏笑地唱起，当初是你要分开，分开就分开，爱情不是你想买，想买就能买。

听黑子这么一说，我像一个被扎过的车胎般立刻泄气。这半个多月来我还傻傻地以为小李冰冰对我有意思，每晚给我传暧昧短信挑逗我，到头来居然是我犯贱自作多情，女人全他×是骗子。我闭上眼冲着热水澡，心中暗想，一个老邢使全县人的欲望短短几日如野草般丛生，全疯掉了。疯就疯吧，疯掉好，疯了才有欲望，有欲望才有梦想，才有每天积极向上奋斗的动力。但愿能梦想照进现实，但愿能如黑子所言，我们即将牛×哄哄地迈进金光闪闪的狂欢时代。

6

谁都知道老邢是做大事的人,但谁也没想到老邢做的事竟是那么的大。

起先我听黑子说老邢考察过后仅愿意投资县第一家五星级酒店及铝电集团三期投产这两大项目。但当看到老邢办公桌上那厚厚一沓合同意向书和项目计划表时,我彻底被他的气魄所震撼,除了黑子所说的那俩项目外,县城市管道改造、黄河湿地公园及配套的生态别墅群、老城区基建改造、风力发电、“法式风尚”高档小区,以及造纸厂新厂建设、果蔬饮料厂设备升级等十来个大项目,三十多个子项目,总投资约为20多亿。老邢的野心和胆识竟如此之大,完全超出我的认识范围内,这么庞大复杂的工程我想都不敢想。

市里、县里对咱们公司十分照顾,不仅各项批文一路绿灯,而且沿着黄河滩批了三千亩土地供邢总无偿使用。另外税费减免,相关政策也相当优惠,黑子搅拌着一杯速溶咖啡人模狗样地站在酒店顶层的天台上,双手叉腰,像伟人般俯瞰着华灯初上的我们的小县城,貌似深情地说,未来三年,这些造福民众的大工程若能按时保质完成,那等于是把咱们县从里到外、海陆空、全方位立体地更新换代。而你我将是这伟大历史时刻的参与者、见证人。不开玩笑,闹不好咱哥俩能和邢总的名字一起写进县志。所以我说老兄,咱俩可要玩命好好干,要做到上对得起邢总的赏识,下不能辜负全县老少爷们的期望,抛开利益,不计较个人得失,给邢总,给全县二十五万父老乡亲交一份漂亮的成绩单。

黑子慷慨激昂地演讲着,我根本听不进去。我压抑着内心的狂喜和震撼,趁他去厕所时,打电话向我们头儿汇报喜讯。头儿听到老邢确定给和他仕途密切相关的项目注资时十分高兴,对我赞赏有加,许诺公园一旦开建,我就将以办公室主任的身份协同县有关部门抓此项目的具体工作。头儿这句话说得我心花怒放,我赶忙向头儿表决心,说文工团的事我会尽快落实,想办法让老邢多投钱。

十一假期过后,老邢从泰国度假归来,与他同机抵达的还有四五个 20 多岁的小伙子。我以为又是一帮跟着老邢混吃混喝的骗子,黑子却提醒我说,可别小看这些小孩,他们可是老邢从深圳总公司带来的专业团队,任何一个人的学历和年薪说出来都能吓死你。当天晚上老邢就召集我们开了个会,介绍我和黑子同那些高才生互相认识。那些帅小伙相当专业地做着自我介绍,每说几句话就夹杂一两个英文单词或是专业术语,我和黑子压根听不懂这些天之骄子究竟在说些啥。

这几个小伙子全是可用之才,最低学历都是美国排名前二十的高校金融学硕士,老邢轻描淡写地补充说明,叫他们过来主要负责项目具体实施上的一些环节,如发包、资金审核、银行贷款等专业性质较强的工作,你们两个当大哥的,又是当地人,要多照顾这些小兄弟啊。老邢话音刚落,黑子就惯性地表起忠心,他夸张的言语配上大幅度的肢体动作逗得老邢及那帮人才笑个不停。末了,黑子委婉地请示老邢,邢总,您看我俩能为您干些啥? 您尽管吩咐,我哥俩定赴汤蹈火,在所不辞。

可别这么说,大家都是兄弟,老邢停住笑容,诚恳地说,过两天从浙江、广东会分别来几批考察团,都是些很有实力的大集团公司的董事长、老总。若能把他们陪好招呼好，使他们愿意来咱这投资，参与咱县改造建设，那两位老兄就算帮邢某我大忙了。

有那么几秒钟，黑子的笑僵在脸上。其实私底下我俩商量过，最好能给老邢说说，让他在房地产开发或老城区基建改造这两块肥肉上给我俩谋个活干，继而能暗地捞点油水。可没想到老邢竟让我们做虽说擅长，但最没技术含量，也没什么油可揩的招待工作。这多少让我和黑子有些失望，却还是强装笑颜一口答应下来。

好在老邢还算讲究，给了我们6万块钱招待费，说吃住行一切用最高规格接待，钱不够直说，怎么花无须走账。于是我和黑子拿着老邢给的钱，搞了两辆丰田车，在市里订了最豪华的酒店套房，每天接待来自四面八方的贵客。和先前我见过的县里，乃至市里的领导、大款不同，这些老邢口中的高素质大老板每天睡醒后不是同老邢及县里各部门负责人谈判商议，就是奔赴项目所在地考察评估。他们一刻也不休息，不怎么在乎吃喝，更不去旅游景点、KTV、洗浴中心玩耍。来自大城市的精英们整日精力充沛地忙工作，事一谈完就当天离开，行程排得异常之满。这样一来，我和黑子自然无比轻松，整天也就像个跟班或是导游一样跟在这些老总屁股后面转。趁他们闲暇放松时给他们讲讲我们县的古今名人、神话传说。当有人向我们打探老邢为人如何时，我和黑子说相声似的一人一句猛夸老邢，差不多把他都吹得像个圣人。就这样，不到两个月我俩迎来送往六七批考察团。最后一结账，接待费还余下2万多块。我和黑子心照不宣地用这笔钱在市里好好爽了几天，最后每个人还分到一笔钱。

阶段总结会上，老邢对我和黑子的工作给予充分肯定。在饭桌上他主动给我俩敬酒，说我们招待有功，那些老总对我们县的风土人情、投资环境留下了深刻印象，对来此投资产生浓厚兴趣。老邢表扬完我和黑子，当下叫会计给我俩卡上各打1万块钱算是劳务费。这叫我喜出望外，没想到屁事没做，混吃混喝了十几天却赚到比一整年工资还多的钱，天底下恐怕没有比这更轻松的活儿了。

黑子给每一个人敬酒，走到老邢身边说，邢总，我敬你，为咱首战告捷喝一杯。邢总笑着摇头说，哪有什么胜利可言？挺住就是一切。我彻底被邢总这些天来的阔气和义气所征服，一想到还有大把大把的钞票在前方等着我，就情不自禁地举起酒杯，连敬老邢三大杯，说，邢总，你就是我和黑子的授业恩师、再生父母，兄弟我今天在这立下军令状，从今往后你邢总只管吩咐，冲锋陷阵的事由我和黑子来。别的本事没有，但在咱这个小县城我敢说就没有我俩办不到的事。老邢略显动情，连说几个“好”字，一口喝掉我敬的酒，用力地拍了拍我的肩，一副尽在不言中的神情。喝了不少的黑子也应景地凑了过来，一把搂住我和老邢，哥、哥地叫了几声，毫无征兆地激情四射地唱起，朋友一生一起走，那些日子不再有……本来很愉悦的气氛在黑子煽情的歌声中突然变得有那么一点伤感，更多的是滑稽。

7

那天下了入冬后的第一场雪，头儿点名叫我陪他同去为湿地公园奠基剪彩。这是大事，我当然不敢怠慢。在此之前，加上黄河生态国际大酒店以及将垃圾场填平改建而成的“法式风尚”小区，这是我一个月内第三次参加奠基仪式。短短半年不到，整个县城已俨然成为一个大工地，到处不是拆迁就是在施工、挖地基。有门路没有门路的人都四处活动，寻找商机。想与我和黑子接触的人越来越多，八竿子打不着的亲戚如今全都找上门来，一趟趟往我家跑，土特产送得多到我都能开店经营。而分别被老邢任命为项目经理和工程总监的我和黑子已不愿再参加各种无聊饭局，何况一品海鲜的饭也早已吃腻。我俩每天穿着那堪称工作服的西装，精神抖擞、趾高气扬地出入全县各个部门、企业公司。名片上那一长串的职务头衔便是我俩到处显摆炫耀的资本。可以说，只要愿意，无论何时何地在哪儿出现，都会有人恭敬地陪在我俩身后，为我们倒茶点烟。那一张张谄媚的笑脸像极了我和黑子巴结老邢的神情。一个周末的下午，黑子开着他新买的马自达，在去往市区看房子的路上抽着中华烟感慨万分地对我说，托邢总的福，咱哥俩总算是混出来了。

一切都朝预期的方向发展，曾担心很难办成的事到头来却顺利到不可思议。各大项目相继开工后，邢总不怎么在县城待，他说我们办事他放心，所以大部分时间他都带着他的团队全国各地飞，说是为后续二、三期工程融资筹款。邢总不在，重担不可避免地落在我和黑子身上，混出来的我们像上了发条的闹钟，每天连轴转，处理各种大小突发事件，一刻不得闲。那几日，只要打开电视机就能看到意气风发的黑子和我陪在市、县各级领导左右视察各工程进展。屏幕上端庄淡雅的小李冰冰用沉稳又不失欢快的语调播报着我县如火如荼跨越式发展的喜讯。看着电视机里一本正经播报新闻的小李冰冰，我就条件反射地想到私底下她那大胆风骚的举止以及曾经发给我的一条条缠绵露骨的短信。黑子炫耀地说他早已把她给上了，还说小李冰冰已口头承诺，只要黑子在市里最好的小区买了房，再带她去趟马尔代夫旅行，结婚事宜就能提上日程。看来有钱真是好，不但能满足个人欲望，得到他人尊重，最关键的是能因此看清人的本性。

春节前夕，我的好运达到我人生三十多年来前所未有的巅峰。我不仅如愿以偿当上办公室主任，还没悬念地被县里评为先进工作者，年终的工资奖金加上老邢给的劳务费已够我交和黑子在市里同看上的那个高档小区的首付。与此同时，局长夫人给我介绍了一个刚从省城大学毕业没多久，现在市重点高中教书的姑娘。她小我 10 岁，不仅人漂亮，穿着时尚，主要是很有气质内涵，像大城市里的白领。和她初次约会，我就不可自拔地深深地爱上了她，她也对我颇有好感，同意与我交往。没几天我俩就相见恨晚地陷入热恋，爱得死去活来，如胶似漆。元旦我抽空带她去了趟香港，给她买了一大堆衣服和化妆品，而她将她自己当作礼物送给了我，说对我的爱此生不渝。爱情事业双丰收的我急需与家人分享我成功的喜悦。于是年三十的晚上我带着她和我爸妈一起去市里最高档的度假村吃年夜饭。起初气氛非常温馨融洽，二老对我的未婚妻十分满意，一家人聊得格外开心。但饭吃到一半，酒至微醺时，数月未见的我爸清了清嗓子，神情严肃地对我说，有句话也许我不该在这合家团圆的时候说，但你现在太忙难得见你，作为你的父亲我还是有责任告诉你。这几个月来我听到也看到一些情况，思前想后我总觉得你们那个同学老邢有点问题，摊子摊得这么大，涉及多方利益，容易出事，你最好还是尽早抽身搞你的文化事业和他脱离关系。

我爸一句话就把我的火挑了起来，我愤怒地打断他。从小到大，在他眼里我就是个彻头彻尾的失败者，没做对过一件事，这次也不例外。我借着酒劲，控诉他从没尽过父亲的义务，在我成长的道路上没给过我任何鼓励和肯定。他总是不断地打击、讽刺我，让我的自尊和信心消失殆尽，从而使我没出息地在这个穷地方的清水衙门当小科员混吃等死。如今我靠自己的能力终于熬出头，他却在我新交的女友面前又一次给我泼冷水，这怎么能不让我生气？我越说越激动，语速快而密，根本不给我爸训斥我的机会。最后闹得不欢而散，我爸摔了酒杯，掀了桌子，撂下一句，你出事不要找我，我死了也不用你管，就气鼓鼓地和我妈扬长离去。

躺在酒店的床上，我喝着啤酒，一根接一根地抽闷烟，再也没有心情看热闹的春晚。真不明白摊子大了怎么就会出事！不怕有事，只怕事不大，摊子越大，装进来的人越多才会越安全，这么简单的常识我懒得去跟他理论。看来我爸还真是老了，老得古板而固执。这个声色犬马、弱肉强食的时代已不属于他这样的老革命，太多的事情用他那一套落后思想去想是想不通的。尽管我极力消着气，然而不知为何，我爸的话还是如同魔咒般在我脑袋上空盘旋，弄得我心烦意乱。或许酒喝了太多，有那么一刹那我甚至顺着他的逻辑胡思乱想，要是老邢真的走了，去了国外不再回来，留下这么庞大的烂摊子该如何收场？一想到这我就后背一紧，一身冷汗，赶忙以老邢家大业大，是一心一意想建设家乡，况且和他多年深交，他的人品绝对不会有问题，更不会做出这种丧尽天良的事祸害全县人民等理由自我安慰。我就这样人神交战地纠结着，直到看见我的那个她穿着性感地从浴室缓缓走来，所有的不快与烦恼立刻灰飞烟灭。伴随着新年倒数的钟声和窗外漫天绽放的烟花，我很快就进入无忧无虑的极乐世界。

8

结果还是出事了。

大年初一我去头儿家拜年，头儿情绪明显不高。他把我拉到书房，关上门不无担心地告诉我说，据他所知，湿地公园的奠基仪式是县建设局垫的款，老邢答应的资金及其联系的浙江合作方至今一分钱也没打到账上。工程现已停工，有人开始怀疑老邢目的不纯，是否以投资为幌，骗钱是真？我忙给局长宽心解压，说现在正过年，再大的集团公司也要放假不是？等年一过，资金肯定到账。流言蜚语都是那些没得到好处的人胡乱造谣，这板上钉钉的事准没跑。局长点了点头，喃喃自语，说先好好过年吧，希望年一过，这项目能顺利完成，好给市县领导全县人民一个交代。

头儿的话我没怎么在意，又过两天，黑子慌慌张张跑来找我，说邢总找不到了，三台手机不是关机就是不在服务区，怎么也联系不上。黑子说得我稍微有些慌神，但还强装镇定地说，老邢没准人在美国，等年过完了再联系也不迟。黑子迟疑片刻，抬起头说，不会出事吧？能出什么事？我反问他，自己给自己壮胆。黑子不再说话，我俩相对无语，各自沉默抽烟。自从老邢出现后这样安静到可怕的场景对我俩来说实属罕见。

那个年假过得糟糕透了，各种烦心事接二连三地发生，我没有一晚上睡得好。节后第一天上班我就疯狂联系老邢，但如黑子所说，怎么打他的电话也打不通。邮件、MSN 上的留言也概无回复。这时我才恍然惊醒，这一年多来我竟然不知道他深圳总公司的办公电话及地址。我再次上网搜寻老邢的公司，首页还在，但也仅此而已，经营项目、公司简介、联系方式等子网页一概找不到服务器。我陷入深度恐惧中，惶惶不可终日，看着头儿的脸色，抱着侥幸心理，忐忑不安地又过了一周。直至正月十五的晚上，看到一身红色唐装的小李冰冰表情凝重地在电视里播着省纪检委来我市检查工作时，我先是傻眼，听着听着，竟解脱地笑出声来。我知道，最怕的事还是发生了，一切全完了。

老邢像一滴水融进大海般消失得了无音讯。而他的通缉令却如同小广告似的贴满全县各个显要位置。一夜之间，县城内外所有工程全部停工，那一片片刚露雏形的地基像未啃干净的玉米棒一样丑陋难看。我被勒令停薪留职，整日整日向组织交代问题，协同公安机关调查办案。警方问我的一系列问题不是我不想回答而是我真的也很想知道答案。我自始至终不能接受也无法相信老邢是所谓的经济诈骗犯。我和老邢旧友一场，深知他的人品和抱负，他的道德感和事业心是不会允许他做出这种欺诈行骗的龌龊之事。即使行骗他也没有丝毫必要拉拢利用毫无利用价值的我和黑子，更不可能狠心欺骗自己的父老乡亲。更何况那么高身价的老邢怎么能看得上这点区区小钱。没人能告我答案，或许连老邢自己都说不清。

然后是一段不堪回首的日子，整个县城随处可见大幅的讨薪标语，如鲜血般红色字迹看得我触目惊心。成堆成堆的南方商人带着律师飞过来向县政府讨要说法，扬言要告到北京。全国各地记者住满了县城大大小小所有宾馆，我躲在农村老家，终日不敢开机。

数月后的一天傍晚，风平浪静过后，我在夜市吃面时遇到同样被警方传唤过也出去躲了一阵的黑子。他瘦了许多,满脸胡楂,脸上一道明显的疤痕,人显得异常苍老憔悴。他来和我告别,说没脸也不敢再在这里待下去了。我问他去哪儿,黑子说他那中彩票的远方亲戚在省城开了家快递公司,创业阶段,急缺人手,找他过去帮忙。

我随口说了句,送快递能赚几个钱,还不如留下来继续卖你的衣服。

黑子惨淡一笑,说钱多钱少无所谓,只要日子能过得安稳,平淡就好。

我又问他,小李冰冰跟你走吗?

她跟我走啊,看我那错愕的表情,黑子自嘲地笑,她调到省台了,这也算是跟着我走,对吧?

我无言以对,邀请他坐下一起喝两杯,算是为他践行。黑子摇摇头,说他还有事要办,转身消失在落寞的夜色里。

黑子远走他乡,我也好不到哪儿去。因湿地公园项目成了烂尾工程,局长受到严厉处分,我也不仅丢掉屁股还没坐热的办公室主任的位子,甚至险些被开除公职。好在我爸拉下老脸,动用全部关系,外加我写了份深刻的检讨才将饭碗保住。而我那个谈了不到半年的小女友,以我俩年龄差距过大,有代沟为由和我分手。我没精力和她闹,就随她而去。没过多久,她就和市里一个比我还要大五岁的影楼老板住在一起,预计年内结婚。我租掉我的公寓,搬回去和父母同住。每天按时上下班,再也没有任何应酬。渐渐地,我时不时就会怀念曾经的美好岁月,那坐在黑子破普桑上发着呆,不知该去向何处的欢乐时光。

9

一年过去,在市委市政府的关心和帮助下,荒废多时的各项工程相继有了新的公司接盘,沉寂许久的县城再次焕发活力,生机勃勃的场景让人似曾相识,而这一切却和我没有丝毫关系。有天晚上,我偶然间打开一个废弃很久没用的邮箱,竟看到一封来自老邢的邮件。那封信发于老邢失踪后的第三个月,全文很长,近万字。在信中老邢详细地解释说因金融危机的爆发,雷曼兄弟的突然倒闭,致使其资产大幅度缩水,资金链出现严重问题。当时他必须收缩国内战线,换取现金填补在美公司的资金空缺,否则个人信用会严重受损,轻则破产,重则判刑。这决定了他根本没精力和实力在家乡继续投资。两害取其轻,他只好痛苦地选择放弃建设老家的梦想,退回美国收拾残局。当初之所以走时没给任何人打招呼,是因为怕给大家带来更多的恐慌。老邢自责地写道,不负责任的半途而废给家乡带来的损失使他十分内疚不安,他不奢求家乡人民能原谅他的懦弱,只希望能得到赎罪的机会,有生之年他定会尽其所能将功补过。信的末尾老邢发誓他不仅没拿政府、县里各企业一分钱,反而前期各项投资损失超过千万。他说他一时胆怯退却只是想保命,无力回天,而并不像外界传言的诈骗家乡人民。最后老邢向我和黑子诚挚道歉,说辜负了我俩对他的期望,以及此事带给我们的麻烦都让他深感愧疚。他让我将银行卡号告诉他,说这样做他至少心里会好受些。

我很平静地读完老邢的信,平静到我自己都很意外。我当然没再回复他,也没再想他说的是真是假,到底有没有诈骗。是又怎样,不是又如何? 反正黑子早已离开，我也过上本该过的生活，整个县也朝有希望的方向前进。这样就够了，就当做了场梦，梦醒了过去的就让它过去吧。

我猛然想起老邢失踪前的某天黄昏曾开车载着我和黑子去往我们高中逃课时就常爱去的那片黄河滩地。在汪峰“我要飞得更高”的歌声中，老邢突然扭头若有所思地问我和黑子有没有什么信仰。我一时语塞，好像是有，但具体是什么又说不上来。黑子抢走我的话，干脆地说，我有信仰，我信关公，关二爷。我信他的忠义仁勇，对兄弟两肋插刀，视金钱和美女为身外之物的豪情壮气。不过有一问题困扰我多年，看香港电影，警方和黑帮都供奉二爷，那么一旦两边打起来，你们说二爷究竟会保佑谁啊！

黑子的弱智问题引得我和老邢哈哈大笑，笑过后我不免俗地问老邢，那你信仰什么？老邢摇开车窗，望着夕阳笼罩下奔流不息的黄河水，附和着汪峰，高声唱起“我要怒放的生命”，没有作答。

现在回头想想，老邢早已用实际行动告诉了我们他的信仰。

原载《山西文学》2011 年第 1 期

把那个故事再讲一遍

1

1992 年情人节那天黄昏，我初次见到金樱姐的美。

那年月没几个人过这种洋节，人们完全沉浸在春节的喜悦中。之所以对那个情人节记忆犹新，是因为那一天我 14 岁。

那天午饭，在县招待所的国有餐馆里，全家人难得凑齐，围坐一桌为我庆祝生日。我小叔李宏斌一手握白酒瓶，一手搂住我脖子，酒气熏天地说："小子，你爷爷像你这么大，早都扛枪上战场杀鬼子了。你爸呢？15 岁已在天安门广场被毛主席亲切接见了。你二叔不满 16 岁写血书请战去老山前线了。我像你这么大……算了，就不提我了，总之我的意思是你已不再是小男孩，算是大小伙子了。"小叔打了个响亮的酒嗝接着说，"你爸生你生得早，你爷爷生我又生得晚，按辈分算我是你叔，但也只不过大你 8 岁。所以从今天起，你就别叫我叔了，我们是朋友，是兄弟。来，哥们儿，把这杯酒干了。"话音未落，小叔将一杯快溢出来的白酒端到我眼前。

我爷抢在我爸之前厉声制止:“狗日的李宏斌,你喝傻啦?不像话,当叔没个当叔样,快把杯子放下。”

小叔装作没有听见,侧身歪坐,朝我坏笑,挤眉弄眼怂恿我喝掉。

我双手捧杯,望向我那面色铁青的爷爷,又看了眼嬉皮笑脸的小叔,来回几次,停顿数秒,还是泄了气,把酒杯放回到桌上。我爷爷立刻骄傲得如同打了胜仗的将军,他清了清嗓,拉开架势,底气十足地斥我小叔。

爷爷从我小叔劝我喝酒这一不着调的举动说起,历数我小叔从小到大的种种劣迹,说要再来次严打,小叔在劫难逃。这期间,我奶奶低头细嚼慢咽我妈给她剥的虾,我爸和我二叔抽烟喝茶,没人敢挑战我爷爷的权威。小叔衬衣纽扣不知何时解开,他敞露胸口,仰头喝掉到给我的那杯酒,用手背抹嘴,满不在乎东张西望,似乎还吹起口哨。

那顿饭吃得不欢而散,爷爷说一句,小叔阴阳怪气顶一句,以至于不等压轴大菜烤鸭上桌,爷爷就拍了桌子,领着我奶奶气呼呼扬长而去。

爷爷一走,我爸自然就坐到了主位上,他熟练地卷着烤鸭饼,轻咳一声,接替我爷的角色继续批评我小叔。和我爷爷不同,我爸不翻旧账,也不对我小叔冷嘲热讽,他只是就事论事抱怨:“放着正经工作不干,非要闹着辞职,和一群没有前途的社会青年混在一起,美其名曰说要干大事,赚大钱。你这样下去很危险,早晚有一天会误入歧途,坠入深渊。”

我那在县中学教语文的二叔在一旁接过话说:“老三,别看咱爸老骂你,其实咱们兄弟三个他最疼的就是你。你小时候没受过什么罪,什么好的都先尽着你,你小子吃过的奶糖比我和大哥加起来乘以二还多。再说咱爸,你也了解，军人嘛，提着脑袋干革命，出生入死半辈子，脾气暴，性子直，说你两句你就忍着，毕竟说到底他是你老子。”

刚烫了波浪卷发的二婶夫唱妇随地帮腔：“李宏斌，你知不知道就你看不上眼的那份文化局工作，多少人望眼欲穿地羡慕嫉妒你？当初咱爸为了能让你进去，拉下老脸求了多少人，费了多大劲，喝了多少酒？你倒好，非但不领情感恩，一年不到就和领导大吵两次。迟到、早退、无故旷工，现在竟要辞职，你到底想干吗？你都快30了，你还以为你是小孩子啊？大哥说得对，你再没个正行，每天吊儿郎当混着，迟早要出事。”

我爸显然很满意我二叔两口子的帮腔，他把最后一点酒倒在我二叔的杯子里，又给我二婶倒了杯健力宝，同他们夫妇举杯共饮。这期间我小叔如同一位技艺超群的杂技演员，他单手扶着我的椅背，只用一条凳子腿撑在地上，身子左摇右晃地寻找平衡。他这一不合时宜的滑稽举动，连我妈和我小姨都看不下去了，也纷纷加入指责我小叔的阵营中。我小叔用牙签裹着纸巾掏耳朵，跷着二郎腿心不在焉地玩着筷子，不时歪起嘴角，冲我做鬼脸，逗我笑。

以我爸为首的一方炮火过于集中，在他们口中，小叔就是个玩物丧志、一无是处的废物。我爸越训越过瘾，唾沫横飞，喋喋不休了十来分钟，忍了许久的小叔终于沉不住气，他收起笑容，猛然起身，从左到右地环视一周，冷冷地说：“哥哥嫂嫂，你们省点口水，多吃烤鸭，就别一个劲地说我了。美国有句谚语：不是每个人都是哈佛大学毕业的。翻译成老话，就是人分三六九等、高低贵贱。你们该当官的当官，该育人的育人，法官就该秉公执法，白衣天使就该去救死扶伤。咱们各活各的，我的路我自己走，走成什么样我也心甘情愿无怨无悔地认了,就不劳各位操心了。”

说完小叔抓起一把瓜子揣进兜里,转身离席。小叔在包厢门口探出头来,喊我名字,招手示意我跟上。我刚一转身,背后就传来我爸的呵斥声。一小时不到,我第二次进退两难,而这一次我没怎么犹豫就跟在我小叔后面,一口气跑了出去。

2

多年后,每当我在不同城市的街头看到开名贵跑车呼啸而过的少年,就会想起我小叔骑越野摩托驰骋街头的潇洒身姿。

很长一段时期内,我都固执地认为,我小叔拥有全县、全区,乃至全省、全国最酷的摩托车。那辆车车体黑得透亮,一对车灯炯炯有神,无论风霜雨雪,总被我小叔呵护得一尘不染,油光锃亮如同刚出厂的新车。每隔一段时间,小叔就会给他的爱车取个新的名称。像什么“野狼”啦、“北极星”啦、“孤鹰”啦等等。恒久不变的只有油箱及挡泥板上的明星贴纸,那帅气逼人的刘德华、温柔似水的王祖贤和英俊沉默的张国荣。

此刻我就坐在“孤鹰”上面。小叔叼着烟,眯着双眼,反手递过来一个头盔,让我戴上。与白色衬衣外只套了件黑色薄西装的小叔相比,秋衣套着毛衣外裹一件厚棉衣的我笨拙得好似狗熊。小叔轻踩油门,“孤鹰”瞬时展翅翱翔。我双手紧拽小叔衣角,在早春飘有煤炉味道的皑皑积雪中急速狂奔。小叔意气风发,目空一切,景物飞驰而过。除了呼啸的风声,我间或听到小叔衣兜里那厚如板砖的随身听传出的沧桑男声:“你不属于我,我也不拥有你,姑娘这世上没有人有占有的权利。"小叔挺直腰身，摇头晃脑，融入感情放声高唱。他那还算得上是优美的歌声在一片片深灰色的单元楼间回荡盘旋，引得路人驻足抬头循声好奇张望。

在我看来，小叔那破旧的录音机犹如魔力无边的宝盒，里面随便传出一首或欢快或轻柔的歌曲，就能把原本黯淡消沉的街景渲染得七彩斑斓。小叔激情四射地从头唱到尾，没有一首歌能难得住他。当香港女星叶倩文幽怨地唱着"红尘啊滚滚，痴痴啊情深，聚散总有时"，我抬高嗓门问小叔："我们这是要去哪儿？"小叔唱得过于投入，我连着问了三遍他才侧耳听见，随即嘴角挂起一抹神秘的微笑："今天你从男孩转变成男人了，我当然要带你去男人该去的地方。至于去哪儿你就别问了，坐稳扶好，跟着节奏尽情摆动吧。"

小叔帅极了，只见他单手拄着车把，另一只手从裤兜里摸出一盘磁带，掏出录音机，取带、换带，所有动作在十几秒内迅速连贯，一气呵成。那是我第一次听到崔健怒唱《新长征路上的摇滚》。在振奋人心的节奏中，小叔仿佛真成了率领千军万马、冲锋陷阵的将领，他忽然站起，身体前倾，迎风嘶吼："埋着头向前走，寻找我自己。走过来走过去，没有根据地。"在小叔热血澎湃的感染下，我控制不住内心的躁动，再也没法羞涩矜持，我学着他的模样，躬身半蹲，应声附和，两只手臂在空中挥舞。就这样，伴随着震耳欲聋的摇滚乐，沐浴在午后阳光中的小叔与我飞驰而过我爸供职的县政府、我妈上班的县医院、我二叔所在的高中、我毕业不久的小学，无拘无束，一路向前。

我以为小叔会向市里开去，没想到在出城前他掉头左拐，一个加速朝粉巷开去。粉巷历史悠久，据老辈们讲，有这座城就有了这条长不足两百米、宽不足三人并肩而过的小巷。在古时，这条巷子开了多家卖胭脂、水粉的店铺，十里八乡的大姑娘小媳妇每逢集会都会来此闲逛采买，粉巷也就因此得名。七八年前，我童年时期，这条巷子和城内其他街道一样普通，几间商铺、几户人家、几根错落无序的电线杆、几座破败废置的旧宅。这样的街道在我们这个典型的北方小城随处可见，即使路过也留不下任何印象。然而就这两年，毫无征兆，粉巷真成了名副其实的粉巷。一夜之间，不知从哪儿冒出那么多妖艳少妇、妙龄少女。她们像一群生来流浪、四海为家的吉卜赛女郎，轻而易举就占领了整条粉巷，很快就开起一间间挂有粉色门帘的按摩店、洗头房，将这条古老的小巷收拾得活色生香。她们浓妆艳抹、身姿摇曳、穿着性感，操着我们本地人听不懂的方言互相交谈，嬉戏打闹，自成一国。无论何时，一聊到粉巷的女人，我小叔及他的弟兄们就一脸坏笑，用手捅着对方胸膛，开玩笑说头发长了，要去光顾她们的生意。而我妈同她的女同事们则织着毛衣、嗑着瓜子，用恶毒的话语咒骂着那些女人，时不时冲地上吐痰，目光充满鄙夷和不屑。听说，她们来自四季如春、毗邻大海的南方。

对粉巷女人，我一直抱有强烈的好奇心。我不仅好奇她们的模样和来历，更好奇她们究竟是怎样一群女人，竟能引来人们完全两极的评价和反应。直到某天放学，回家途中路过粉巷，同学王小帅拨弄着他那如一堆枯草般的乱发，问我要不要一同去剪头。我没多想，也不想这么早回家，就陪他随便走进一家店。那是家很小的店面，房檐上挂了一排落满灰尘的霓虹灯，灯下方的墙壁上贴着一组看着眼熟却叫不上名的港台女星香艳海报。我和王小帅斜挂着书包，一前一后上着台阶，没几步就走到门口。简易推拉门外堆放着几棵白菜、一小筐土豆以及几个已破碎的煤球。煤炉上的铁锅正煮着青菜和豆腐。还未进入，就先闻到一抹浓郁的香气。粉色门帘后面传来女人们的阵阵笑声，放肆且爽朗。“夏天夏天就要过去，留下小秘密，压心底，压心底，不能告诉你。”屋内的女人们随着轻快的乐曲齐声欢唱，我与小帅站在门外，面面相觑。一曲唱毕，小帅鼓足勇气，奋力拉动并不厚重的铝制房门，像是推开通往另一个世界的秘密通道。

我跟在小帅身后，一只脚踏进屋内，半个身子留在外面。天色尚早，金色日光透过门窗缝隙，千丝万缕地照射在我和小帅的脸上。对于幽暗的屋内来说，浅浅的几道光线只是可有可无的点缀。四五个衣衫清凉、波浪卷发的女人或坐或躺，一副刚睡醒的模样。她们从各自所在的方向同时望向我们，我和小帅也呆呆地和她们对望。片刻沉寂，女人们好似解冻了的溪水，瞬时雀跃欢腾。她们互相挤眉弄眼，心照不宣地笑。一个小眼睛、矮个子的女人，穿着短得不能再短的裙子，手捧一把葵花子，一摇一摆地走到小帅面前，轻声嗲语地问道：“小弟弟，你们这是要找谁啊？”小帅手指在书包带上滑动，嘴唇上的绒毛在夕阳中清晰可见：“我们……我们来剪头。”怯生生说完这句话的小帅像犯了错的孩子，低下头，羞红脸，盯着地面不敢正视前方。女人们愣住，两秒后集体大笑，像看到滑稽演出或听到好笑的笑话。屋内顿时热闹起来，女人们争先恐后，一人一句：“小弟弟，你们带了多少钱啊？”“想让哪个姐姐给你剪头啊？”“啧啧，人不大，倒蛮会玩的嘛。”女人们晃晃悠悠地朝我和小帅走了过来，双手交叉在胸前，笑吟吟依墙斜靠。我手汗直冒，心脏狂跳，拽着小帅胳膊，故作镇定。

“我们要理发。”小帅又说了一遍，提高嗓音，给自己壮胆。“这里不理发的。”小眼睛女人笑嘻嘻地说。她的话让我顿生迷惑，我倒退两步，身子后仰探出门外，确定看到招牌上“温州发廊”四个字，才怯生生问道：“你们这不是发廊吗？”“是啊，是发廊啊，什么都做，但就是不理发。”一个高个子、眉心有痣的女人划着火柴点烟，吐出一串不规则的烟圈，眯着眼上下打量着我。“小帅哥，你多大了？还是学生吧？”我没应答，眼睛不知该看哪儿好。“你们真是来理发的？我看看，哟，头发也不长嘛。走，跟姐姐去里面，给你先好好洗个头。”说着她上前欲拉我的手，我怔住，大脑一片空白，不知该何去何从。“我们走。”满头大汗的小帅狠狠地拽了拽我衣角，夺门而出。我回过神，一路小跑，赶忙跟了出去，差点被门槛绊倒，落荒而逃。身后传来一片笑声，我听见有人在说：“这个瘦瘦的男孩长得好像我的幺弟。”

那件事过后，我算隐约知道了那群粉巷女人是以何为生。也就是从那一天起，我再也没有去过粉巷。谈不上害怕，更多是本能的羞涩和难堪。日子越久，有关粉巷的传说听到得也就越多，经过人们的口口相传，多数故事已被演绎得香艳无边，胜似街头小报上的情色绯闻。而那些自称去过粉巷的男人，在大伙心中几乎等同于只身前往孤岛挖掘宝藏的伟大探险家。茶余饭后，街头路边，不同职业、身份、年纪的男人将亲历者团团围住，虽听过很多遍，却仍旧不厌其烦、津津有味地追问着种种细节。

此刻车已开进粉巷，暧昧的香气顷刻扑面而来，再联想到小叔说，要带我去男人该去的地方，我呼吸渐渐急促，脊背上沁出一层细汗。小叔放慢车速，暂停音乐，沿路左顾右盼地探望，像在寻找什么。明明已是午后，粉巷却静如子夜,除了几声鸟叫,只剩发动机轰轰作响。行至巷子深处,逐渐有了生气,每隔几米就能见到一个女人。她们有的蓬头垢面在扫地,有的端着几袋包子,用脚拨开红色门帘一闪而进。两个外貌相似的女孩扎着马尾,素面朝天,蹲在下水道前,刷牙洗头。小叔应该和她们相识,否则不会冲她们吹口哨,更不可能开那么轻佻的玩笑。女孩们好像很受用我小叔的挑逗,一个笑得花枝乱颤,满嘴牙膏沫也顾不上擦,另一个假装嗔怒,作势要将洗头水泼向我小叔。小叔很配合地歪身闪躲,但幅度过大,车差一点打滑摔倒。这狼狈的样子引得姑娘们一阵大笑,小叔尴尬挠头,自嘲地笑。

小叔很快恢复笔挺的坐姿,扭头回望,像录像带里的意大利黑手党那样,冲着姑娘们抛着飞吻。这时,车刚好开到半年前我和小帅误入的那家发廊。我慌忙闪躲,生怕被人认出。其实根本没人,我偷瞄看去,那家店已拉下厚厚的卷帘,残缺一半的“福”字在风中飞舞。小叔也没察觉到我的异常,他抽着烟,开心地哼唱小曲,车匀速向前,我不知道如果那天我没逃走,而是乖乖跟着那高个女人去了里屋会发生什么,也不知道是谁说我长得像她的弟弟。就在我胡思乱想走神之际,冷风拂面,车已开出粉巷,这让我在释然的同时多少有那么一丝淡淡的失落。

其实我应该能想得到小叔要带我去的地方有且只有县工人文化宫。年假期间,除了公园也就这里开放。一进院子,小叔在伟岸的毛主席雕像前停车,去供销社买来橘子汽水和刚出锅的爆米花分给我吃。

“今天你生日,尽情地玩儿,只要不出这个院子,想干什么我都满足你。”小叔仰头喝掉半瓶汽水,手指斜前方说,“除了那个花车大棚不许看,什么三条腿的山羊、侏儒老人、美女蛇身,都是噱头。我都说了,你已是男人了,不能再被这骗小孩子的低劣把戏给蒙了。”

我顺着小叔手指的方向看去,一个酷似蒙古包的白色帐篷外挂着花花绿绿的招贴画。在几个木箱子拼凑搭建的简易舞台上,一个背上文着“猛虎下山”刺青的光头壮汉赤裸着上身吞吐火焰,用额头撞碎空酒瓶。他身边描眉画眼的女搭档手持麦克风,唱两句艳俗歌曲,就吆喝走过路过的看客们买票入场。对这种草台班子我提不起一点兴趣,我吞咽着爆米花,打着满是糖精的饱嗝对小叔说:“咱们去录像厅看电影吧。周润发、张国荣演的《纵横四海》,小帅看过了,说特别好看。”看样子小叔很满意我的提议,他点头,拍着我肩膀乐呵呵地说:“不愧是我侄子,继承了我的文艺细胞,爱看电影,好事啊。不像你爷爷、你爸、你二叔,那些只喜欢看电视剧的老古董。”小叔模仿我爷爷训人时的神情,做起鬼脸,“你看,票我都买好了,6 点那场。现在时间还早,我先带你去玩点别的。”

我父辈眼中一无是处的小叔,在我看来简直是无所不会、所向披靡的超级偶像。他一走进台球厅,挥杆击球的玩家们立即中断比赛,冲小叔微笑点头。几个比我大不了几岁的年轻人簇拥着小叔,殷勤递烟点火。小叔爱搭不理地敷衍着讨好他的小弟们,挥一挥手,有人马上就把球杆递了上来。小叔披着外套,叼着香烟,俯身趴在案台上,打出一个又一个好球,轻轻松松连胜三局。不服气的输家们排着队重新挑战小叔,却从头到尾没一个是他的对手。一小时不到,独孤求败的小叔神情桀骜,将赢来的各式牌子的香烟散给一直在他身后给他加油助威的小弟们,然后学着《英雄本色》里小马哥的招牌动作,歪着头咬着火柴，双手插兜，气场十足地领着我来到二楼的溜冰场。没多会儿，在迈克尔·杰克逊的动感舞曲中，嚼着口香糖、穿着旱冰鞋的小叔把雪白的衬衣扎在笔挺的黑色西装裤里，一个箭步蹿到圈中央，时而俯身前冲，时而背手倒滑，像闪电一样犀利，像风一样自由。靠在围栏上的时髦姑娘们绝大多数都被小叔帅气的身姿所吸引，她们跟着节奏耸肩点头，用脚轻踩地面打着节拍，目光锁定在我小叔身上，如影随形。从没滑过旱冰的我站在圈子最外围，双手紧握栏杆，如同刚学走路的幼儿，小心翼翼迈着碎步，可还是摔了几跤。尽管如此，我也因光芒四射的小叔而自我感觉良好。

那年月的天都暗得特别早，5 点刚过，初月已悄然挂上树梢。小叔要我看着摩托车，他去买点吃的，垫垫饥好看电影。十多分钟过去，小叔还没有回来，四周黑得诡异，我脑中浮现的全是香港电影中帮派火并的镜头。越想越害怕，顾不上太多，丢下摩托车，拾起一块板砖，在茫茫夜色中一路狂奔。

当我手握砖头，喘着粗气站到影厅入口前的空地时，才知道我的担惊受怕是多么幼稚可笑。根本没有想象中的血雨腥风，取而代之的是杨钰莹的歌声中，昏黄的光线下，小叔幸福洋溢的脸以及穿着黑色呢绒裙的一个女人的曼妙背影。小叔也注意到我，冲我扬了扬下颚，手举过头顶，展示着已买好的满满一袋子食物。我窘迫地扔掉砖块，蔫头蔫脑往前走着。就在黑裙子女人转身回眸的瞬间，我看到了她清澈明亮的双眼，看到了她戴着珍珠项链的细白脖颈。我一下子想起小叔曾不止一次给我说的话：“小子，等你再大 2 岁我带你去见金樱，我敢说她是咱们县最漂亮的女人。”

“这是你……弟弟？”

“这是我侄子,李晨。不过从今天我和他就兄弟相称了。他14了。”

“真是大小伙了。”她微笑附和,“你好,我叫金樱,你小叔的朋友,很高兴认识你。”

金樱身体微倾,落落大方地伸出手来。我局促地伸手和她相握,只敢触碰她的指尖。刚摸过板砖的手还是弄脏了她那轻柔如羽毛般的丝质手套,这让我顿感不安。她倒显得满不在乎,双手自然下垂,交叠平放在小腹上,淡淡地笑着。

“叫金樱姐。”小叔在一旁用手肘碰了碰我胳膊。

“你讨厌,叫什么姐啊,都把我给叫老了。”金樱冲小叔嗔怒,很快又恢复了迷人的笑容,“别听你小叔瞎说,我大不了你几岁,你就叫我名字吧。金色的金,樱花的樱,好记吧。”

“对,你今年18,明年16,后年就得改给李晨叫哥了。”

这话并没惹金樱生气,她轻拍我小叔手臂说:“你怎么那么讨厌啊!”然后用手遮住嘴,咯咯笑个不停。这期间我不敢正视她的眼睛,耷拉着脑袋,拘谨地站在小叔后面,四下乱瞟。我惊奇地发现,周围零零散散的十几个人,无论男女,视线都汇集在我所在的方向。确切地说,他们不约而同在窥视金樱。虽然都是偷看,女人们眼神里包含的内容显然复杂得多。她们交头接耳,小声嘀咕,眼皮上下翻飞地审视金樱的衣着。相比之下,男人们的目光就纯粹得多,无论年纪大小,一律充满欲望。我很想提醒金樱,告诉她所有人都在不怀好意地盯着她看,话到嘴边又不知如何开口,便讪讪作罢。不过看上去金樱似乎并不在乎,她悠然自得地和我小叔聊着,不时将落在额头上的几缕头发拂至耳后。

“李晨，初次见你，碰巧又赶上你生日，我一时也没什么好送你的。”金樱尽管已微躬身子，但还是俯视着我，她从挎包里掏出一盒齐秦的最新专辑，居然是正版，“这是我托亲戚从上海买来的，你喜欢听他的歌吗？这盘磁带送给你，算我送你的生日礼物，祝你生日快乐，学业有成。”

“你太客气了！这我怎么好意思呢！”小叔看到封面上的齐秦，眼睛立刻放光。

“去去去，跟你有什么关系啊？这是我送人家李晨的。”说着金樱弯腰把磁带揣进我的大衣兜里，接着恢复先前优美的站姿，说，“我得先走了，回家给我妈做饭。电影也要开演了，你们快去看吧。挺好看的，发哥好帅，钟楚红特别漂亮。”金樱和小叔背着我轻声嘀咕了几句，然后互道再见。她没走几步，又驻足回头，用那足以融化寒冰积雪的温暖笑容对我说：“对了，李晨，改天和你小叔来我家玩，我烧上海菜给你吃。”

说完金樱姐挥了挥手，径直走下台阶。我张了张嘴，嗫嚅回应，同我小叔及在场的其他男人们目送她骑上粉红色自行车，望着她的背影一点一点消失在暮霭沉沉的夜色中。

3

严格说，小叔是我们家族第一个大学生。二叔不算，他师专毕业，还读的是我们本地不入流的学校。而小叔考上的却是全国知名的重点大学。小叔收到录取通知书的那几天，对我们家来说，好似过年。一拨接一拨的亲友登门祝贺，我爷爷兴奋得连醉三天。反倒是当事人我小叔满不在乎，整天不是窝在床上听流行歌看武侠小说，就是去游泳打球，好像考取大学是件很轻松容易的事情，并不值得高兴庆祝。9 月，小叔独身乘火车北上首都，从那以后，很长一段时期内他都是我学习效仿的榜样。每当我考试考砸，难题解不出，家人就会以小叔为例，鞭策我用功学习，将来有一天也像小叔一样考上一流大学。还读小学的我并不完全懂得考上大学的概念，模糊地觉得或许就像打电子游戏，厉害的小叔已玩到最后一关。

然而让所有人没想到也无法接受的是，已读到大三的小叔竟然被勒令开除。起初众人惊愕，不敢相信这个坏消息，等真正收到校方书面通知，又没有人能接受这残酷的现实。奶奶病倒住院，爷爷枯坐在沙发上，夜夜抽烟至天亮。我爸揣着一笔钱和一大包土特产连夜赶赴学校去求情。他走后，信佛的奶奶天天烧香拜佛求神明保佑，期盼峰回路转，有奇迹发生。可一个周日的早晨，我爸满脸倦容地拎着破旧的行李箱，开门进家，一语不发。跟在我爸身后的小叔依旧是一副事不关己的神情。他一进门就洗了个苹果啃了起来，看上去不像是被退学，倒像是去哪儿旅游了一圈。

小叔被退学回家的头一周，在我记忆中是那么压抑漫长。白天，一家人谁也不和谁说话，一个个板着脸，愁云密布，各忙各的事儿。晚餐过后，《新闻联播》一结束，大人们就关掉电视机，各自找地儿坐下，每个人都神情凝重，像在开一场严肃的会议。在隔壁屋子写作业的我不时能听到我爸的叹气声、我奶奶的哭泣声、爷爷的暴躁怒吼声和小叔的奋力辩解声。我曾蹑手蹑脚趴在房门上偷听，听了半天也听不懂他们因什么而争吵。透过房门缝隙，我偷窥到小叔高举盛满水的脸盆,笔挺地跪在毛主席画像及祖宗牌位前,动也不动,像尊古老雕塑。

一夜之间,小叔从我的学习榜样变成了反面教材。奶奶忧心忡忡地对我说:“晨啊,你可得用功读书,好好学习,在学校听老师的话,争取早日入团。可别像你那不争气的小叔自毁前途,让人空欢喜一场不说,还整天替他提心吊胆。”我爷爷告诫全家人,对外绝不许提小叔半句,有人问起来也要装傻充愣,该上学的上学,该上班的上班,一切照旧。

小叔被关了禁闭,爷爷不许任何人和他说话。他独自一人住在密不透风,仅搭了张钢丝床的小储藏室里,没日没夜地写各种检查。一天晚上,我趁爷爷出门遛弯悄悄溜了进去,像抗战片中的地下工作者,心惊肉跳地将小叔要我收集的报纸偷偷递给了他。我小声询问面容憔悴、胡子拉楂的小叔到底在学校做了什么,竟遭到如此严厉的惩罚。小叔只淡淡说了句:“不是开除,是我主动退学。”他摸着我的头,双眼充满血丝:“你还小,说了你也不懂。等你长大了,多读点书,不用我说,你也会明白。”这期间,我爷爷和我爸动用一切社会关系为小叔的未来操劳奔波。最终还是靠我爷爷托了他老战友的儿子,以一箱老汾酒为代价,在县文化局宣传科为名牌大学新闻系肄业的小叔谋得一份听上去还算体面的工作。对于这份来之不易的工作,我小叔没有预料中那么开心,但也没多说什么。如二叔所说,小叔只能服从,他所犯的错已让他没了讨价还价的资本。

尽管小叔没能成为我们家族第一个名副其实的大学生,但他能像我爸、我二叔那样进了体制,拿着公职机关还算过得去的薪金,这次优的结果也能让我爷爷感到稍许欣慰。那阵子我小叔真的像我爸和二叔一样,每天早晨吃完早饭,穿灰色西装,骑着半新自行车来到老式政府大楼。在消毒水的气味中扫地、抹桌、烧水、泡茶、看报、吸烟,开始县城小公务员的一天。到了昏沉沉的傍晚,小叔又无精打采地汇入如蚁群般的人流,深一脚浅一脚地机械地蹬着脚踏,心有不甘却又无可奈何地朝家骑去。晚饭,餐桌上小叔加入我爷爷、我爸他们经年不变的讨论话题,谁死了,谁又升迁,谁贪污受贿,谁犯了作风问题。7 点的《新闻联播》,8 点的电视剧,10 点洗脸、泡脚,10 点半准时上床睡觉,偶尔手淫。看得出小叔曾努力尝试过适应这枯燥的日子,他也想像县城里大多数人那样平安无事,娶妻生子,混吃等死。小叔渐渐走入我爷爷理想中的正轨,他老人家也就了无心愿地退休了。

我爷爷所期望的小叔,无非就像他两个哥哥那样,遵纪守法,爱岗敬业,工资翻番,早日提干。若能混得一官半职,受人尊重爱戴,那就算出人头地,光耀门楣了。可我小叔来到这个世界上好像就是专门和我爷爷作对的,他在我爷爷赋闲回家的第二个月就又犯事了。小叔受够了那日复一日、乏善可陈的生活,他看不惯同事间的钩心斗角,他恶心下属对上级的溜须拍马,他不满领导让他写的报告稿件,总之小叔和体制无法对接,渐行渐远。最初小叔选择消极怠工,他迟到早退,无故旷工,谎造病假,一请就是一周。直到某一天因上厕所冲水之类的琐碎俗事,小叔终于忍不住爆发,与科室领导从争执演变至互殴。最终科长被小叔揍得倒在地板上痛苦呻吟,无法动弹,而小叔踢翻椅子,砸了茶杯,收拾了一袋子个人物品,摔门而去。

小叔的所作所为彻底激怒了日渐老去的爷爷,他如同一只愤怒的狮子,气呼呼地在客厅里来回踱步，怒吼要亲手把我小叔毙掉。这一次小叔没再服软妥协，他态度坚决地表明立场，说要辞掉公职，下海单干。小叔的话犹如一根导火索，引爆全家的同时也彻底粉碎了爷爷对他的残念，当场宣布要同我小叔断绝父子关系。小叔没有一味去顶撞爷爷，他异常冷静，像在辩论赛上做总结陈词一样，胸有成竹，舌战群儒，有理有据地阐述着自己的观点。正在气头上的爷爷根本听不进去小叔的观点，他暴跳如雷，用气到颤抖的手指着小叔骂道:“一派胡言，从今天起我没你这个浑蛋儿子，你给我滚，去找那流氓头子认爹吧。”小叔没有回嘴，他不顾奶奶和我爸的劝阻，头也不回出了家门，好多天都没再回来。

爷爷口中的“流氓头子”是小叔的结拜大哥，林虎。林虎是小叔初中同学水皮的街坊，比小叔要大十来岁。小叔还在读高中时就常和水皮三不五时跑到林虎家，虎哥、虎哥地叫着，屁颠屁颠地吃他从南方带回来的新鲜海产、奇异水果。听小叔说，林虎祖籍东北，4 岁时随他身为高级工程师的父母来到我们县支援建设。后来，他那留过苏的教授父亲在他 7 岁时含冤去世。两年后，林虎的母亲不堪屈辱，跳楼自杀。不满 10 岁的林虎在异地他乡街头成了无家可归的孤儿。从那天起，没怎么受过教育的林虎像粒随风飘落的种子，凭借顽强的求生欲长大成人。林虎早早就接受了不公平的游戏规则，他不羡慕那些没他聪明却书读到北京的同龄人，也不愤世嫉俗依靠家庭背景平步青云的儿时玩伴。上帝关上一扇门，同时也为你打开一扇窗，林虎那与世无争、脚踏实地的品质，是上天赐予他的财富。他懂得与其怨天尤人，不如顺势而为，改变不了世界，就改变世界观。仅仅十年，他从一棵不起眼的幼苗，长成枝繁叶茂的大树并大有参天之势。

林虎传奇的发财史，可以说是对改革开放头十年的最好注解。他未成年就跟着他的养父（林虎父亲的大学师弟），在街边干起汽车修理，维持生计。林虎不愧是高级工程师的儿子，聪明好学的他没多久就掌握了基本的机动车维修原理。因修好当时全县唯一一辆新款摩托车而结缘车主——一位搞长途运输的个体户。他认那位老板当大哥，鞍前马后地伺候，无怨无悔地做了两年跟班，终于在第三年，19 岁的林虎得到大哥赏识，有了属于自己的第一辆货车。尽管那是辆行将淘汰的旧车，可林虎却视它为珍宝，一年到头开着它玩命拉煤运货，没日没夜地攒下一笔钱。又过了三年，80 年代中期，林虎回到东北老家为其父母平反昭雪，顺道卖掉老宅，回来后动用所有积蓄，和他人合伙开了家摩托车行。事实证明林虎的冒险是值得的，没过多久他就成为方圆百里知名的个体商贩，虽说争议不断，但在这期间，他的财富几何性增长却是毋庸置疑的。小叔高中毕业时林虎已是全县数得上的有钱人。先富起来的林虎并没染上有钱人嚣张、自大的坏毛病，反而越发地低调谨慎、小心翼翼。进入 90 年代，林虎的生意滚雪球般越做越大，涉及行业越来越多元。如果说开五金行、家具店、汽配城和他的老本行还多少沾点边，那餐饮、娱乐，甚至是教育业就同他的形象完全不搭界。可现实却真是如此，那几年，县城最繁华的几条街道上的火锅店、书店、旅社、游戏厅都或多或少和林虎有着千丝万缕的联系。不论人们再怎么众说纷纭，勇闯敢拼的林虎凭一己之力建成自己的商业帝国。

有关林虎的种种传闻，隔三岔五就引得街头巷尾纳凉避暑的市民们纷纷议论、猜测、臆想。有些段子一听就不属实，可大伙宁可信其有，不可信其无。

年轻人夸大林虎的财富及个人魅力，无不追捧崇拜，年长者则相信只要多活几年，就迟早能看到他失败灭亡的那一天。我自然也听过不少林虎的传奇经历，比如他孤身一人，单刀赴会去西城和地头蛇谈判，当场用菜刀砍断左手小指换取他贴身小弟的性命。再比如为了得到一块地皮，林虎一顿饭喝了近三斤的高度白酒，令其他竞争者甘拜下风自愿退出……对于刚读初中的我来说，众人口中林虎的光辉形象完全符合我对少年英雄的全部幻想。他在我心目中的地位与《英雄本色》里的小马哥、《第一滴血》里的兰博并列前三。

我早就先入为主，将林虎塑造成帅气威猛、高大挺拔、手臂有文身的硬汉形象，以至于第一次在火锅店遇见林虎时，完全不能把他和我想象中的江湖大哥联系在一起。我甚至错把小叔身后留着郭富城发型、嬉皮笑脸的水皮错认为林虎。直到小叔愠怒地瞪我说“怎么这么没礼貌？快叫虎叔”，我才相信眼前这身高和我相仿，体态略微发福的小眼睛男人确是林虎本人。时值冬季，他穿很薄的红色毛衣、黑色毛料西装，主动和我握手，笑眯眯对我说：“你就是李晨吧？常听你叔说起你。说你学习不错，每次考试都是前三名。好样的，好好学，我最喜欢学习好、爱读书的人了，你叔叔我从小就没正经读过书，吃了没文化的亏。”林虎笑得很诚恳，小叔和水皮在他侧后方讪笑，“李晨，你可是你们家的希望，等以后你考上大学了，只要我这家店没倒闭，我连开十桌，请你和你的同学们在这儿免费吃三天。我说话算话，不过从今天开始，我要是在游戏厅、录像室等你不该出现的地方看到你，你小心我怎么收拾你。宏斌，你不会心疼吧？”说着林虎走上前用力掐着我的脸，我这才闻到他的满身酒气。我站在原地，用手搓揉着被林虎那粗糙的手掌捏疼的脸蛋，看着他率领着众小弟和每一桌的客人们碰杯寒暄，仰头喝酒。

就在我见到林虎后的几个月，1993 年春末夏初，他和金樱结婚了。婚礼办得排场十足，电视台提前几天就在滚动字幕里预告林虎婚讯，县广播电台的点歌节目更是没完没了地播着热心听众为林虎点播的爱情歌曲。小叔按照林虎的吩咐，专程请来市里的文工团，租了邻县的几支鼓乐队，大戏唱了两个晚上，流水席一摆就是三天。林虎与金樱的婚宴在我们县刚落成的星级酒店举行，楼上楼下设席一百余桌，全县各行各业有头有脸的人物悉数到场。我小叔作为主事人之一，西装笔挺，精神抖擞地和水皮忙前忙后。在舒缓、浪漫的英文歌曲的环绕中，我与一群陌生人同坐一桌，吃了很多道闻所未闻的西式菜肴，同众人一道向新娘会出现的地方引颈眺望。

那真是一场特别的婚礼，没有繁杂的礼节，也省去了传统的习俗，取而代之的是满墙的心形气球、透明高脚杯堆垒的香槟树、三层高的蛋糕塔。不只是我，对于在场的绝大多数宾客来说，都是有生以来亲历的第一场真正意义上的西式婚礼。第一次听《结婚进行曲》、第一次不分左右地用刀叉吃牛排、第一次品尝到香槟酒的味道。在副县长的见证下，林虎和金樱交换婚戒，大声朗读爱情宣言。所有人都屏住呼吸，全神贯注地欣赏着头戴银色皇冠、手捧一大束粉色玫瑰、身着一袭圣洁婚纱的金樱，全场宾客无论男女老少无一不被她那高贵典雅的气质、舒缓得体的微笑、不可方物的美貌所震撼。

4

暑假一个炎热的晚上，尽管我已冲过凉水澡并将风扇调至最高档，但汗水仍如决堤洪水。我在一片蝉鸣声中问屋里另一张床上的小叔:"小叔,你爱过金樱姐吗?"四周忽然安静,我以为小叔睡着了或是不愿回答,正要放弃追问,却听到一阵轻微的笑声。小叔压低嗓音:"当然,咱们县城哪个男的不为金樱的美着迷呢?初一那一年,我听水皮说初二新转校来了一个女生,有多么多么好看,多么多么与众不同。起初我不以为然,我和水皮兄弟这么多年,他的审美我再了解不过,就连巷子口炸油条的小姑娘他一度都觉得是美若天仙,所以对他的话我根本不在意。然而一个秋季雨天的清晨,等我推着车子,在操场上迎面见到粉色雨伞下面白裙摇曳长发飘飘的金樱时,我才知道我错了。她是真的好看,比水皮描述的还美。从那一眼开始,我也跟见过她的男人们一样,无法免俗、不能自拔地喜欢上了她。"

"高中二年级,我通过多方努力打听到金樱的生日,趁着白天家里没人,我逃课翻墙回家,从你爷爷当月的工资里偷了一笔钱,去市百货大楼买了一大盒巧克力当礼物送给金樱。那或许只是她收到的众多生日礼物中不起眼的一份,晚上要不是你奶奶死命护着,我的腿早就被你爷爷打断了。"小叔甜蜜地回忆着,一抹月色不偏不倚地照射在他的胸膛上。身穿白背心的小叔推开纱窗,上半身探出窗外,抽起香烟。

"我敢说,在咱们县不管是谁,只要他是个发育正常的男人,只要见到金樱一面,看她一眼,就会被她的美所吸引。谁也别自命不凡装清高。嘿,你也见过金樱好几次了吧?我猜你小子也像喜欢周慧敏一样喜欢着她吧?"小叔随口的反问,立刻让我羞涩、发窘。虽然看不见,但我能确切地感受到我的脸颊发烫的温度。与此同时,我的眼前立刻像播放幻灯片似的,一帧帧回闪着金樱姐的唯美画面。我跃起身来，极力掩饰着内心慌张，趿拉着拖鞋，光着膀子，站到电风扇前大口大口灌着凉水。

“那她嫁给林虎，小叔你甘心吗？”

我望着小叔的脊背。他迎着茫茫夜色吞吐烟雾，似笑非笑地说：“甘心，当然甘心。不然呢？金樱理想中的生活，只有虎哥能满足她，她这种一等一的大美人嫁给虎哥那种有钱又负责的成熟男人，才是最好的归宿。要是她跟了我或者水皮这种前途不明的穷光蛋，那才是暴殄天物。不但我会心虚，那些暗恋她的男人也不会服气答应。”

小叔将烟蒂随手弹了出去，尚未熄灭的烟头像萤火虫般在空中划出一道完美的金色弧线，但很快就被夜色吞噬不见。小叔走过来，与我并排站在电扇前，脱掉背心，仰头享受着凉风吹拂的快感：“几年前金樱就对我说过，长期以来她在心底一直藏有三个心愿。一是不管最终嫁给谁，都希望对方能给她办一场他爸爸迎娶她妈妈那样的西式婚礼，再有就是她希望有朝一日能实现她父亲的遗愿，将她父亲的骨灰安置回远在日本九州岛乡下的家族墓地。另外，她还想去北京，去艺术院校学表演，当演员。你说，就她这三个心愿，就凭我现在的能力，哪一个能满足得了？哪个都他×不能。而虎哥能，他只是这个城市里众多喜欢金樱的男人之一，可是他混出名堂来了，他有钱，有事业，自然也就有向金樱表白的底气。结果他就理所当然地成功了。想必虎哥也知道金樱那三个心愿，他和金樱的婚礼你也参加了，特别吧？虽然还达不到金樱心目中在海边沙滩或是教堂里举行的那种纯西式婚礼，但在咱们这个保守的县城，能洋到那个程度已经算是极限了。婚礼一结束，虎哥就对外说是去海南蜜月，实际上他早就让我帮他预订机票，安排好路线，和金樱两个人从海口转道广州，去了日本的九州岛。他们安葬了金樱生父的骨灰，了却了金樱和她妈妈多年以来的一个心病。哦，对了，这事听听就算了，千万别对外乱传，目前除了我和水皮，你是第三个知道的。”

我赶忙点头。小叔晃了晃被我喝干的空杯子，舔了舔嘴唇：“至于去北京学表演的事，虎哥态度不明，不支持，也不反对，他倒是当着我的面对金樱说过，等有了孩子，长大上小学了，再去学她喜欢的表演也不迟。我记得金樱当时坐在床沿上织着毛衣，听了这番话也只是笑了笑，没有作答。”

小叔这一番话，使原本就对金樱好奇的我产生了更多疑惑。我怎么也不会想到她竟然是中日混血，并且怀揣着成为女明星的远大理想。

“男有才，女有貌，一个有多年心愿，一个能轻松帮她实现，还有比这更完美的结合吗？前阵子私下里水皮喝醉了，说金樱根本不爱虎哥，她和别的女人一样图的只是虎哥的钱，只不过她年轻貌美，轻松俘获了虎哥的心。他的话我坚决不同意，当场我就狠狠地教训了他。在我看来金樱和虎哥是绝配，就好比杨过和小龙女、林青霞和秦汉，都属于天造地设、命中注定的一对。我不羡慕，也谈不上失落，他俩的结合是最好的结局。真的，无论是过去、现在，还是将来，我都真心祝金樱和虎哥能白头偕老。”小叔十指交加，双手叠放于脑后平躺在床上。他对着天花板发呆，大约十分钟过去，才重新开了口：“行了，不早了，快睡吧。明天一大早我还要和水皮去市里拉货呢。”

“可我还想听金樱的故事。”

“想听什么？”小叔翻过身子，正对着我。

“具体的说不上来，不过只要是她的故事我都想听。”我颠倒睡姿，离小叔近了一些，“我听说金樱姐的妈妈年轻时比她还要漂亮，还上过杂志封面，是真的吗？金樱姐不是浙江人吗？她怎么来到了咱们这里？还有，她的爸爸怎么是个日本人？日本鬼子吗？”

“你的问题还真不少，看来你对金樱还蛮好奇啊。”小叔咯咯地笑着，我不好意思看向别处。小叔想了想说：“行，我一一给你作答。不过在讲之前，你得先去厨房冰箱给我拿瓶冰镇的健力宝。你把水喝得一滴不剩，我口渴得都快冒烟了，一说话就嗓子疼，怎么给你讲呢？喂，臭小子，你动作轻点，惊醒了你爷爷和你爸他们，你不但没有故事听，没准还会挨揍。”

五分钟后，在撩人月色的照射下，喝着冰镇饮料的小叔，打着气嗝给我讲起他所知道的关于金樱的故事。小叔说，金樱姐出生于上海。她的祖籍在浙江舟山一个毗邻海边的小镇。她的家乡美丽富庶、四季分明，远不像我们这里，重峦叠嶂、地广人稀，每到春季空中就会刮起层层沙尘暴，黄风吹着黄土卷起漫天黄沙，眯得人睁不开眼。金樱姐的祖上是当地望族，她的母亲是名副其实的大家闺秀，即使是在战争年代也接受了完整的教育。新中国成立前夕，金樱姐的祖辈一多半去了台湾，只有她母亲和几个远房叔伯阴差阳错留在上海。60年代初，金樱姐的妈妈不顾家人反对，硬是和比自己大10岁的日文老师，那个战后没选择回国而是留在中国教书的日籍记者结婚了。新婚宴尔，“文革”爆发，金樱姐是遗腹子，她的父母在第一拨运动中就遭到冲击，父亲以多项罪名迫害冤死，母亲下放至西北农场，次年春天生下她。金樱的名字是从她父亲生前取好的日文名中首尾各择一字，“樱”取“樱”花之意。

金樱姐的童年是在缺粮少雨的戈壁滩上度过的。“文革”结束，她母亲终得平反，首选当然是落叶归根，然而浙江老家里的人走的走，拆的拆，家产败落，老宅充公，回去已毫无意义。于是母女俩改道投奔“文革”时下放至我们县、已安家落户的金樱二姨。十年浩劫，噩梦初醒，再度重逢时老姐俩竟谁也没认出谁，两个人在站台上面对面对视好久，无语泪先流。不久，金樱母亲落实政策，成了县一中的英语教员，金樱则转学至小叔所在的初中，于是就有了雨中小叔与她相遇的那一幕。

“金樱一来就把全校女生都比了下去，不提她的美貌，仅她的生活习惯就令所有女生黯然失色，继而有人效仿追捧，有人羡慕嫉妒。”小叔拧开台灯，示意我把门关上。他用易拉罐做烟灰缸，盘腿靠在墙上又抽起一支烟，“每个小城都有个美得不属于它的女人，比如金樱之于咱们这儿。我第一次见到金樱，她也就你现在这么大，15 岁的样子。她和所有的女生都不一样，或者可以说，她和全县的女人都不同。天热时她穿一身白色的确良连衣裙，天冷时一件及膝风衣、一双小马靴。微笑时她会用手掩在嘴角，骑车、坐公交车时她都会戴一双白色手套。她进食时不说话，不发出一点声响，和你交谈时会注视着你的眼睛，得体地配合着你。每逢周末到操场看球赛或去影院看电影，入座时她都会掏出随身带的手纸垫在位子上，从不和别人共用一个杯子喝水……不夸张地说，是她让我们这群土鳖懂得温婉、优雅、淑女等名词的具象含义。那时候全校男生，从初一到高三没有人不喜欢她，甚至连体育老师、食堂大厨、不苟言笑的教导主任都会同我们一道注视着她迎着朝霞、伴着落日，出入校园时的身姿。”

幽暗的光线下，小叔彻底陷入对美好往事的追忆。“中考过后的暑假，某天我在县游泳馆通过我和她的一个共同朋友搭上话，算是认识，继而成了朋友。和金樱熟了后我才渐渐发现她并没想象中那么高不可攀。她性格开朗，对人大方热情，三不五时会带她亲戚从上海邮寄过来的零食同我们分享。像大白兔奶糖、奶油五香豆、鱼片等我都吃过。有时候我都怀疑金樱是不是从小就是在上海那样的国际大城市长大的，你在她身上根本看不出来小地方人的拘谨、内向、保守。更不敢相信她曾在粗犷荒芜的大西北生活过。看来气质这玩意儿真的是与生俱来的，装不成，也学不会。”

“那她是怎么和虎哥认识的？你介绍的？”

小叔摇了摇头：“金樱舞跳得好，歌唱得更动听。什么伦巴、快三、慢四、迪斯科她都很拿手，唱《小城故事》《在水一方》，不仔细听你辨别不出是她在唱还是在播放邓丽君的原音。我们都知道金樱心怀梦想，一心想考北京、上海的艺术院校，想成为陈冲、林青霞那样的影视明星。可惜她运气欠佳，高考失利，也没什么可以依靠的社会关系，只好勉强去了市里的师专，读了并不喜欢的中文专业。后来我就去北京读大学了，她和虎哥相遇的那一幕，按水皮的说法，就跟拍电影似的。”

“我听小帅说，金樱姐在金色年华唱卡拉 OK，被几个喝多了的小混混纠缠，幸亏遇到虎哥替她出头解围。有这回事吗？”

“嗯，大致如此。金樱读师专那几年，每逢周末就去金色年华、罗马假日、帝豪国际等酒店夜总会唱歌。她爱唱，人漂亮，歌又唱得好听，一小时随随便便唱几首歌，就能赚一百多块，一晚上赚的钱差不多能顶你爸半个月的工资。

那晚在金色年华，几个混西城的小流氓喝多了，借酒发疯上台对金樱动手动脚。碰巧那晚虎哥在包房招待几个外地客户，点了几首杨钰莹的歌不见声响，却等来了金樱的尖叫。然后虎哥就上演了武侠片里常见的英雄救美的戏码。他没亲自出面，水皮带着几个弟兄就把那些小流氓打跑了。事后餐饮经理带着金樱进包房给虎哥敬酒致谢，两个人在幽暗的光线下初次看到彼此模糊的模样。”

“一见钟情?”

“你小子谈过恋爱吗？还一见钟情，你懂什么叫作一见钟情吗?”小叔轻打了下我的头，一脸不屑地笑话我，“他俩有没有一见钟情我不清楚，不过那件事之后两个人就成了朋友。从那天起，金樱无论去哪个场子唱歌都没有人敢骚扰她，就连各个酒店的经理、领班见了她也赔着笑脸，客客气气的。水皮说，虎哥很少去捧金樱的场，像是有意回避。每次陪人应酬去，也只是坐在后排角落的位置要一杯葡萄酒，闭着眼睛，似睡非睡，静静聆听……当我从北京退学回来，他们已在一起。那时金樱也快师专毕业，跟了虎哥自然不缺钱，也就不跑场子赚零花钱了。常去夜总会的那些熟客听说金樱不再驻场了，不免惋惜失落，但一打听得知她跟了虎哥也就不多言语，一致公认全县最漂亮的女人和最富有的男人结合就像日升日落、冬去春来一样再自然不过，是天经地义的事情。不过金樱并没因此就终止了她的艺术爱好，只要没特殊情况，她每个周末就会坚持唱唱跳跳几个小时，只不过表演场所从先前的夜总会、酒吧改到虎哥家二楼，听众从那些土大款、暴发户换成小范围的‘星期天俱乐部’的成员而已。”

小叔口中的“星期天俱乐部”我是参加过的。我到县高中报到后的第一个周末，小叔就领我去了他提起过无数次的“星期天俱乐部”。那是由林虎组织发起的周末沙龙，十来个与会者的身世与金樱夫妇相仿，都是在大时代的洪流中跟随父母从外省漂泊到我们县城的，没有一个是本地人。按照不成文的规矩，小叔本没资格加入，但他仗着和虎哥关系好又和金樱相熟，还搬出我几十年前逃难而来嫁给我爷爷的外省奶奶，以及他在北京待过三年的经历等理由，好说歹说、死乞白赖地混为其中一员。

每逢周日，“星期天俱乐部”的成员们会从县城的各个角落聚集在林虎位于县郊的独栋三层小楼。这一群人由内而外散发出的朝气和活力，与我们那单调暗沉的小城格格不入。他们操着各自家乡的方言，却能毫无障碍地交流，彼此交汇的眼神里满是他乡遇故知的喜悦感。“星期天俱乐部”里的女人们无论走到哪儿，都是路人眼中亮丽别致的风景，她们就是那个时代的风向标，一年四季都在引领这个城市的时尚潮流。往往她们穿过的服装、新剪的发型，甚至是一件不起眼的小装饰物都能迅速风靡全城，成为同龄女性争先恐后效仿的对象。“星期天俱乐部”里的男人们也是一丝不苟地穿戴整齐，面容干净，笑容永远挂在嘴角，像是随时会去赴宴或参加酒席。在我眼里，他们就像一群退隐江湖的绝顶高手，平日里从事的都是再平常不过的工作，但等他们聚齐在一起谈笑闲聊时，随便一个人不经意间流露出的才艺，就足以让我叹为观止。

正午阳光灿烂，“星期天俱乐部”里的女人们拿着各自带来的半成品，叽叽喳喳地相拥着进入虎哥家那宽敞的厨房。看上去不起眼的当令蔬菜、普通食材在那些女人的手里，不多时就能做出一桌丰盛美味的盛宴。趁女人们做饭的空当，男人们抽着烟，在温暖日光的照耀下散漫地落座。他们不像小城里的多数男人那样关心官场更迭、物价飞涨，聊得更多的是古今名人野史、政治经济的走向。一群人围坐一起认真严肃的样子，像是学识渊博的历史学家正在召开严肃的学术会议。聊天过程中，有人感到身下的椅子坐着不舒服，找来简易的工具敲敲打打，顺手就将摇摇欲坠的高脚凳整修得完好如初，轻松随意的神情像是个工程师或发明家，一切都那么简单自然，好像就没有什么事情能难得住他们。

时至今日，我参加过的国内外各种性质的沙龙不下百场，却再也找不到当初“星期天俱乐部”带来的愉悦感。可以说，它是我青春岁月里重要的启蒙老师，在那儿我潜移默化地学到学校没有教，也不可能授予我的新鲜见闻。除了喝不完的可乐、吃不完的美食，难得一见的最新型游戏机，那里营造出的轻松自如的气氛以及欢快浓郁的文艺气息使我深深着迷。我记得春风中，一行人浩浩荡荡驱车去南山，将满山遍野的梨花假想成浪漫的樱花，陶醉其中，合影留念，也忘不掉冬日雪后的清晨，虎哥叼着烟卷，眯着眼，娴熟地拉着手风琴，为演唱《红河谷》的金樱及其女伴们伴奏。还有闷热的初夏傍晚，年轻男人和女们因不同的审美分成两派，为了一篇小说、一则时评，或是一部影片激烈却不伤和气地争辩着。迈克尔·杰克逊那富有激情的歌声一响起，刚刚还谁也说服不了谁的两派人立刻手牵手围成圈，跳起属于年轻人的舞蹈。喝了太多冰镇啤酒的小叔醉醺醺地站在客厅中央，示意所有人安静，然后光着上半身，抑扬顿挫地朗诵着食指的名篇《相信未来》……在那些金光闪闪的日子里，整个世界都是崭新的，年轻人朝气蓬勃，无不怀着对未来的憧憬。

那一年虎哥的公司从县城扩张到市里，气质非凡的金樱也成了标准的有钱人的女人。她开了全县唯一一家经营江浙菜的“上海人家”，店不大，生意却好得不像话。而在我爷爷看来离经叛道、跟着虎哥混的小叔每个月赚的钱，却超过了我爸和我二叔工资的总和。我们家的空调、电话都是小叔抱回来的。他成天不着家，偶尔才回来吃一顿饭，饭桌上也不再像先前那样与我爷爷争论。更多时候，小叔抱着厚厚的几沓经济类报纸，坐在我和他共用的书桌前抄抄写写、关心股市、自制 K 线图。好几次闲聊时，我都在小叔的眼里看到璀璨闪烁的光芒，似乎他乐观地坚信着神奇的命运就在不远的前方等着他大驾光临。

5

在我私人的编年史里，1996 年只发生了两件大事：7 月我高考失利，3 月林虎死亡。

那是早春某个周六的午后，我清楚记得，那天一大早小帅来找我复习功课。午饭过后，我俩看着电视上的军事演习，讨论着会不会因此引发台海战争。这时小叔从里屋走了出来，长发凌乱，面带倦意，一副没休息好的样子。他披上灰色西装外套，对着镜子打领带的同时，不动声色地对我说：“你穿件外套，跟我出趟门。”

“去干什么？”

“虎哥死了。”小叔沉吟，“我们去送他最后一程。”

变化是从 1994 年底发生的。虎哥绝对控股的“每日鲜”超市倒闭，是多米诺骨牌倒下的第一张骨牌。那是我们县首家真正意义上的大型超市，是虎哥等人去北京、广州等大城市学习考察后的得意之作。他原本设想能以此改变传统的购物模式，继而盈利，不料理念过于超前，在大部分市民还不知道“超市”为何物的前提下，“每日鲜”的出现从一开始就注定会失败。开业典礼搞得隆重盛大，鞭炮齐鸣、锣鼓喧天，县领导揭牌剪彩，然而除了开业第一周人满为患，平常日子偌大的商场里顾客还没有收银员多。小叔受虎哥的委任，在“每日鲜”当过一阵副总经理，这期间小叔为了业绩想过各种促销手段，抽奖、代金券、限时五折等手段轮番轰炸，但到头来多数人仍抱着凑热闹的心态前来，掏钱消费的零星罕见。结果不出一年，“每日鲜”便黯淡收场，对外宣称是经营不善，但在我爸穷追不舍的追问下，小叔默认虎哥的资金链出了问题。他说不知为何，一夜之间，无论虎哥再怎么央求，那些曾经交往密切的银行主管都无法贷出一分钱运作周转。很快，也就两个来月，虎哥名下的产业雪崩似的相继倒掉。一时间，满城风雨，流言四起：有人说虎哥得罪了有背景的大人物，恐怕在劫难逃；也有人说虎哥被水皮拖下水，染上赌瘾，每个月都要去趟澳门赌场，输得资不抵债；还有人说林虎和金樱的婚姻怕是要走到头了。我想向小叔询问实情，可是那阵子连着十多天小叔都没有回过家，给他传呼机留言也等不到他的回复。他飘忽不定的行踪，像在有意闪躲着什么。

谜底在一场大雪过后被揭晓。那年气候异常，立春后雪一场接着一场，断断续续下了一个多星期才见太阳。离县城六十公里外的大山深处，一位羊倌趁着难得的晴天赶羊上山坡吃草，却意外发现了虎哥那辆已摔得报废的奔驰车。那段盘山路多年来一直是事故多发区，按照虎哥的行程估算，应该是他从省城回来的路上，因下雪路滑翻下山沟。然而奇怪的是，事发现场除了一大摊已凝结的血液及撕烂成条状的西装外套，一众交警和小叔带领的弟兄们将附近两三里地的每一个角落都仔仔细细搜了个遍，竟活不见人，死不见尸。也就是说，虎哥失踪了。

作为全县的知名人物，虎哥遭遇不幸，其影响之大可想而知。一时间，虎哥出车祸失踪成了全县最热门的话题，各种版本的说法在东南西北四个城区应声而起，谣言传得神乎其神，如同一部扣人心弦的悬疑电影。县晚间新闻连着两天追踪报道虎哥的案情，县领导亲自批示有关部门尽快查出事故真相。县交警队队长同时也是虎哥多年的朋友，他在事故报告出来后亲自带队重回事发地，走访附近村民求证询问目击证人，其结果是除了一村妇主动上交清理现场时浑水摸鱼捡到的虎哥的钱包外，再没有任何新的发现。最后只好在事发后第五天宣告结案，定性为重大交通事故，车毁人亡。至于虎哥的尸体，则被推测在下跌时挂在半山腰的树杈上或是因俯冲惯性太大，冲落进不远处刚解冻的黄河里。

小叔没开他那辆枣红色二手桑塔纳，使我颇感意外。他同我沿着马路边并排行走，每走一步，别在胯上的那串钥匙就会叮当作响。忽然间几股狂风呼啸袭来，街道旁一排自行车迎风倒地，刚才还是青灰色的天空瞬间变成土黄色的，被大风吹落一地的新叶卷着细小的沙子从四面八方无序地砸过来。顷刻间天地昏暗，飞沙走石，黑色塑料袋腾空而起，在风中跳跃翻滚了几圈，缠绕在电线杆上，像旌旗迎风飘扬。看样子，一场大规模沙尘暴即将来临。

我拉紧上衣拉链，逆风前行的同时，脑子里冒出一串乱七八糟的问题。待会到了虎哥的灵堂该呈现出何种姿态？要不要哭？要是一时哭不出来怎么办？见到金樱姐又该说些什么？小叔心情似乎并不差，他敞开西装外套，晃晃悠悠地东张西望，一根烟抽完，立马又续上一根。走到虎哥家巷子口，小叔尝试了多次也没把烟续着，他让我用身体帮他挡风，几秒钟后，小叔抖搂着肩膀上的灰尘喷着烟雾，仰起脖子望着天空，略带笑意对我说："你看咱俩这鬼样子，像不像在火星漫步？"

祭奠虎哥的花圈从巷子口一路摆放至灵堂旁，沉重的哀乐笼罩在少了男主人的院落里。虎哥膝下无子又是孤儿，自然没什么亲戚尽孝送葬。前来帮忙办丧事的多是他生前的好友和手下那一众小弟。他们和小叔一样统一穿着白衬衣黑西装，头上裹着厚厚一层发胶，一个个神色沉重、不苟言笑，在前厅后院之间鱼贯穿梭。小叔和相熟的友人打着招呼，他拽着我袖口低声说："进门后你不用多说什么，朝虎哥鞠三个躬，上一炷香就行了。"我唯诺点头。进入主厅灵堂前，小叔打消了我的疑惑，他说那口雕花楠木棺材里装的是虎哥穿过的衣服、酒，以及他生前心爱的照相机、烟斗等遗物。

我走到遗像前方，尽力装出悲伤的神情，按照小叔的吩咐俯身鞠躬。跪在棺木前方的金樱姐身披麻衣，她烧了几张冥币，小声念叨了几句，欠了欠身算是答谢还礼。我点燃三根香，毕恭毕敬插进香炉。遗像中的虎哥面露微笑，意气风发，看样子应该是他20岁出头，创业初期拍的照片。在我上香之际，金樱姐起身拉着我小叔站到门后的角落，悄声细语地交谈。我礼毕朝他们走去，清楚地捕捉到金樱姐递给小叔的眼神。小叔即刻收声，回头看我一眼，又扯着嗓子冲窗外的鼓乐队喊道："哀乐别停，再奏一遍《友谊地久天长》，偷懒的话可不付钱。”

也不过是下午3点，屋内的灯却全都亮了起来。白色炽光灯下的金樱姐看上去没我预想中那么悲伤，至少在我面前她没啜泣，只是稍显疲倦。我正对着她，一时怔住，不知该说点什么。她也直视着我，欲言又止，像是在等我先开口。我左顾右盼，磨磨叽叽好半天，挤出一句：“节哀顺变。”一抹不易察觉的笑容浮现在金樱姐的嘴角，像流星一样稍纵即逝。她用纸巾擦拭了一下眼角，清了清嗓子，柔声说：“谢谢你李晨，你都是快要高考的人了，学业这么繁忙，还有心抽空过来送你林虎哥，我相信此刻他在天堂里一定会很开心的。”说着金樱姐瞟了眼虎哥的遗像，很快又收回目光，淡淡问我：“你吃过午饭了吗？”

“吃过了。”我实话实说。

喧哗的唢呐声盖住了我的回答，金樱姐似乎没有听到，她用手捅了捅小叔，关切地说：“李宏斌，你赶快带李晨去后院流水席吃点东西，别把未来的大学生饿着了。这里暂时不需要你，我也有点累了，趁没什么人我去里屋睡一会。”

我赶忙说不用，我不饿，金樱姐并不理我。明明和我一同吃过午饭的小叔却点着头，对金樱姐说：“那我带他去后院吃点，你保重。连着几晚没睡，铁人也会熔化掉。还有别忘了吃止痛药，有事呼我，随叫随到。”

告别之际，我看到金樱姐脸颊凸起一个绿豆大小的包，像被蚊子咬过，也像被谁打了一巴掌似的红肿着。她扶着前厅走廊的大理石柱子，微微皱眉，挥摆右手，目送我们在哀乐声和沙尘暴中渐行渐远。回头望去，头戴白布、身着麻衣的金樱姐宛若《新龙门客栈》里林青霞扮演的侠女邱莫言，在滚滚狂风、漫天黄沙中多愁却刚毅。

6

1996 年夏天格外漫长,绵长不尽的热浪一波接着一波,闷得让人绝望。那个夏天一直保留在我的记忆深处,不仅是因为我高考意外落榜,更是因为金樱姐命运的更迭。

虎哥死后没多久,他的公司即宣布破产,名下产业被法院查封,多数当作不良资产拍卖抵债。金樱姐低价处理掉她和虎哥的县郊别墅,搬回县一中的教工宿舍楼,和她母亲同住。

我不甘心去邻省一所三本大学读不喜欢的专业,于是选择复读。继我住校后,小叔也以创业为名,和几个朋友在郊区合租了一间地下室,不常回家。

复读的日子枯燥乏味,度日如年。尤其是看到昔日的同窗好友或打工或求学,陆续离开小城,就连平日成绩远不如我的小帅都去了省城读大学,那感觉如同被世人抛弃,独自飘零至大海中央的无人岛。我没白天黑夜地用功苦读,身心俱累,如同一意孤行的苦行僧。这期间我很少再见到金樱姐,但有关她的传闻却从没间断过。散布者多是年级中贪玩好事的坏小子,课余时间,他们成群结队蹲在地上抽烟,带着不怀好意的坏笑议论着学校的校花。聊着聊着,话题就会绕到金樱姐,这个全县城最漂亮的女人。

坏小子们纷纷叼上烟,不约而同地换上意淫粉巷女人时才会有的特殊表情,交换分享着从他们父辈那里捕风捉影听到的金樱姐的风流韵事。不明就里的人从坏小子们的身旁经过,会被突然间爆发的大笑吓到。对我而言,他们口口相传的金樱姐几近陌生。我不至于傻到相信那些三级电影般的传闻，但也不敢断言他们说的都是假话。换句话说，我多少有点好奇于他们口中的金樱姐，感到没准她真有不为我所知的另一面。

对于那些流言蜚语，我想金樱姐应该很清楚，但看上去她似乎毫不在意，照旧我行我素。她仍旧穿着贴身的连衣裙，戴着遮住半张脸的硕大墨镜，挺胸翘臀地来往于住所和她所经营的小饭馆。她所路过之处，无不引起在场男人的侧目注视，胆大的社会青年会冲着她摇曳的背影吹着口哨，更有甚者，会在她身后不远处直接喊出流传于男人之间的她的不雅称号。每当这时，金樱姐会站定，目光锐利，冷冷地逼视对方，虽然一语不发，但其营造出的气场强大到足够震慑全场。

尽管金樱姐的"上海人家"从鼎盛时期的三层酒楼转变成只剩一间门面的小饭馆，但好歹也算保留了一份虎哥的产业。虎哥生前从南方高薪聘请的本帮菜大厨早已被市里新开的饭店挖走，也就自然没法再卖成桌的酒席，只好退而求其次，以金樱姐的妈妈为主厨，改成经营芥菜馄饨、阳春面、油爆虾等沪上特色小吃的美食店。店虽不大，却被金樱姐收拾得井井有条，墙壁上挂着有老上海风情的旧海报，循环播放着邓丽君、凤飞飞的老歌，置身其中真有身在上海弄堂的错觉。不到一百平米的小店，十几把椅子、七八张桌子，坐不满食客，但也不至于冷清。金樱姐店里的老顾客多是一些江浙籍贯，却因历史原因留在我们当地的老知识分子。他们通常只点一碗馄饨或汤面，操着本地人听不懂的吴侬软语，念着家乡的各种好。当然不乏有些人不单纯为食物而来，他们会故意吃得很慢，时不时装作若无其事的样子，偷瞄着柜台后方的金樱姐。偶尔也会有本地人去那尝鲜，嫌弃饭菜过于清淡的同时，会夹杂调侃几句上海人。但这并不会惹金樱姐生气，她会调大音量，用音乐声遮盖住杂音。只有在不知天高地厚的小流氓喝多了酒，来店里寻衅滋事时，金樱姐才会彻底翻脸。但往往用不着麻烦虎哥生前公安系统的好友出面，事情就被小叔、水皮等人以暴制暴地摆平了。

复读期间我仅有几次路过“上海人家”，都瞥见小叔斜靠在柜台上，侧着脸，歪着身子和金樱姐聊天。小叔毫不避讳路人及食客那猜疑的眼神，他抽着烟，身前的桌子上放着一瓶啤酒，眯着本来就不大的眼睛，用夸张的肢体动作，引得金樱姐阵阵发笑。小叔的同龄好友大多完婚成家，有的孩子已经好几岁，而他还是整日晃荡，没个正形。前些年我奶奶还操心给小叔寻摸对象，催促他的婚事，但小叔那不冷不热的态度一次次让她希望落空，久而久之失望、死心，也就不再管他。熟悉小叔的人都知道一直以来他对金樱姐的感情有多深。尤其是虎哥走了以后，小叔对金樱姐的追求基本上是半公开化，他几乎一日三餐都在金樱姐店里吃，无论刮风下雨，每天雷打不动开车接送金樱姐。不少人都碰见过小叔和金樱姐宛如一对情侣般在日落黄昏下沿街漫步，一同逛街、看电影。

我和多数旁观者一样，认为小叔和金樱姐传出喜讯是早晚的事。然而故事的进展如同一部肥皂剧般平庸冗长，男女主角不紧不慢地吊足了人们那一颗颗蠢蠢欲动的八卦心。小叔与金樱姐在人们的视线中若即若离地暧昧着。别说在宾馆、浴室这些暧昧的场所，就连深夜月下的街头巷尾也没被人撞见过，从无任何香艳、刺激的花边绯闻传出。久而久之，就连我这样的热心观众都失去耐心，感到索然无味。云淡风轻了几个月，翌年春天，这出可以称为全城瞩目的爱情大戏以小叔南下淘金、金樱姐要移民美国而全剧终。这样结局令那些看多了爱情片，期待“王子公主从此过上幸福生活”的旁观者们不免有些失落。我曾一度确信金樱姐成为我的嫂子只是时间问题，不明白是什么原因致使她和小叔不但没走到一起，反而各奔东西。但我确定这并不是小叔想要的结果，否则他不会在去深圳前的那阵子从早到晚失魂落魄，借酒消愁，像只断了线的木偶打不起精神来。

1997年，香港回归，邓公去世。我与小叔、金樱姐相继离开那座见证我们成长，承载太多记忆的北方小城。唯独水皮留了下来，虎哥过世后，赌博成瘾的他输光了仅有的那点积蓄，连蒙带骗借走亲朋好友的钱仍旧负债累累。小叔曾当面痛斥水皮多回，要他戒掉赌瘾。每次水皮都痛哭流涕，发毒誓一定痛改前非，下不为例，可没多久就又上了牌桌，越赌越输，越输越赌。再没有人敢借钱给他，就连小叔和金樱姐都同他渐行渐远，就差翻脸断交。水皮把家里值钱的东西都卖了，东躲西藏，到头来还是被庄家打断了腿，成了跛子。

这结果并不让人感到意外，就像杀人偿命、欠债还钱一样，都是情理之中的事情。瘸了腿的水皮失踪了几个月，再回到县城时整个人换了种性格，消瘦苍老，不再嘻嘻哈哈，话不着调，时常发呆走神。他还穿着当初虎哥给他和小叔定做的那身旧西装，每到天色近墨，就拎着自制的小音箱，挎着一把破木吉他，一瘸一拐地出没在江湖味十足的夜市里。他扯着嗓子，拨动琴弦，卖力地唱着《吻别》《忘情水》《一场游戏一场梦》等流行曲目，碰到昔日熟人的揶揄调侃，水皮会挤出一丝笑容说：“你们好吃好喝，我给你们唱首歌助兴，祝你们一个个都当大官、发大财。”曲毕拿着三五个硬币,默默走开。唱累了,水皮就用食客们给的赏钱,找一家客少的店铺买一瓶啤酒、一碗蛋炒面,直至后半夜才在寂寥的夜色中缓缓消失。他还有没有再赌钱,就不得而知了。

接到大学录取通知书第二天,我带着我当时的小女朋友一起去“上海人家”吃饭。那其实是散伙饭,并不单纯因为不再喜欢她,最主要的是因为人生际遇不再相同。我要去上海读大学,而她再度落榜,打算去北京打工。我已计划好,吃饭过程中会向她提出分手,出了饭店就各走各的路,两不相欠。于是我不像往常只简单要两碗馄饨,而是破例点了几道特色菜,算是对她的一点补偿。金樱姐并不清楚我的用心,甚至错认为我在追求那个姑娘,趁着上菜时,她仔细端详着我女友,使眼色鼓励我大胆一些,末了还赠送了一碟糖醋小排。

电视机里,留着一头长发的任贤齐正苦情地唱着《心太软》,身穿一身粉色碎花长裙的金樱姐跷着腿坐在收银台后方,兴致勃勃地和我说着我即将要去的上海。

“我早就跟你小叔说过,你考上大学是迟早的事,去年没考好只是意外。你看,今年你正常发挥,不就轻轻松松考上复旦?那学校可了不得,不只是在上海出名,在全国都算数一数二的名校。前些年我回上海探亲时曾和你虎哥专门去那里转了转。那学校很大,有十几个县高中那么大,好多法国梧桐,像欧洲公园一样。你虎哥当时还开玩笑说,别说在这儿读书了,只是在校园里走走都感染到浓浓的书卷气。如今你可是正儿八经的天之骄子了,有一天你当大官、发大财了,可别忘记姐姐啊。”

“那边天气潮得很,不像这里,春秋季的衣服你要多带些。饮食上相对咱们这儿也清淡得多，很多菜都放糖的。虽然我这儿做的本帮菜不是非常正宗，但也差不了太多，我看你挺爱吃的，应该会习惯。”

落日余晖将小店涂上一层耀眼的金色，老式吊扇在头顶吱吱呀呀响个不停，也吹不出一丝凉风来，我能闻到洒过水后水泥地散发出的清凉气味。多数时间，都是金樱姐自顾自地说着，我埋头吃着馄饨，用简单的词组回答她。我并不是不愿意和她聊，只是不是时候。心不在焉的我满脑子想的都是待会该说出怎样的分手理由，才能将伤害降到最低点。我那不知情的女友反倒心情不错，接过金樱姐的话，描绘着她从电视剧里看到的繁华上海。结账时，趁我女友去厕所之际，金樱姐从她的包里取出一支尚未开封的口红交给我，说是给我女友的见面礼。我再三推却，却没好意思告诉她实情，也就仓促收下，最后摊牌时当作分手礼物送给了我的初恋女友。

1998 年春天，金樱姐飞赴美国前途经上海，她陪同她母亲探望完还活在世的远方亲戚后，特意到我学校找我，带我去黄浦江边的高档餐厅吃西餐。那是我头一回进五星级酒店。我尽量压抑着不平静的内心，故作见过世面的样子，要了七分熟的牛排，费劲、失态地咀嚼着。相比之下，金樱姐要比我优雅得多，她身着深蓝色贴身长裙，新烫的鬈发如同海浪般立体动感。她娴熟地运用刀叉将牛排切成薄厚均匀的小块，再用刀尖轻放在嘴中，所有动作行云流水，一气呵成，就好像是她与生俱来的本能。开口说话之前，金樱姐会用纸巾轻轻擦拭下嘴角，确定没有可疑残留物，才轻声说道：“李晨，在上海生活得还习惯吗？这才几个月不见，你怎么变得又黑又瘦？不过蛮结实的，又长个子了吧？”

我不置可否，黄浦江面上响起悠长的汽笛声，晚风阵阵，吹拂在脸上温暖、惬意。

“这半年多你有你小叔的消息吗？自从他去了深圳，我就和他失去了联系。他先前的传呼机停用了，打他的手机也从来没有打通过，不知道他在搞什么鬼。”金樱姐带着娇嗔抱怨着，与此同时，她的眼睛里闪过一道淡蓝色的忧伤。“李晨你要是联系上他，替我转告他我去了美国，等我到那边安顿好了，我会给你写信，会把新的联系方式告诉你。”

我满头大汗，喝着冰镇可乐频频点头，心里不免一怔，想不出当年究竟发生了什么事情，导致昔日差点成为一对的小叔和金樱姐竟然没了来往。金樱姐应该并不知道小叔新的手机号码，而小叔和我仅有的几次通话中也从未再提及过金樱姐的名字。听得出来，金樱姐多少还在挂念着小叔，而对于小叔来说，金樱姐似乎已是过去。

我以刚上映的好莱坞电影为话题打破了尴尬的气氛，金樱姐只手托着下巴，小口嘬着红酒，认真地听我说着观后感。清脆的铃声响起，“不好意思。”金樱姐冲我欠身微笑，拿着她那酒红色的手机，起身离开座位，走到几米外的天台上，愉快地讲着电话。天阴了下来，像是快要下雨。我对着江面发呆，金樱姐用眼神示意我别着急，裙角随风飘扬。

告别时我才知道，金樱姐在上海期间就住在这家五星级酒店。她从酒店大堂前台取出一个纸袋递到我的手上，里面装着最新款的单放机及惠特尼·休斯敦、后街男孩等欧美流行歌手的原版进口 CD。这么贵重的礼物我哪好意思收下，几番推却，金樱姐讲了一串我听不太懂的上海话，佯装生气地将纸袋塞进我那破旧蹩脚的双肩包。

“李晨，等你大学毕业了来美国，去哈佛、斯坦福再读个硕士、博士。到时候你就住我家，开我的车去上学。”

那一年我才读大一，尚未有攻读博士的学术理想，概念中的美国就是麦当劳、可口可乐、摇滚乐。对于从小在北方蔽塞县城长大的我来说，美国简直就是另一个星球，遥远得无边无际。

“你别笑，我第一次见到你时，你也就十一二岁，还读小学吧？那会我就看出来你聪明，和我，和你小叔都不一样，你天生是个读书的料。有一天你成了大学者，来美国讲学，我都不会感到惊讶，反而会因认识你而骄傲。”

我没有接她的话，笑着坐上一辆出租车，同她挥手道别。

没想到金樱姐竟一语成谶，十年后我真的和她在美国相遇。

7

我最近一次，也是最后一次见到金樱姐，是2008年除夕夜，在旧金山唐人街。如同多数三流电视剧的桥段一样，我和金樱姐一别竟然也是十年，宿命般地十年。这十年横跨一个世纪，发生了太多始料未及的事情：天灾、战争、金融危机、恐怖主义、“非典”肆虐、北京奥运会、“神舟”上天……整个世界在这十年如同一部好莱坞大制作影片，高潮迭起，悬念不断。具体到个人，我从学士一路攻读到博士，毕业后留在北京某高校任教，业余爱好写小说，出了几本集子，累积了一点名气，时而飞赴各地参加一些毫无价值的学术会议，赚得不多，但还算清闲。

小叔自从1997年春末离开家乡后，秉承着江湖阔处多奇遇的理念，靠着一腔热血，沿着邓公当初南巡的路线拼搏创业。他先去了武汉，在他大学同学任经理的证券公司做了一阵子操盘手，几年后去了深圳，把股市赚来的钱全部投进楼市，小叔继承了虎哥的优点，敢想敢拼，眼光独到，出手奇准，仅仅七八年，小叔资产翻了百倍，身家上亿，摇身一变成为颇有实力的房地产开发商。成为富人的小叔虽很少再回老家，但热心于家乡发展，特别关心教育，每年都捐钱给他曾就读过的学校。从小学到县高中，都有教学楼以小叔名字命名。他成为全县数一数二的名人，无论是谁提起本县的名人，不出五个必定会说到小叔。人们兴致勃勃地争论着小叔的财富，就像当年热议金樱姐的情史，小叔的成功史毫无悬念地被载入县志。然而全县唯独有一人对小叔的财富十分不屑，那就是我爷爷，而他老人家一向看好，被视为根红苗正的我爸和我二叔却早早赋闲在家，每天在棋牌室、街心公园、菜市场消磨时光。

出来越久，回家乡的次数也就越少，昔日我与小叔曾同住多年的老式单元楼、金樱姐的小饭馆都已被当作危房拆除了，我熟悉的街区平地而起了一排排陌生的建筑物。那些具有异域风情的楼盘突兀地矗立在千百年来古朴、宁静的小城中，好似西方前卫女郎穿着性感衣物站在一群中国传统女人中间那样格格不入。街边的台球案，荷尔蒙飘荡的粉巷，小街深处的录像厅注定消失成为历史，取而代之的是新潮的网吧、暧昧的洗浴中心。有一年风尘仆仆的我在机场转机时，听到一个女声缓缓唱道："到不了的地方叫远方，回不去的地方叫家乡。"一瞬间，失恋般的感觉扑面而来，令我空虚感伤。

2007 年末，我应邀去旧金山参加一个为期两个月的笔会。农历新年的晚上，主办方在唐人街某中餐馆宴请宾客，共度佳节。那是一家主营粤菜的小饭馆，装修风格和大多海外中餐馆别无二致，以红色为基调，搭配仿古桌椅、雅致盆栽，以及气宇轩昂的关公铜像等中国元素。因春节的缘故，服务生无论男女一水红色唐装，门上贴着烫金春联，室外挂起红灯笼，显得格外喜庆。店不大，却分上下两层。楼下零零散散摆了六七张枣红色木桌，经过逼仄的旋梯上到二楼，室内更是狭窄，但巧妙地用一扇刺绣屏风隔离出两块相对独立的空间，算是雅座。

酒过三巡，微醺的我下楼去洗手间。大厅坐满前来吃年夜饭的国人，本来就不宽的过道拥挤得更加寸步难行。为了给手端火锅的服务生让路，我欠身趴在收银台上，在泥塑招财猫和一盆开运竹的空隙间我看到一位少妇。她扫了一眼刚递来的账单，快速按动计算器，眉头微皱。昏黄灯光下，我有意无意地观察着那个女人，她穿着粉色旗袍，身材凹凸有致，瘦高修长，耳垂上那硕大夺目的珍珠耳环在日光灯的照耀下璀璨耀眼。我目光停留在她的脸上，凝视着她的模样，越看越觉得她眼熟，神似某个女明星，但具体像谁，一时也想不出来。这时，我斜后方伸出一只胳膊，一个操着南方普通话的女服生对柜台里的女人说："金樱姐，六号桌要一瓶汾酒，九号桌加一道清炒芥蓝。"这句再普通不过的旁白瞬间打开了我的记忆阀门，尘封许久的往事如同冲破堤坝的洪水，我感觉到一股电流从头到脚滑过，后背沁汗，仿佛潜入深海般幽暗静谧。

我又回想到 14 岁第一次见到她时的愚蠢样子，那时的我不知所措地欣赏着她，试着张嘴，但没说出一句话。身旁不断有人来来往往，金樱姐马不停蹄地算账、接电话、摆放酒水，快速精准地忙碌着，始终没有抬头。我出神地注视着她的一举一动，对我来说，此刻的金樱姐浓缩了"家"的定义，让我在异国他乡的温柔夜色中产生了浓郁的思乡之情。我看着她一手拿着白酒从收银台里走出来，这时金樱姐才注意到我。对于男人投向她的目光或许金樱姐早就习以为常，她翻动眼睑上下打量我，礼貌地冲我微笑，用英语对我说："Can I help you，sir?"

我木然呆立，望着她那双我永生难忘的双眼和盛开的笑脸，大脑一片空白。

"Do you speak Chinese?"金樱姐趁空当将手中的酒递给前来的服务生，"你讲中文吗？先生几位？稍等，这张桌子马上就擦好。"说着她弯下身子，收拾着离她最近的那张杯盘狼藉的餐桌。

"金樱姐。"我用家乡方言叫着她的名字。

她应声僵住，弓着的后背缓缓直起，蓦然回首，疑惑地与我对视，一时没有把我认出来。

"我是李晨，我小叔是李宏斌，你还记得我吗?"

"Oh My God!"她愣了两秒后，失声尖叫，本能地用双手捂在嘴前，不可置信地大笑，迅速改用并不标准的家乡话说，"天哪，李晨，怎么会是你？太不可思议了，我一定是在做梦。"

我歪着身子倚靠柜台，冲着金樱姐不断傻笑。她美丽依然，但手和脖子已不复娇嫩，眼角也浮现出几条浅浅的鱼尾纹，可那双摄人心魄的眼睛和乌黑垂肩的长发丝毫未变。这么多年过去了，我见了各种各样的女人，也交了几任女朋友，而金樱姐依旧是我见过的最漂亮的。随着年龄增长、阅历增多，我越来越明白当年金樱姐为何能引得虎哥、小叔等人神魂颠倒。

我告诉金樱姐，我受当地朋友之邀在二楼吃年夜饭，她压抑着惊喜，稍许平静了一些。服务生及食客们喊着她的名字，金樱姐略显尴尬地笑了笑："你吃完先别走啊！今天过年人多，但过了这一阵就好。晚点在我这吃饺子，我们好好聊聊。"

我曾幻想过无数次和金樱姐再度重逢的场景：在小叔的婚礼上，在家乡雨中街头的拐角，或是在北京、上海等城市的午后咖啡馆……而此刻，在美国旧金山，我少年时不敢直视的美人就坐在我的正对面，和我共饮一瓶威士忌。已是午夜时分，浙闽籍贯居多的服务生和厨师们围坐成群，仰着脖子饶有兴趣地看着电视里重播的春节晚会，几个小时前热闹非凡的大厅空空荡荡，好似风情万种的绝代美人回到家中，换上便服，卸下浓妆，行将入睡前的疲态。

"李晨你今年多大了？"金樱姐给自己倒了杯酒。

"天，你都30岁了？在我印象中你一直是个十四五岁的小男孩儿。你都这么大了，那我得多老啊！不许算我的年纪。"金樱姐自问自答着，她少女般娇嗔，佯装生气。

"我们多久没见了？十年吗？真快啊，一眨眼十年便过去了。"金樱姐将我酒杯倒满，与我同饮，"你这次来旧金山做什么？"

我将杯子中的酒一口干掉，告诉她我明天回国。这些年我业余爱好写小说，在文学期刊发表了几篇，出了两本小说集，国内外大大小小的奖项也获得了一些，这次来是参加一个在国际上出名的笔会。

"你都写些什么？有没有把我和你小叔写进去啊？"金樱姐纵声大笑，"作家、学者、大学老师，你现在比我曾经预想的还要出息。李晨，你结婚了吗？"

我摇头，说三个月前我才和相恋五年的女友分手。金樱姐面露憾色，用眼神询问我为什么。我尽可能装出一副漠然的神态，表现出我对婚姻的抵触和对爱情的怀疑。

“你这才哪到哪儿！就不相信爱情了？恋爱嘛，有失就有得，缘起缘灭，再正常不过了。即使一时受伤，也不要灰心，更不要因此就丧失爱的能力。相信我，爱情是这个世界上最美好的事物，没有之一。”说着金樱姐掏出一盒女士烟，熟练地点着，在烟雾中恍惚走神。在我记忆里金樱姐是不抽烟的，甚至讨厌烟的味道。

第三杯威士忌下肚，金樱姐脸颊呈粉色，化身为情感专家，向我传授着她对爱情真谛的理解，煞费苦心劝我找个好姑娘，组建家庭，生对双胞胎，过安稳日子。我不置可否地应了下来。窗户上罩着薄薄一层水雾，窗外飘起零星小雪，不时有烟花腾空，在旧金山的夜空中绚烂绽放。忽然之间我和金樱姐谁也不说话，面对面坐着，眼神无交集，各抽各的烟。空气中混着她身上好闻的香水、威士忌及薄荷烟的气味。有那么几分钟，我和她营造出来的气氛像极了王家卫电影里经常出现的迷幻画面。

“你小叔呢？”片刻沉默过后，金樱姐故作随意地问道，“听说他现在是大企业家了？他肯定成家了吧？”

“他成没成家我还真不清楚，他生意做得很大，我们平常很少联系。我上一次见到他也是一年多前的事情了。那时候他身边有个80后女朋友，同时也是他的私人助理。如今小叔有没有和她结婚我就不得而知了。”我如实说着。

“80后女朋友？老牛吃嫩草，谁家姑娘这么不幸被他看中了？李宏斌还真下得了手。"金樱姐像是听到一个好笑的笑话,狂笑不止,"你说都这些年过去了,你小叔都是知名人士了,怎么还是这么不靠谱呢?"金樱姐又打开一瓶我叫不出名字的洋酒,"尝尝这个,我私藏的,好喝不上头。"她给我倒酒,幽幽地说,"不过你小叔这个人本质上不坏,算是个好人,细心,会心疼人,谁跟了他会幸福的。"

"那当初你为何没选择和我小叔在一起?"

"当初?"金樱姐向后仰了仰头,身子放在椅背上,陷入回忆中,"当初你小叔可是名牌大学生,像你一样,天之骄子,人长得也帅,身旁有数不清的女朋友。"

"可小叔爱你,这你是知道的。"

"我知道啊! 我想我也曾爱过他。可那又有什么用呢?"

"你刚才不还对我说,爱是世界上最美好的事物吗?"

"对啊! 我不否认。但爱和婚姻是不同的。爱情纯粹美好,可是决定两个人最终走到一起的因素太多了。爱是先决条件,但只有爱是远远不够的。"

我听着金樱姐的话,过了好一会才回过味来。

"这个世界上有缘无分的人太多了,真的,整个加州、旧金山,甚至在唐人街,仅仅这条街区就会有不少对错过彼此的人,我和你小叔不过只是其中的一对而已。很正常,不是吗?"

"那虎哥去世以后呢? 据我所知,小叔是因为再度追你不成,才死心南下创业的。"

"这么说,你小叔今天的成功有我的功劳了? 那我可得找机会讹他一笔感谢费。”金樱姐眉毛上挑，嘴角多了几分落寞。她左手拿着琥珀色的酒杯，右手夹着又细又长的女式香烟，缓缓说道：“你小叔一直没告诉过你当年虎哥失踪的真相吗？”

“失踪？”我一怔，身子本能地向前倾，“虎哥不是死了吗？”

“他没死，现在他有没有死我就不知道了，至少那个时候他没有死。他跑路了，去了美国，安顿好了我才过来。这一切都多亏了你小叔，都是他安排策划的。”

我不知该说些什么，目光定格在金樱姐粉色的嘴唇上，思绪回转到十二年前。那时候是听到一些虎哥假死出逃躲债的传闻，但又因那场隆重的葬礼而平息。我也好奇过，为何在案发现场未找到虎哥的尸体，没想到虎哥真的没有死。

“出事那时候你还小，不过你多少应该有些印象。”金樱姐抿着酒缓缓道来，“那些年你虎哥的生意越做越大，产业越扩越多，但辉煌了没几年，我记得是1996年冬天，虎哥投资了帝豪娱乐城后不久，资金链就出了问题，现金严重短缺。那几个月日子难过极了，从早到晚一模一样的酒菜天天请不同人吃，拆东墙，补西墙，像个乞丐一样，到处找先前的生意合作伙伴借钱筹款，填窟窿、还各种债。表面上虎哥还要硬撑得像没事人一样，继续把生意做下去，以为挺过冬天，一切会自然而然好起来。”

“没想到进入1997年，亚洲金融危机，又赶上国家出台政策，彻查银行坏账，再怎么从银行贷款也贷不出来，即便县里那几个和你虎哥私交不错的银行领导也无能为力。不仅贷不出钱，银行、厂商、税务系统，商量好似的还天天上门催虎哥还账、查税。这下子虎哥终于扛不住了。然而为时已晚,就算你虎哥宣布破产,债务也无法还清,况且早就有人看你虎哥不顺眼,黑白两道想找他麻烦的大有人在。就在你虎哥走投无路之际,你小叔站了出来,我至今还清楚地记得,那天半夜你小叔在我家客厅对你虎哥说的那句成语:死里逃生。”

“也就是说,虎哥‘假死’一事从头到尾都是我小叔策划的?”

“所以一开始,我就问你有没有把我们写进你的小说,还以为这事你早就知道了,想不到李宏斌真能沉住气,嘴够严实的。”金樱姐转着酒杯,对着桌子上的空酒瓶发呆,“你小叔先秘密给虎哥办好签证,以商务考察的名义将虎哥从深圳办出关去了香港,转道去了美国。之后他又一个人连夜把车开到设定好的山路上,发动着推下悬崖,制造失事假象。为了做到万无一失,不走漏风声,你小叔要求绝对保密,知道的人越少越好。到头来了解真相的人不出五个。这样铤而走险实在是没有办法的办法,一旦真相败露那就全完了。之所以能蒙混过关,除了你小叔胆大心细,还多亏了你虎哥的大哥秦副县长,他也是知情者之一,在交警勘查现场,平息聚众讨债者等方面都做了相应的关照,才最终使你虎哥假死,一了百了。几年后,秦副县长‘双规’入狱,手头也不宽裕的虎哥还从美国托人给他家里捎了五千美金,算是还情感恩。”

我点烟,知道真相后并没感到太多的意外,这只不过是一件旧事的另一种结局而已。

“那后来呢? 虎哥呢?”

“后来? 后来就是近几年的事情了。等我提心吊胆熬过一年,满心欢喜来美国和你虎哥相聚,才发现他彻底变了。他不再是我熟悉的那个事业心强、有担当、负责任的男人,变得多虑、猜疑、毫无缘由地发脾气。当然,也不完全是他的问题,经历这么多事,初来美国又语言不通还住在荒凉郊外,你虎哥那坐不住的性格哪受得了这一切。其实那时候我们从国内带来的积蓄还有一些,我原本设想你虎哥那么精明,又有多年的从商经验,只要愿意,稍微辛苦点,开个中餐馆或做点生意是很容易的事情。然而国内破产的遭遇对虎哥的打击太大,他心灰意冷,斗志全无,一天到晚醒了吃,吃了睡,终日浑浑噩噩,打不起精神来。我从来没有埋怨过他,不断地安慰他,希望他能重新振作,开始新的生活。说真的,虽然背井离乡,但他没死没进监狱,两个人还能在一起,已经是天大的幸福,我已非常满足。”

“可是事与愿违,更糟糕的事情还是发生了。就在我四处应聘的同时,虎哥迷上了赌博,说来可笑,当初在老家时他数次训斥染上赌瘾的水皮,不仅不借钱给他,甚至把水皮从赌场逮出来痛打一顿,而当他自己沾上这玩意儿,赌起来比水皮还疯狂。他隔三岔五就往黑人开的地下赌场里钻,一回比一回赌得大,毫无节制,理性全无,本来就不多的存款全被他偷偷拿去做了赌资,输得精光。在这期间,他越输越沉沦,酗酒、吸大麻、嫖娼,就像潘多拉的魔鬼盒子被打开,地狱般的日子彻底毁掉了那个不能再称为家的家。”

我伸手去拿酒瓶,劝金樱姐不要再喝。她没理会,执意夺走酒瓶,又一次斟满酒杯,仰头一饮而尽。

“你是读书人,你写小说,你知道眼睁睁地看着你熟悉的人一天天变得陌生的恐惧感吧?那是世界上最恐怖的事情。起初我怎么也不愿意相信那么一个雄心勃勃、豪情万丈的男人竟成为五毒俱全的烂人。一开始我还和他争吵,下跪求他,可两三次后这些招数都失去了效用。他完全被魔鬼夺取了。你见过犯毒瘾的人吗?那比犯赌瘾要可怕得多。他犯起毒瘾时眼睛是绿色的,绿得瘆人,那是来自地狱的颜色,是幽光。就算我把仅剩的一点钱存在再隐蔽的角落里,他都能连滚带爬拖着颤抖的身体把它找出来。继而他那瘦如骷髅的五官会绽裂出魔鬼般的大笑,我抱着他的腿在地板上被拖出十多米,也阻拦不住他与撒旦交易的欲望。每次吸完,他都会陷入空洞的虚无中,能恢复几个小时的片刻人性,哭,痛心疾首地自责,像个犯了错的孩子一样抽泣着,还会歇斯底里地抽自己耳光。为了求我原谅,他再毒的誓也发过,可等毒瘾再次袭来,所有的誓言都成了鬼话。就这样周而复始地折腾,花光了全部家产,就连我妈妈给我的祖传的镯子和结婚时的对戒,都被他卖掉换钱买了毒品。不怕你笑话,李晨,最穷的时候,他甚至逼过我去卖淫。”

金樱姐眼角湿润,她仰面朝天,长出了一口气,像是要把快滴落的眼泪倒逼回去。我一时语塞,想安慰她,又不知该怎么说,索性拿起酒杯自饮自酌。金樱姐努力笑了笑,她很西式地摊开双手,耸了耸肩,换了种略显轻松的语气说:“哎呀,我也真是的,也不管你爱不爱听,就拉拉扯扯说了这么多破事,你别用这种同情的目光看着我,我活得比谁都好,一点都不可怜。”金樱姐给我和自己各倒了一杯浓茶,她将冒着热气的茶杯捧在手心,“要不是见到你太开心,多喝两杯,我才不愿提起这恶心的过去。不过现在好了。你看,这个店怎么样?还可以吧?都是我从洗碗工做起,一步一步打拼出来的。我没靠男人,我现在只相信我自己。”

在异国的除夕夜,空酒瓶一地,我和金樱姐对聊至破晓。当 2008 年第一缕阳光四射绽放，消散的薄雾中，我和金樱姐道别。是的，她已渐渐老去，但晨曦中金樱姐的笑脸依旧如夏花般绽放，美丽动人。

8

小叔的婚礼定于立秋日在三亚举行。新娘是他多年的秘书，苏州姑娘，比我还小好几岁。整场仪式办得简约却不简单，档次与他现今拥有的财富相符，但也不显得过于奢华媚俗。因无法逃脱的人情世故及地方传统，全体家族成员乘坐小叔安排的飞机过去参加喜宴，充当人肉背景。在海边教堂外的草坪上，曾经秉承不婚主义的小叔还是戴上象征责任的钻戒，开启了他人生的新旅程，也让我行将入土的奶奶终于没将夙愿带到天国成为遗愿。

婚礼翌日，亲朋好友一早就组团去知名景点游玩，我同小叔赤裸上身，喝着特调鸡尾酒并排躺在酒店私属沙滩的凉椅上晒着太阳。椰林树影，水清沙白，碧色天空下，小叔和我有一搭没一搭地聊着，不时接听手机。话题以欧债为开端，一路聊到时政国情、历史秘闻。杯酒留痕，不经意间小叔就陷入了对昔日时光的怀念。他兴致颇高地追忆年少青春时的那些人和事，唯独不提金樱姐。最后还是我见缝插针，主动说出了这个埋藏在小叔内心的名字。

“她说你是好人，看样子她从没忘记你，或许还爱着你。”我大口喝着冰镇鸡尾酒，将那一晚在旧金山偶遇金樱姐的过程复述给小叔听。阵阵海风拂面，讲完才意识到距离上一次见到金樱姐又过去四年。从听到“金樱”这两个字开始，小叔就不再说话，他斜躺在凉椅上，胳膊垫在脑后，烟一根接一根地抽，出神地望着眼前的海面。我如同一个蹩脚的说书人，一人分饰两角，尽可能地回想那一晚金樱姐对我说过的每一句话。小叔一反常态，从头到尾没有插话打断我，任凭急促的手机铃声响个不停也不去理会，甚至连姿势也没变换，一动也不动，默默聆听。

“我最对不住的人是金樱。”小叔突然开口。

“可是金樱姐还是感谢你的。”我接过小叔的话说，“那个晚上她不止一次对我说，当年要不是你出主意，让虎哥‘假死’，没准他早就判刑进监狱了。”

“要真是那样她反而能活得轻松些。”小叔不自然地笑，“若不是我年少无知、轻狂糊涂，虎哥就不会远逃国外，他们夫妇俩的命运或许会是另一个版本。”

“其实一开始虎哥就不想涉及太多行业，尤其他不太熟悉的零售、酒店业。我年轻气盛，觉得伸手就能摘到太阳，不厌其烦地怂恿他扩张商业版图。即便如此，出事后虎哥并没过多责备我，他还是一如既往地沉静，大哥气势十足，要独自承担后果，宣布公司破产，服法坐牢。但事情真有这么简单就好了，你知道，是利益谁都想得，生意做大了得罪的人自然少不了。那时不止同行、黑道想趁机落井下石，废了虎哥，就连一些官员都不想让虎哥活下去，他知道的、参与的事太多了。亏了秦副县长还算有良心，当然也是为了自保，在一次饭局上暗示虎哥一走了之。话说到这份上，虎哥还是不愿意走，我懂他的心思，他自幼孤儿，无依无靠，好不容易奋斗出一番事业却黯然收场逃之夭夭，这种结局不是他那自尊好胜的人能承受得了的。即便如此也没办法，我一次次去他家里，做他的工作，设计了多套方案，劝他趁早出境。我这样做在他人看来是尽忠讲义气，我不否认，我确实将虎哥当大哥、当恩师，想让他活命，想帮他，但与此同时，之所以想让他踏上亡命之路，还有一个不可告人的秘密。”小叔吸了口烟，喷出云雾的同时低沉说道，“为了金樱。”

“你是说……”小叔的话犹如一股电流在我全身上下游走。

“如你所想，甚至我比你想的还要龌龊。我以为虎哥走了，我就能得到金樱，可惜我错了，彻头彻尾地错了。”小叔沉下头，停顿了几秒，缓缓地说道，“金樱至今都不知道，是我害了她。”小叔挺直身子，笔直端坐，拧灭烟蒂，“我活到今天，得到了一些，但失去得更多。是赚了一些钱，但赔掉的是我自己。这些年为了生存下去我对不住很多人，做过很多遗憾的事情。比如你爷爷，至死都认定我是家族败类。他晚年很少和我说话，从不要我的钱，买来给他养老的别墅他看都没看过，更别说住了。无论我怎样做，他都不接受不理解，对我冷漠无情的态度就像对待阶级敌人……还有你奶奶、父亲等等，不知从何时开始，我和他们成了两个平行世界、毫无交集的陌生人。近两年，我吃素信佛才渐渐悟出来，上天恩赐你一点奖赏，就要收回你已拥有却不珍惜的东西。所以我今天累积到这些财富，代价就是失去亲情，还好有你愿意和我坐下来聊两句，但即便是你，我们也有三四年没见面了吧？不过这样的惩罚对我来说还算公平。我捐钱给老家，修路、建学校、盖养老院，在别人看来是慈善也好，作秀也罢，只有我自己清楚我是在还债、是在赎罪就行。虽然于事无补，但至少我心里会好受一些。”

“李晨，我希望你不要瞧不起我。”小叔近乎谄媚地对我笑。

我摇了摇头，闭上双眼，尝试着去回想些什么，脑海中却不自觉浮现出 1992 年初春的那个黄昏，朝气勃发的小叔带着懵懵懂懂的我，初次见到金樱姐时的美好画面。

小叔站起身，赤裸着已经发福的上身，面朝大海，他貌美的娇妻和我那同是80后的女友像两条鱼儿一样，在蔚蓝的大海里嬉水。小叔凝视着沉默如迷的海面，如同一尊雕塑，不发一语。

忽然，小叔右臂前倾，摆出当年朗读诗句时的姿势。我猜他会说“面朝大海，春暖花开”，而听到的却是“只要想起一生中后悔的事，梅花便落满了南山”。

原载《当代》2014年第1期

小城故事多

这些年，为生计在外奔波，回老家的次数逐年减少。即便得空回去，也不过是陪长辈吃顿饭，在老宅子里睡一觉，翌日一早便匆匆离去。用我父亲的话说，与其说是探亲，不如说更像是出公差。每次离家时我都暗自许诺，下一次回来一定多待几日，好好陪陪家人。可等到再次回到家乡，还是一样，来去匆匆，这让我内疚，却又无可奈何。

和多数漂泊在外的游子一样，每次回家，都能明显感到家乡日新月异的变化。确切地说，是逐渐现代化。从高中毕业，北上首都读大学算起，至今我北漂已有十五年。离家这些年，小城有了机场，有了先前在北上广才能见到的国际品牌连锁店。小城甚至和大都市一样，上下班高峰时段堵车，工资追着房价跑。我少年时常去踢球的街心公园已盖起摩天大楼，初次约女同学去的那片城郊野湖，也早已被环城高架桥所代替。有一次，我在机场候机返京，抬头无意间看到墙上挂着的横幅写着“实现跨越式发展”，不禁哑然失笑。

那么，跨越式发展背后，消失不见的又有些什么？我读高中时，每天骑车上学都会路过一条小街。街角有一家留在我们当地，没有返沪的上海女知青开的本帮菜小馆。印象中，那家饭馆的生意总是不好不坏，坐不满食客，也不至于门可罗雀。老板娘，那个女知青，无论何时都会把并不宽敞的小店收拾得干干净净。不忙时她会坐到收银台后，用录音机播放邓丽君、凤飞飞的歌曲，嗑着奶油瓜子，和前来就餐的食客们有一搭没一搭地闲聊，偶尔抱怨下这恼人的天气。

走过这家小馆，沿着街道往前再走三五十米，是一家颇具规模的汽配城。汽配城老板一度曾是小城的风云人物，改革开放初期，仅有小学文化的他从街道供销社销售员做起，通过奋斗，辉煌时期旗下产业涉及汽修、煤炭、娱乐、地产，可以说遍布小城各行各业，身家数十亿。90年代末，这位富豪离奇失踪。一时间，满城风雨，众说纷纭。有说他是资金链断裂，得罪黑白两道，潜逃加拿大；有说他抛弃发妻，和一个小他近20岁的女大学生私奔去了香港；还有的说他吸毒，同时还有赌瘾，从广西偷渡到越南躲债……那家汽配城没多久就被政府查封，过了几年，先是改成洗浴中心，后来又改成KTV，如今那幢老楼，连带那家本帮菜小馆已提前实现"跨越式发展"，消失得无影无踪，取而代之的是小城目前最高档、名为托斯卡纳的欧式联排别墅群。

走在既熟悉又陌生的家乡街头，我忽然好奇，那个如蒲谷英般飘落至这个北方小城的上海知青，曾经发生过什么故事？后来又去了哪里？那个汽配城老板因何发家，又因何迅速败落？那些带我去录像厅看港台枪战片，去文化宫滑冰，打台球的哥哥日后又有怎样的人生际遇？我昔日的同学好友，多数高中毕业就没再读书。留在小城的他们有人发了财，成了当地颇有名气的青年企业家，而有的人却犯了刑事案件，判了重刑……远在异乡的这些年，我不时会想起那些年，那些事，尝试着写出来，于是就有了这本小说集。

收录本集中的小说，创作时间跨度较长，最早一篇写于2003年，我的处女作《小染》。最新一篇是2014年发表在《当代》上的《把那个故事再讲一遍》。写《小染》时我还不满20岁，刚读大学，忽然没了应试压力，得空便写起东西，自娱自乐。那时没什么人生阅历，只好去写高中时的成长故事。青春期难免多愁善感，为赋新愁强说词，写着写着难免落俗写了个校园小说。说真的，写的时候我毫无创作意识，完全不知道小说该怎么写，甚至可以说，直到写完，在杂志上发表了，我都不确定自己写的那三万多字可以称得上是小说。幸运的是，它竟得到了时任《黄河》杂志主编张发老师的赏识，几乎没做修改，发表了全文，这同时也算是将我领上小说创作之路。如今回过头再读这篇十多年前写的小说，能明显看出当初写得有多么露怯、幼稚，多读几段就会口干舌燥、脸红害臊。也不是没想过对这篇拙作进行较大幅度修改再收录进小说集，可转念一想，处女作不就应该有处女作的样子吗？如同19岁的少年，不懂得圆滑世故，藏拙于巧，却不失活力朝气一样。作为处女作，它题材可以不深刻，写作技巧可以不成熟，但文字鲜活，创作态度热情、真诚，也就够了。

《把那个故事再讲一遍》是我近几年的费心之作，我断断续续写了两年，前后写了三次，直到完稿时也不满意，改了又改，甚至一度怀疑写得是否有意义，没想到竟得到《当代》编辑石一枫兄的赏识，几乎没怎么改动就将其发表。更没想到，数月后不仅《中篇小说选刊》全文转载，该作更是有幸获得第二届“人民文学之星”中篇佳作奖。师友们一次次对我的认可和鼓励，是我坚持写下去的最大动力。

《浅生活》与收录本书其他几篇略有不同的是，它写的并不是我家乡的故事，而是我23岁那年去江西婺源的一次穷游记录。那时候的婺源美得如同一幅古典水墨画，随手一拍就是张明信片。大学临近毕业，无所事事的我在婺源深山中待了一周，彼时婺源游客稀少，远没成为今日这般热门景区。回到都市后想念那里的秀美风光，便在博客上写了几万字游记。幸运的是，这系列游记偶然间被《人民文学》某位编辑读到，以中篇的形式将它登在《人民文学》2008年12期《新浪潮》栏目。几年后，我参加一场关于“非虚构写作”的研讨会，一位与会专家称《浅生活》能称得上是“非虚构写作”。这让我颇感意外，同时也略感惊喜。

其余几篇，《少年行》《再见阿豪》《去乌兰巴托》《信仰在空中飘扬》都是这些年来我在不同场合，听到友人或自述或转述，发生在家乡小城的故事。说者无意，听者有心，故事里的主人公多是我的同学好友，那些在他们看来只不过是生活中发生的平凡小事，一一被我默默记录下来，算是送给他们，也送给自己的成长礼。

谨以此书来纪念虽没当下繁华，却伴我成长，赐给我美好回忆的温馨小城。

2016年2月1日于北京海淀蓝靛厂